EXPLORATIONS

EN

NORMANDIE.

—

Rouen.

—

PAR LE VICOMTE WALSH.

A ROUEN,

CHEZ E. LE GRAND, ÉDITEUR,

RUE GANTERIE, N°. 26.

—

1835.

A MON AMI

LE VICOMTE DAMBRAY.

MON CHER EMMANUEL,

En écrivant sur Rouen, j'ai bien souvent pensé à un des hommes les plus respectés, les plus aimés de cette ville, à votre excellent père. S'il vivait encore, je lui dédierais mon livre... : il n'est plus, je l'offre à son fils, à un ami dont je suis fier.

Vᵀᴱ. WALSH.

EXPLORATIONS

EN NORMANDIE.

ROUEN. F. BAUDRY, IMPRIMEUR DU ROI,

RUE DES CARMES, N°. 20.

AVANT-PROPOS.

———◦——

Lorsque vous voyagez et que vous traversez
une forêt, si au milieu des arbres du pays, des
arbres que vous êtes accoutumés à voir depuis
votre enfance, si parmi les chênes, les hêtres et
les ormeaux, vous venez à remarquer un arbre
étranger, un arbre des régions lointaines, vous
vous mettez à rêver.... Quelle brise ou quel
orage a porté la semence de cet arbre à travers
tant de distance? Quel hasard, quelle main l'ont
enlevée, ou des savannes des Amériques, ou
des neiges du Nord, ou des sables du Midi,
pour la confier à votre terre ?..... On ne sait,

et cette incertitude et ce vague retiennent vos regards et occupent votre pensée ; car on ne passe vite que devant ce que l'on connaît , que devant ce que l'on devine tout d'abord , que devant ce que l'on voit d'un seul coup-d'œil.....

Je me persuade que bien des habitans de cette terre de Normandie ont dit de moi ce que le voyageur pense de l'arbre étranger.

Comment est-il ici ?

A ceux-là il faut répondre :

Le souffle de l'orage m'a déraciné du pays natal , et dans la tempête il s'est trouvé une brise amie qui m'a poussé vers votre belle province. Quand la feuille enlevée par l'ouragan est tombée sur vos bords, vous avez vu que dans la tourmente elle n'avait point été souillée, et vous ne l'avez pas rejetée.

C'est là le commencement de mon histoire parmi vous.

Je n'avais été que quelques mois dans la *province des églises et des châteaux*.... que je m'étonnais de votre froideur pour tant de merveilles !

Vous me sembliez dormir sur des trésors sans les voir; et cependant ce ne sont, parmi vous, ni les savans, ni les antiquaires, ni les hommes de goût qui manquent....; mais vous aviez accoutumé vos yeux à vos monumens comme à la fraîche verdure de vos prairies, vous n'en parliez plus.

Moi, arrivant de nos bruyères de Bretagne, j'ai crié haut d'admiration, et devant votre Palais-de-Justice, et devant votre magnifique Cathédrale, et devant Saint-Ouen, la merveille des merveilles, et devant les hautes tours blanches de Jumiéges, et devant la solidité de Saint-Georges-de-Boscherville, et devant le clocher mauresque de Caudebec, et devant les flèches élancées de Montivillers et d'Harfleur, et devant les débris de Lillebonne, et devant les ruines du Château-Gaillard.... Cette voix qui redisait vos grandeurs ne vous a pas déplu, car il faut parler bien mal pour ne pas se faire écouter, quand on raconte aux hommes ce qu'ils ont entendu vanter dans leur enfance.

Les souvenirs veloutent alors la voix qui s'é-
lève pour dire les gloires de votre pays, et vous
l'écoutez comme si elle était harmonieuse.

Et puis, il y a encore eu quelque chose dont
j'ai tiré parti pour me mettre bien avec vous.

Il y a bien des années que l'on vous avait si-
gualé, dessiné, mesuré vos monumens, mais à
leurs belles pierres sculptées, mais à leurs hautes
tours, à leurs sublimes voûtes, on avait presque toujours négligé d'attacher les attrayantes
histoires des traditions populaires ; on vous
avait, pour ainsi dire, dessiné vos merveilleuses
églises, vos chevaleresques châteaux, habilement, mais sèchement au simple trait ; moi,
j'ai essayé d'y joindre quelques effets de couleur,
de lumière et d'ombre.

Dans de courtes excursions, j'ai dessiné des
ruines, écouté des chroniques du vieil age..... ;
à chaque débris j'ai demandé son histoire.

A Château-Gaillard, j'ai rêvé de gloire ;

A Jumiéges, de religion ;

Et puis, j'ai redit mes impressions.

Je n'ai encore vu qu'une partie de la province ; si ce que je publie aujourd'hui trouve
des lecteurs, avec un peu de liberté et de tems,
je continuerai d'explorer la *terre classique des
églises et des châteaux.* J'ai dû commencer par
Rouen, et tout ce que j'y ai vu a rempli ce
premier volume.

À des pensées morales et religieuses, inspi-
rées par les monumens célèbres que j'ai visités,
je n'ai pu m'empêcher de mêler des réflexions
politiques. La politique, c'est l'herbe amère du
moment ; je la trouvais et dans le paysage, et
attachée aux vieilles murailles. Si je l'avais ex-
pulsée de mes tableaux, je n'aurais pas été vrai ;
je n'aurais pas dit tout ce que j'avais dans l'ame,
tout ce qui était au bout de ma plume, et dès-
lors mon style aurait été gêné, guindé et
compassé.

La politique à laquelle je me suis voué, c'est
une religion ; elle me part du cœur et tient à
mon cœur : je la porte partout.

Une vieille église que je visite, me fait pen-

ser aux siècles de croyance et de foi , et je me
prends tout de suite à comparer les tems passés
au tems présent.

Les châteaux à murs crénelés, bosselés de
tours , me ramènent en mémoire les jours brillans de chevalerie ; et ma pensée revenant aux
jours actuels , j'ai dégoût de l'égoïsme et de la
platitude du juste-milieu.

Une ruine normande , un pan de muraille
bâti par Guillaume me reporte à la glorieuse
conquête de l'Angleterre...., et du rude et guer-
royant bâtard je tombe à Louis-Philippe ; avec
l'un nous étions seigneurs, et maîtres , avec
l'autre nous sommes humbles et vassaux.

A Arques , Henri IV m'apparaît et Henri V
me manque.

Partout, partout je porte mes souvenirs, mes
regrets , mes affections, mes espérances , et
j'écris avec tout cela. Je n'ai pu encore dépouiller le vieil homme....., et si Dieu le veut ,
je ne le dépouillerai pas ; l'âge m'arrive vîte ,
mais non la froideur ; ce qui est noble et bon

je l'aime encore comme à vingt ans, avec ardeur;
ce qui est bas et vil je le hais avec énergie ;
j'ai encore plein le cœur de louanges pour la fidélité, de mépris pour la trahison , de bénédictions pour la vertu, et de malédictions pour le
vice.

Je fais ici tous ces aveux pour ne pas prendre
mes lecteurs en traître ; que ceux qui pensent
qu'il est bon de boire le nénuphar du siècle,
qu'il est sage de se faire froid et indifférent ,
n'aillent pas plus avant dans mon livre que cet
Avant-propos ; s'ils poursuivaient la lecture, ils
s'ennuieraient, et en vérité ce n'est pas pour
eux que j'ai écrit.

Rouen.

——●○○●——

Rouen est laid , mais Rouen est aimé des artistes et des hommes de goût. Dans sa laideur la vieille cité a mille attraits.

Voyons-la d'abord des hauteurs qui , ainsi qu'un immense *paravent* bariolé d'arbres et de villages , l'abritent de tous côtés. De tous ces hauts lieux elle est magnifique à regarder.

A cette distance, ses imperfections ont dis-paru, on ne voit que son étendue , ses hautes tours , ses longs toits d'églises recouverts d'ar-doises bleuâtres ou de feuilles de plomb, et l'azur

1

de la Seine qui passe comme une zône argentée entre la masse grise de ses dix-sept mille maisons.

En se rajeunissant, Rouen a beaucoup perdu de sa *beauté pittoresque ;* il a bien gagné des maisons neuves et blanches régulièrement alignées sur les bords du fleuve, mais de ses cent vingt clochers, aiguilles, dômes, minarets, flèches et donjons, il ne lui reste aujourd'hui que les trois tours de Notre-Dame, celle plus belle encore de Saint Ouen, et puis celles de Saint-André, de Saint-Vincent et de Saint-Pierre-du-Châtel, et les tours tronquées de Saint-Maclou, de Saint-Éloi et de Saint-Laurent, le clocher sévère de Saint-Vivien et le petit dôme à campanule de la fameuse cloche d'argent.

Vous avez vu dans les prairies, avant qu'elles ne fussent fauchées, de hautes et belles fleurs s'élever au-dessus de l'herbe. Eh! bien; il en était de même du vieux Rouen; sa surface, aujourd'hui trop plate, était toute hérissée, tout illustrée de clochers et de flèches : la faux du Tems a nivelé tout cela! Seulement six à sept merveilles sont encore restées debout pour faire regretter celles qui sont tombées.

Ce qui était encore un bel ornement, une noble ceinture à la cité de Rollon, c'étaient ses

murailles d'enceinte crénelées et bosselées de
tours.... De la cime des collines environnantes,
ainsi resserrée et fortifiée, elle semblait un vaste
nid de pierre posé sur le bord des eaux.

Alors la Seine ne coulait pas où elle coule
aujourd'hui. Elle aussi, comme si elle était de
la main des hommes, a eu ses changemens.
Dans les jours primitifs de Rouen, le fleuve a
porté les barques des *hommes du nord* et des
galères romaines là où se voit aujourd'hui la
place de la Calende.

Si la capricieuse Seine a voulu fuir la ville,
voyez comme la ville a voulu la suivre; voyez
comme, aujourd'hui qu'elle est libre, qu'elle
n'est plus *corsetée* de murailles, elle étend ses
longs bras pour toucher aux eaux!

Maintenant, des hauteurs de Sainte-Catherine,
de Canteleu et du Bois-Guillaume, c'est en vain
que l'on cherche à trouver à la ville une forme
arrêtée. Non, elle semble aujourd'hui éparpiller
ses maisons au hasard, elle va, elle va toujours,
comme une pensée sans frein.

C'est chose merveilleuse, que ces agrandissemens de cités, et je me prends parfois à penser
qu'il faudra que Dieu nous agrandisse le monde,
tant nous nous remuons, et tant nous voulons

être à l'aise ! Les demeures de nos pères ne nous suffisent plus. S'il n'y avait encore que la maison paternelle qui nous semblât trop petite, on pourrait y faire quelques adjonctions commodes. Mais on a bien d'autres prétentions, les villes, les royaumes, les libertés, les droits, tout cela semble trop resserré, trop petit, tout cela gêne et étouffe ; aussi on s'agite à tout renverser.

Rouen a eu trois enceintes différentes, et chaque siècle tombant sur la ville a fait comme la pierre qui tombe dans l'eau, les cercles ont toujours été en s'élargissant.

La première enceinte fut tracée par les Romains.

[1] « Au midi, la Seine, dont les eaux à cette époque arrivaient jusque vers la ligne occupée aujourd'hui par la rue des Bonnetiers, la place de la Calende, celle de Notre-Dame dans sa partie méridionale, et ainsi de suite jusqu'à l'extrémité de la rue aux Ours.

» Au nord, le fossé qui existait sur toute la longueur des rues de l'Aumône et des Fossés-Louis-VIII, c'est-à-dire, depuis la rivière de

---

[1] Théodore Licquet.

Robec, à l'est, jusqu'à la rue de la Poterne, à l'ouest. De ce dernier point, tirez une ligne vers le sud, en passant par le Marché-Neuf, la rue Massacre et la rue des Vergetiers, jusqu'à la rue aux Ours, vous aurez la limite occidentale ; celle de l'orient est naturellement tracée par le cours de Robec. La ville conserva cette enceinte jusqu'au Xe. siècle. »

Jusqu'alors elle avait eu la forme carrée des villes romaines.

Ainsi, depuis cette époque, si rien n'avait changé, moi qui écris, aujourd'hui 13 octobre 1834, sur la place des Carmes, je serais sur la muraille d'enceinte de la ville romaine ; à ma droite j'aurais les fossés qui ceignaient les fortifications, et qui étaient creusés où est à présent la rue de l'Aumône. Alors, au fond de ces douves il y avait de la boue et de la fange. Eh ! bien, tout n'a pas été assaini par la civilisation, il y a encore là tout près affreuse corruption.

Et de l'autre côté, si les eaux de la Seine coulaient encore là où elles ont coulé jadis, vous figurez-vous notre merveilleuse cathédrale se mirant dans le fleuve !....

Mais avant ces murailles élevées par les Romains, murailles dont on a trouvé, il y a quel-

ques années , des débris sous l'Hôtel-de-France
et sous le pavé de la rue de la Chaîne , il y avait
eu une ville gauloise. A celle-là, point de murs
réguliers bâtis à petites pierres carrées mêlées de
briques.... Oh! non, nos rudes ancêtres les Gau-
lois ne prenaient pas tant de soin pour se garer
des attaques ; leurs villes n'étaient guère que des
camps ceints de pieux et de piquets ressemblant
à nos chevaux de frise. Aux pointes aiguës de ces
palissades , ils fichaient les têtes qu'ils avaient
abattues dans les batailles, et ils pensaient que
ces horribles trophées devaient imposer à leurs
ennemis assez de crainte et de respect.

Rothomagus.

Avec les Romains, Rouen s'est appelé *Rothomagus;* mais avant, quel était son nom? Voilà ce
que je voudrais savoir; voilà ce que les savans ,
les antiquaires , les académiciens , les membres
de la société d'Émulation n'ont pu m'apprendre
d'une manière positive.... Moi , qui n'ai l'honneur d'être ni *savant,* ni *académicien,* je ne suis
pas fâché quelquefois qu'il y ait des secrets pour
les académiciens et les savans. S'ils savaient tout,
ils seraient trop fiers! Ils n'en sont pas là....

Voilà ce que dit Licquet dans sa notice historique :

« César ne parle point de Rouen dans ses
Commentaires; Pomponius Méla n'en dit rien
dans sa *Géographie;* aucun écrivain antérieur à
Ptolomée n'en fait mention. »

Cette observation seule démontrerait l'absur-
dité des nombreuses étymologies assignées au
nom de *Rothomagus*, dont nous avons fait
Rouen. Les moins invraisemblables sont celles
que l'on a tirées de la langue primitive du pays.
Mais, sous ce rapport même, on ne peut se
livrer qu'à des conjectures plus ou moins hasar-
dées, puisqu'en faisant venir *Rothomagus* de
deux mots celtiques, les uns ont trouvé que ce
nom voulait dire *grande ville;* d'autres, *ville au
bord du fleuve;* d'autres encore, *ville où s'acquit-
tent les impôts.*

« Berose dit que Magus, successeur de Samo-
thes, premier roi des Gaules, jeta les fondemens de Rouen, trois cents ans après le déluge,
et deux mille vingt-neuf ans avant la venue de
Notre-Seigneur, et qu'il la fit appeler de son
nom *Magus*, qui, en langue scythique, signifie
édificateur, en langue persique, *sage*, en langue
gauloise, *ancien palais* ou *maison*. Ptolomée,

en sa *Cosmographie*, termine les noms de plusieurs villes en *magus*, pour avoir été édifiées par ce roi. »

Par ce passage, que je viens de transcrire du premier chapitre d'une vieille histoire de Rouen écrite *par un solitaire, et revue par plusieurs personnes de mérite*, on voit que, pour une ville de commerce, Rouen n'a pas de petites prétentions à la noblesse : dater de trois cents ans après le déluge ! ce n'est pas mal. Pendant que Berose remontait si bien les siècles, pourquoi n'a-t-il pas passé par-dessus le déluge ? Pourquoi n'a-t-il pas fait de *la cité bâtie au bord des eaux* une ville *antédiluvienne ?* Nous connaissons un jésuite irlandais , le père Keating, qui ne s'est pas arrêté en si beau chemin : dans son *Histoire d'Irlande*, il donne gravement les différentes divisions du pays et les noms de ses comtés *avant le déluge* (*before the flood*).

D'autres auteurs normands veulent que le nom de *Rothomagus* [1] dérive d'un ancien culte à *Roth,* dieu aujourd'hui tout-à-fait inconnu. Selon d'autres encore , *Roth* veut dire, en allemand ,

---

(1) Une médaille gauloise porte le nom de Rotho. Elle a été trouvée, *je crois*, aux environs de Caen.

bande ou *compagnie*. Et comme les conquêtes se font avec des *bandes* et *compagnies*, il s'en trouve un ressouvenir dans le nom de Rouen.

Je ne finirais pas si je relatais ici toutes les prétentions que les écrivains normands ont eues pour leur cité. Enfans fiers de leur mère, ils se plaisent à lui faire la plus noble couronne que l'on puisse imaginer....... Oh! tant mieux, vaut mieux cela que le dédain factice que tant de gens affichent aujourd'hui pour leur berceau!......

Rhou, Raoul ou Rollon.

Moi, j'aurais voulu pouvoir faire dériver le nom de ROUEN du nom de RHOU, fameux prince de Danemarck; mais Gabriel Dumoulin, curé de Maneval, nous apprend que *sa venue, en l'an du Christ 374, ayant mis toute la Neustrie en alarmes et jeté la crainte dans le cœur des habitans de* ROUEN, *ils lui députent tout aussi-tôt leur archevesque Franco, pour lui offrir les clefs de la ville et les vœux du peuple, qui se confiait entre ses bras, pourueu qu'il eust agréable de se faire chrestien, rendre justice et vivre selon les coustumes du pays.*

Ce Rhou ou Rollon est un des plus rudes

batailleurs des tems modernes. Comme Alexandre avait rêvé la conquête de l'Inde, Rhou avait
rêvé la conquête de la Neustrie. Il l'effectua enfin,
et voilà pourquoi dans le nom de *Rou-en* j'aurais voulu pouvoir rencontrer un souvenir de
Rhou.... Car, en ce prince, il y avait autre chose
que l'homme du nord dévastateur. Sa main gan-
tée de fer édifiait des cités ; il était à la fois conquérant et législateur, et son nom seul était
devenu le mot légal pour arrêter l'injustice ; car,
ainsi que chacun le sait, *la clameur de haro* n'était
qu'une réminiscence du nom de Rhou ou de
Rollon.

C'est plaisir de lire les vieux chroniqueurs
racontant la vie de ce prince.... Voici un songe
qui lui advint un jour que, fatigué de batailles,
il s'était endormi dans un pré, sur les bords de
la Tamise. Certes, je me garderai bien d'y changer une syllabe ; il y a dans tout ce récit une
fleur d'antique naïveté si pure, si délicate, que
l'on craint presque de la faner en la copiant,
comme ces roses qui vont s'effeuiller, si tant
seulement vous y touchez !

« La mer, dit Gabriel Dumoulin, n'estoit lors
agitée de tant de tempestes que l'ame de Rhou
de pensées diverses.

» Tantost il faisoit dessein de retourner en Danemarck , et par la force des armes de se remestre en possession de ses biens : ores ses affections tendoient en France , puis tout soudain il aspiroit à la couronne d'Angleterre.

» Pendant ces combats d'esprit , il s'endormit et songea que, tout corrompu de lèpre , il avoit receu sa première santé se lavant dans une fontaine qui versoit ses eaux d'une montagne de France ; qu'un nombre infiny d'oyseaux différens en couleur, en taille et en sexe , après s'estre aussi baignez dans ceste eau salutaire , se repaissoient de mesme viande, et bâtissans des palais boccagers se rangeoient à son obéissance.

» L'image de ce songe demeure escrit en sa memoire , et le matin il en fait recit à son conseil et aux seigneurs prisonniers de guerre , les suppliant de lui en ouurir quelques mystères.

» Toutes les interprétations furent diverses et incapables de contenter sa curiosité , quand un prisonnier anglois , qui marioit la piété avec les armes, enseigné de l'esprit de Dieu , luy tint ce discours :

« Le songe , grand prince, n'est autre chose que le mouuement de l'ame par lequel elle se figure diuerses formes qui représentent ou le

bien ou le mal ; car en dormant , comme l'œil
vnit en un poinct tous ses rayons pour mieux
voir , elle assemble toutes ses puissances intel-
lectuelles pour apprendre le cours de ses destinées ; et bien que les songes ne soient que des
images assemblées dans l'ame pour représenter
ses passions , le vostre ne vient point de là , mais
du vray Dieu , qui désire vous rendre bienheureux en terre et glorieux dans le ciel : car ceste
montagne que vous avez songée est son église
visible , la fontaine le sacrement de baptesme ,
la lèpre vos péchés , desquels vous serez délivré
quand , quittant la folie de vos idoles, vous croi-
rez en Jésus-Christ , et faisant profession de sa
foy, son prestre vous lauera des eaux salutaires.
Ces oyseaux représentent les peuples de diuerses
prouinces, qui (baptisez et repeuz spirituelle-
ment de la chair et du sang du vray Dieu sauveur
du monde , qu'il a laissez à son église sous les
accidents du pain et du vin) viendront vous
offrir leurs courages et faire hommages de leurs
terres : leurs petits palais ou nids figurent les
églises qui , ruinées par Bier Coste-de-Fer et
Hastenc , seront par vous réédifiées et mieux
ornées qu'elles n'estoient dans leur plus grande
beauté. »

» Lors , ou le désir d'estre bientost chrestien ,
ou l'espoir de pouuoir empiéter sur la France ,
apportèrent tant de contentement à Rhou, qu'il
donna liberté aux prisonniers, et capteuant leurs
courages par des libéralités non pareilles (arti-
fice qui doit estre ordinaire aux princes qui
désirent avancer leur authorité) , fit conduire
son ambassadeur vers le roy Alfred, pour lui
remontrer que le mauuais procédé du roy de
Danemarck , le sort des armes et les tempestes
l'avaient poussé dans ses ports , non pour pira-
ter ou se loger dans son royaume , mais seulement pour y passer l'hyuer, attendant que le
printemps lui ouurist le passage en France, où
les destins luy promettoient de l'heur et du
repos.

» L'Anglois reçut cette ambassade avec caresses et témoignages de bienveillance , permit aux
Normands d'hyuerner en ses haures et envoya
sauf-conduit à Rhou treuuer et jurer alliance :
ce qui fut faict à Londres , où le prince danois ,
bien veû et bien voulu passa l'hyuer dans la délicatesse des festins , les plaisirs du bal et de la
comédie : mais parmy ces doux charmes il print
le soin d'équipper ses vaisseaux , et par la permission du roy enroller les Anglois volontaires

qui s'offrirent d'estre compagnons de sa fortune
et le suivre.

» Le printemps n'eut plus tost fondu les
glaces et déridé l'Océan, que Rhou abandonna
l'air de la cour, pour aspirer celui des eaux. Un
vent à désir portoit désia sa flotte vers la Neustrie, quand les malins esprits, qui desiroient
plus tost voir noyer les infidelles dans les flots
de la mer, que leurs péchés dans les eaux du
baptesme, esleverent vn fortunal qui, mutinant
les vents, remplit l'air de foudres et la mer de
tempêtes si grandes, que ces infidelles n'espe-
roient plus rien que le naufrage et la mort :
mais Dieü, qui tient la bride des vents et calme
l'air et la mer à son plaisir, à la simple priere de
Rhou (qui dans l'Angleterre auoit receu quelque
petite lumière de la foy chrestienne), applanit
les ondes, et permist que toute la flotte normande parvînt aux rivages du Rhin.... »

Ici j'abandonne à regret le vieil historien, et
je demande à ceux qui ont bâillé sur l'histoire
que l'on nous faisait apprendre dans notre jeunesse, notre ennui aurait-il été aussi grand,
si le froid raisonnement n'avait pas desséché
tous les livres que l'on nous donnait à lire ?
Mais parmi certains écrivains, mais dans

certaine école, on ne voulait aucune espèce de
fleurs dans un livre d'histoire ; celles que les
vieux chroniqueurs avaient amassées avec profusion dans leurs écrits , on les jetait à l'écart,
comme des inutilités...... Si un héros tel que
Rollon était offert à nos regards, rude mais ressemblant, par un auteur presque contemporain,
bien vîte les faiseurs modernes habillaient le
prince des tems passés à la mode de leur tems :
l'estompe à la main, ces puritains de l'histoire
s'empressaient d'effacer tout ce qui était trait de
vigueur et de force, de naïveté et de poésie.

Grâce à Châteaubriand , à Barante, à Walter
Scott, à Michelet, à Mazas [1], ce genre ennuyeux
n'est plus de mode : et maintenant qu'un souffle
inspirateur a passé sur la Normandie , maintenant que Rouen a une académie, une société
d'Émulation , une société des Amis des Arts,
des journaux , des musées et des bibliothèques,
espérons que , du milieu de toutes ces choses
littéraires et artistiques , il s'élevera un historien
normand qui fera un livre à mettre en regard
des ducs de Bourgogne...... Oh ! certes , M. De

---

[1] Lisez ces grands capitaines.

Barante n'a pas puisé, pour l'admirable histoire que la France lui doit, dans des annales plus nobles et plus poétiques que celles de Normandie....

A l'œuvre donc, jeunes hommes de Normandie. Si, comme vos pères, vous n'allez plus conquérir des royaumes, au moins occupez-vous à chercher de beaux souvenirs. Le diamant trouvé sous la poussière des débris lance de son éclat sur celui qui le découvre.

A l'œuvre donc! écrivains, antiquaires, poètes et peintres; à l'œuvre, vous tous que Dieu a dotés d'un peu de feu dans l'ame..... La boue froide et fétide des jours actuels serait mortelle pour vous. L'aigle mourrait s'il était attaché près de la mare fangeuse; il lui faut l'espace avec son immensité, le ciel avec ses nuées, ses orages, ses astres et son soleil..... A vous aussi, ames généreuses, il faut mieux que les jours d'aujourd'hui; remontez donc vers d'autres jours, en nous redisant les nobles choses du passé; vous nous préparerez un avenir meilleur. Les hommes, en écoutant raconter de *belles histoires*, voudront peut-être devenir *historiques*, et pour se faire du renom, sortiront de la platitude du présent........ Mais nous, ne nous laissons pas emporter, et que notre colère contre le moment actuel ne nous empêche pas de peindre le vieux Rouen.

Cette ville n'en était encore qu'à sa première enceinte, celle élevée par les Romains, lorsque le flambeau de la foi lui fut apporté par les premiers apôtres des Gaules : déjà Rouen était une ville assez importante pour que les paroles prononcées sur ses places publiques fussent entendues au loin. C'était ces lieux-là que les disciples du Christ ambitionnaient de préférence ; là il y avait un gouverneur romain, des bourreaux romains, des mœurs romaines, des mœurs infâmes, d'affreuses voluptés et du sang mêlés ensemble. Dans leur ardente soif de sauver les ames, de les délivrer de ce joug odieux, les prêtres chrétiens couraient là tout d'abord. Valeureux soldats, c'était toujours la muraille la plus haute et la mieux défendue par l'ennemi qu'ils choisissaient pour y monter et y planter l'étendard de la croix.

Premiers Apôtres de Normandie.

Quelques historiens disent que saint Nicaise fut le premier qui prêcha le Christ aux habitans

2

idolâtres de la Neustrie ; d'autres prétendent que c'est seulement à saint Mellon que Rouen a dû le bienfait de la foi, la liberté du Christ.

Son nom se trouve le premier sur la longue liste des pasteurs-évêques,..... et puis, à quelque distance, vient saint Victrice, dont le zèle et la charité firent merveilles sur merveilles. Sous lui nos premières églises s'élevèrent ; il ne se contentait pas de crier au peuple : Bâtissez des temples au vrai Dieu ; lui-même mettait la main à l'œuvre, roulait la pierre, la taillait et la portait aux saintes murailles.

Avant lui, saint Mellon avait consacré une chapelle *à la vierge Marie*, à l'endroit où se voit aujourd'hui la magnifique église de *Notre-Dame*. Comment ne pas respecter, presqu'à l'égal du ciel, ce sanctuaire d'où tant de vœux se sont élevés, d'où tant de consolations sont descendues !.... Je sais bien que les siècles, en coulant sur nous, ont peut-être enlevé jusqu'à la dernière pierre de l'oratoire chrétien bâti par saint Mellon et par saint Victrice. Mais c'était *là* qu'était leur autel ! mais c'était *là* que les mères de nos mères ont prié ! mais c'est *là* qu'il y a comme une chaîne sacrée entre nos pères et nous ! mais c'est *là* qu'il y a tout une magnificence de souvenirs! Aussi, en regardant nos vieilles églises, je n'admire pas seulement leur *beauté*, c'est leur *sainteté* qui me frappe. A mes yeux, leurs murailles sont consacrées par autre chose encore que par l'eau bénite, le saint-chrême et l'encens: tous les vœux, toutes les prières, toutes les douleurs, toutes les consolations des générations qui ne sont plus, m'y paraissent attachés! Oh! là, je ne prie pas tout seul, j'y prie avec le passé, le présent et l'avenir! Anathême! anathême donc, sur celui qui profane le saint lieu, et qui y porte une main barbare et sacrilége!

Saint Victrice vivait en l'an de grâce 404 ; sa piété bâtit plusieurs de nos églises. Dieu avait donné une grande persuasion à sa parole, et, en l'écoutant, les peuples se convertissaient par milliers.

Voici ce qu'on lit dans une vieille histoire :

« Saint Victrice, septième archevêque, étendit les faubourgs de la ville, fit construire maintes belles églises, et mit la cité tellement en crédit, que saint Paulin, alors évêque de Nole, le congratule dans une de ses lettres, où il dit, entre autres choses, que ce saint prélat a établi le culte de Dieu dans son diocèse avec tant de bonheur et de zèle, que la ville de Rouen, qui était peu

connue auparavant, a depuis porté son nom et
sa gloire dans toutes les parties du monde. »

Saint Godard, encore un des patrons vénérés
de Rouen, avait succédé à Flavius et à Prétextat. Ces trois noms sont conservés avec grands
éloges dans les annales religieuses du diocèse.

Sous le pontificat de saint Godard, eut lieu,
à ce que l'on croit, la première fondation, par
Clotaire Ier., vers l'an 540, de l'abbaye de Saint-
Pierre, aujourd'hui Saint-Ouen. Ainsi il ne
manque rien à cette merveille, et ses souvenirs
sont aussi nobles que ses murs admirables !

Je viens d'écrire le nom de Prétextat, et ce
nom m'a fait revenir en mémoire ceux de deux
femmes célèbres par leurs crimes encore plus
que par leur beauté, Frédégonde et Brunehaut,
ces deux grandes figures des premières pages
de notre histoire !

Chilpéric avait exilé Brunehaut à Rouen. Et
l'on sait pourquoi le jeune Mérovée, fils du roi
chevelu de Soissons, aimait Brunehaut et en
était aimé. Les deux amans vinrent prier Prétextat de bénir leur amour ; il y consentit et les
unit devant Dieu. Mais Chilpéric, furieux, arriva
à Rouen. Les nouveaux époux entendirent les
cris de sa colère, et se réfugièrent dans l'église

.de Saint-Martin, dans l'île de la Roquette.
Mais Prétextat, qui avait béni leur union, ne
fut pas pardonné par la vindicative Frédégonde.
Elle le fit assassiner dans sa cathédrale, pendant qu'il y disait la messe et qu'il priait pour
ses ennemis.

Après Prétextat, se succédèrent Mélance,
Hydulphe, saint Romain et saint Ouen. Ces
deux derniers sont encore les patrons les plus
vénérés de Rouen : saint Romain, vainqueur
de la terrible gargouille, le *délivreur* du prisonnier ; saint Ouen, l'ami et le conseiller de nos
premiers rois, et dont le nom est attaché à une
des merveilles de la France chrétienne.

Jusqu'ici, il n'y a guère eu à Rouen que le
sanctuaire qui ait rayonné ; mais à la splendeur
que la religion a donnée à la ville, les armes
vont aussi joindre leur éclat.

Voici venir Rollon !

Vers l'année 910, dit toujours notre historien, *Rhou, Raoul* ou *Rollon, premier duc de
Normandie, fut reçu à Rouen, à condition de
conserver les bourgeois dans leur religion, leurs
droits et immunitez.*

Honneur ! honneur à ces bourgeois des vieux
jours ! Ceux-là comprenaient la patrie et en

défendaient les plus saints priviléges. Pour eux
ce n'était point assez de crier au prince qui
venait dans leurs murs : Vivat! vivat! Noël!
Noël!.mais ils disaient encore : Religion! religion! libertés! libertés!

A Rollon, *la ville des Romains* ne convenait
plus. Le vieux Rothomagus était trop petit pour
le prince conquérant; il y souffrait, et en repoussa les murailles. C'est de son tems que date
la seconde enceinte.

Plusieurs églises, telles que Saint-Martin-de-
la-Roquette, où Mérovée et Brunehaut s'étaient
réfugiés, Saint-Clément, Saint-Étienne, Saint-
Éloi, qui jusque-là s'étaient trouvées dans de
petites îles, furent réunies à la terre ferme par les
travaux que firent Rollon et son fils Guillaume-
Longue-Épée, pour encaisser le lit de la Seine.
Cette conquête faite sur le fleuve fut appelée
Terres neuves.

En ce tems-là, l'église Saint-Vivien était
encore en pleine campagne, et celle de Saint-
Maclou dans un lieu marécageux, aujourd'hui
Malpalu (de *malum palus*).

Les successeurs de Rollon et de Guillaume,
son fils, étendirent encore les limites de la ville.
Les agrandissemens qu'ils y firent furent vers

l'occident ; vers le *Vieux-Marché* et la *porte Cauchoise*.

Rollon, avant de s'endormir dans son armure de fer et de se coucher dans son lit de marbre, avait voulu prouver à son peuple que sa foi était vive en Dieu et en ses saints. Avant sa conversion, alors qu'il était venu, sur la foi d'un songe, *conquester* la Neustrie, il avait inspiré une telle terreur, qu'à la nouvelle de son approche les populations fuyaient tout entières en criant au Seigneur : *A furore Normanorum libera nos Domine*, et en emportant leurs trésors et leurs reliques les plus précieuses.

Alors les religieux de Saint-Ouen avaient, avec tout le peuple, fui de la cité menacée, enlevant de leur église, déjà renommée par sa beauté et sa richesse, le corps de leur bienheureux patron. Devant le terrible Rollon, les vivans ne fuyaient pas seuls, les morts aussi quittaient leurs sépulcres !

Reliques de Saint-Ouen.

Le corps de saint Ouen avait été heureusement enlevé dans sa châsse enrichie de pierre-

ries, car le monastère où elle était gardée fut
pillé et brûlé de fond en comble.

Plus tard, cette profanation pesa lourde sur la
conscience du conquérant devenu chrétien, et il
n'eut de paix dans l'ame que lorsqu'il eut ramené
les reliques vénérées à leur ancienne place.

Cette relique, en grand renom dans toute la
France, avait été pieusement reçue en dépôt par
Charles-le-Simple. Un ambassadeur lui fut envoyé par le nouveau duc de Normandie, pour
redemander le corps du saint. Charles n'accé-
dant pas tout de suite à ce désir, le vieux guerrier
tira à demi sa puissante épée, et dit : « Je la
tirerai tout entière si Charles ne se hâte pas de
restituer à la terre que j'ai conquise le corps qui
lui appartient. »

Quand Rollon menaçait, ce n'était pas en
vain, le monde le savait. Aussi, bientôt, le roi
de France fit remettre en route la châsse renfer-
mant les ossemens du saint..... Des religieux la
portaient respectueusement sur leurs épaules,
se relayant sur la longueur du chemin, bordé
de peuple agenouillé, chantant des louanges et
des cantiques à Dieu et à saint Ouen, qui revenait à son tombeau comme un exilé à sa maison.

Arrivés à un quart de lieue de Darnétal, les

moines déposèrent leur fardeau sacré, pour
entonner des actions de grâce.... Mais, quand,
après quelques instans, ils voulurent le remettre
sur leurs épaules et continuer leur route, le
cercueil était devenu pesant *comme une mon-*
tagne, et tous leurs efforts et ceux de bien
d'autres ne pouvaient tant seulement le faire
remuer sur l'herbe....

Saisis de crainte à ce prodige, les prêtres,
les religieux, le peuple, redoublèrent de prières.
Avec les manches des croix d'argent et des bannières bénites, avec des barres de fer, on chercha en vain à l'enlever. C'était, dit la chronique,
toujours comme une montagne.

Des messagers furent alors dépêchés au duc
pour l'avertir du miracle, et bientôt le prince
arriva,..... arriva en bon chrétien : sa tunique
serrée et tricotée de fer ne le revêtait plus, car
ce n'était pas pour combattre qu'il venait, mais
pour prier ; sa tête était sans casque et sans
couronne, et avant d'approcher de la relique
aimée, vénérée et redoutée, le conquérant se
déchaussa, dépouilla sa robe de pourpre, et
s'agenouilla sur la poussière, en faisant une
longue et fervente prière que les chroniqueurs
ont conservée.

Après cette fervente invocation , Rollon vint essayer, en tremblant, de soulever la fierte..... Mais , ô prodige! ô miracle! elle est redevenue de son poids ordinaire ; la volonté de Dieu ne pèse plus sur elle ; le prince l'enlève , et lui et les plus illustres seigneurs de sa cour la prennent sur leurs épaules et la reportent à l'église nouvellement reconstruite de Saint-Ouen. Là , elle resta priée et honorée jusqu'en 1562. A cette époque , les Calvinistes, vandales si jamais il en fut , et ennemis acharnés des saints , brûlèrent le précieux cercueil et profanèrent les reliques.

Pour garder durable souvenir de cette translation faite par le premier duc normand , il fut donné au lieu où le miracle avait été opéré , et où tant de prières avaient été dites et tant de *louanges chantées* , le nom de *Longpaon* , qui signifie *longues louanges*.

Abbaye de Saint-Ouen.

Comme à toutes les illustrations humaines , il y a beaucoup de malheurs mêlés à l'histoire de l'abbaye de Saint-Ouen.

Voici quelques traits :

Hildebert , premier abbé dont le nom nous

soit parvenu, aidé des libéralités de Richard Ier.
et de Richard II, rebâtit le monastère, qui fut
achevé du tems de l'abbé Guillaume Ballot ; la
dédicace en fut alors faite par l'archevêque
Geoffroy.

Dix ans après cet achèvement et cette dédicace, il fut entièrement détruit par un horrible
incendie.

Fraterno releva l'édifice sacré de ses cendres.
Les libéralités de Henri II et de l'impératrice
Mathilde lui furent grandement en aide pour
cette œuvre pie.

Il y avait là comme une fatalité, car, en 1248,
d'autres flammes dévorèrent encore la sainte
maison.... Cette fois, la ruine en fut si complète,
que l'abbé Hugues De Courmoulin se retira avec
ses religieux au manoir de Bihorel.

Ce ne fut qu'en 1318, le 25 mai, que la
première pierre de l'église que nous admirons
aujourd'hui fut posée..... Oh ! fasse le ciel que
Saint-Ouen soit au bout de ses malheurs ! Fasse
le ciel que la merveille de Jean Roussel et de
Marc d'Argent traverse bien des siècles, bien
des âges, pour montrer à nos arrière-neveux
comme nos pères savaient bâtir des maisons au
Dieu du ciel !

Mais voyez comme mon amour pour Saint-
Ouen m'a amené tout d'un trait à l'année 1339!
Que de faits cependant j'ai laissés derrière moi!
il faut y remonter.

Robert-le-Libéral, dit Robert-le-Diable.

Avant que le soleil ne vienne à montrer son
disque radieux, la lumière s'est déjà répandue
dans le ciel ; l'astre ne se montre pas encore,
mais déjà sa gloire s'annonce et se devine. Ainsi,
dans l'histoire normande, Guillaume n'est pas
encore né, que déjà le pays s'illumine et rayonne.

« Les grandeurs sont tousiours suiettes à l'en-
uie, dit le curé de Maneval, et difficilement les
princes se maintiennent long–tems dans leurs
thrônes ; car, d'ordinaire, la force, la trahison, le
venin renuerse, chasse ou fait mourir ceux que
la nature ou la fortune y a esleuez ; la vie et le
court règne de Richard, troisième duc de Normandie, asséurent cette vérité. S'il est vrai que
son frère Robert soit monté dans son thrône par
le poison, comme plusieurs l'ont soupçonné,
il est certain toutefois qu'il y monta comme
légitime successeur d'iceluy. Il fut fauorable-
ment receu des comtes et barons, desquels en

mesme temps il receut les hommages et ser-
ments de fidélité. Puis, comme la coutume estoit,
son oncle Robert, archeuesque de Rouen, luy
mit le cercle ducal sur la teste, le manteau sur
les espaules et l'épée en la main, et lui fit jurer
qu'il garderoit les libertez de l'église, deffen-
droit son peuple et feroit justice.

» Ce prince ne démentit la piété de ses ancestres, et fut benin et doux à ses amis ; mais
un lyon dans les feux de sa colère. »

Savez-vous de qui parle ainsi le vieil historien?

C'est de...... Robert-le-Diable.

« Toutefois, ajoute Dumoulin, comme les
grands feux facilement épris ne sont de longue
durée, les chauds bouillons et transports de son
esprit estoient bientôt appaisez ; et la moindre
recognoissance de la faute et par petite submis-
sion, le rendoient doux comme un agneau. »

A l'époque où je transcris ces lignes, la cité
rouennaise est toute remplie du nom de *Robert-
le-Diable*, et c'est du théâtre que lui vient tout
ce bruit-là. On représente les faits et gestes du
prince normand ; mais il faut avouer que l'auteur de ce merveilleux opéra n'a pas étudié son
héros dans le livre que je cite.

Dans ce livre, c'est plaisir que voir comme est traitée la vie de Robert-le-Magnifique ou le Libéral, sixième duc de Normandie.

« Un règne ne peut marcher d'vn mauuais pas quand la déuotion le commence et le conduit, et s'il y rencontre quelque cheute, comme tous les princes sont hommes, et souuent plus que les autres, ceste fille du ciel, qui ne marche pas sans la crainte de Dieu, ne permet y demeurer long-temps. Le duc Robert, dès le commencement de son règne, donna cognoissance que ceste vertu régnoit en son ame, faisant bâtir, près la ville de Saint-Lô, l'abbaye de Cérisy. »

Après avoir ainsi vanté son héros, après avoir raconté un différend que Robert eut avec son oncle, l'évêque d'Évreux, ce qui, pour quelques instans, lui avait fait prendre les armes, mon vieux livre favori ajoute :

« Ce feu de paille estaint, en voicy un de gros bois qui s'allume, et à peine les soldats avoient pendu leurs armes au croc, qu'il les faut dépendre. »

Chevaliers normands.

En ce tems-là, les Normands ne laissaient

guère *leurs armes au croc ;* un génie aventureux
les tourmentait, et, comme en se jouant, ils s'es-
sayaient à conquérir des royaumes. Un d'entre
eux avait-il porté un mauvais coup ? avait-il
fait une faute ? commis un crime en son pays ?
au lieu de se tuer, comme on fait de nos jours,
il se disait : Voici une tâche que je me suis faite,
il me faut la couvrir avec de la gloire ; et il par-
tait et mettait les mers entre lui et son pays
natal !

Un jour, dans la forêt de Lyons, Drengot
Osmond tua Guillaume Repostel, aux côtés de
Robert. « Ce meurtre, commis en la présence
du prince, auquel chacun est obligé d'honneur et d'obéissance, fut tellement blasmé de
tous, que Drengot avec ses enfants, ses nep-
veux et quelques cavaliers, s'en alla premièrement en Bretagne, de là en Angleterre, et
enfin au royaume de la Pouille, où le prince de
Bénévent, lors bien empêché avec les Sarrazins
d'Afrique, les receut à bras ouverts et leur donna
une ville pour demeurer. »

Ainsi, Osmond fut le premier des Normands
qui prit habitude en ces cantons-là.

Puis après lui vinrent Drogues et ses pieux
et valeureux compagnons pélerins, sauvant les

royaumes qui leur donnent asile , et qui , *après un dîner sur l'herbe des prairies* , taillent en pièces vingt mille Sarrazins débarqués chez leur hôte Wailmach, duc de Salerne.

Pour semblable service , c'est en vain qu'on leur offre des charriots chargés de vaisselle d'or et d'argent et de butin de prix inestimable , et qu'on cherche à les retenir avec des possessions et des charges honorables ; le besoin de revoir le pays natal les tourmente et leur fait tout sacrifier.

Tancrède était riche de douze fils sortis de Morielle et Fréfonde , lesquelles il avait successivement épousées ; mais, du reste, si pauvre gentilhomme, que, jugeant ne pouvoir les avancer dans les faveurs de la cour, il voulut que ses six aînés, Drogues, Onfray, Guillaume, Herman, Robert, depuis surnommé *Wiscard,* c'est-à-dire *rusé,* et Roger, fussent de la partie.

Turstin de Citeau , Ragnulfe et Richard, fils d'Anchetil de Quarrel, coururent aussi pareille fortune. Elle leur fut heureuse.

Guillaume de Montereul, Ernaud de Grente-Mesnil et plusieurs autres, les suivirent de près , et tous étaient reçus avec grands honneurs par le duc de Salerne.

Turstin de Citeau avait été élu leur chef ;

c'était homme de grande force et courage. « *Un iour, il sauva une chièvre de la gueule d'un lion et la ietta, comme si c'eust été un petit chien, par-dessus les murailles de Salerne.*

» Les Lombards, estonnez d'vn acte si gé-néreux, au lieu de chérir davantage ce brave Normand, commencèrent à le haïr, et, pensant avancer la fin de ses jours, le menèrent en la demeure d'vn horrible serpent et se retirerent d'avec luy. Surpris de leur retraite, et comme il en demandoit la cause à son escuyer, le dragon parut, vomissant le feu par la gueule et les nari-nes, et saisit le pied de son cheval : ce généreux chevalier, sans tressaillir, met l'épée à la main, et, se couurant de son bouclier, donna au ser-pent si grand coup qu'il en mourust bientôt après.... Mais (chose incroyable si des autheurs dignes de créance ne l'eussent laissé à la posté-rité) la flamme qui sortoit de la gueule de cet ennemi des hommes estoit si grande qu'elle con-somma en un moment le bouclier, et son souffle si plein de venin qu'il termina les jours de ce cavalier. »

Ainsi, on le voit par ces merveilleux récits que je me plais à transcrire en une ville nor-mande, pour la valeur et la sainteté des Nor-

mands, ce n'était point assez que des ennemis
ordinaires, il leur en fallait de surnaturels ; et
Turstin de Citeau savait vaincre les *dragons* avec
son épée, comme saint Romain savait dompter
les *gargouilles* avec son étole. A religion et vaillance, on reconnaissait nos pères.

Si belle distinction dut leur valoir envie et
haine. Aussi, les habitans de la Pouille furent
bientôt ingrats et traîtres ; ils s'armèrent contre
leurs libérateurs , et force fut à nos chevaliers
de conjurer Naples , Sicile, Calabre et bonne
partie de la Grèce.

Ce n'était tout que tant de gloire ! Il fallait de
l'argent aux nouveaux conquérans. Robert Wiscard ne fut seulement riche de hauts faits et
d'honneur, mais aussi d'or et d'argent ; « car,
estant duc de la Pouille, il prit prisonnier vn
Sarrazin , bien versé aux sciences cachées et
secrets des figures ; apprit de luy, voyant vne
grande statue , plantée sur vne colomne de
marbre et couronnée de cuivre , en laquelle
estoient gravés ces mots : *J'auray, le premier*
may, au soleil levant, une couronne d'or, qu'au
lieu que l'extrémité de l'ombre de la statue mar-
querait en ce jour et heure, estoit caché un
grand trésor, ce qui fut véritable, et luy donna

les nerfs pour parfaire les guerres qu'il entreprit, et termina tousiours à la gloire des Normands. »

Je ne sais en vérité si je m'abuse, mais il y a dans ces naïfs récits un charme qui fera, j'espère, que mes lecteurs ne m'en voudront pas d'avoir joint à la peinture des monumens de Normandie ces hauts faits normands ; c'est les rendre plus beaux, c'est pour ainsi dire les *vernir avec de la gloire....* Et puis, pour en venir à parler de Guillaume, c'est faire une digne préface que de raconter tant de vaillance, c'est faire connaître ses soldats, c'est expliquer sa grande conquête.

Mais, avant de dire l'Angleterre soumise, relatons encore quelques traits de la vie de Robert-le-Libéral.

« Robert, allant visiter les saincts lieux, passa à Rome, reçut la croisade et le bourdon de la main du pape Benoist IX, et sortant de la ville, comme il apperceu la statue de Constantin-le-Grand monté sur un cheval de bronze, sans robbe ni couuerture, il commanda qu'on mist le plus riche de ses manteaux sur les espaules de la statue, disant tout haut que *les Romains portoient peu d'honneur à leur seigneur, puisque tous les ans ils ne lui donnoient point une robbe.*

» Ce que Robert fit pour leur laisser la mémoire de sa magnificence , laquelle parut très-
grande dans la cour de l'empereur de Constan-
tinople ; car, ayant fait ferrer sa mulle de quatre
fers d'or, et la coustume estant, en Orient, de
laisser tomber le manteau, lorsqu'on abouchoit
l'empereur, il deffendit à ceux de sa suite de
rompre ceste coustume et de reprendre leurs
manteaux : néantmoins, comme, sur le depart ,
vn chambellan luy vouloit releuer et rendre son
manteau, il dit que l'habit, lequel une fois auoit
touché la terre, ne seruoit jamais aux Normands.

L'empereur ayant traité à disner le duc et les
seigneurs de sa cour , et les ayant fait seruir
sur des tables basses , sans aucuns siéges, le
duc et sa noblesse despouillèrent leurs robbes ,
et, les ayant amoncelées, prindrent séance chacun
sur la sienne , et les laissèrent, après le disner,
sans les vouloir remestre , alléguant le duc ,
que ce n'estoit pas la coustume des Normands de
porter des siéges sur leurs espaules........ »

Pareils traits valent mieux que des volumes
pour bien faire connaître nos devanciers........
Mais aujourd'hui, dans le *pays de sapience*,
dans un tems d'industrie et de calcul ; mais sous
le règne de Louis-Philippe , homme d'ordre

et d'économie, si jamais il en fut, ne paraîtront-
ils pas extravagans et fous ?..... Moi, je l'avoue,
je les aime, je les aime de toute la haine que
m'inspirent les princes ladres et avaricieux.

Guillaume-le-Conquérant.

Robert, si magnifique, n'était pas galant ;
les femmes l'occupaient peu, seulement il aima
passionnément la fille d'un bourgeois de Falaise
(autres disent de Foubert, son maistre d'hôtel),
de laquelle il eut un fils.

Ce fils fut l'astre de la Normandie, ce fils fut
Guillaume-le-Conquérant !

Ce fils fut annoncé par des songes mystérieux
et presque par des prodiges.

Harlette, la nuit où elle avait conçu l'enfant
qui devait être héros, avait rêvé que de son
sein sortait un grand arbre qui étendait ses
rameaux si longs et si hauts qu'il ombrageait
toute la Normandie.

La sage-femme qui le reçut en ce monde
« le mit, sans langes ni drapeaux, sur vn petit
de paille, et commença l'enfant à pétiller et
à tirer la paille avec ses mains ; ce que voyant,
ceste sage-femme dit : *Par ma foy, cet enfant*

_commence bien jeune à acquérir et amasser, je ne sais ce qu'il ne fera pas estant devenu grand.* »

Quelques années après sa naissance, Guillaume Talvas, comte de Bellême, d'Alençon et de Séez, s'écriait, en regardant jouer avec d'autres petits garçons le fils de Harlette : *Maudit sois-tu de Dieu, puisque par toy et par ta race ma puissance sera mise à bas!*

Ces pronostics ne furent pas trompeurs, et tinrent tout ce qu'ils avaient promis ; Robert, au moment d'aller guerroyer pour la conqueste des saints lieux, amena son fils *en l'église de Notre-Dame de Rouen*, et là, tout vêtu de fer, et préparé aux batailles, il s'agenouilla sur les dalles de pierre et dit à Dieu et à la benoîte vierge Marie : *Gardez-le, et soyez-lui en aide !*

Puis, comme à une bonne école d'honneur et de prud'hommie, il le conduisit à la cour du roi de France, pour y être dignement élevé.

On sait comme les leçons de courage qu'il y reçut ont profité !

Demandez à l'Angleterre...... demandez-le plutôt là qu'en son pays natal, car en toute la Normandie vous ne direz pas une ville qui ait statue de lui !

Pas plus que de Rollon !...... Oh ! c'est une

honte que pareil oubli ! certes, c'est bien de décerner des statues *aux hommes de sciences et de lettres;* certes, j'ai applaudi comme un autre en voyant honorer la mémoire de Pierre Corneille : mais si j'avais été appelé au conseil de la ville de Rouen, le jour où l'on y agita cette question de consacrer une statue au grand poète, j'aurais dit : Oui, mais après Rollon! oui, mais après Guillaume! il y a gloire et gloire, celle de l'épée vient avant toutes les autres.......... Ce n'est peut-être pas raisonnable, mais c'est comme cela ! et en France surtout. C'est avec *sa victorieuse épée* que Rollon traça l'enceinte de votre ville; c'est avec leurs épées que les compagnons de Tancrède ont conquis des trônes aux Normands.

C'est avec *sa puissante épée* que le glorieux bâtard a écrit son nom sur le champ d'Hasting et sur les murs de Londres, et si bien rivé sa conquête au pays d'Harald, qu'elle y tient encore.

Nous nous disons dans un tems de *justice,* nous nous vantons de ne laisser aucune gloire sans *rétribution;* je dirai : Mensonge que toutes ces vanteries, tant que je ne verrai pas au pays de Guillaume une image de lui !

Non seulement on n'élève pas de statues aux illustrations chevaleresques de l'héroïque Normandie, mais on abat les vieilles et nobles demeures où les devanciers avaient jadis rêvé gloire et conquête.

A quelques lieues de Rouen, à Lillebonne, la salle où Guillaume, avec ses vaillans chevaliers, *arrêta* l'expédition d'Angleterre, et le palais du roi Étienne, ont été jetés à bas, et chacune de leurs pierres, confidentes de glorieuses pensées, employée à faire un enclos à l'entour d'ignobles pommiers!

Habitans de Rouen, vous avez écrit sur des plaques de marbre : Ici naquit Corneille, ici naquit Fontenelle ; avez-vous une inscription pour dire où mourut Guillaume ?

J'ai peine à concevoir votre froideur pour si grand caractère. Dans notre Bretagne (que quelques uns d'entre vous nomment *sauvage et arriérée*), nous honorons mieux nos héros. Arthur de Richemont ; Olivier de Clisson, Bertrand Duguesclin et notre duchesse Anne ont leurs statues sur nos plus belles places ; celle de Châteaubriand y sera aussi un jour, mais elle ne sera pas seule ; et l'homme de Bretagne qui a eu la meilleure plume, sera

placé auprès des Bretons qui ont tenu les meilleures épées.

Pour avoir une de ces gloires qui durent et
qui résistent à l'action incessante du tems,
rien n'a manqué à Guillaume; dès ses premières
années le malheur ne lui a pas failli, il était
encore tout jeune lorsqu'il lui fallut, presque
nu, monter à cheval et fuir de Valognes devant
la vengeance de Néel, le vicomte. Tous ceux
qui avaient de l'envie dans le cœur, devinant sa
gloire future, s'étaient ligués contre lui, rois,
princes, ducs et comtes; et cependant, au milieu de toutes les embûches qu'on lui tendait,
de toutes les calomnies qu'on débitait contre
lui, des cris *la pel! la pel!* que l'on pous-
sait pour l'insulter, et faire souvenir que sa
mère était fille d'un *pelletier,* il demeurait si
majestueux que les filles de rois enviaient sa
main, et que Mathilde de Flandre, fille de
Baudouin, une des merveilles de son siècle,
venait partager son lit avant qu'il n'eût un trône
de reine à lui offrir. Et pour cette grande conquête de l'Angleterre, quels obstacles n'a-t-il
pas eu à vaincre? Et, *splendeur de Dieu!*[1] avec

---

[1] C'était son jurement habituel.

quelle fermeté, quelle habileté ne les a-t-il pas
tous surmontés! Anglais vaincus, Normands in-
soumis, Français jaloux l'ont-ils laissé dormir
en paix, lorsqu'il a eu sur le front la couronne
d'Harald? et le trône lui était-il long-tems un
siége de repos? Le fer l'a revêtu plus souvent
que la soie, il a usé plus d'armures de bataille que de somptueux habits de fête. Tout
lui a été contesté, même sa tombe!.... Et vous,
fils de ses soldats, enfans de ses compagnons
de conquêtes! Normands! vous ne lui donnez
pas une statue sur terre normande!

Oh! ingratitude! ingratitude!

Souvenirs de Guillaume et de Mathilde.

Tout roi d'Angleterre qu'était Guillaume, le
beau pays de Normandie le rappelait souvent;
le palais qu'il s'était bâti à Londres ne lui plaisait tant que le *Bois-Guillaume*, et terre natale
lui a semblé plus légère que terre conquise : car
c'est à Caen qu'il dort dans sa *fosse payée*.

Le pont bâti à Rouen sous le règne de sa
petite-fille portait le nom de Mathilde. Quelques débris existent encore, les eaux les cou-

vrent...... Les eaux, c'est comme les siècles, ça va toujours coulant, et faisant disparaître, sous l'oubli, des choses qui devraient rester debout en la mémoire des hommes!....

C'est à Eu que Guillaume de Normandie et Mathilde de Flandre furent mariés, et ce fut de cette petite ville que la duchesse, qui devint reine, arrivait quand elle fit son entrée solennelle à Roüen, par la porte et rue *Martainville*, l'une des plus belles d'alors!

Aujourd'hui y a-t-il, dans tout Rouen, une place, une rue, une pauvre ruelle qui porte le nom de Mathilde? Je ne le crois pas. Cependant, dans une ville *à étoffes*, *à tissus*, Mathilde devrait avoir trouvé grâce : pour plaire aux industriels n'a-t-elle pas sa fameuse tapisserie!

Tapisserie grandement renommée en Europe, et que beaucoup de Normands ne connaissent pas!

Tapisserie glorieusement historique, et que Napoléon fit venir à Paris, lorsque lui aussi rêvait d'aller conquêter l'Angleterre!

Tapisserie que nos rois légitimes ont rendue à l'église de Bayeux, pour s'en orner aux plus grandes fêtes !

Tapisserie, qui est aujourd'hui ignoblement

roulée sur un tourniquet, à l'hôtel-de-ville de Bayeux, et qu'une malheureuse servante dé-roule, en estropiant les noms des personnages qui y sont représentés !

Savez-vous qui vient voir le plus souvent cet œuvre de reine et de grandes dames? Ce sont des Anglais ; il y a eu tant de gloire dans la conquête de Guillaume, que les *vaincus* sont demeurés plus fiers du *conquérant,* que les fils de ses compagnons d'armes !

C'est étrange, mais c'est comme cela.

Entrées solennelles de Rois à Rouen.

Rouen, vit de grandes et nobles fêtes en l'année 1067 ; ce fut alors que Guillaume, le front ceint de la couronne anglaise, revint fier au pays.

« A son entrée à Rouen, dit le curé de Manéval, *le soleil dissipa tous les nuages pour honorer ce retour.* »

Oh ! mon Dieu, que la flatterie est vieille, et comme elle varie peu ses phrases ! Depuis Guillaume, que de fois on a répété : *Pour être témoin d'une si belle entrée, le soleil est sorti radieux de dessous les nuages !*

A Rouen, seulement, comme on a fait usage de cet arrangement de mots !

Comptons un peu :

Pour Jean *Sans-Terre,* duc de Normandie ;

Pour Louis IX et sa mère.

Pour Charles V.

Pour Richard, duc d'York.

Pour Charles VII le victorieux, Dunois portant son étendard.

Pour Marguerite d'Anjou.

Pour Louis XI.

Pour Charles VIII.

Pour son frère Charles, duc de Normandie.

Pour Louis d'Orléans, gouverneur de Rouen.

Pour le cardinal d'Amboise, légat du pape.

Pour Louis XII et Anne de Bretagne.

Pour le sénéchal de Brézé.

Pour François Ier.

Pour François de Valois, dauphin de France.

Pour Jacques, roi d'Écosse.

Pour Henri II.

Pour Charles IX.

Pour les ducs de Joyeuse et d'Épernon, gouverneurs de Rouen.

Pour le maréchal de Villevieille.

Pour Henri III.

Pour Henri IV.

Pour sa sœur, princesse de Navarre.

Pour Charles de Bourbon , archevêque de Rouen.

Pour Anne d'Autriche, régente du royaume.

Pour Louis XIV.

Pour Jacques II, roi de la Grande-Bretagne.

Pour Louis XV.

Pour Louis XVI.

Pour Napoléon, consul, puis empereur.

Pour l'impératrice Marie-Louise.

Pour le duc de Berri.

Pour Marie-Thérèse , fille de Marie-Antoinette , dauphine de France.

Pour Marie-Caroline , *Madame,* duchesse de Berri.

Pour sa fille, *Mademoiselle,* fille de France...

Et puis, après cette longue et glorieuse litanie :

Pour Louis-Philippe d'Orléans, fils de Philippe-Joseph-Égalité ;

Pour Marie-Amélie de Sicile, ses fils, ses filles et son gendre Léopold de Saxe-Cobourg.

Pour Dona Maria da Gloria , fille de Don Pédro de Portugal.....

Pour tous les personnages dont nous venons de transcrire les noms, *la même phrase* (avec

peu de variantes) aura été répétée par tous les
hommes qui ont fait tour-à-tour les honneurs de
la ville.

Louis-Philippe aura eu la même bienvenue
que Louis XII, père du peuple ! et le duc de
Chartres le même compliment que François Ier !
Dérision ! dérision !

Mais ne nous fâchons pas contre les choses
de ce monde.... Si les hommes , dans leur faiblesse , reçoivent avec les mêmes paroles gens de
bon et mauvais aloi , pensons que les jours de
mensonge passent , et que là-haut les anges
n'accueillent et ne présentent à Dieu que ce qui
est pur et saint.

En donnant la liste de tous les visiteurs illustres qui sont venus à Rouen , nous avons aussi
voulu donner une juste idée de l'importance de
la vieille cité normande. Qui n'a pas de merveilles à montrer , n'est pas si souvent visité.
Avant d'énumérer tous les personnages historiques dont il ne reste plus que les noms dans
les archives de la ville , nous en étions aux jours
de Guillaume-le-Conquérant.

Rue Malpalu.

Peu après cette époque, vers l'an 1087, il se

fit, dit l'historien Dudon, « *une émotion populaire* qui mit toute la cité de Rouen en grand
désordre, ce qui obligea Robert II, duc de Normandie (qui ne se voyait pas en sûreté de sa
personne) de sortir par la porte de la ville regardant l'orient, *étant accompagné de peu de personnes!* »

Déjà de la défection envers le malheur ! C'est
grande pitié !

« Les habitans de la rue Malpalu le reçurent
avec honneur, comme leur prince et leur monarque. »

Honneur! honneur aux habitans d'alors de la
rue Malpalu ! Eux reconnaissaient encore pour
leur maître un prince frappé d'infortune!

« Et de ce lieu, continue le vieil historien ,
le prince étant entré en un bateau qui l'attendait,
se retira dans le prieuré de Notre-Dame-du-Pré ,
déjà de *Bonne-Nouvelle*, tant la nouvelle de la
victoire d'Hasting avait paru bonne , où ayant
demeuré quelques jours , il calma l'orage et
trouva le moyen de rallier ses peuples par une
bonne paix. »

Ainsi donc , princes exilés reviennent en leur
pays.

Ainsi donc , dès ce bas monde, Dieu les

ramène par la main, et chasse ceux qui les avaient chassés !

En lisant l'histoire, j'entasse tous ces souvenirs de justice en mon cœur, pour y accroître mes espérances.

Le passé nous dit souvent l'avenir. Dans les tems dont il est ici mention, la rue Malpalu était hors des murs de la ville, et Saint-Maclou aussi. Alors, le quartier d'outre Seine que nous nommons aujourd'hui Saint-Sever, s'appelait Émandreville, et avait un fort sur le bord des eaux.

Agrandissement de la ville.

Ce fut vers cette époque que les faubourgs étant déjà grands et bien peuplés, on recula plus loin encore les murailles fortifiées, et l'on creusa de nouveaux fossés de défense là où se voit aujourd'hui la rue *Pincedos*.

Quand, dans la suite des âges, un chercheur de vieux souvenirs se mettra à fouiller dans les archives et registres jaunis et poudreux de l'Hôtel-de-Ville, et qu'il verra, par des arrêts du conseil de discipline de la garde nationale, que vers les années 1830, 1831, 1832, 1833 et

4

1834, années *d'indépendance et de libertés*, des centaines d'habitans de Rouen étaient mis en la prison de la *rue Pincedos*, il se transportera sur les lieux et essaiera de découvrir quelques débris des fortes et épaisses murailles de cette vaste geole..... Pauvre antiquaire, comme il se sera abusé! *La prison de la rue Pincedos* est une mauvaise et ignoble baraque, et l'homme qui y est privé de sa liberté, n'a même pas un guichet à regarder, un pan de mur crénelé à voir, une tour à dessiner. Sous le *roi bourgeois* tout est bourgeois, même la persécution.........

A mesure que les siècles avancent, la cité élargit son enceinte. Dès 1224, voilà que Louis VIII concède à la ville, pour y bâtir des maisons, l'emplacement des anciens fossés.

Une petite plaque de fer-blanc, où se lisent ces mots : *Rue des Fossés-Louis-VIII,* m'a souvent fait rêver, quand de ma chère et bien-aimée Bretagne j'ai été, par la grande tourmente de 1830, poussé jusqu'à Rouen.

J'aimerais à savoir l'étymologie, l'origine de chaque nom de rue ; ce serait un livre à refaire pour Rouen, un livre tout rempli d'intéressantes histoires.

La *rue de l'Aumône* m'a fait dire cent fois :

Pourquoi cette rue de vice et de débauche porte-t-elle un nom de vertu ?

Je ne savais pas alors que là où il y a aujourd'hui de sales et vilains repaires, il y avait eu jadis des fossés, et que la ville, devenue trop petite, ayant comblé leur profondeur, a bâti sur leur emplacement des maisons *pour y loger des pauvres.*

De là le nom de la *rue de l'Aumône.*

De l'autre côté du fossé comblé par les ordres de Louis VIII, s'élevèrent des *fabriques de gants.* De là le nom de la rue Ganterie, rue où se voient de nos jours de riches magasins, quelques beaux hôtels et la librairie de M. Le Grand, où les amis des lettres se donnent rendez-vous pour se procurer les livres nouveaux de notre époque.

Fontaine de la Crosse.

Non loin de là, la fontaine de la Crosse, joli petit monument mauresque. On m'avait dit que son nom lui était venu de ce qu'un archevêque, le jour de son installation, dans les ardeurs de l'été, se rendant du couvent de Saint-Ouen à la cathédrale, sous sa chape de drap d'or, avait eu soif, et s'étant reposé en face de la source rafraîchissante y avait un instant déposé *sa crosse* pour boire de l'eau pure et limpide de la fontaine....... Mais ceci n'est pas avéré, et nous lisons dans l'*Histoire de Rouen*, par Licquet, qu'elle est ainsi nommée *de ce qu'elle est située au coin de la maison où pend la crosse appartenant aux religieux de l'Ile-Dieu.*

L'*Ile-Dieu* sonne comme un nom de notre pays ! Un souvenir du pays, quand on en est éloigné, c'est frais à l'âme comme le jet d'une fontaine l'est au voyageur.

Eglise de Saint-Godard.

Non loin de la rue Ganterie, se voit aujourd'hui une église dont l'architecture n'a rien qui arrête l'amateur des arts, et qui cependant mérite plus que bien d'autres d'être visitée. C'est Saint-Godard : là se voyaient quelques restes d'ouvrages romains.

A cet endroit, il y a eu, de tems immémorial, une petite chapelle dédiée à la très-sainte Vierge. Cet oratoire était tout-à-fait hors de la ville et comme perdu dans un bois..... Un des archevêques de Rouen, saint Godard, recherchait

ceite solitude et y allait souvent prier. Après sa
mort, il fut porté au lieu qu'il avait aimé.

Le grand patron du diocèse, saint Romain,
a aussi été enterré dans cette chapelle. Lui et
saint Godard s'étaient assis sur le même siége ;
ils ont été couchés sous les mêmes voûtes pour
y dormir leur sommeil.

La renommée des saints fait la gloire des églises. Aussi, l'humble chapelle possédant sous ses
dalles les restes précieux de deux grands archevêques , prit bientôt de l'accroissement. Elle ·
possède aujourd'hui les deux plus beaux vitraux
de France : l'un représentant la généalogie de
la mère du Sauveur, et l'autre l'histoire de saint
Romain. Rien n'est comparable à l'éclat de ces
deux *voirières,* comme disaient nos devanciers ;
leurs couleurs sont si vives , si agréables à l'œil,
qu'il s'est établi à Rouen un ancien proverbe....
Pour bien peindre du vin rouge , vieux et généreux, nos anciens avaient accoutumance de dire :
*Ce vin est de la couleur des vitres de Saint-
Godard.*

Saint Godard naquit à Salency ; il était frère
de saint Médard. Voici comment un ancien
légendaire parle de ces deux saints :

« Vn mesme iour les vid naistre, ils furent

baptisez en mesme iour, ordonnez prestres en mesme iour, sacrez evesques en mesme iour, moururent aussi en mesme iour pour entrer au saint paradis en mesme iour!

» En ces temps là, les esprits estoient extremement partagés, car tandis que les uns faisoient des sacrifices aux demons, les autres adoroient le vray Dieu.... Alors les temps estoient malades et auoient besoin des bons medecins, la foy estoit en son berceau, il ne faisoit ni jour ni nuict, mais on voyoit un crepuscule par toute la France qui portoit autant de tennebres que de lumieres.

» La mere de saint Godard et de saint Médard avoit nom Protagie, et leur pere Nectar.

» Protagie avoit pour eux vn amour extrême et vn soin passionné de leur éducation. Mais elle ne les aymôit que pour Dieu, que pour peupler le ciel et pour en faire des serviteurs à l'église. Elle n'avoit point pour eux ces tendresses vicieuses que la nature corrompuë donne aujourd'hui aux pères et mères, leur faisant apprendre des malices, qu'il faudroit leur faire oublier. Elle n'en faisoit point ses idoles de cabinet, comme font aujourd'huy plusieurs qui sacrifient à leurs enfants non seulement toutes leurs espérances , mais aussi leurs propres cœurs , et qui leur font des hommages comme à quelques divinités.

» Saint Godard fut élu archevesque de Rouen. l'an de Nostre Seigneur quatre cents soixante et treize , le treizieme de Chilperic quatrieme , roy de France. Godard avoit alors *vingt-cinq ans* , et fut élu si jeune comme sainct Remy l'avoit été à vingt-deux et saint Lô , à douze !

» La philosophie nous apprend que les agents naturels n'ont iamais plus de vîtesse que lorsqu'ils approchent de leur centre. Quand le soleil est prest de son couchant , c'est quant il jette plus de flames et de rayons , et le feu n'est iamais plus actif que quand il auoisine sa sphere ; ainsi vid on accroistre la deuotion de nostre sainct pasteur lorsqu'il s'approcha de sa fin. Saint Godard mourut tout chargé d'années et de vertus à l'âge de quatre-vingts ans [1]. »

Eglise de Saint-Romain.

Que le pieux pélerin ne cherche plus dans l'église de Saint-Godard le corps de saint Romain;

---

[1] Normandie chrestienne.

il a été transporté dans son cercueil de granit
de l'autre côté des boulevards , à une autre
église qui porte son nom , sur le portail de
laquelle on lit ces mots :

SANCTO ROMANO

PATROCINANTE.

Le cercueil de pierre, contenant ce qui reste
de la poussière du saint, sert d'autel.... C'est
une noble table pour le grand sacrifice !

En 1643, un duc de Longueville posa les fondemens de cette église , alors desservie par des
Carmes déchaussés. Plus tard , elle fut rebâtie , et
ce fut messire Pierre *De Bec de Lièvre* , marquis
de Cany , qui en posa la première pierre.

Amédée De Bourmont.

Encore ici un souvenir de Bretagne ! Un des
plus beaux châteaux aux environs de Nantes , est
à un *Bec de Lièvre*. Pour bien faire rayonner ce
nom , la famille *Bec de Lièvre* a mieux que de
beaux châteaux : elle est étroitement unie à la
famille *Bourmont,* une demoiselle *Bec de Lièvre*
est femme du vainqueur d'Alger , mère du jeune

Amédée , tué en Afrique , la veille de la conquête d'*Alger la guerrière !*

Voyez la succession de la pensée , et comme
les idées s'enchaînent , comme elles sautent du
vieux passé par-dessus les siècles pour arriver
aux jours présens. Voilà qu'à propos du tombeau d'un saint archevêque j'ai parlé de l'église
où il se voit aujourd'hui : puis parmi les pieux
fondateurs de cette église , trouvant un *Bec de
Lièvre* , ce nom me fait penser à celui de *Bourmont ;* d'un vieil archevêque , je passe tout d'un
coup à un jeune soldat. Tous les deux ont aujourd'hui leurs tombes. Vous allez voir comment
Amédée a gagné la sienne.

. Joli et doux comme une jeune et fraîche
fille, Amédée fut blessé à mort dès sa première
bataille !

Pourquoi si peu de jours à qui pouvait gagner
tant de gloire ? Si le jeune soldat ne s'était
pas si vîte endormi, il eût entendu les cris de
victoire des Français entrant dans Alger! il eût
entendu exalter par toute l'armée l'habileté, le
sang-froid , le courage de son père !.... Mais ne
le plaignons pas trop ; il n'a pas entendu, en
mourant si vîte , le cri de l'ingratitude et de l'in-
fidélité. .. ,

C'est après sa mort que commencent ses grandes vicissitudes..... Écoutez : Quand le maréchal
de Bourmont prit congé du roi Charles X pour
aller venger l'insulte qui avait été faite à la
France, il avait avec lui quatre fils...... Il n'en
laissait qu'un encore trop jeune pour guerroyer.
Quand Amédée fut mort, son père pensa à la
douleur de madame De Bourmont, et après
avoir pleuré sur lui, il le fit mettre dans un cercueil de bois de palmier, et dit à Louis, son fils
aîné : « Porte ton frère à ta mère, et remets ces
drapeaux conquis à ton Roi. »

Et Louis partit.... Vous sentez-bien qu'à bord
du vaisseau qui portait ce cercueil, il n'y avait
ni rires, ni gaîté, ni chansons..... Cependant
on allait vers la France.....

Mais, hélas ! quand les passagers touchèrent
terre, ce n'était plus la France du drapeau blanc!
Ce drapeau qu'ils avaient laissé flottant victorieux sur les murs d'*Alger la pirate*, avait été
jeté à bas dans la ville de Marseille ; d'autres
idées, d'autres couleurs, d'autres maîtres étaient
survenus à la France. L'œuvre de juillet 1830
était accomplie.

A peine les fils du vainqueur, l'un avec ses
drapeaux, l'autre dans son cercueil, furent-ils
débarqués, qu'on les renferma au lazaret.

Là, les agens de Louis-Philippe d'Orléans
cherchèrent dans les coffres, dans les habits du
fils aîné du maréchal, pour trouver de l'or. Dans
leurs idées, ceux qui avaient pris Alger, qui
avaient logé à la Casauba, devaient en être gorgés.

Mais quand ils eurent fouillé le vivant, ils
voulurent fouiller le mort..., et sous leurs mains
rapaces le cercueil fut ouvert !

Rien dedans, qu'un cadavre enveloppé d'un
suaire !...

L'or est sous le linceul. Cherchons.... Et les
voilà qui cherchent.

Rien sous le suaire..... Cherchons dans le
corps !.... Et ils se mettent en devoir de l'ouvrir !.... Mais Louis, il a su le sacrilége, le voilà
furieux, rugissant comme un lion, tombant sur
les infames et les mettant en fuite!...

Aux champs africains, sa main n'a pu garan-
tir la poitrine de son frère de la balle homicide.
Mais ici il sauvera le cadavre du fer ignoble de
l'avarice.

Vous voyez, ceci est la première persécution
contre ce mort; nous ne sommes pas au bout de
ses aventures... Le corps d'Amédée avait traversé
la mer pour venir reposer en terre de France,
au lieu où sa mère pleurait.... Mais les événe-

mens avaient fait fuir madame De Bourmont;
la femme de celui qui avait conquis Alger à la
France n'y était plus en sûreté..... Le cercueil,
parti de Marseille, arriva à Nantes; pour qu'il
ne restât pas sans égards sur le port, où il était
déposé parmi des ballots et des caisses de marchandises, un ami d'Amédée, M. Pelloutier,
demanda à l'évêque une place dans les caveaux
de la cathédrale pour le mort voyageur, en attendant qu'on pût le conduire jusqu'à *Bourmont.*

Le préfet de Nantes, consulté par l'évêque,
consentit d'abord à ce qu'hospitalité fût accordée au cadavre.... Mais d'autres autorités eurent
peur des restes d'Amédée, et place dans les souterrains de la vieille église leur fut refusée........
Cependant le cercueil restait toujours sur le
port !

La piété de quelques uns le fit partir pour
aller encore plus loin, pour aller chez la mère
du maréchal, la grand'mère du mort. Le voilà
de nouveau en route ; il arriva la nuit au château de la Haye-Maha.

La noble vieille dame était seule dans l'immensité de cette vaste demeure ; il n'y avait
avec elle qu'une servante et un jardinier. Elle
attendait *son petit-fils ;*..... elle entendit le bruit

de la voiture, et, comme s'il vivait encore et qu'elle eût pu l'embrasser, elle se hâta pour arriver sur le seuil, et lui donner la bienvenue.

A la lueur d'une lampe, l'arrivant fut conduit à la chapelle..... Ah! ce n'était pas un lit que sa bonne grand'mère avait eu à faire préparer pour son petit-fils, c'était une fosse!.... Après bien des larmes, bien des sanglots, bien des prières, la bière y fut descendue, la terre retomba sur elle.... et l'on put croire que le mort y reposerait en paix.

Mais, non; les révolutions corrompent les hommes, et il s'en trouva dans la contrée qui dirent, comme à Marseille : *Il doit y avoir de l'or là dedans*, et nous irons la nuit prochaine retirer le cercueil de dessous les dalles de pierre de la chapelle et le fouiller.....

Ces horribles propos furent redits, et avant que la *nuit prochaine* ne fût venue,.... le général Clouet, déguisé en paysan, mit ce qui restait de son jeune ami sur une charrette; la bière fut soigneusement cachée sous des paquets d'arbres et d'arbustes, et avec un autre royaliste, comme deux hommes de campagne qui s'en vont faire des plantations, ils prirent le chemin de *Bourmont*. Faisant ce triste charroi, le cœur navré de douleur, ils chantaient comme font d'ordinaire les paysans qui voyagent la nuit ; ils auraient voulu prier pour le mort, et, pour ne pas être découverts, ils étaient obligés de chanter *quand même*.

Enfin, ils arrivèrent à leur but, et Amédée à sa tombe. Oh ! qu'il y dorme en paix, et que l'on n'y trouble plus son sommeil !

Si j'écrivais en historien, je sais que je n'aurais pas dû vous raconter tout ceci. Mais je vous ai prévenu, vous qui voulez bien me lire, que j'avais gardé toute mon indépendance de faiseur de feuilletons. Libre dans mon allure, je saute d'un siècle à l'autre, d'une histoire des vieux tems à une histoire de nos jours ; et puis je vous dirai encore que ce père, qui va avec *ses quatre fils* prendre congé de son vieux roi, avant d'aller conquérir pour son pays ce qui n'avait jamais pu être conquis ; que ce père, qui, après la mort glorieuse d'un de ses fils, écrit au roi de France :

Au camp de Sidi-Khalef, *le 25 juin* 1830.

Sire,

« Le nombre des hommes mis hors de combat a été peu considérable, un seul officier a été blessé dangereusement, c'est le second de mes quatre fils qui m'ont suivi en Afrique. J'ai l'espoir qu'il vivra pour continuer de servir avec dévoûment le Roi et la patrie. »

et encore cette lettre au ministre de la guerre :

A la Casauba, *le 8 juillet.*

. . . .

» La plupart des pères de ceux qui ont versé leur sang pour le Roi et la patrie seront plus heureux que moi ; le second de mes fils avait reçu une blessure grave, dans le combat du 24, lorsque j'ai eu l'honneur de l'annoncer à Votre Excellence, j'étais plein d'espoir de le conserver, cet espoir a été trompé, il vient de succomber...... L'armée perd un brave soldat, je pleure un excellent fils. Je prie Votre Excellence de dire au Roi que, quoique frappé par ce malheur de famille, je ne remplirai pas avec moins de vigueur les devoirs sacrés que m'impose sa confiance. ».

que ce père a quelque chose d'antique.

Ce style simple, cette brillante conquête d'Alger, ces enfans, ce mort qui s'en va cherchant partout et le repos et sa mère, tout cela semble chevalerie, et, selon moi, n'est point en disparate avec les récits que j'ai entrepris de vous faire.

Je vous le répète, c'est le nom de *Bec de Lièvre, nom de madame De Bourmont,* nom gravé sur

une des pierres de l'église Saint-Romain, qui
m'a fait vous raconter ce que je viens de décrire.
Maintenant, remontons les siècles, retournons
aux monumens de Rouen.

Encore Saint-Romain.

Avant l'excursion que je viens de faire dans
les tems actuels, j'en étais à l'église de Saint-
Romain. Son architecture moderne a tout le
luxe de son époque (1679), de larges et plats
pilastres accolés aux murs entre chaque arcade,
force rosaces, médaillons, guirlandes de fleurs
et anges bouffis ; les fenêtres petites et trop élevées pour que l'on puisse bien voir les peintures
de vitraux. Malgré ce style, que je n'aime pas,
Saint-Romain mérite d'être visité par les voyageurs, quand ce ne serait que pour prier devant
le vrai cercueil du grand patron de Rouen.

En arrivant chez les gens, il faut aller les voir,
et la cité rouennaise est toute à Saint-Romain ;
lui et la gargouille vaincue se retrouvent partout. La plupart des vieilles maisons de bois ont
porté l'image du bon et puissant archevêque, et
avaient été mises sous sa protection.

La Gargouille et la Fierte.

Dans l'église de Saint-Romain, on voit toute la merveilleuse histoire du dragon attaché par l'étole du saint, et le prisonnier couronné de roses blanches, tenant dans une main ses fers brisés et portant sur ses épaules *la fierte*, qui rachète de la mort et qui rend l'innocence.

Ces peintures se voient sous le dôme qui s'élève au bout de la nef, et sont, selon nous, bien moins brillantes qu'une page de M. Floquet, historien aussi éloquent que véridique du *Privilège de saint Romain,* ouvrage que ce savant, greffier en chef de la cour royale de Rouen, a publié en 1833, lequel livre a été édité par M. Le Grand, libraire, et orné de gravures des premiers dessinateurs et graveurs du pays. Eustache-Hyacinthe Langlois, sa fille mademoiselle Espérance Langlois, et Brevière, habile graveur, que Paris, qui attire tout à lui, a enlevé à la cité normande, ont travaillé avec amour à ce beau livre, que tout érudit veut lire, à cause du savoir épandu sur ses pages, et que toute femme lit avec émotion à cause de ses belles histoires.

La nouvelle église de Saint-Romain s'est ornée et enrichie des dépouilles des églises détruites

pendant notre avant - dernière révolution. On
sait que lorsqu'elle commença, *la raison* étant,
à cette *grande époque de régénération*, adve-
nue à la France, nos pères pensèrent que l'on
pourrait avant peu se passer de prier Dieu, et que
dès lors les églises deviendraient tout-à-fait inu-
tiles.... Ceci étant un *peu cru* à dire à une nation
qui avait été *très-chrétienne* depuis tant de siècles,
en commençant, on ne cria que contre le trop
grand nombre d'autels, de chapelles, de couvens, de communautés, d'hôpitaux et d'abbayes. Sur les autels, il y avait de l'or ; dans les
maisons religieuses, il y avait des richesses ;
tout cela était bon à prendre !.... Aussi il fallut
voir avec quel zèle nos régénérateurs se mirent
à l'œuvre ! Bientôt un nuage de poussière blanche couvrit toute la vieille France de Clovis et
de sainte Clotilde. Et cette poussière, ce qui la
faisait, c'était les premières de nos églises, celles
du moyen-âge, celles de la renaissance, que les
philosophes vandales, les élèves de Voltaire, les
adeptes de Jean-Jacques Rousseau, abattaient !

Et cette poussière se faisait avec les débris des
tabernacles et des autels, avec les plus merveilleuses sculptures, avec les prodiges de la pierre
et du ciseau, que la stupidité brisait !

Et cette poussière se faisait avec les sarco-
phages de porphyre, avec les sépulcres de granit, avec les cercueils de bois de cèdre, avec les
tombeaux de marbre, que l'impiété violait!

Car, voyez-vous, *nos régénérateurs* pouvaient
adorer la *raison*, mais ils adoraient aussi *l'or*,
et ils en cherchaient partout; pour en trouver,
ils passaient à la claie les gravois des églises et
les ossemens des morts.

Et vous savez, quand les servantes balaient
vos chambres, pour empêcher la poussière de
voler elles arrosent le plancher avec de l'eau....
Eh bien! ce fut alors avec du sang que les révolutionnaires voulurent abattre la poussière des
ruines.... Dieu sait ce qu'il en a été répandu!
cela avait fini par faire boue sur le sol.

Pendant ce délire, pendant cette fièvre chaude
qu'a eue la France, il s'est trouvé quelques
hommes amis des arts qui se sont mis à essayer
de sauver de la destruction les monumens, les
statues, les tableaux et les magnifiques verrières
que la religion et la royauté avaient commandés
aux grands artistes des siècles passés.

En Bretagne, du tems des horribles *noyades*
de Carrier, quand un bateau à soupape sortait
du port de Nantes, avec une *cargaison de roya-*

listes, de bons paysans étaient avertis, montaient dans de petites barques, et, pendant la nuit, croisaient sur la Loire pour sauver des flots les prêtres, les religieuses, les émigrés et les Ven-. déens.

Dans cette tranquille province de Normandie, qui n'avait ni noyades ni bateaux à soupape, les hommes n'étaient point obligés de veiller à sauver des hommes; mais ceux qui aimaient les arts avaient à regarder autour d'eux, car le marteau et le pic de fer des nouveaux vandales n'étaient point inactifs. A Rouen surtout, la guerre contre les beaux-arts s'annonçait devoir être chaude : ici il y avait tant à abattre, tant à démolir, tant à piller!

Je voudrais connaître tous ceux qui, à cette époque, contribuèrent à conserver à leur pays ce qui en avait fait si long-tems l'admiration et la gloire [1]. Eh ! mon Dieu ! dans ces jours de vertige, l'amour des arts pouvait vous compromettre comme toute noble affection : si vous aviez sauvé de la main d'un barbare une statue de roi ou de saint, si on les trouvait chez vous,

---

[1] M. Eustache-Hyacinthe Langlois est de ce nombre.

vous vous exposiez à être accusé de receler des
suspects ou des conspirateurs ; celui qui avait
sauvé une statue de roi pouvait être appelé *royaliste*, celui qui avait préservé l'image d'un saint
courait la chance d'être signalé comme *chrétien* ;
or, dans ces tems, les *chrétiens* et les *royalistes*
remplissaient les prisons et montaient sur les
échafauds !

Les vitraux que nous voyons aux fenêtres de
Saint-Romain ont, pour la plupart, appartenu à
d'autres églises et ont été sauvés par des hommes
de goût. Anciennement on les avait vus les uns
à Saint-Maur, les autres à Saint-Etienne-des-
Tonneliers et à Saint-Martin-sur-Renelle.

Parmi ces verrières, il y en a une curieuse :
on y voit sainte Géneviève, patrone de Paris ;
la vierge de Nanterre tient un livre de la main
gauche et un cierge allumé dans la main droite ,
un démon armé d'un soufflet s'efforce d'éteindre
le cierge, un ange placé derrière la sainte dé-
tourne le souffle du diable.

Dans cette naïve peinture, le cierge allumé
représente la foi ; l'ange de l'abîme sait bien que
lorsque cette flamme divine s'éteint, le monde
est à lui ; voilà pourquoi il souffle sans cesse.

L'église de Saint-Romain doit beaucoup de

ses embellissemens à l'abbé Crevel, vénérable curé actuel de cette paroisse.

Église de Saint-Patrice.

En retraversant le boulevard, en redescendant dans la ville, l'église de Saint-Patrice, de peu d'apparence extérieure, veut aussi être visitée ; nous l'indiquons au voyageur.

Quand j'y suis entré pour la première fois, personne ne m'avait appris qu'il y eût là des merveilles à voir.... ; ce qui m'y attira fut le nom de PATRICE.

Pour qui a du sang irlandais dans les veines, il y a puissante magie dans ce nom ; PATRICK et [1]ERIN GO BRAGH, c'est la vieille devise du pays de mes pères, de cette Irlande si noble et si malheureuse ! VENDÉE par sa fidélité à ses croyances, VENDÉE par ses infortunes et son courage.

Comment le patron vénéré des Irlandais a-t-il une église à Rouen ? Peut-être que des exilés, que des bannis de la *verte Érin* seront venus planter leurs tentes sur les bords si frais de la Seine, et que là, ils auront élevé, sous l'invo-

---

[1] Irlande pour toujours.

cation du saint de leur pays, une église au Dieu
qui console.

Peut-être ces émigrés d'Irlande auront fait ce
que nous avons vu faire à des émigrés de France,
qui, à Londres, bâtirent une chapelle qu'ils dé-
dièrent à saint Louis.

Tous les proscrits en sont là, sur la terre du
bannissement ils veulent se faire des réminiscences de la patrie!

Un Français oublierait saint Louis, un Russe
saint Nicolas, un Espagnol saint Jacques, un
Allemand saint Jean-Népomucène, un Polonais
saint Casimir, un Napolitain saint Janvier; mais
un Irlandais se souviendra *toujours et* PARTOUT
du grand saint Patrice! Dans quelque pays que
se trouvent des fils de l'Irlande, le 17 mars
(saint Patrick's Day), vous les voyez se rassembler pour fêter leur patron; à cette solennité,
tous arrivent avec la feuille de trèfle à leurs habits, c'est la *décoration* obligée du jour. Et cela
en mémoire de leur saint favori, qui, enseignant
dans les campagnes, empruntait aux champs
leurs plantes et leurs fleurs pour démontrer aux
populations qu'ils convertissait à la foi chrétienne, nos dogmes et nos mystères. Ainsi, un
jour, sur les bords du *Shannon*, une feuille de

trèfle lui servit de point de comparaison pour le mystère de la sainte Trinité.... Depuis ce jour, la feuille de trèfle a été chère aux Irlandais.

Ces enseignemens, faits avec des fleurs, avec l'herbe des prairies, datent de loin et nous sem-blent pleins d'une douce poésie. Jamais homme a-t-il fait une comparaison aussi ingénieuse que celle de l'évangile, de ce lys qui ne sème pas, qui ne file pas, et qui cependant, par sa beauté, surpasse la majesté de Salomon dans toute la pompe du trône!

Quand l'apôtre de l'Irlande faisait couler l'eau du baptême sur les blondes têtes des habitans du pays, il donnait ce jour-là la liberté à des oiseaux captifs......; c'était dire aux nouveaux chrétiens : L'idolâtrie vous rendait esclaves, la foi de Jésus-Christ vous a délivrés ; maintenant que vous êtes libres, prenez votre essor, élevez-vous au-dessus de la terre, rapprochez-vous du ciel!

· En lisant ce trait dans la vie de saint Patrice, je me suis rappelé que nos rois de France avaient adopté le même usage, et que le jour de leur sacre, en l'église royale de Rheims, la liberté était aussi donnée à de petits oiseaux!

Eh! mon Dieu! parmi les colombes, les ra-

miers, les passereaux qui ont été délivrés au
sacre de Charles X, il y en a peut-être encore
plusieurs qui vivent et qui chantent au buisson
où ils sont nés!.... Et cette grandeur du monde,
ce roi vêtu de pourpre et d'or, où est-il?

Saint Patrice n'était pas seulement apôtre, de
vieilles chroniques racontent qu'il était aussi
barde, et que lorsqu'il avait planté une croix de
bois dans les campagnes, il prenait sa harpe,
et, par l'harmonie de ses accords, attirait la
foule autour de lui, puis, faisant tout-à-coup
taire la harpe, il parlait de Dieu....

Est-ce depuis ce tems que les armoiries de
l'Irlande sont une harpe d'or sur un champ
d'azur, avec cette devise : *Erin go bragh ?*

Lorsqu'à Rouen une lutte poétique a été fondée pour chaque année avoir lieu en l'église de
Saint-Patrice, lorsqu'en 1543 un PUY fut érigé,
n'avait-on pas eu souvenir de la harpe du barde
chrétien, en établissant, dans l'église qui porte
son nom, les jeux sacrés de la lyre? Je ne sais,
mais j'aimais ce saint concours! Le poète devait
prendre pour sujet *la Passion de Notre-Seigneur....* Que l'on ne nous dise pas que pareil
sujet n'était pas poétique ; Klopstock est là avec
sa *Messiade* pour prouver ce que le génie pouvait en faire !

Voici quelques statuts de cette confrérie :

Le meilleur *chant royal* obtenait le roseau.

La meilleure ballade, la couronne d'épines.

Le meilleur sonnet, l'éponge trempée de fiel et de vinaigre.

Et ainsi de suite.

Or, pour tenter les esprits poétiques du tems, tous ces saints attributs des souffrances du Sauveur étaient promenés par la *confrérie de la Passion* en une procession solennelle qui avait lieu le jeudi-saint, où des adolescens, vêtus en archanges, et de petits enfans semblables à des anges et à des chérubins, avec des couronnes de fleurs et de belles ailes d'azur, portaient, celui-ci la croix, celui-là les clous, ce troisième la couronne, et successivement tous les instrumens de la Passion.

En ce tems-là, l'académie royale de Rouen n'existant pas encore, c'était, comme on le voit, une confrérie de Saint-Patrice qui, à l'exemple d'une institution semblable fondée en 1072 à l'église Saint-Jean, se chargeait d'entretenir le feu de la poésie parmi la jeunesse normande.

Honneur à cette confrérie! honneur à elle! quoiqu'elle n'ait produit aucun poëme digne de renom.

Le souffle inspirateur qui allume en nous la flamme sacrée, ce souffle qui a réveillé Corneille, n'avait point encore passé sur la Normandie. Dans le champ de blé qui ondoie à la brise, regardez, voici des épis immobiles, ils ne s'agiteront, se courberont, se releveront que lorsque le souffle du jour sera venu à eux !

A la suite d'une longue pièce de vers, composée par un Rouennais pour ce pieux concours, nous lisons cette note :

Ce présent a esté parfait obstant les négoces familières et empeschements domestiques urgens, et interpellant notre poëtique étude quotidianne, qui requérant vn esprit libre et tranquile a esté de la turbine du vent de fascherie, tempeste de ménage et ravine de mariage destourné, diverti et empesché.

Histoire de Marianne Morielle et d'André De Durville.

Voici une histoire que nous avons lue dans un vieux livre, et qui se rapporte au PUY de Saint-Patrice.

Marianne Morielle, noble demoiselle, avait perdu, dès son bas âge, et son père et sa mère ;

et, si vîte délaissée de ses naturels appuis, cette jeune et tendre fleur n'avait eu pour support qu'une vieille tante. La plante qui n'est sous les rayons du soleil ne pousse bien ; la fille qui n'a les regards de sa mère est grandement à plaindre.

Avoise De Menardeau, tante de Marianne, lui tenait lieu de tout après Dieu et la benoîte vierge Marie ; Avoise n'aimait en ce monde que sa nièce.... aussi, c'était merveille que de voir comme elle la parait! comme elle l'adornait des plus beaux joyaux et des plus riches étoffes.

En vérité, Marianne Morielle aurait bien pu se passer de tant de somptueux atours, car elle était belle d'elle-même, l'art n'avait à y voir, nature bénévolente avait tout parfait.

Quand Marianne, chaque matin, allait à la messe à l'autel de la Passion, quand la lumière du jour tombait sur son jeune visage, à travers la magnifique verrière que sa très-pieuse mère avait donnée à l'église de Saint-Patrice, on aurait dit un saint archange priant son créateur.... quand ses *oremus* et le rosaire de sa tante étaient dits, quand, retournant au logis, elle avançait sa blanche main dégantée pour prendre de l'eau bénite et se signer à la porte de l'église, les jeunes hommes et les clercs de la paroisse restaient ébahis et stupéfaits de sa virginale beauté.

De toute cette rumeur de louanges, Avoise De Menardeau était trop fière, et au lieu de dire : Marianne, Marianne, propos d'hommes sont menteurs, fille sage ne doit s'y complaire! la vieille demoiselle en nourrissait son orgueil et celui de sa nièce.

Journées et veillées étaient longues au logis d'Avoise, et pour accourcir les heures et charmer la solitude, Marianne avait tourné son esprit vers la science. Un savant prêtre, qui avait bien à lui plus de deux cents volumes et manuscrits, fournissait pâture à son imagination, il lui donnait à lire ballades, sonnets et madrigaux ; l'homme d'église aimait bien ses devoirs de prêtre, mais aimait aussi poësie et gaie science. Il avait, quelques années passées, gagné le grand prix du *chant royal*, le *roseau d'argent*.

Bien souvent, il avait récité à Marianne son œuvre couronnée.

En son ame, la jeune fille avait grande admiration pour les jeux de la lyre ; et, devant quelques jeunes hommes, elle avait dit : Ma main ne sera jamais qu'à celui qui aura reçu pour prix de ses beaux vers, ou le roseau, ou la couronne d'épines, décernés au roi des *Palinodes.*

André De Durville, qui n'était riche, s'était
réjoui de cette parole de Marianne ; car, au fond
de son cœur, il adorait la jeune fille, et parfois
se disait : Gloire me tiendra lieu d'or. Un jour
(il venait de finir un beau poëme), il était plus
hardi que de coutume, et il osa dire à Marianne :

— Marianne, je vous aime....

A ces mots, la nièce d'Avoise se leva fièrement, et lui répondit :

— Qui vous a donné si étrange assurance ?

— Mon ardent amour.

— Amour sans gloire ne peut me toucher.

— L'*amour* je l'ai, aurai la *gloire.*

— Alors vous écouterai.

— Vous le promettez, Marianne ?

— Oui, céans, devant l'image de ma mère.

— Alors serai vainqueur.

— Alors serai votre......

— Alors ne parlerez plus tant au seigneur
de Grâville.

— Parlerai davantage à qui aura le plus de
gloire, faites que soit vous.

— Sera moi, j'en jure.

— Nous verrons.   .   .   .   .

'   .   .   .   .

Or, de ces propos, de ces promesses d'a-
mour, savez-vous ce qu'il en advint?

Vais vous le dire.

André De Durville, beau, noble et jeune, avait
été jusqu'à cette heure dissipé, léger, étourdi,
aimant mieux joyeuse vie que sagesse, et ballades que sermons.

Mais si quelque chose peut changer le naturel, c'est l'amour.

En voici bien la preuve. André, depuis les
paroles de Marianne, s'était dépouillé de folie,
pour se revêtir de raison : ce qu'il cherchait
maintenant, n'était plus danses, c'était solitude; ce qu'il regardait n'était plus beaux yeux,
c'était bons livres.

O quel miracle! direz-vous. Amour en fait
bien d'autres!!!. . . . .
. . . .

Pour pénétrer son esprit du sujet sacré du
concours, André se mit à lire et à relire les évan-
gélistes ; car il voulait, dans son *chant royal*,
n'omettre aucune des souffrances du fils de
l'homme, aucun mot touchant du Sauveur. Il
voulait, pour ainsi parler, imbiber son œuvre
du sang sacré....

Pauvres volontés que volontés humaines!....
La fleur qui n'a point de parfum natif, si elle

reste long-tems avec des roses, finit par en prendre l'odeur. André De Durville, vivant pendant plusieurs semaines sur le saint évangile, en aspira l'esprit, et, croyant ne travailler qu'à un poëme, fit son salut.

La grâce divine le touchant tout-à-coup, il renonça au monde ; il y renonça, ayant encore au cœur tout son amour pour Marianne, amour qu'il sacrifiait à Dieu.

Après cette résolution, il vécut plusieurs années sous les voûtes du cloître qu'il avait choisi, non comme une de ces pâles lampes qui brûlent sur les tombeaux, mais comme un de ces flambeaux de cire parfumée qui brillent devant les autels, et dont la fumée d'azur monte, odorante et légère, vers le ciel.

Marianne, lorsque vint le jeudi-saint, n'alla point écouter les chants des Palinodes en l'église de Saint-Patrice.... celui qu'elle aurait voulu entendre n'y pouvant venir. . . . .

Depuis lors, Marianne ne lut plus guère que dans ses *Heures;* et un jour on vit dans l'église de Saint-Patrice une vieille femme qui pleurait à fendre le cœur, sur un cercueil couvert d'un drap mortuaire blanc.... c'était Avoise De Menardeau qui priait et sanglotait sur la bière de sa nièce chérie.....

Ainsi l'avait voulu Dieu, que sa sainte volonté
soit faite sur la terre comme au ciel! . . .

. . . .

Encore l'église de Saint-Patrice.

Dans cette église de Saint-Patrice, ce qu'il y
a d'admirable, ce sont les vitraux; je n'en connais pas en France de plus curieux que ceux qui
sont là, rassemblés en profusion; la plupart
remontent au XVIe. siècle, époque la plus brillante de la peinture sur verre. Les sujets de ces
belles verrières sont allégoriques.

Le triomphe de la Croix est surtout remarquable.

La poësie, le Vieux-Testament et l'Évangile
y sont mis à contribution, ils y ont fourni d'élégantes, gracieuses et bizarres figures. Ici le
peintre ne nous a point représenté la Mort
camarde et ricanant, affreux squelette, à la face
des hommes, mais il la fait voir comme une
figure pâle, décolorée, usée de souffrance, et à
demi-voilée d'un long linceul.

La Chair se montre à côté, dans toutes les
pompes mondaines, coiffée de perles et de

6

fleurs ; son front est triste , pour nous faire entendre que les plaisirs qui viennent d'elle nous
laissent plus de regrets que de joies ; ses yeux
sont fermés à la lumière , pour nous dire que la
passion est aveugle.

Et une chaîne pèse sur les épaules de *la Chair,*
pour nous faire comprendre que le péché est
un esclavage.

Une autre vitre représente la vie de l'apôtre
d'Irlande ; on l'y voit forçant un voleur à confesser par de longs bêlemens , tracés ainsi : MEE!
MEE! le crime qu'il a commis , en dérobant et
mangeant la brebis de son voisin.

Nous avons entendu des habitans de Rouen
nous assurer que cette verrière représentait une
scène de *l'Avocat Patelin ,* et ils prenaient ainsi
saint Patrice pour *Monsieur Guillaume ,* et le
voleur irlandais pour *Agnelet.*

Hôtel-Dieu.

En sortant de l'église de Saint-Patrice , si vous
remontez au boulevard qui n'en est qu'à quelques pas, soit que vous preniez à droite ou à
gauche, les deux longues, majestueuses et tristes
allées vous mènent toutes deux à des asiles de

souffrances ; d'un côté à *l'Hospice-général,* de
l'autre à *l'Hôtel-Dieu.* Ces deux grands récep-
tacles de douleurs ont vue sur ces belles pro-
menades, trop peu fréquentées ; de leurs cours
ou de leurs salles, les malades peuvent voir les
hommes qui jouissent encore de la santé, marcher ferme et droit dans leur force, et se dire
avec espérance : Oh! quel bonheur! quand pour-
rons-nous nous promener aussi !

Et d'autre part, n'y a-t-il pas moralité à avoir
arrangé les choses de telle sorte, que les hommes bien portans puissent, dans leurs prome-
nades et leurs courses, entrevoir les asiles des
malades, les grandes succursales de la Mort!

« L'homme est si oublieux de sa nature, que
pour entretenir sa charité, il est bon de lui
montrer qu'il y a misère et souffrance en ce
monde.

Pendant que j'énumère les merveilles de
Rouen, il ne faut pas que j'oublie de relater
une des choses qui fait le plus d'honneur à la
grande cité normande. Louis XIV, que la grandeur et la gloire ne détournaient pas de *com-
patissance* envers les malades et les infirmes,
fit écrire à Rouen pour demander aux administrateurs des hôpitaux les statuts et réglemens

établis par eux, dans les maisons qu'ils surveil-
laient, tant le grand roi les avait trouvés sages,
et tant il voulait les propager en son royaume ! ·

L'Hôtel-Dieu, qui termine aujourd'hui la rue
de Crosne, et qui déploie derrière sa haute et
large grille de fer sa cour avec ses tilleuls, et son
beau bâtiment avec ses larges ailes, se montre là
presque comme un palais.

En visitant cette vaste demeure élevée par la
charité, la piété des Rouennais et la munificence
de nos rois, on se prend à bénir les siècles
passés.... Ah! sans doute ces siècles ont eu leurs
torts, leurs fautes et leurs crimes, mais on peut
dire d'eux ce que le Sauveur a dit de la Madeleine:
Il leur sera beaucoup pardonné, parce qu'ils ont
beaucoup aimé, beaucoup aimé les pauvres et
les souffreteux !

De notre siècle, à nous, que restera-t-il? Un
long souvenir de nos dissentions, de notre
incrédulité et de notre égoïsme.... Oh! je sais bien
ce qu'on trouvera de nous, pas un monument
de *notre charité,* mais beaucoup d'écritures sur
l'économie; pas *une œuvre utile* aux pauvres,
mais beaucoup de *calculs* sur ce que coûte la vie
d'un nécessiteux malade.... Et puis il y a encore
beaucoup de choses qui parleront de nous aux

générations à venir : toutes ces églises changées
en ateliers de forgerons, de menuisiers, de
charpentiers, de brasseurs, en magasins de foin,
de planches et de décors de théâtre. Toutes ces
sacriléges saturnales, toutes ces profanations,
tous ces stupides changemens, voilà ce qui par-
lera après nous pour vanter notre civilisation!

L'Hôtel-Dieu n'existe où on le voit aujour-
d'hui que depuis 1758 : l'ancien hôpital se
voyait autrefois près la cathédrale, entre la
Calende et la rue de la Madeleine : la maison qui
fait face au portail méridional de Notre-Dame
est un reste du vieil hôpital.

En 1745, cet établissement étant devenu trop
petit pour toutes les misères, on construisit de
vastes bâtimens sur le *lieu de santé* où, jadis,
on envoyait les convalescens *s'éventer*, se réchauffer au soleil et humer l'air des champs.

Procession de misères et de douleurs.

Ce dut être une longue et triste procession de
douleurs et de souffrances que cette translation
d'hôpital.... Je me figure tous ces malades, ces
infirmes, ces moribonds avec leurs visages
pâles et leur air de spectres, marchant deux à

deux ou portés sur des charriots, allant prendre possession de leur nouvel *hôtel.*

Sans doute que pareille émigration devait avoir ses tristesses et son luxe de misères ; mais on y trouvait une idée consolante, c'était pour que tous ces malades fussent mieux, qu'on leur avait dit : *Levez-vous et marchez....,* au lieu que, depuis l'avénement de la *philanthropie,* on a bien aussi crié aux moribonds : *Levez-vous et marchez....,* non pour les faire aller vers un abri meilleur, mais pour les *mettre à la porte des hôpitaux dont on vendait les biens.*

Car on en est venu là en fait de profanation et de vols sacriléges ; on a vendu les grabats des mourans et les petits berceaux des orphelins. Puisque les révolutionnaires se vantent du bonheur qu'ils ont donné à la patrie, il faut qu'on connaisse ce *bonheur* dans toute sa magnificence.

Alors qu'en France, pour accomplir l'œuvre de 89, on pillait les autels de Dieu et les trônes des rois, on spoliait la couche du pauvre.

Alors que l'envie, la rapacité, la cruauté et l'orgueil envoyaient les grandeurs de ce monde mourir sur les échafauds, l'égoïsme envoyait mourir la misère sur le pavé. Les révolutionnaires philanthropes n'arrachaient pas seulement les manteaux de pourpre de dessus les épaules des princes, mais ils volaient encore la couverture du pauvre.

En vérité, il faut que l'on se fasse à tout, car il y a des gens qui dorment en paix dans les lits qu'ils ont volés aux hôpitaux, et d'autres dans les superbes couches qu'ils ont volées aux rois. Quels rêves cependant on devrait y avoir !

Si j'y étais couché, oh! quelles angoisses, quelles tortures ce pauvre mendiant, pâle de maladie, violâtre de froid, me disant à travers ses dents qui claquent de frisson : *Tu es dans un lit que la charité m'avait donné, lève-toi et va-t-en !*

Et puis ce roi dépossédé, ce roi sans tête, ce roi vieillard, ce roi enfant, disant à celui qui dort sur la couche royale : *Ce n'est pas là ton lit, lève-toi, va coucher dans le lit de ton père, il est sale de vice et de sang; c'est égal, à chacun le sien.*

Pauvres malades que la souffrance laisse un instant dormir; pauvres malades de l'Hôtel-Dieu, que j'ai visités en admirant les œuvres de la charité chrétienne, à vous, point de semblables rêves, point de torturans remords. Dormez, dormez donc paisiblement votre sommeil, des anges gardiens veillent sur vous! . . .

. . . .

Ne prenez pas le soleil du pauvre.

Je me souviens que, peu de jours avant
d'aller explorer l'asile des souffrances, j'avais
été rêver de gloire au Château-Gaillard et à
Radepont, et de religion à Saint-Georges-de-
Boscherville, et à Jumiéges.... Après avoir joui
de spectacles si beaux, j'avais besoin d'autres
émotions que celles du plaisir; je voulais des
contrastes brusques et heurtés, et du riant aspect
des champs, je passai tout de suite à celui d'un
hôpital. . . . .
Oh! si quelques uns des malades que je vis
alors si pâles et si étiolés avaient pu humer de
cet air si pur que j'ai respiré sur les coteaux
d'Hénouville, de Caumont, de Pavilly, de Canteleu, de Gouy et de Saint-Aignan, il me
semble que les couleurs seraient revenues à
leurs joues et l'animation à leurs regards.
Cependant, à *l'Hôtel-Dieu,* de hautes et vilaines
murailles n'étouffent pas ceux qui y souffrent;
le jour et l'air y pénètrent de toutes parts, et
celui qui gît sur son lit de douleur peut voir,

à travers les hautes croisées des longues salles,
le bleu du ciel, la verdure des arbres et le lointain de l'horizon.

Le souffle du matin et du soir, en passant sur
les tilleuls de la cour et sur les fleurs du jardin,
arrive tout embaumé de leurs parfums jusqu'au
pauvre fiévreux, et agite doucement les blancs
rideaux de sa couche.

C'est bon et salutaire, de laisser, à celui qui est
peut-être condamné à ne plus fouler l'herbe des
campagnes, l'aspect de la nature, lui qui touche
à la mort, rêve encore de la vie qu'il va mener
au village, quand la santé lui sera revenue; et
cette pensée est un baume pour lui : un rayon
de soleil qui glisse jusqu'à lui est comme un
regard de Dieu, ce serait cruel, ce serait impie
de le lui ravir. Dans les tems reculés, là où
est *l'Hôtel-Dieu* il y avait un hospice, il était
tout-à-fait hors ville, tout-à-fait au milieu des
champs. Rouen a étendu ses longs bras, et
touche maintenant au réceptacle des maladies....
Ce n'est pas toujours pour aller vers le plaisir
que l'on grandit.... Les progrès de la cité ne
sont point encore parvenus à intercepter à ce
magnifique établissement son air salubre, et nous
devons espérer que l'administration municipale

ne permettra pas que des constructions nouvelles viennent se placer *dans le soleil du pauvre.*

L'endroit où s'élèvent aujourd'hui les beaux bâtimens de *l'Hôtel-Dieu* s'appelait autrefois *le lieu de l'évent,* c'était là que les pestiférés, qui dans ce tems-là étaient reçus à *l'Hôtel-Dieu,* commençant à se mieux porter, allaient *s'éventer* et reprendre leurs forces, avant de communiquer avec le peuple.

Ce pieux et grand établissement est, comme je l'ai dit, bien situé, bien aéré; j'ajoute que la propreté qui y règne fait honneur aux administrateurs.

Les vastes cuisines feraient honte à celles des plus riches châteaux de France: les immenses chaudières avec des mers d'eau bouillante, les énormes brocs de cuivre reluisent d'un éclat extraordinaire; les murs sont sans taches, et les tables sont sans souillures de graisse ou de sang; la paneterie, la pharmacie, la lingerie sont tenues avec le même soin. On reconnaît partout une seule et même pensée de charité, un seul et même symbole, le crucifix; il est attaché aux murs de toutes les différentes parties de la maison.

Aux hommes qui administrent les deniers de

la veuve et de l'orphelin, cette image de Dieu
dit : *Soyez fidèles et bons économes;* à ceux qui
souffrent, elle dit : *Soyez patiens.*

Salle des Enfans. — Salle des Militaires.

La première salle que nous visitâmes fut celle
des enfans : le cœur se serrait en voyant tant de
petites innocentes créatures, pâles et languis-
santes. La misère ou l'inconduite de leurs parens
avait été pour elles ce que le hâle et une extrême
chaleur sont pour les fleurs. On en aurait eu
encore bien plus grande pitié si l'on avait vu
près de ces pauvres enfans *leurs mères selon la
grâce* les soigner avec une tendresse chrétienne
qui est une autre maternité. Parmi tous ces
jeunes visages, il y en avait encore quelques
uns de frais et de riants, et l'on s'étonnait de
les trouver là, comme on eût été surpris de voir
des roses au milieu des landes et des bruyères.

Dans la longue galerie des militaires, l'émotion était tout autre; beaucoup d'entre eux
étaient debout avec leurs robes de laine blanche,
les moins malades venaient auprès de leurs
camarades alités, et là parlaient tout bas, car le

silence, qui contribue tant à l'ordre, règne partout dans ce bel établissement.

On y fait si peu de bruit, que les plaintes et les gémissemens pourraient s'y faire entendre, et cependant aucuns ne me sont parvenus.... On aurait dit une trève accordée par la douleur.

Je remarquai plus d'une tête qu'un peintre aurait aimé à copier, des traits où la souffrance et la jeunesse avaient établi une lutte, des fronts sans rides, des joues animées par la fièvre, d'autres pâles, et sur cette blancheur de marbre des moustaches noires comme de l'ébène, tranchant avec des lèvres décolorées.

Auprès d'un de ces jeunes soldats, je vis l'aumônier, il lui tenait la main et parlait comme à un ami.

Un peu plus loin, deux grenadiers jouaient aux cartes.

D'autres lisaient, quelques uns des récits de batailles, quelques uns des livres de prières et de piété, que *les sœurs* leur avaient prêtés : rien de plus ingénieux que ces anges de nos hôpitaux pour faire aimer Dieu ; rien de si touchant à voir que le respect des militaires pour ces saintes filles. La valeur semble avoir deviné la vertu, et l'on croirait que les hommes rudes

des camps ont conçu la sublime piété des filles
de saint Vincent-de-Paul.

Là, comme partout, je leur ai retrouvé cette
paix et ce sourire qui ne peuvent leur venir d'en
haut. En causant j'admirais leur sérénité et leur
enjouement. Une d'elles a écrit dans son labora-
toire, où les malades viennent la trouver souvent :

Si quelqu'un du prochain veut parler et médire,
Sans autre compliment, qu'il sorte et se retire.

Du cabinet de cette sœur la vue est admirable,
la cathédrale apparaît majestueuse au bout de la
rue de Crosne, et le vieil édifice, si merveilleusement découpé à jour, se dessine sur un des
coteaux verdoyans qui entourent la ville.

C'est une belle pensée d'avoir ainsi mis en
regard le temple du Dieu des pauvres et l'asile
des pauvres ; c'est bien que la misère puisse voir
l'espérance.

A l'infirmerie, parmi toutes les figures de
femmes qui m'ont frappé, il m'en est resté une
dans le souvenir, c'était celle d'une jeune fille ;....
la pauvre poitrinaire était assise dans son lit,
sa camisole n'était pas plus blanche que la peau

de son cou et de ses mains , seulement les pom-
mettes de ses joues étaient rouges ; ce rouge, mis
par la fièvre , donnait un vif éclat à ses grands
yeux noirs ; ses cheveux , noirs aussi , tombaient
de chaque côté de son visage amaigri ; ses lèvres
pâles remuaient vîte , et ses doigts faisaient couler entr'eux les grains de son chapelet.

Quand elle vit le docteur Hellis (que tous les
malades aiment) passer devant elle, elle suspen-
dit un instant sa prière , et elle lui dit : Je voudrais bien avoir la permission de sortir pour aller
auprès de la cathédrale acheter mon *alliance*.

Demain vous irez, ma chère enfant......; et
quand nous fûmes un peu loin de son lit, le
docteur me dit : Demain, si elle fait *alliance* avec
quelqu'un , ce sera avec la tombe.

Entre toutes ces différentes salles et la chapelle il y a communication, et, au fond de la
vaste et belle tribune que l'on voit au-dessus du
sanctuaire, est un petit autel en bois, avec un
tabernacle qui contient toujours le saint viatique.

Dieu n'a-t-il pas dit à ceux qui souffrent : *Je
serai au milieu de vous ?* . . . .

Dans toutes les diverses parties de cette sainte
et noble maison, on retrouve une sage grandeur,
on voit que son plan n'a pas été conçu sous un

roi avare. Dans ce tems-là on ne mettait point
une bonne action au rabais, aussi on élevait des
monumens durables.

Dans le grand escalier, sur une table de marbre
noir, on lit les noms des anciens protecteurs de
ce magnifique hospice,

MM. le cardinal De Saulx Tavannes, archevêque de Rouen, pair de France; Hue de Mi-
romesnil, premier président du parlement de
Rouen; Piperai de Marollis, conseiller au parlement; Parier Domfreville, chanoine de la cathédrale, aussi conseiller; Le Sens de Folleville,
procureur-général; De la Rue, Guesdier de Saint-
Aubin, chanoines; Méry, Durand, Lefebvre,
administrateurs; Valtier, avocat au parlement et
secrétaire de l'assemblée.

Les noms que nous venons de citer ne remontent qu'à 1749, mais dans les siècles les plus
reculés, les pauvres de Rouen comptent des bienfaiteurs bien autrement illustres.... Les ducs de
Normandie ont laissé un renom de charité qui
égale presque celui de leur valeur.

Henri II, treizième duc de la province, Richard-Cœur-de-Lion, saint Louis, Philippe-
Auguste, Louis VIII et Louis XIV ont doté tour-
à-tour cet hôpital.

Un des derniers maires de Rouen, le marquis de Martainville, a, de ses propres deniers, augmenté de beaucoup le nombre des lits de fer.

L'Hôtel-Dieu admet chaque année plus de quatre mille malades et six à sept cents militaires et marins.

M. Hellis est le médecin principal.

M. Des-Alleurs, adjoint.

M. Flaubert, chirurgien principal.

M. Leudet, adjoint.

Après une bataille, il faut citer les noms de ceux qui s'y sont distingués. Après le grand fléau du choléra, il faut faire connaître ceux qui l'ont combattu; leur courage et leur zèle ont été dignement soutenus par MM. Caneaux et Périer, et par MM. les élèves de médecine et de chirurgie; et, s'il n'y avait pas une quasi-inconvenance à citer celles qui ne veulent pas l'être, ne pourrais-je pas nommer les sœurs de l'Hôtel-Dieu et leurs saintes voisines les sœurs de la Miséricorde? toutes ont puisé, dans le fléau de 1832, un redoublement de charité.

Du choléra au cimetière, la translation est simple; je finirai donc par dire que, dans le champ consacré où l'on porte les morts de *l'Hôtel-*

Dieu, on voit un tombeau qui porte cette inscription :

« Ici reposent dix-neuf chrétiens qui, s'étant
» dévoués à l'assistance des malades de la peste,
» y ont fini leurs jours dans l'exercice de la
» charité. Leurs cendres, éloignées de celles de
» leurs frères, sont les illustres marques d'un
» zèle qui n'a pu être empêché ni par la crainte
» de la maladie contagieuse, ni par l'amour que
» les hommes ont naturellement de vivre. Le
» même évangile, qui les avait déjà privés de
» tous les biens de la terre, les a fait mourir
» dans le lit d'honneur, puisque c'est en exer-
» çant la charité, qui est la première de toutes
» les vertus.

» Passant, porte une sainte envie à leur con-
» dition ; si tu ne veux être méconnaissant, ne
» refuse pas tes prières à leurs ames généreuses
» qui ont sacrifié leur vie au bien public. »

En apprenant que les dix-neuf héros de la
charité étaient......... CAPUCINS, l'admiration de
certaines gens va peut-être diminuer.....; moi,
je l'avoue, je les admire QUAND MÊME.

Avant 1830, la fille de Louis XVI et de Marie-Antoinette, madame la Dauphine, qui ne
recule devant aucune douleur, avait visité les

hôpitaux de Rouen ; madame la duchesse de
Berry avait imité son auguste sœur, et leurs noms
ont été bénis dans toutes ces grandes salles que
je viens de parcourir. . . . .

Depuis, Louis-Philippe, Marie et ses filles, et
mademoiselle Adélaïde D'Orléans sont venus
aussi à *l'Hôtel-Dieu.*

Malgré mon peu d'amour pour les D'Orléans,
s'ils y avaient laissé après eux quelques bienfaits
dignes d'être cités, je les dirais; mais, en vérité, je n'en connais pas un. Chaque famille,
chaque branche de famille a son caractère
distinctif; celui de la maison d'Orléans, c'est
l'économie. . . . .

. . . .

Les Boulevards. — Le Cimetière monumental.

Pour arriver à cet Hôtel-Dieu que nous venons
imparfaitement de décrire, nous avons suivi cette
belle et large allée des boulevards, qui n'est déjà
plus la ceinture extérieure de la ville ; sur trois
de ses côtés, cette zône de verdure n'a pu com-
primer la grande cité, la voilà bien en dehors !
la voilà étendant, étageant ses faubourgs sur les

pentes des coteaux du *Mont-aux-Malades* et de
Saint-Aignan....... Nos petits-neveux verront les
demeures des vivans monter et aller déranger les
tombes des morts à ce haut *Cimetière monumental*
que Rouen voit de partout comme une grande
pensée morale offerte à son industrie.... Ce mont,
protégé par la croix et sanctifié par des tombeaux,
ne dit-il pas à tous : Agitez-vous, remuez-vous,
enrichissez-vous, mais voyez où toutes vos peines,
tous vos travaux, toutes vos richesses doivent
venir aboutir?

Ce Cimetière monumental, que j'aime à cause
de sa position et de l'immutabilité de ses tombes,
a quelque chose que je n'aime pas : il établit entre
les riches et les pauvres une séparation qui a
sans doute son effet pittoresque, mais qui dé-
range cette *égalité* de la mort qu'on nous a toujours enseignée.

Voilà de *l'aristocratie* où il ne devrait peut-
être plus y en avoir.... Eh! mon Dieu! dans la vie,
ayez vos rangs, vos distinctions, je sais que la
société ne peut s'en passer! ayez dans vos cités des
quartiers réservés aux belles maisons, aux grands
hôtels, aux palais; mais, après la mort, n'ayez
qu'un champ béni pour toutes les poussières!

Que l'humble petite croix de bois, peinte en

noir, ait le droit de s'élever auprès du superbe
sépulcre de marbre..... Si sur cette terre, qui doit
être commune à tous, vous tracez quelques lignes
de démarcation, que ce soit pour les différens
cultes; que ceux qui ont vécu ensemble dorment
ensemble, le catholique auprès du catholique,
le protestant auprès du protestant, et le juif auprès du juif.

Dans le vieux tems passé, les cent églises
de Rouen avaient chacune leur cimetière entourant leurs murs; dans ces jours-là, les vivans
n'avaient pas peur des morts, et les morts faisaient foule à l'entour des sanctuaires comme
pour y mieux dormir et s'y coucher plus à l'abri....

Semblable usage (la docte Faculté nous l'a
prouvé) pouvait avoir de graves inconvéniens
pour la salubrité des villes, mais, sous un
autre point de vue, avait un réel avantage.........
Pour arriver près de Dieu, pour le bien prier,
c'était quelque chose que de passer à côté de la
tombe de son père et de sa mère, de ses frères
et de ses sœurs..... Oh! oui, les cimetières sont
de bonnes avenues pour les églises! . . . .

. . . .

En redescendant des hauteurs du Cimetière
monumental, on passe à côté ou à travers le

Boulingrin pour revenir aux boulevards, promenade que j'aime malgré sa tristesse. La folie,
l'agitation n'y bruissent pas comme sur ceux
de Paris, mais l'homme méditatif peut y trouver
des pensées et n'en point être dérangé, tant le
silence y est grand!

Foire de Saint-Romain.

Dans cette partie des boulevards qui va de
la rue Beauvoisine à la rue Cauchoise, se tiennent les diverses foires, autrefois concédées à
la ville par différens rois, comme des bienfaits.
Sur la place circulaire et dans l'allée du milieu
des boulevards, se groupe, se tient le maqui-
gnonnage avec ses signes convenus et ses paroles
trompeuses; là se rendent les chevaux de voitures, venant de Caen; mêlés à ces attelages
de luxe, se voient les chevaux du pays de Caux,
que recherchent les cultivateurs et les bons
fermiers. Et marchands et acheteurs passent là
bruyamment leurs marchés, *faisant claquer la
main et buvant le petit verre.*

Dans une des allées latérales, des baraques
sont alignées de droite et de gauche sous les
arbres; et le beau monde et le peuple, et les

marchands et les ouvriers, et les enfans et leurs
bonnes, et les soldats et les filles de boutiques,
et les maquignons et les amateurs de chevaux,
et les propriétaires et les fermiers, et les paysans
et les habitans des villes, et le haut et le bas-
Normand se pressent, se foulent, se poussent, se heurtent, s'embrassent, s'étouffent, se
trompent, se quittent, s'en vont...... et l'année
d'ensuite reviennent fêter la Saint-Romain.

A ce *rendez-vous* ne manquent jamais ni les
marchands de vêtemens d'homme, ni les fai-
seuses de corsets, ni les chapeaux de feutre et de
castor, ni les petits bonnets de grisettes, ni les
auneurs de calicots et de *rouenneries,* ni les marchands de gravures et de livres, ni les faiseurs
de gaufres et de *mirlitons* et de *norolles ,* et
ni les Arabes vendeurs de pastilles du sérail,
ni le marchand de porcelaines et de cristaux,
ni les bijoutiers avec leurs pendules , leurs
montres et leurs flambeaux , ni le ferblan-
tier-quincaillier avec ses veilleuses, ses lampes,
ses chandeliers et ses casseroles, ni le cafe-
tier avec ses glaces et ses sorbets, ni la gril-
leuse de marrons avec ses fourneaux allumés et
leur appétissante fumée......... Et tout cela se
regarde au bruit de cent voix différentes, qui

annoncent et qui vantent leurs marchandises,
leurs denrées, leurs merveilles et leurs curiosités.
Ceux-ci proclament leurs géants, leurs nains,
leurs girafes, leurs monstres à deux têtes, leurs
oiseaux savans, leur singe lettré, leur macaque
gracieuse, leur guérisseur de tous maux, leur
arracheur de dents sans douleur, leurs funam-
bules, leurs escamoteurs!!!!!

D'autres encore crient de toutes leurs forces :
Venez voir Louis-Philippe, et sa femme, et ses
filles, et ses fils, et sa sœur, et M. Thiers, et
M. Soult, et le petit caporal, et le grand empereur!.... Et toutes les voix humaines qui crient,
chantent et publient tant de belles choses et tant
de prodiges, sont accompagnées et de fifres, et
de clarinettes, et de tambours, et de grosses
caisses, et de trombones et de *tam-tams!*

Puis, au bout d'une quinzaine, tous ces grands
bruits s'affaiblissent, s'éteignent, s'effacent, se
meurent, et le silence revient sous les grands arbres et dans les longues allées. C'est alors que je
les aime; alors le tumulte ne vous assourdissant
plus, la pensée vous arrive et avec elle encore
les vieux souvenirs. Ce sol, tout-à-l'heure foulé,
écrasé, broyé sous les pieds, est peu loin du
vieux *Champ-du-Pardon :* c'est là que les amis

de Charles de Navarre ont été cruellement mis
à mort en sortant d'un festin, décapités avec
leurs chaperons de roses. Là, quelques années
plus tard, Charles-le-Mauvais, éloquent orateur,
a réhabilité leur mémoire et exhumé leurs restes
pour les porter avec honneur en la cathédrale, à
la chapelle des Innocens, où leur poussière dort
encore.

Et cette foire, qui faisait ici tant de tapage,
savez-vous qui l'a fondée? Voici ce que je trouve
à ce sujet dans l'histoire de Rouen :

« On n'a point connoissance certaine de
l'année que la foire du Pardon ou de Saint-
Romain a été instituée ; un ancien manuscrit dit
qu'elle le fut avant l'an 1080, par nos premiers
ducs de Normandie, et qu'elle tenoit seulement
deux jours ouvrables. Jean, roi de France, en
l'an 1358, fait mention de cette *foire du Pardon,*
dans une lettre *donnée au Louvre,* en disant
que les aquits et les coutumes lui appartiennent.
Cette charte sert encore à prouver l'antiquité de
la *foire du Pardon.* »

Et puis viennent de plus se rattacher à cette
foire de Saint-Romain les noms de Charles VII,
qui écrit de Caen qu'il veut qu'elle dure neuf
jours; de Louis XI, qui, de son château de

Montargis, le 12 septembre 1466, déclare *que ladite foire sera franche de toute imposition et subside.*

François Ier. confirma aussi cette solennité rouennaise.

Champ-du-Pardon.

Voici ce que je lis encore sur cette mémorable foire normande :

« La place où l'on tient cette foire est hors la ville, entre la porte Beauvoisine et celle Bouvreuil; elle commença à être appelée le *Champ-du-Pardon*, l'an 1079, lorsque Guillaume-Bonne-Ame, archevêque de Rouen, fit transporter le corps de saint Romain de l'église de Saint-Godard dans la cathédrale, et institua la procession du *corps saint*, pour récompenser les paroissiens de Saint-Godard, en leur portant tous les ans un gage infiniment plus précieux que celui qu'il leur avoit ôté.

» Ce bon prélat, désirant rendre la cérémonie plus sainte et plus célèbre, obtint du pape de grandes indulgences pour ceux qui assisteroient à cette procession, et l'église de Saint-Godard étant trop petite pour contenir le peuple qui y venoit de toutes parts, il fut ordonné qu'on feroit la prédication au milieu du champ, qui pour lors occupoit le grand espace de terre qui est depuis l'église jusqu'au pied de la montagne. Nos vieilles chroniques rapportent que Guillaume-le-Conquérant, duc de Normandie et roi d'Angleterre, assista à cette première procession, et que, dès-lors, il institua la *foire de Saint-Romain* pour être tenue au même lieu, le 23e. jour d'octobre. »

Nous voilà revenu à écrire ce beau nom de *Guillaume-le-Conquérant.*

C'est non loin de ces boulevards que je viens de peindre, tantôt avec leur silence, tantôt avec leur agitation, que le glorieux bâtard rendit sa grande ame à Dieu.

Les batailles avaient commencé sa gloire, les batailles devaient terminer sa vie.

« Voici un des différends, dit Gabriel Dumoulin, que le conquérant auoit à vider avec le roy de France. Ses fils, Robert Courtes-Bottes et son frère Henry, estans allés un jour visiter ledit roy de France, à Conflans, le jeune comte Henry, après disner, joua aux échecs avec Louis de France et gagna son argent. Louis, bien fasché de sa perte, appela Henry fils de bâtard,

et le frappa des échecs, non sans reüanche,
car Henry prit l'eschiquier et lui ietta de telle
force contre le visage que le sang en sortit, et
sans l'empeschement de son frère Robert, il
l'eût tué de corps. Ce fait, ils montèrent promp-
tement à cheval et se sauvèrent à Pontoise, non
toutefois sans être poursuivis des François,
lesquels furent repoussés par Baudouïn de
Harcourt et Foulques, comte de Beaumont-
sur-Oyse.

» A quelques tems de là, le roi de France
ravageant la Normandie, et Guillaume ne se
levant pas tout de suite pour réprimer sa hardiesse, Philippe dit, assuré qu'il étoit que le
conquérant demeuroit alors à Rouen, et faisoit
diette : *Le roi d'Angleterre* (lequel auoit le ventre
et l'estomach chargez et eslevez de graisse) *est
plus long-temps en couche que les femmes de son
pays, et qu'il devoit avoir bien des chandelles à
ses relevailles.*

» Guillaume, adverty de cela, répartit : Par la
splendeur de Dieu ! *je lui en ferai offrande d'un
million en forme de lances.*

» Et pour soutenir ce propos, se mit en
marche, quoique souffreteux, brûla les bleds et
coupa les vignes des Mantois, s'empara de leur

ville, y fit mettre le feu qui, en peu d'heures,
avec toutes les maisons, déuora l'église de
Notre-Dame et les autres temples. Deux bons
ermites et beaucoup de peuple demeurèrent
ensevelis dans les flammes.... Mais, soit pour
punition ou autrement, le conquérant, en
approchant trop près, se sentit soudain attaqué
et combattu d'une grande maladie causée de la
véhémente chaleur du feu et du trop grand tra-
uail qui firent fondre sa graisse, ou bien de
l'intempérie de la saison, ou (ce qui fut bien le
pire) son cheval sautant un fossé, il le blessa et
brisa tout le petit ventre, ce qui luy causa de
grandes douleurs et le força de retourner à
Rouen. »

Saint-Gervais.

« La maladie de Guillaume ne le tourmentoit
pas tant que le souvenir de ses fautes. Pour
n'ouïr le bruit et tintamarre des artisans de la
ville, il se fit porter dans une litière au prieuré
de Saint-Gervais, lequel, Richard, son ayeul,
avoit donné aux religieux de Fescan. Là, Gille-
bert, évesque de Lisieux, et Goutard, abbé
de Jumiéges, ses médecins ordinaires et les

plus doctes de cette profession, jugeant que
tous leurs remèdes seroient vains et qu'il n'en
releveroit pas, se contentèrent de l'advertir qu'il
eust à disposer de ses affaires spirituelles et
temporelles.

» Lors il appela un des évesques qui le con-
soloient, luy confessa ses péchéz, reçeut l'abso-
lution et les sacremens, vsant alors de prières
très-dévotes et accompagnées de larmes et de
soupirs que le repentir de ses fautes luy tiroit
des yeux et du cœur.

» Le conquérant, gisant sur son lit, sentoit
bien que son épée ne pouvoit cette fois repousser
l'ennemi qui venoit le saisir, aussi étoit-il
humble et repentant; il envoya des sommes
considérables à la ville de Mantes, distribua des
trésors aux prestres, aux séculiers, à ses amis,
à ses serviteurs, pardonna à ses ennemis, fit
appeler ses fils et leur donna de bons, sages et
chrétiens conseils...., et quelques minutes après
le soleil levant, ayant entendu la grosse cloche
de Nostre-Dame qui sonnoit l'heure de prime,
il leua les yeux et les mains vers le ciel, et dit :
*Je me recommande à la bonne vierge mère de
Dieu, et la supplie très-humblement de me récon-
cilier, par ses prières, avec son fils Jésus-Christ*

notre Seigneur! Ce dit, il rendit l'ame avec les derniers soupirs, le jeudi huitième jour de septembre, l'an mil octante-sept. »

Et cette mort royale et chrétienne eut lieu, comme nous l'avons dit, au prieuré de Saint-Gervais ; mais aujourd'hui le voyageur cherche en vain une pierre qui rappelle ce souvenir.

Et cependant, certes, ce n'est pas la gloire qui a manqué à cette vie qui vient de finir entre les bras de la religion.

Ecoutez encore un instant les vieux chroniqueurs ; voici comme ils parlent du grand homme que les Rouennais n'honorent pas à l'égal d'un homme de plume :

« Telle fut la vie et la mort de ce prince, le plus valeureux de tous les ducs de Normandie et le plus puissant des roys d'Angleterre, pour cela digne de louanges au-delà de tous ses ancestres.

» Il estoit de haute taille, mais fort grosse, le visage plein et rouge, d'un regard assez peu plaisant et qui monstroit à découvert le feu de sa colère ; il estoit chauve, avoit les membres gros, nerveux et si forts qu'il bandoit bien son arc estant à cheval, lequel à peine les plus forts faisoient ployer ; sa santé ne fut altérée d'aucune

maladie périlleuse que sur les dernières années
de sa vie ; aussi il estoit fort adonné au plaisir
de la chasse, qui servoit beaucoup à l'entretien
de ses forces.

» Il estoit grandement sage, rusé, riche,
désirieux d'amasser et de dépenser magnifiquement ; il aimoit grandement d'être honoré, mais
estoit humble devant Dieu.

» S'il estoit gracieux aux gens d'église, il estoit
cruel envers princes, comtes et barons qui ne
faisoient pas ses volontés. Au reste, les estrangers n'avoient de meilleur amy que luy ; il estoit
le seul refuge des gens de bien, et pourvu qu'ils
fussent sçavans aux lettres ou au mestier de la
guerre, il les eslevoit aux charges d'honneur,
et prenoit toujours advis de ceux qu'il recognois-
soit prudens et fidelles.

» Jamais il n'estoit plus joyeux que dans les
festins, et jamais plus prêt à donner ou pardon-
ner que dans ces honnêtes licences.

» Enfin, ce prince vit presque toutes ses
entreprises accompagnées de bon-heur ; il main-
tint ferme sur ses épaules le manteau ducal de
Normandie, conquesta le Maine et l'Angleterre,
contraignit les Écossois à luy faire hommage, les
Gwallois à luy payer tribut, et fit que par tout

son empire la paix fut si grande et la justice
si bien gardée, qu'une jeune fille pouuoit aller
par toute l'Angleterre, chargée d'or et d'argent,
sans crainte d'aucune violence à son honneur
ny à ce qu'elle portoit, car l'un et l'autre estoit
rigoureusement puni. »

Pour que l'on remarque la vieille église de
Saint-Gervais, il faut que l'on se rappelle les
souvenirs qui y sont attachés ; son extérieur est
écrasé et sans aucun caractère ; le fond du sanctuaire conserve seulement en dehors quelques
colonnes avec de jolis chapiteaux.

L'intérieur n'offre rien de remarquable, si ce
n'est la crypte où saint Mellon et saint Avicien
sont enterrés.

J'ai dit ailleurs que saint Mellon, fondateur
de l'église de *Notre-Dame*, avait été un des
premiers pasteurs de Rouen ; saint Avicien fut
son successeur immédiat.

Nous ne voudrions pas que cette chapelle
souterraine, à laquelle on descend par une qua-
rantaine de marches, fût rajeunie. Dieu la garde
de tout badigeon sauvage ; mais il serait bien de
la réparer un peu. A la fenêtre étroite et à barreaux de fer, qui répand si bien une clarté
mystérieuse sur la statue de la vierge et sur

l'antique autel, il faudrait quelques vitraux de
couleur ; sur les deux tombeaux il n'y a point de
statues couchées dormant leur sommeil, il
serait facile d'en trouver et d'en placer là.... Je
sais un lieu où il y a tout un peuple de saints
évêques, debout, sans honneurs, relégués contre
les murs de la cathédrale, dans la cour de
l'Albane ; je crois bien que ces saintes images
ne remonteront plus à leurs élégantes niches....
Si la fabrique de Saint-Gervais est trop pauvre
pour faire sculpter deux statues pour ses deux
tombeaux, qu'elle demande deux de ces saints
sans emploi à MM. les fabriciens de Notre-
Dame, ils doivent aimer les arts puisqu'ils sont
marguilliers d'une cathédrale renommée...., et
que leur feront dans cette cour deux statues
de moins ?

Gisant sur les tombes de la crypte Saint-
Gervais, elles produiraient un bon effet, le jour
leur viendrait bien. En ce moment quelques débris d'une image de la sainte Vierge, d'un *Ecce
Homo*, et de saint Pierre et de saint Paul, sont
appliqués droit le long des murailles dans les
ténèbres visibles de l'oratoire souterrain ; ils m'ont
fait penser à ces morts tannés qui sont debout
dans les caveaux d'une église de Bordeaux.

Avec moins de trois cents francs on rétabli-
rait, comme elle devrait être, la sépulture de
deux des premiers évêques de Rouen.

Rouen est à trente lieues de Paris; Rouen prétend aimer les arts, Rouen a une société d'antiquaires, et il laisse dans un dégradant abandon
un des lieux consacrés qu'il devrait vénérer
davantage.

Chaque année, le mardi des Rogations, les
mères descendent dans la crypte, portent leurs
petits enfans sur les tombes des saints évêques,
et les y couchent quelques instans *pour les rendre
forts.....*

Le Cimetière Saint-Gervais. — La Tombe du petit Enfant.

Pendant que j'attendais la clé de l'église, que
mon fils était allé chercher chez M. le curé de
Saint-Gervais, je vis un homme avec une jambe
de bois, et vêtu d'une redingote noire, monter
péniblement la place et arriver enfin à la grille
du cimetière.... Je crus que c'était un curieux
comme moi. Oh! c'était bien mieux que cela.

Cet homme regarda de mon côté; ma présence le gênait, car c'était la douleur qui le

conduisait au champ des morts, et la douleur
n'aime pas à être regardée; je me détournai
donc. Quand je sortis de l'église, l'inconnu était
à genoux sur une tombe, priant, la tête nue.
Bientôt il s'assit sur un banc en dedans d'un
petit treillage noir, et là, il resta plongé dans
des pensées de mort ou plutôt de résurrection.

L'homme qui ne croit pas à la résurrection,
pourquoi irait-il dans un cimetière? Je demandai
à la personne qui m'avait fait voir l'intérieur de
l'église si elle connaissait ce monsieur.

Oh! oui, me répondit-elle, c'est le père d'un
petit enfant de vingt-six mois qui est mort il y
a bientôt trois ans.... Il n'y a de jour que le bon
Dieu fasse, beau ou mauvais, brûlant ou froid,
soleil ou neige, que le père ou la mère ne vienne
donner ou demander des prières au petit ange
dont le corps a été mis là.... L'hiver, quand
tout le cimetière est couvert de neige, la pauvre
mère y vient *tout de même.* Après s'être age-
nouillée, avec ses mains elle gratte la neige de
dessus la petite pierre pour voir cet autre berceau
de son fils, et puis elle reste là long-tems, bien
long-tems, comme si elle attendait que son
enfant lui sourît au réveil.... Oh! pour que le
père et la mère reviennent ainsi chaque jour,

il faut qu'il leur viennent là des pensées conso-
lantes, il faut que le jeune habitant du ciel leur
révèle les joies d'en·haut, il faut que l'enfant
leur dise : Par-delà les nuages, les mères et les
pères reconnaissent leurs enfans et n'en sont
plus séparés. . . . .

C'est en vain que je cherchai *le prieuré de Saint-
Gervais*, où Guillaume-le-Conquérant, pour
*n'ouïr le bruit et le tintamarre des artisans de la
ville*, s'était fait apporter pour mourir en paix....

L'ancienne cure aurait-elle été ce prieuré? Je
ne sais, mais aujourd'hui elle est devenue une
fabrique; et un mourant n'y serait pas bien *pour
n'ouïr ni le bruit ni le tintamarre des artisans.*

Quand Rouen était restreint dans l'enceinte
des fossés de Louis VIII, Saint-Gervais était
tout-à-fait une église de campagne; elle en a
encore conservé l'aspect.

Saint Gervais et saint Protais, deux nobles
frères, dont le martyre a inspiré un des plus
beaux tableaux chrétiens que nous connaissions,
ont été décapités à Milan. Dans toute l'Italie,
ces deux frères étaient célèbres par leur beauté;
ils voulurent l'être par leur courage, et eux, nés
le même jour, moururent le même jour, en
confessant Jésus-Christ.

Voyez comme la religion porte au loin les renommées qu'elle a bénies ! voilà que deux martyrs italiens sont vénérés en Normandie. La religion, c'est une grande patrie, avec elle plus d'Alpes, plus de Pyrénées, plus de mers.

« En 386, saint Victrice [1], alors archevêque de Rouen, reçut de saint Ambroise une caisse de reliques, parmi lesquelles se trouvaient celles de saint Gervais. Saint Victrice fit construire une église pour y déposer ces vénérables dépouilles. Le pieux archevêque nous apprend lui-même, dans un discours composé par lui *de laude sanctorum*, qu'il travailla de ses mains à ce temple, qu'il y porta des pierres sur ses épaules. L'église où furent placées les reliques de saint Gervais n'a-t-elle pas dû recevoir le nom du martyr? était-il naturel qu'on lui en donnât un autre? Non, sans doute, et nous devons en conclure que l'église actuelle de Saint-Gervais s'est élevée sur l'emplacement de l'église primitive bâtie par saint Victrice.

» Saint-Gervais eut considérablement à souffrir des guerres de religion ; il était presque détruit

[1] *Précis historique sur Rouen*, par Th. Licquet.

en 1592. A cette époque, l'armée royale s'en était emparée et avait établi, dans les environs, une batterie qui fit beaucoup de mal à la ville de Rouen, où commandait le marquis de Villars, pour la Ligue. »

Je voudrais que, par une convention générale entre tous les hommes, par une nouvelle clause du droit des gens, il fût une fois reconnu qu'une *église* ne peut jamais être transformée en *batterie* ou en citadelle : ce n'est pas de la maison d'un Dieu de paix que doivent partir les boulets et les bombes qui vont donner la mort.

Th. Licquet établit fort bien que les ducs de Normandie n'avaient point de palais aux environs de Saint-Gervais.

« Le roi, dit Orderic Vital, se fit transporter dans l'église de Saint-Gervais. *Ipse rex præcepit se efferri ad ecclesiam Sancti-Gervasii.* Et plus loin, voilà que le plus puissant héros, à qui dernièrement plus de cent mille guerriers s'empressaient d'obéir, qui faisait trembler beaucoup de nations, le voilà honteusement dépouillé par les siens DANS LA MAISON D'AUTRUI. *Ecce potentissimus heros ceci nuper plusquam centum millia hominum serviebant avide, et quem multæ*

gentes cum tremore metuebant, nunc à suis tur-
piter IN DOMO NON SUA *spoliatus est.*

Si Guillaume avait eu un palais dans ce quartier, il n'eût point ordonné qu'on le portât au
prieuré de Saint-Gervais.

Ce qui prouve bien la vanité de la gloire
humaine, c'est ce corps du conquérant restant
nu, sans respect, sans égards, jeté sur une table.
Voilà le premier affront fait au royal cadavre;
un peu plus loin, il lui en sera fait un autre.
A Caen, Ascelin, fils d'Arthur, s'élancera au
milieu des prêtres, et s'écriera à haute voix :
« *Ceste place, à laquelle vous voulez maintenant
donner sépulture à ce corps, a jadis esté celle de
la maison de mon père, laquelle ce prince, pour
qui vous priez, lui osta de force; c'est pourquoi
je querelle et resclame publiquement ceste terre,
et vous deffends, à peine de clameur de harou,
de enterrer le corps de cet usurpateur dans mon
héritage.*

- » Et justice sera faite, et la fosse sera payée
avant que le conquesteur de royaumes puisse
prendre possession de sa tombe. »

Une voie romaine, qui conduisait de l'an-
tique *Rothomagus,* en passant par le *Mont-aux-
Malades,* à *Juliobona,* a existé près de Saint-
Gervais.

Ainsi, cette église, aujourd'hui d'humble apparence, est toute riche de souvenirs !

Il y a long-tems que je sais qu'il ne faut pas s'en rapporter aux apparences. Voici pour moi une preuve de plus.

L'esprit rempli de ce que nous venions de voir, et parlant encore de ce pauvre père que nous avions laissé sur la tombe de son enfant, mon fils Arthur et moi nous suivîmes les longs boulevards pour nous rendre à l'Hospice-général. Car, ainsi que je crois l'avoir dit déjà, cette belle et silencieuse allée aboutit. par ses deux extrémités à deux vastes entrepôts de douleurs et de misères.

Mont-aux-Malades. — Église du Petit-Séminaire.

Le coteau du *Mont-aux-Malades*, que nous venions de descendre, et qui est aujourd'hui tout hérissé d'élégans pavillons de plaisance, n'est pas non plus sans réminiscences historiques.

Henri II a bâti sur sa cime une belle église, qui s'y voit encore, celle du Séminaire, et qui a

été élevée en expiation de la mort de Thomas
Becket , archevêque de Cantorbery.

Ce meurtre pesait lourd sur le cœur de Planta-
genet , car nous avons vu à Angers une autre
église et un hôpital , aussi bâtis pour expier ce
crime.

J'aime ces contritions de rois ; elles profitent
à la religion , au pays et aux pauvres.

Mais pour avoir de ces repentirs , il faut de
l'ame et du cœur; et je connais tel homme puissant qui ne paierait pas une chétive croix de bois
pour placer à l'endroit où son père pourrit sous
le mépris public !

Auprès de l'église de Henri II , Henri Ier. avait
jadis pris plaisir à doter les frères *de la bonne
congrégation de Saint-Jacques.* Là se voient les
ruines d'une église d'architecture romane. Bientôt il n'en restera plus rien. La main des hommes aide à la main du tems...... *Les pierres se
vendent bien.....* Ces paroles , répétées dans un
pays industriel , sont avidement écoutées. Pourquoi ne pas spéculer avec des pierres historiques ? Autant vaut faire de l'argent avec ces
débris consacrés qu'avec du calicot.

Mont-Saint-Aignan. — Bois-Guillaume. — Grenadier.

A la même hauteur que le Mont-aux-Malades, et sur le plateau qui regarde Bois-Guillaume, la tour de l'église de Saint-Aignan se montre par-dessus les arbres. Sous ces beaux ombrages, il y a encore toute une tribu sainte qui prie et qui chante. Un autre petit séminaire a été fondé là, et dans nos explorations *hors ville*, nous n'oublierons pas d'en parler...... Car nous aimons Saint-Aignan comme on aime qui nous a rendu la santé, et de ce qu'on aime on parle souvent.

A ce *Bois-Guillaume*, dont nous venons tout-à-l'heure de prononcer le nom, on prétend que *Guillaume-le-Conquérant* avait une maison de plaisance. On montre encore des pans de vieux murs, et les gens du pays disent : *C'était là le parc.*

. Tout à côté de ces chicots de murailles se voit ce que l'on nomme en 1834, *le Grenadier....* lieu très-aimé, très-recherché du peuple rouennais, qui y vient par centaines chaque dimanche et chaque fête de l'été.

Ce nom de *Grenadier* pourrait faire croire

qu'il y a eu là un pélerinage de gloire, un souvenir guerrier que la foule veut honorer. Oh!
n'allez pas croire semblable chose, vous lecteur
qui me lirez dans les siècles à venir.... Le peuple
avec lequel je vis, ne fait plus en masse de pélerinage :.... le peuple de nos jours est devenu ce
que quelques uns appellent *rationnel*, et ne sort
de chez lui que pour du GAIN ou du PLAISIR.

Au *Grenadier*, c'est le plaisir qui l'amène.

Le *Grenadier*, c'est une guinguette renommée,
un lieu de danse en réputation, où affluent chaque semaine de la belle saison les artisans, les
ouvriers et les petits bourgeois de la ville.

C'est une longue procession toute barriolée de
diverses couleurs que l'on voit chaque dimanche
soir monter joyeuse vers le *Bois-Guillaume*....,
là où toute cette multitude en quête de plaisir
va rencontrer quelques mauvais violons, quelques criardes clarinettes et une retentissante
grosse caisse ; là, elle s'arrêtera ; là, l'amour
de la danse la retiendra bien avant dans les
ombres, et lorsque la lumière du soleil n'éclai-
rera plus les arbres sous lesquels on danse, les
lampes, les *quinquets* à lueur rouge brilleront
rares sous le feuillage et ne dissiperont qu'à
demi les ténèbres.

Bien de l'argent, bien du tems, bien d'autres choses se dépensent et se perdent à ces rendez-vous de danses, que le menu peuple de Rouen aime d'un amour tout particulier, et cependant *aime à froid;* car, voyez-vous, toute cette foule de jeunes hommes et de jeunes filles dansent sans gaîté. On dirait qu'ils ont vu les bals de nos salons pour en imiter la tristesse et l'ennui. Dans le midi, dans l'ouest de la France, les *farandoles*, les *rondes bretonnes* et *vendéennes*, les danses sur l'herbe ont leur caractère. Ici, non : ici, c'est une copie des *bals champêtres de Paris*..... Pour les plaisirs populaires, Rouen est comme un faubourg de la capitale. Je leur aimerais mieux le type normand. A chacun je voudrais sa couleur et son esprit...... Puis, n'est-ce pas un triste peuple à imiter que le peuple parisien ?

Une danse *bien normande* n'irait-elle pas mieux sous ces arbres où a joué *Guillaume de Normandie*, que ces contredanses, ces walses et ces galops *caricaturés* du grand monde ?

Cent fois mieux. Mais il faut que je révèle les torts de mon époque. Aujourd'hui, il y a dans les esprits comme un délire d'oubli et de dédain pour les vieux usages ; aujourd'hui, le fils ne

veut plus s'habiller comme son père , la fille du
pays de Caux ne veut plus de la belle haute
coiffe de sa mère !

Aujourd'hui, ce qui était *original,* on l'efface
pour *copier ;* ce qui était *antique et noble,* on le
démolit pour *aligner.*

Depuis bien long-tems les vieux et saints
monumens ont eu en France deux ennemis
acharnés :

L'amour de l'argent, qui les dénaturait pour
en tirer parti.

L'amour de l'alignement, qui les abattait pour
faire une *ligne droite* sans illustration.

Aussi , pendant que nous sommes dans ces
hauts quartiers de Rouen, voyageurs que je me
plais à guider dans la grande cité normande ,
j'aurai peu-à vous montrer du *Vieux-Château.*

Vieux-Châteaux. — Les Dames Ursulines.

Le Vieux-Château avait été bâti par Philippe-
Auguste.... Cette main n'était-elle pas assez glorieuse pour que ses œuvres fussent gardées ?

Avec d'autres idées que les nôtres , on l'aurait pensé ; mais en France on oublie *vîte* et l'on

dédaigne *sottement.* C'est en France qu'est sur-
venu un homme que le hazard a porté au trône...
Cet homme avait nom *Philippes*, et il n'a pas
voulu faire suite aux Philippes de l'histoire ; il
voulu continuer *Philippe-Auguste;* il s'est fait
appeler, par ceux qui le reconnaissent et qui
prient pour lui , *Philippe I*^{er}.

En vérité, je le remercie de cette idée !......
Mais revenons au *Vieux-Château*, et cherchons·
en quelques débris.

Cette belle tour en pierre de taille grise avec
cette couronne de lierre , voilà, je crois, tout ce
qui reste de la forteresse du roi chevalier.......
Elle est demeurée dans l'enclos où elle se voit
aujourd'hui , comme une pensée de chevalerie
auprès d'une pensée de religion. Car ce jardin
où elle s'élève encore majestueuse appartient
aux dames Ursulines.

A tout vieux monument je souhaiterais aussi
bonne garde. Car il entre dans les enseignemens
de ces pieuses recluses de faire aimer la vieille
France, la vieille patrie. Or, qui aime vraiment
la terre des aïeux , ne peut vouloir la dépouiller
de ses titres de gloire.

Cette communauté a un grand renom pour
l'éducation chrétienne qu'on y donne. Avant les

dames Ursulines, la maison que l'on aperçoit
des boulevards et qui a son entrée dans la rue
Morand, appartenait à une communauté du
Saint-Sacrement, dite de *l'Adoration*. Ce bâtiment, composant un corps régulier, renferme
une cour carrée et est bâti en briques et en
pierres de taille sculptées, qui rappellent beaucoup les édifices du tems de Louis XIII. Pendant notre première révolution, on en avait fait
une filature!...

En 1810, madame Cousin, supérieure des
Ursulines d'Elbeuf, en fit l'acquisition, et
le grand corps-de-logis neuf à été bâti par
elle.

Nous venons de visiter ce bel établissement.
En sortant de sa chapelle où nous avions entendu des voies douces et pures, accompagnées
de l'orgue, chanter les psaumes du dimanche,
et venir à nous du chœur des religieuses, comme
si elles étaient descendues du ciel, nous avons
été admis derrière les grilles de fer, et reçus
avec cette bienveillance que les personnes retirées du monde témoignent toujours à celles qui
y sont restées.

Accompagnés de madame la supérieure et
d'une religieuse, nous sommes d'abord allés

voir une chapelle où l'on prétend que saint
Romain a dit la messe. Je ne sais jusqu'à quel
point cette prétention peut être fondée ; cet
oratoire ne m'a paru avoir rien d'assez antique
pour la justifier, ses murs sont peints et redisent toute la vie du patron de Rouen. Arrivés
à l'une des extrémités d'un des dortoirs, nous
avons été frappés de la perspective qu'il offrait
dans son prolongement. C'était l'heure où les
jeunes pensionnaires sortaient de l'office, on les
voyait tour-à-tour disparaître dans leurs petites
chambres rangées à droite et à gauche de la
spacieuse galerie, et dans leur marche légère
et silencieuse leurs voiles blancs s'agitaient et
voltigeaient au-dessus de leurs têtes.... Bientôt
elles furent redescendues à la récréation, et
alors je pus voir l'ordre et la propreté qui règnent dans toutes les élégantes petites cellules.
On devine, en les visitant, que celles qui les occupent sont en grande partie destinées à vivre
dans le monde. Les flacons de cristal, les petites glaces de toilette, les pelottes en velours,
les écritoires élégantes, les boites en acajou, la
carafe et le verre d'eau, tout cela posé, étalé
sur une petite table bien propre, annoncent
que les jeunes filles que l'on élève là seront un

jour des femmes de la société... Oh! ne craignez
pas qu'elles y soient trop mondaines, nous en
avons vu, sorties de cette pieuse maison, qui,
dans la plus haute position, ont étonné Paris
par leur simplicité, leur charité ardente et leur
tolérante piété.

Il n'y a pas que des *demoiselles* qui soient
élevées chez les dames Ursulines. Des classes
pour les filles pauvres sont tenues avec intelligence et grande régularité.

Quand nous avons visité cet utile et bel établissement, la communauté se composait de
cinquante-deux religieuses, y compris le novi-
ciat; les jeunes pensionnaires étaient au nombre
de soixante-seize.

Auprès de toutes ces jeunes filles vivent
des dames âgées, retirées du monde, et qui
ont voulu une grande paix pour leurs derniers
jours.

La religion, c'est le commencement et la fin.

Dans les jardins, nous avons admiré parmi
les arbres et les arbustes, une charmante petite
chapelle gothique (nouvellement bâtie) dédiée
à Notre-Dame-du-Rosaire; le cloître aussi nous
a frappés, des colonnes accouplées soutiennent
sa voûte et entourent un parterre.......

Quand nous sommes entrés dans le chœur des religieuses, nous y avons été saisis de la sainteté du lieu : à droite et à gauche, prosternées jusqu'à terre, nous voyions des sœurs vêtues de leurs robes et de leurs longs voiles noirs, priant comme des anges devant le chemin de la croix. . . . .

C'est sur l'emplacement du Vieux-Château, autrefois lieu de bruit et de batailles, que règne tant de paix! là, en lieu pur et aéré, hors des vapeurs et fumées de la ville, les jeunes élèves doivent croître comme des fleurs sur les débris de l'antique forteresse.

La belle tour que l'on aperçoit du boulevard, porte le nom de Jeanne-d'Arc.

A Rouen, plus d'un monument veut attacher ce nom à ses murailles. Eh! qui ne conçoit l'envie d'une semblable illustration! En effet, quel lieu bien consacré que celui où l'on peut dire, avec certitude : Ici Jehanne la pucelle a été captive enchaînée.... Mais non, Rouen n'a aujourd'hui à faire voir que l'emplacement du bûcher, que l'endroit d'où la blanche colombe s'est envolée au ciel !

De cet emplacement je parlerai plus tard..... Aux Anglais qui voyagent et qui visitent Rouen, quand on leur montre cette place, il faut leur regarder au visage...... Oh ! s'ils ne rougissent pas alors que vous leur montrez l'endroit du bûcher, n'espérez rien d'eux : ceux-là n'ont pas de cœur !

La tour où l'héroïne a été prisonnière n'existe plus ; Th. Licquet nous apprend qu'elle a été détruite en 1780. En vérité, c'était une étrange manie qu'avaient les Français d'alors et qu'ont encore bien des Français d'aujourd'hui, de démolir ainsi une à une, toutes nos illustrations ; on dirait que souvenirs glorieux les gênent......... J'aurais voulu, moi, faire une chapelle de l'antique prison, et placer près de son autel les saintes favorites de Jehanne de Vaucouleurs, sainte Marie mère du Sauveur, et sainte Catherine!.... Vous figurez-vous les jeunes filles de France venant, à la Saint-Jean, orner de lys et de roses cet autel!.... vous figurez-vous comme aujourd'hui de vrais Français iraient prier à cet oratoire, disant à Jehanne : Toi qui ramènes les rois à Rheims pour les faire sacrer...., toi qui fais d'*un roi de Bourges un roi de toute la France*....., noble vierge, renais à la patrie, relève ton blanc étendard, sauve, sauve encore la France !

Avançant jusque sur le boulevard ses vieilles

et belles pierres, une autre tour existe encore ;
celle-là ne faisait pas partie du Vieux-Château ;
elle est appelée *Tour Bigot,* du nom d'une famille très-distinguée d'où sont sortis beaucoup
de magistrats et plusieurs savans. L'étage supérieur de cette tour est de nos jours rez-dè-chaus-
sée, et l'on descend à l'étage qui était autrefois
au niveau du sol par un escalier tournant, composé d'environ soixante marches..... C'est vraiment étonnant comme les hommes vont toujours s'élevant..... sur des débris !

La *Tour Bigot* est en partie enclavée dans le
jardin du marquis de Martainville..... Ce nom
reviendra sous notre plume, car il est lié aux
embellissemens modernes de la cité.

A l'époque où Philippe-Auguste éleva le Vieux-
Château, cette forteresse occupait tout l'espace
compris entre le boulevard actuel de Bouvreuil,
la rue et la porte Bouvreuil, la place du Bailliage,
la rue de la Truie et le passage établi près l'église
de Saint-Patrice. Cet emplacement était vaste
et alors tout-à-fait hors ville.

Carrosses, Voitures, Fiacres de Rouen.

« Pour entrer dans l'enceinte de ce château,

il fallait, dit un historien de la ville de Rouen, passer par une basse-cour qui avait deux portes : l'une était auprès de l'hôtel de Raffetot et demeurait toujours fermée, sans corps-de-garde et sentinelle, et on ne l'ouvrait que pour les charrettes qui apportaient des provisions au château ; pour les carrosses, on n'avait garde de les y faire passer, puisqu'en ce tems-là il n'y en avait pas un dans la ville, et que ce ne fut que vers l'an 1596 qu'on y vit le premier qu'il y ait eu jamais. Les anciens m'ont assuré de cette vérité, ajoutant qu'on y était si éloigné du luxe , qu'il n'y avait que le premier président qui montait sur une mule pour aller au palais, où tous les conseillers se rendaient à pied, et avec si peu d'éclat qu'ils ne portaient sur leurs souliers que des aiguillettes de fil. »

En l'an 1834, nous n'en sommes plus là, nous avons d'élégans conseillers, arrivant aux audiences en légers cabriolets ou *tilburys,* et dont la mise toute mondaine s'échappe et se montre encore sous la longue robe de juge..... Pour être vrai, il faut ajouter qu'au tems où nous traçons ce tableau imparfait de Rouen, cette ville est loin de se faire remarquer par le luxe de ses équipages ; si voisine de Paris, elle s'est gardée de toutes folies en ce genre. Au *pays de sapience* on calcule, et l'on a pensé que la commodité valait mieux que l'éclat.

Du reste, Rouen a de *très-beaux fiacres*, voitures de grandeurs mortes ou déchues, et il n'est pas, dans son enceinte, bourgeois si mince et si humble qui ne puisse, moyennant trente-six sous, rouler, lui et sa famille, dans des berlines aux armes des Mortemart, des Montmorency, et moi, pauvre exilé Breton, je me promène souvent dans une *voiture de place*, tout illustrée de nobles hermines de Bretagne, et, montant dans ce fiacre, je fais lire à mes enfans la vieille devise de notre pays, le cri de guerre des Rohan, descendans de nos vieux souverains d'Armorique :

POTIUS MORI QUAM FOEDARI.

Cette voiture, avec armoiries si illustres, avec mître d'archevêque et chapeau de cardinal, a appartenu au duc de Rohan, archevêque de Besançon, et, avec tous ses insignes, est venue humblement stationner, s'offrant à la disposition *de tous*, tout à côté de la rue de l'Aumône!!

Oh ! vanité !...... oh! moquerie du sort !   .   .

Encore le Vieux-Château. — Privilége de la Fierte de Saint Romain. — M. Floquet.

Comme notre pensée s'est échappée du Vieux-Château!

Dans son enceinte, il y avait une prison appelée la *Maison-de-Pierre ;* c'était ordinairement de cette geole qu'étaient tirés les prisonniers délivrés par le privilége de Saint Romain.

L'éloquent historien de ce beau privilége, M. Floquet, a peint avec d'admirables couleurs une noble et touchante scène dont le Vieux-Château a jadis été témoin ; la voici :

[1] « Le jour de l'Ascension si impatiemment attendu était venu.

» Le matin, tous les chanoines assemblés dans la salle capitulaire, délibéraient sur l'élection d'un prisonnier, lorsqu'on annonça que M. De Mouy, bailli de Rouen, demandait à parler au chapitre de la part du roi. Comme si chacune des circonstances du cérémonial du privilége eût dû avoir, cette année-là, quelque

---

[1] *Histoire du Privilége de Saint Romain*, etc., par A. Floquet, tome 1er. — Chez Le Grand, libraire.

chose de plus solennel qu'à l'ordinaire, Charles
VIII , qui , les jours précédens , avait entendu
parler de la procession de la fierte comme d'un
spectacle des plus curieux , éprouvait un vif
désir de la voir , et il envoyait le bailli prier
les chanoines de donner des ordres pour que
le cortége sortît de bonne heure de la cathédrale , et passât de jour par le château où il
serait avec sa cour.

» Les chanoines , qu'un tel message com-
blait de joie , protestèrent , tout d'une voix , de
leur empressement à déférer aux désirs du roi.
Après le départ du bailli , ils reprirent leur
délibération , et désignèrent unanimement l'élu
de la ville , ce Pierre Cornelay qui avait vu la
mort de si près.

» L'échiquier , ayant accueilli cette élection
sans difficulté , Cornelay fut délivré au chapitre ,
et leva la fierte à la Vieille – Tour , avec les
solennités accoutumées.

» Restait maintenant à satisfaire au désir du
roi. En partant de la Vieille-Tour , la procession , au lieu de rentrer de suite à Notre-Dame ,
comme à l'ordinaire , prit sa marche par la rue
Grand-Pont et la rue aux Gantiers , pour se
rendre au château.

» Toutes les paroisses de la ville étaient là avec leurs bannières, leurs croix et leurs châsses, au milieu desquelles la fierte de saint Romain et le prisonnier qui la portait, attiraient tous les regards. Les religieux de Saint-Ouen, et ceux du prieuré de Saint-Lô, étaient venus, par l'ordre du roi, grossir encore l'innombrable cortége, au-dessus duquel planaient les deux gargouilles aux gueules béantes.

» Cette procession, conduite par l'archevêque Robert De Croismare, revêtu de ses ornemens pontificaux, entra dans le château par la porte de devant, sortit par celle des Champs et revint à la cathédrale par la porte Bouvreuil, après avoir lentement défilé devant Charles VIII et devant une cour nombreuse, où l'on remarquait, outre les princes et seigneurs que nous avons vus figurer à l'échiquier, plusieurs princes et princesses, et surtout Anne de France, dame de Beaujeu, sœur du roi, et toutes les dames de sa suite.

» Ce fut là une belle journée pour le privilége, jamais il n'avait brillé d'un si vif éclat; un vieux chroniqueur nous l'assure, et il n'est pas difficile de l'en croire. Cette cérémonie intéressa vivement Charles VIII, le duc d'Orléans,

le comte de Richemont, les princes, les seigneurs, les chevaliers et les nobles dames. Dans
cette cour, jeune et brillante, il fut long-tems
parlé de la ville aux cent tours, de saint Romain,
son saint évêque, de la gargouille, dont on ne
riait pas encore, de ce chapitre qui faisait
grâce aux meurtriers, de la magnifique procession et de ses deux dragons, de la fierte miraculeuse, et enfin du pauvre Cornelay qui, tout en
portant la châsse de saint Romain sur ses
épaules, avait, dans la cour du château, regardé
de travers, chemin faisant, le prévôt de l'hôtel
à qui il semblait reprocher de s'être tant démené
pour l'empêcher d'être de la fête. »

Parmi les capitaines du Vieux-Château, nous
avons remarqué les noms qui suivent :

En 1219. Messire Jean de la Porte.

1314. Messire Philippe Douvrendelle.

1318. Messire Jean le Tréflier, maire de
ville.

1318. Messire d'Harcourt, sire d'Arschot,
gouverneur de Rouen et capi-
taine du château de la même
ville.

1360. Messire Jacques Le Lieur.

1369. Messire Godefroy du Reaume.

En 1389. Messire Guillaume de Bellengues,
chambellan du roi.

1411. Messire Antoine de Craon.

1416. Messire Pierre de Bourbon.

1418. Messire Jean d'Harcourt.

1449. Messire Pierre de Brézé, chevalier,
grand sénéchal de Normandie.

1479. Messire Robert de Dreux, baron
de Pavilly, vidame d'Esneval et
capitaine de Rouen.

1480. Jean de Hangert, sieur de Genlis,
bienfaiteur des célestins.

1488. Messire Guillaume Picard, chevalier, sieur d'Estelan, conseiller,
chambellan du roi Louis XI.

1499. Louis de Brézé.

1526. Messire Jean d'Estoutteville.

1563. Messire Louis de Bigars, sieur de
Tourville, neveu de messire
Louis de Bigars, seigneur de la
Londe.

1568. Lancelot du Chardon.

1571. François de Montmorency, maréchal de France.

1576. Tanneguy le Veneur, sieur de
Carrouges.

En 1578. Messire Jean de Pommereu, sei-
        . gneur du Moulin-Chapel.

1583. Messire Jacques le Veneur, comte
        de Tellières.

1591. Jacques de Beauquemare, sieur du
        Mesnil.

1602. Messire Henri Robert-aux-Épaules,
        sieur de Sainte-Marie-du-Mont.

1628. Messire G. de Brancars, sieur de
        Villars.

1632. Messire Louis de Mouy, seigneur
        . de la Mailleraie.

1637. M. le comte de Guiche.

1643. Messire François d'Harcourt, mar-
        quis de Beuvron.

1685. François d'Harcourt.

1705. Louis-Henri d'Harcourt.

1716. Anne-Pierre d'Harcourt.

Voilà certes de nobles noms. Beaucoup
d'entr'eux se sont éteints, ont disparu de notre
France comme les vieilles murailles du Vieux-
Château se sont effacées de Rouen. Avant d'aban-
donner tout-à-fait l'emplacement où fut la forteresse de Philippe-Auguste, qu'il me soit permis
de rapporter ici un fait qui s'y est passé, et que
j'ai raconté, il y a un an, dans la *Revue de Rouen*.

La Réhabilitation.

« A jeunesse, force et couronne! » disait Guillaume Tournebu, en élevant sa coupe d'or et la choquant contre celle du sire de Maine-mares.

« Au roi selon notre cœur! » ajoutait le comte d'Harcourt.

« A Charles de Viennois! au gentil dauphin! » disait bien haut Jehan de Portalu.

« Au roi Charles de Navarre! à notre comte d'Évreux! au guerrier orateur! » ajouta Pierre de Vaubatu.

« A bas les vieux! » s'écriait Collinet Dou-blet, en vidant la rasade que venait de lui verser le seigneur de Clère.

Et toutes ces paroles, et tous ces cris se mêlaient au *cliquetis* des *hanaps* d'or, de ver-meil et d'argent que les jeunes convives du dau-phin heurtaient joyeusement les uns contre les autres, dans tout le bruyant délire du banquet.

Assis sous le même dais de velours que son beau-frère Charles de Viennois, le roi de Na-varre buvait aussi à de *meilleurs jours !* Et ses

demi-mots, et ses regards, et ses sourires gracieux, étaient bien compris de tous ces jeunes
seigneurs normands, l'élite du pays.

A elle, si bruyante, si animée, n'allez pas
demander ni raison, ni sagesse, ni sermons :
de cela seul, à pareille heure, elle sera pauvre
et avare..... Mais si vous voulez dévoûment et
généreux sacrifices, allez, allez vers elle, et vous
en trouverez plus qu'en une assemblée de syndics et de prud'hommes blanchis par le tems
et ridés d'expérience..... Car, en vérité, il ne
faut pas croire qu'il n'y ait que du plaisir en
semblables festins de jeunes hommes ; souvent
il y a mieux que cela ; souvent du milieu des
coupes, des amphores, des fleurs, des flambeaux et de l'*orfaivrerie* qui couvrent une table,
s'élèvent de grandes résolutions ; souvent, entre
de joyeux refrains, retentissent de puissantes
paroles.

Au banquet qui eut lieu le septième jour du
mois de mars de l'an de Notre-Seigneur 1355,
dans une des salles du Vieux-Château de Rouen,
se machinait, au profit de Charles de Navarre
et sous le voile du plaisir, un de ces complots
que l'ambition de quelques uns invente, et que
jeunesse ardente et légère adopte, comme en

jouant, par amour d'aventure et de nouveauté.

La lueur des chandelles de cire blanche et parfumée tombait sur toutes les figures des convives, et faisait briller leurs somptueux habits; des ménestrels venaient d'entrer dans la salle; et, par amour pour la gaie science, le gentil dauphin et Charles de Navarre les avaient fait asseoir parmi leurs nobles hôtes, et les avaient invités à chanter quelques lais d'amour et quelques refrains de chevalerie. Alors qu'ils commençaient à préluder sur leurs harpes, les pages des deux princes étaient venus poser doucement des couronnes de roses sur tous les fronts des jeunes seigneurs. — Il ne manquait plus à la fête que des femmes; mais si on ne les y voyait pas, leur souvenir était là, et la courtoisie prononçait leurs noms avec égards et respects.

Après une ballade de guerre et d'amour, le délire fut au comble; — chacun se mit à redire avec transport le nom de sa dame, en s'écriant : « La mienne, la mienne est la plus belle !! »

« Laissez là vos maîtresses! » cria tout-à-coup une voix tonnante, « laissez là vos maîtresses et cherchez des confesseurs, car voici venir pour vous la justice et la mort!.... »

A ces mots, tous les yeux s'étaient soudaine-

ment tournés vers la grande entrée de la salle.
Sous la portière de tapisserie à moitié relevée ,
et dans le demi-jour, entouré de gardes et de
glaives nus, pâle de colère, menaçant, terrible,
apparut le roi Jean Ier.

— « Mon père ! ! » s'écria le dauphin.

— « Votre juge à tous » , répartit le roi en
avançant au milieu des tables en désordre......
Puis il ajouta : Gardes! saisissez ces damoi-
seaux avec leurs chapérons de fleurs ; emmenez-
les dans les salles basses du château. C'est
l'ombre qu'il faut à des conspirateurs ; ténèbres
de cachots leur vaudront mieux que cette écla-
tante lumière..... Ah! comte de Harcourt, sires
de Grasville et de Maubuë , escuyer Collinet
Doublet , vous criez *à bas les vieux !*..... Eh !
bien, j'en jure par le salut de mon ame, oncques
on ne criera cela sur vous, car vous mourrez
jeunes !.... »

En entendant cette menace , le dauphin courut vers le roi.

« Arrière ! s'écria le roi, ce n'est pas à vous
que j'ai affaire, c'est au mari de ma fille ; veux
le remercier de l'amour qu'il porte à notre
maison. »

Charles de Navarre , après avoir lancé un

regard terrible au dauphin, comme pour lui dire : « Tu m'as trahi », s'avança vers le roi son beau-père.

« Tout beau! dit Jean; pas si près de moi.... » Mais, voyant son gendre fléchir le genou devant lui, il ajouta : « A la bonne heure; ainsi à genoux, vous n'êtes plus assez grand pour porter la main sur ma couronne........ — Ha! ha! beau roi de Navarre, vous avez cru que diadême ne pouvait tenir sur cheveux blancs.... C'est mal à vous. N'avez-vous donc espoir de vieillir? — Capitaine d'Estoutteville, vous savez mieux que tout autre les bonnes chambres de mon château de Rouen : que mon cousin le roi Charles de Navarre en ait une sûre, et que mon fils ne soit loin de moi. »

Pendant que le roi avait parlé de la sorte, il y avait eu un morne silence sous les voûtes de la grande salle. Mais, à présent, on entendait le bruit des pas d'hommes armés sur les dalles de marbre et sur les marches des escaliers. Chaque convive, qui était venu au banquet des princes vêtu de velours, de brocard ou de satin, était maintenant enserré ou saisi par les bras de fer des gardes du roi Jean. Les couronnes de roses, les fruits vermeils de la table, les napperons à

franges, la vaisselle d'argent, les coupes d'or
et de cristal, étaient tombés à terre, dans le premier moment de la lutte, et tout cela bruissait
sous les pieds...... C'était grand désordre sous
cette belle et douce lumière, qui continuait à
descendre dès lustres dorés, comme s'il y avait
encore eu du plaisir ou des chants sous sa.lueur.

Avec la tranquillité d'un cœur dur, quand les
princes et leurs jeunes amis furent tous emme-
nés hors de la salle, Jean alla s'asseoir à la place
encore chaude que venait d'occuper le roi de
Navarre, et mangea comme si rien ne s'était
passé..... Seulement, une fois, il se retourna
vers l'officier qui se tenait debout près de son
siége, et lui dit: « Et des confesseurs, en ont-
ils tous ? »

— « Oui, très-redouté seigneur. »

— « Alors, tout est bien », répondit le roi ;
et il continua le repas qui avait été préparé pour
son fils.

Comme il se levait de table, et pendant qu'on
lui donnait à layer, il dit au capitaine : « Avant
de nous reposer, il faut achever la besogne ;
sortons.... »

Et tous les deux, accompagnés de quelques
gardes, sortirent par une porte de derrière, et

allèrent dans un champ voisin, où ils firent dresser un échafaud.... Or, ce champ était appelé *le Champ-du-Pardon!!*

.. Pauvres jeunes convives! ce n'était plus de tendres accords de ménestrels et de doux lais d'amour qu'ils pouvaient ouïr, mais bien le bruit des planches que l'on clouait et du billot que l'on roulait pour leur dernière heure....

Cette dernière heure sonna bientôt pour quatre d'entr'eux; le comte de Harcourt, les seigneurs de Graville et de Maubuë, et Collinet Doublet, encore tous vêtus de leurs habits de fête, furent mis dans une charrette et conduits au Champ-du-Pardon, pour eux le champ de la vengeance; là, en présence de Jean, ils eurent la tête tranchée,.... puis leurs corps furent traînés dans la poussière, pendus au gibet de Rouen, et leurs têtes — peu d'heures auparavant couronnées de roses — posées sur des piques, au même lieu patibulaire!!

Le lendemain, le roi fit sortir du château les autres prisonniers, et ordonna qu'ils passassent dans le champ du sang avant d'être menés à Paris; les sieurs Friquault et Portalu furent mis au Châtelet, et le roi de Navarre emprisonné au Louvre.....

Pareille justice devait attirer prompte vengeance [1]. « Philippe de Navarre, frère du roi
de Navarre, et messire Geoffroy de Harcourt,
oncle du feu seigneur de Harcourt, firent mu-
nir de soldats et de vivres les places que le roi
de Navarre avait en Normandie, occupèrent
tout le pays du Cotentin, et firent descendre
le duc de Lancastre avec quatre mille lances
pour tailler besogne au roi Jean. »

« Les moins versez en histoire, continue le
même chroniqueur, sçavent la journée de Poic-
tiers en l'an 1356, le 19 septembre, où Jean,
roy de France, ayant perdu la bataille contre
les Anglois, fut pris dans la meslée et mené
prisonnier en Angleterre. Toute la France fut
grandement troublée de ce malheureux échec,
et il n'y eut que Charles, roy de Navarre, qui
profita de ces désordres, parce que l'on ouvrit
alors la prison où le roy Jean, son beau-père,
l'avoit enfermé un peu auparavant; se voyant
donc en liberté, il vint à Rouen au mois de
janvier 1357, accompagné de sa plus belle
noblesse. »

---

[1] *Histoire de la ville de Rouen.* Farin.

Alors se passa un de ces grands actes qui prouvent ce que valent la justice et les jugemens des hommes dans les troubles civils !

Charles de Navarre assembla ses nobles amis, et beaucoup de peuple dans cette même grande salle du château où le banquet avait eu lieu. — A ces murailles n'étaient plus appendus ni festons, ni guirlandes de fleurs et de verdure, — mais de noires tentures parsemées de larmes d'argent. Au-dessous de la voûte, à l'endroit de la corniche ouvragée en foliages, se voyait un litre aux armoiries des Harcourt, des Malet de Graville, des Maubuë et des Collinet Doublet. Le roi de Navarre, vêtu de deuil, s'assit un instant sous le dais royal, et dit d'une voix sonore :

« La tombe ne doit pas être ignominieuse à qui n'a pas failli, — et je viens parmi vous, féaux habitans de Rouen, pour rendre justice, à défaut de la vie, à de nobles Normands que le roi Jean a méchamment fait mourir de la mort des traîtres.... Dieu, qui juge les hommes, rendra bonne justice à ceux qui font couler le sang de l'innocent, et, du haut de son céleste tribunal, il nous verra avec complaisance honorer les restes et réhabiliter la mémoire de quatre

braves et loyaux Normands , gens de naissance ,
de renom et de vertu. »

Après ces paroles , il descendit du trône, et,
entouré de ses nobles amis et suivi d'une multitude immense , il s'achemina vers le lieu patibulaire, où s'élevaient les piliers de la justice
de Rouen. Dans ce champ de justice et de sang,
Charles de Navarre, qui aimait à parler au peuple , avait fait dresser comme une tribune ; il y
monta , et, avec *moult bonne grâce et majesté, il
énuméra par le menu* toutes les cruautés, toutes
les injustices du roi son beau-père ; il raconta
en détail tout ce qu'il avait souffert en sa captivité , et ajouta : « Que le roi des rois avoit été
juste en appesantissant sa main sur le prince
qui, du temps de sa puissance , n'avoit respecté
la liberté d'aucun de ses sujets. »

Encore après ce discours , régnait un grand
et solennel silence ; la foule restait muette , et
l'on n'entendait que le cliquetis que faisaient les
piques et les bêches de fer qui recreusaient la
terre et rouvraient les fosses pour en exhumer
les corps des seigneurs de Maubuë , de Collinet
Doublet , de messire Jean de Malet , seigneur
de Graville , et du comte de Harcourt...... Les
corps des trois premiers furent bientôt aperçus ;

il n'y avait point à les confondre avec des morts
vulgaires : leurs têtes, qui avaient été abattues
par la hache de l'exécuteur, étaient placées entre
leurs jambes, en signe de trahison.....

On chercha vainement les restes du comte de
Harcourt ; on ne les trouva pas. — Des amis de
lui et de sa famille n'avaient pas voulu attendre
si long-tems pour l'enlever du champ d'igno-
minie : par un pieux vol, et nuitamment, ils
l'avaient retiré de terre et emporté à la sépulture
des siens.

Trois béguines, saintes filles qui ensevelis-
sent les morts quand elles n'ont pas de malades
à soigner, enveloppèrent dans des draps de fin
lin, et déposèrent dans trois bières différentes
les trois corps des décapités.

Des charriots, dont les roues étaient cachées
par de longs draps mortuaires, attendaient près
des fosses ; — les cercueils y furent placés, et
aussi-tôt les chars funèbres commencèrent à rouler vers la cathédrale.

« Au moment de l'*enlief* et du départ, plus
de cent prêtres, en surplis blanc, avec l'étole
noire, se mirent à entonner le *Libera me, Domine ;* cent hommes vêtus de deuil tenoient des
torches ardentes, aux armes des défunts ; de

longues files de mendiants venoient ensuite ,
lesquels pauvres étoient drapés de serge noire ,
portoient des pains blancs de treize livres , et ,
de plus , avoient en leur main treize deniers
donnés par le roi.

» Dans le premier charriot étoient les corps
des seigneurs de Maubuë et de Collinet Doublet,
après lequel marchoient deux gentilshommes
armés et suivis de leurs plus notables amis.

» Dans le second étoit le corps de messire
Jean Malet , seigneur de Graville , suivi de deux
cavaliers qui portoient chacun une cornette aux
armes de ce seigneur.

» Le troisième ne servoit que de montre ,
pour rafraîchir la mémoire du comte de Harcourt , et étoit suivi de deux hommes-d'armes
du roi de Navarre , et de plusieurs hauts et
puissants seigneurs. ».

Quand le chant des prêtres cessait par moment , on entendait le bruit sourd des chars
funéraires., roulant lugubres sur le gravois des
rues.; et, comme pour rendre la cérémonie plus.
triste , la neige tombait à gros flocons. — Quand
le long cortége vint en vue de la cathédrale , les
sonneries des hautes tours se mirent en branle ;
mais ce n'étaient plus de joyeuses volées , c'était

comme une tristesse qui venait d'en haut pour
se mêler à celle de la grande cité.....

Enfin, les chars s'arrêtèrent devant le saint
parvis, et tous les plus nobles amis des défunts
enlevèrent eux-mêmes les trois cercueils et les
apportèrent dans une chapelle, à droite en entrant et vers le milieu de l'église, où le roi de Navarre était déjà à genoux sur un prie-dieu drapé
et armorié, et pleurant larmes de souvenir, d'amitié et de regrets. En voyant approcher les restes
de ceux qui étaient morts pour servir sa cause,
il prit de nouveau la parole, et il dit :

« Que le lieu saint où viennent reposer, en
attendant une bienheureuse résurrection, les
nobles et féaux amis que veux restaurer en honneur et bonne renommée, porte à jamais souvenir d'eux et de leur prud'hommie ! Que cette
chapelle garde à perpétuité le nom de *Chapelle
des Innocents;* et qu'à ces murailles soient appendus, pour y demeurer à toujours, les heaumes,
les lances et les bannières de Jean De Harcourt,
de Jean Malet, comte de Graville, de Guillaume
De Maubuë, et de Olivier Doublet. — Qu'il en
soit ainsi : tel est notre plaisir et ferme vouloir. »

Après le prince, un orateur sacré fit un merveilleux discours, tout rempli de maximes des

livres saints et de fleurs oratoires, pour prouver qu'il n'y avait qu'une seule justice de bonne et de vraie, qu'une seule justice qui ne se trompe jamais, celle de Dieu! — Voilà bientôt cinq cents ans que le prêtre chrétien disait ces paroles devant l'autel des saints Innocens.......... Depuis, que d'événemens sont venus prouver qu'il disait vrai !

Les Dames d'Ernemont.

Le *Champ-du-Pardon*, où furent exécutés les amis de Charles de Navarre, n'était pas entre la porte Bouvreuil et celle de Beauvoisine, comme je crois l'avoir dit quelque part; un savant antiquaire, dont je m'honore d'être ami, M. Emmanuel Gaillard, secrétaire perpétuel de l'académie royale de Rouen, m'a montré le véritable emplacement du *Champ-du-Pardon:* il se trouvait plus haut, de l'autre côté du boulevard, sur la route de Neufchâtel, au-dessous du Gibet..., non loin du couvent des *Dames d'Ernemont,* sainte et utile maison si jamais il en fut.

Là de jeunes filles sont chrétiennement élevées; aux enseignemens religieux qu'on leur donne sont mêlées toutes les choses qu'une bonne mère de famille doit savoir ; on y ajoute encore les talens, qui sont aux femmes ce que le parfum est aux fleurs.

J'ai visité cet asile de piété et de jeunesse, et je me souviendrai toujours de la douce paix qui y règne.... Oh ! c'est là que j'ai vu que rien ne défend mieux le cœur humain du plus bas des vices, de l'INGRATITUDE, que la religion.

Là, point d'apostasies, point d'hommages flagorneurs au *présent*, mais souvenirs et regrets au *passé*, espérances pour l'*avenir !*

Les dames d'Ernemont ne se consacrent pas seulement à l'éducation des jeunes filles, elles sont aussi vouées au service des malades. Quand un fléau, envoyé de Dieu, vient tomber sur le pays, les servantes du seigneur se font servantes des pauvres et des mourans.

Il y a quelques années que plusieurs d'entre elles moururent de la contagion régnante.

Quand vous parcourez la province, quand vous traversez les bourgs, les villages, les hameaux de Normandie, vous apercevez, assises au milieu de petites paysannes, leur enseignant à lire, deux religieuses vêtues de noir ; ce sont presque toujours des dames d'Ernemont qui sont là, faisant le bien, instruisant l'enfance, secourant les malades, consolant la misère, et priant Dieu.

Quand arrive le mois de septembre, le voyageur les retrouve fréquemment deux par deux dans les diligences revenant vers Rouen. C'est l'époque des vacances des petites filles, c'est le moment où toutes les sœurs, au nombre de plus de *trois cents,* se hâtent vers leur mère. Oh! alors, c'est grande joie et ferventes prières dans la communauté ; la supérieure voit assemblée toute sa pieuse famille.... Et elle pleurait de bonheur en me disant : Dieu a béni notre œuvre et tellement augmenté notre nombre que les réfectoires, les dortoirs, la chapelle sont devenus trop petits pour nous toutes....

Ainsi réunies, toutes ces femmes de prière et de charité se concertent entr'elles sur le bien qu'elles ont encore à faire, et puis, quand les jours de repos sont passés, les colombes du Seigneur s'envolent du colombier et retournent porter la nourriture aux petits oiseaux des champs.

Dans une des salles de la maison, parmi les portraits des fondateurs et bienfaiteurs, j'ai remarqué celui du vénérable abbé Tuvache, prêtre selon le cœur de Dieu et des hommes ; prêtre

sévère pour lui, indulgent pour les autres ; prêtre
consolant les vieillards et dirigeant les jeunes
hommes, et que j'ai vu honoré et respecté de
tous les compagnons de son exil..... A Londres,
pendant l'émigration, pas un Français, à partir
du plus illustre, qui ne bénît l'abbé Tuvache.

L'étranger, le catholique anglais qui visite
Rouen, ne doit oublier, dans ses explorations,
ni les dames Ursulines, ni les sœurs d'Ernemont.... Souvent nos voisins d'outre-mer viennent en France avec des idées d'éducation pour
leur famille ; les deux maisons que nous venons
de citer leur feront dire, pour leurs filles : Il est
bon d'être ici. *Bonum est hîc esse.*

Eglise de Saint-Nicaise.

En continuant à suivre les boulevards, l'explorateur est peu gêné par le concours des voitures, peu distrait de ses rêveries par le bruit.
L'agitation de la cité est toute au cœur, à l'entour
c'est du calme. De distance en distance, quelques
vieux pans de murailles de l'ancienne enceinte
se poussent à travers de vulgaires maisons,
comme pour rappeler vos idées vers les tems
passés.

Presqu'en face du Boulingrin, la *rue des Champs* vous conduit par une pente rapide à l'église Saint-Nicaise.

La chapelle primitive, portant ce nom, date de loin, du VIIe. siècle, et doit être rangée parmi les nombreuses fondations de l'illustre archevêque saint Ouen.

En ces tems-là, ses pierres grisâtres se montraient à travers la verdure des champs, à mi-côte d'un coteau, bien en-dehors de la ville. Les maisons ont gagné le petit oratoire, qui a aussi grandi, est devenu église, et qui ne manque pas de beaux détails d'architecture.

Quand la ville se fut alongée jusqu'à Saint-Nicaise, saint Louis régnait, et ses bienfaits ajoutaient à la prospérité de Rouen.

Le chœur a de belles proportions, et les fenêtres quelques vitraux qui sont dignes d'être admirés. Saint Nicaise, ordonné évêque par le pape saint Clément, était né en Grèce et venu dans les Gaules avec saint Denys-l'Aréopagite. *Sa vocation au sacerdoce*, dit Farin, *fut toute divine et extraordinaire, sa mission canonique et excellente, ses actions des exemples de sainteté, ses vertus un prodige, et sa mort un triomphe.*

Entre son ordination par le pontife Clément
et son arrivée en Normandie, Farin suppose que
Nicaise passa plusieurs années évangélisant
l'Italie et la Gaule, puis il ajoute :

« A mesure qu'il approchoit, on luy parloit
de Rouen comme d'une ville considérable par
son commerce, bien située et bien agréable à
cause de son port tout remply de vaisseaux qui
apportoient tous les iours vne infinité de marchandises ; mais on ne pouvoit luy représenter
ce grand trafic qu'en mesme temps on ne luy
mist deuant les yeux vn grand nombre de peuples
qui, n'ayant pas les lumieres de la foy, vivoient
dans une crasse ignorance qui les iettoit dans
tous les desordres imaginables ; c'est ce qui hâ-
toit les pas de Nicaise, ce qui augmentoit ses
desirs, ce qui multiplioit ses soupirs et ses sanglots.

» Mais, afin de ne pas tenir plus long-tems
l'esprit de mon lecteur en suspend, voyons notre
grand apostre qui passe enfin la riviere d'Oise,
considérons un peu la sérénité de son front et la
ioye qui paroist sur son visage : le voilà enfin
sur la partie de son diocèse qu'on appelle aujourd'hui le *Vicariat-de-Pontoise*, ou le Vexin
françois.... Remarquez son zèle, admirez sa piété

et sa charité incomparable ; voyez comme il se jette à genoux, comme il baise mille fois la terre, comme il la baigne.de ses·larmes, et les grâces qu'il rend à Dieu d'auoir accompli ses desirs. »

On dirait, en lisant cette vie de saint Nicaise, écrite par *Farin,* que c'est celle d'un contemporain. *Le prestre de Nostre-Dame-du-Val* sait, jour par jour, la vie de son saint héros.... Ce fut au village de Vaux que l'homme de Dieu fit sa première station. « Il y vint en habit de pélerin, dit toujours Farin, ayant avec soy Quirin et Scuvicule, tous trois n'ayant qu'vn cœur, qu'vne volonté et qu'vn mesme desir, desir d'agrandir le royaume du ciel. Trinité d'amis qui venoient annoncer la Trinité.divine. »

J'ai déjà transcrit quelques lignes du *prestre de Nostre-Dame-du-Val,* je vais encore en citer quelques unes ; on me pardonnera, j'en suis à *l'église de Saint-Nicaise,* et où s'occupera-t-on du saint si ce n'est dans son église ?

Le discours que je·copie, *Farin* le met dans la bouche d'un ancien habitant de la Neustrie, répondant à une prédication du nouvel apôtre et de ses compagnons.

« Mes bons amys, la charité que vous exercez enuers nos malades, les consolations que vous

donnez aux affligez, le secours que vous tachez
d'apporter aux miserables, mais surtout le zèle
que vous tesmoignez auoir pour nostre salut,
nous fait croire que vous estes gens de bien, il
n'y a que vostre doctrine qui nous est suspecte,
puisqu'elle est aussi nouuelle que vos habits sont
vieux et rapetassez ; pour auoir la barbe si longue, vous avez encore bien peu de sagesse de
nous raconter des fables et de nous vouloir per-
suader des resueries et des superstitions.

» Il n'est point icy question de paroles, mais
il en faut venir aux effects ; les grands parleurs
ne sont pas d'accoutumance les grands entrepreneurs. Le Dieu que vous nous preschez est, dites-
vous, la fontaine originaire de toute sagesse, de
toute bonté et de toute puissance, vous pouvez
mesme en son nom faire des prodiges, dites-
vous ; je vous prends par vos paroles, s'il est
ainsi, soyez les bienvenus, sinon vous n'auez
qu'à vous retirer au plutost afin d'euiter la fureur du peuple qui pourroit vous traiter comme
les ennemis de nos dieux et comme perturbateurs
du repos public!.... Mais afin que vous compre-
niez ce que ie veux dire, ie m'explique en peu
de paroles.

» Ce beau vallon que nous habitons est aussi

11

fertile qu'il est agréable, son étendue est assez
considérable, et ces hautes montaignes qui s'es-
levent à ses costez n'ont pas moins d'orgueil de
cacher leurs testes dans les nuës que de voir soumis à leurs pieds le riche émail de la terre. Nous
n'avons iamais ressenti aucunes incommoditez,
et nous avons appris la mesme chose de nos
peres, qui en ont tousiours fait estime comme
d'un paradis terrestre.

» Les herbes qui tapissent les prairies ne
croissent pas seulement à l'enuy et d'une hauteur égale, mais leur verdure surpasse celle des
émeraudes ; les arbres les plus vieux ne laissent
pas d'estre tousiours verds, et les fredons du
rossignol, que les voix de l'écho redoublent
mille fois, tesmoignent assez que voicy le plus
agréable séjour de la terre, et qu'il n'appartient
qu'à nos dieux de présider en vn lieu si agréable.

» Mais, ô malheur! mais, ô désastre! il me
semble maintenant que l'usage de tous les élé-
mens nous soit interdit. L'air est corrompu, la
terre est devenue stérile, et notre belle fontaine,
dont le mobile cristal seruoit auparavant de
miroir à toutes ces beautéz, et qui étanchoit la
soif des hommes et des animaux, est maintenant
si remplie de poison, qu'elle donne la mort à

céux qui osent tant seulement y tremper leurs
lèvres. Un furieux dragon la garde, qui ne
permet pas qu'on en approche, il déchire cruellement les animaux, il déuore les hommes, et
son haleine enuenimée répand une funeste épi-
démie dans le pays. Bref, ce ne sont que pleurs,
que craintes, que maladies, que morts subites et
que gémissements. Si vostre Dieu est aussi puissant comme vous le faites, qu'il nous déliure de
ce mal-heur présent qui nous est inéuitable,
qu'il extermine ce monstre qu'on n'oseroit approcher, ce basilic dont les regards iettent la
mort dans les cœurs, et dont les sifflemens
mettent en fuite les plus hardis.

» Ce sera pour lors que nous écouterons sa
voix et que nous exécuterons avec respect ses
commandemens.... Le zèle que i'ai pour le repos
public m'a fait parler devant des personnes qui
ont plus de sagesse, mais je ne croy pas que la
compagnie me désavoue; au contraire, on peut
inférer par son silence que ma proposition luy
semble raisonnable et qu'elle approuve mes sen-
timents. »

On voit, à ce discours que *Farin* met dans la
bouche du Neustrien idolâtre, combien son pays
était déjà beau et fertile, *combien ses prairies*

avoient de hautes herbes toutes emmaillées de fleurs, combien ses arbres avoient d'épais ombrages, et combien le rossignol y faisoit entendre de fredons.

Il y a dans toute cette description, que nous avons transcrite exprès, une peinture, une vérité locale qui existe encore.

Saint Nicaise se rendit au vœu qui lui avait été si poëtiquement exprimé; il délivra la contrée du terrible dragon, et les habitans, témoins du prodige, et par conviction et par reconnaissance, vinrent tomber aux pieds du saint, qui fit couler sur leurs fronts les eaux du baptême.

Le premier apôtre de Normandie, le premier pasteur du diocèse de Rouen, a été aussi le premier martyr de la province.

C'est au village de Gasny que lui et ses deux compagnons furent décapités par les ordres de Silinius. Le tueur des chrétiens ne voulut pas que la sépulture leur fût donnée, et ordonna que les trois corps sans tête restassent exposés aux dents des bêtes féroces....; mais pendant plusieurs jours et plusieurs nuits, des anges, dit la vieille histoire, des anges descendirent du ciel et étendirent leurs ailes sur les restes des saints.

« Il faut avouer [1] que les amis de Dieu sont
grandement honorez, que leur principauté est
merveilleusement fortifiée. Le soleil se précipita
dans la mer plustôt qu'à l'ordinaire pour ne pas
voir tant d'horreurs, et la nuit auançant son
cours le couurit d'un grand crespe noir come
pour faire le duëil de la mort de ces grands personnages, mais aussitost que les tennèbres
eurent obligé les satellites de quitter la place et
que les ombres les plus noires eurent couuert
toute la terre, le ciel reprit de nouuelles
lumières, et ses petits clous d'argent brillèrent
à qui mieux mieux pour témoigner la réjouissance de tous les bienheureux qui se rangeoient
sur les portes du ciel pour contempler des merveilles inouies. »

Comme tant de statues et de tableaux nous
montrent saint Denis portant son chef mitré
dans ses mains, saint Nicaise et ses deux compagnons sont aussi représentés debout portant
leurs têtes sanglantes et allant chercher une
sépulture dans une île où souvent, pendant leur

---

(1) *Neustrie chrestienne.*

apostolat, ils aimaient à se retirer pour méditer et prier.

On montre encore dans le pays l'endroit de la rivière d'Epte où les trois saints décapités passèrent à gué. Ce lieu s'est long-tems appelé *Vadum Nicasi*, ou *Vaniacum*, ou *Guaniacum*.

Ce qui avait été autrefois une île est maintenant joint au rivage. Dans le champ même où les trois martyrs voulurent reposer, s'est élevée une église portant le nom de Saint-Nicaise. Une grande dame, châtelaine de la Roche-Guyon, qui avait nom Pïence, convertie à la foi chrétienne, par l'apôtre de la Neustrie, ensevelit les trois corps des saints, et, martyrisée elle-même, fut couchée dans le même tombeau.

Alors que MM. les commis voyageurs permettaient au dieu de Clovis et de saint Louis de sortir de ses temples; alors que le culte catholique avait ses processions, le clergé de la paroisse de Saint-Nicaise (le troisième jour des Rogations) se rendait, avec croix et bannière, sur le sommet du mont Sainte-Catherine , à l'emplacement même où fut jadis l'abbaye de ce nom.

Il y avait dans cette cérémonie un souvenir historique. Lorsque Henri IV fit le siége de

Rouen, il campa sur ces hauteurs, et pour
sauver les reliques du couvent des profanations
des soldats, on les apporta à l'église Saint-
Nicaise, où elles demeurèrent vénérées pendant
tout le tems de la guerre.

Soit en mémoire de cette translation, soit
qu'on voulût toujours avoir une côte à monter
pour faire la procession avec plus de mérite, on
garda le même but, alors que la communauté de
Sainte-Catherine n'existait plus.

Grand Séminaire.

Tout à côté de l'église consacrée au premier
apôtre de la Normandie, s'élèvent d'autres
apôtres de la foi chrétienne; le grand séminaire
du diocèse touche à Saint-Nicaise; l'ombre de
son sanctuaire se projette dans la cour où médi-
tent et se promènent les jeunes aspirans à
l'apostolat.

Je suis bien aise de ce voisinage pour les
séminaristes, comme tout-à-l'heure j'aimais la
tour de Jeanne-d'Arc dans le jardin des jeunes
filles pensionnaires des Ursulines; j'aime aussi
un souvenir du premier apôtre et du premier
martyr auprès des jeunes hommes qui doivent

prêcher la croix. Aujourd'hui, à la milice sainte, il faut, comme aux premiers jours du christianisme, *courage* et *savoir*.

Courage, pour *mépriser* les *mépris* du monde et affronter les persécutions si elles reviennent.

Savoir, pour ne pas rester en arrière dans ce siècle de progression générale.

Que le prêtre que ses supérieurs envoient, soit dans nos villes, soit dans nos compagnes, n'ait point à rougir de son ignorance, devant l'élève de droit devenu notaire ou avocat, et devant l'élève en médecine devenu docteur. Eux ont plus de savoir que leurs devanciers; que le jeune curé avec les vertus de ses prédécesseurs ait autant de science que ses contemporains.

Avec nos mœurs d'aujourd'hui, il y a souvent lutte entre l'avocat et le prêtre; faisons en sorte que les armes ne soient pas inégales.... Le curé de campagne qui saura bien l'histoire de son pays en aimera plus son église. Bien savoir l'histoire des tems passés, c'est bien connaître les bienfaits du christianisme.

Si l'on pouvait aussi inculquer aux élèves des séminaires un peu l'amour des arts; notre culte catholique déjà si beau y gagnerait encore. Vous figurez-vous nos offices si l'on y chantait

juste, et nos églises si le mauvais goût n'y gâtait
pas les admirables ornemens d'architecture qu'y
avaient mis nos pères, avec une si magnifique
profusion? Alors point de ces piliers amincis
par leur base pour placer plus commodément
une stalle ou un banc de marguillier; alors point
de jubé abattu pour que les chantres fussent
plus en évidence.

Alors point de badigeons jaunes ou blancs
pour couvrir la couleur sacrée des siècles.

Alors plus de ces barbares peintures du
chemin de la Croix dont les barbouilleurs in-
fectent le pays.

Alors, dans une église comme Saint-Ouen,
plus de mauvais rideaux de planches, tel que
celui placé derrière le maître-autel, et cachant
la chapelle de la Vierge.

Alors, dans une église comme la cathédrale,
plus de chaises entassées devant un escalier aussi
merveilleux que celui de la Bibliothèque.

Alors, sur des tombeaux comme ceux des
Brézé, plus de pupitres ni d'ignobles paillas-
sons, irrespectueusement jetés comme dans un
garde-meuble.

Alors des orgues qui ne se tairaient pas toujours, et des encensoirs qui fumeraient, des

parfums; alors, sous les vieilles voûtes, des flots d'harmonie et d'encens!

Avec le goût du vrai, donnez le goût du beau; avec l'amour de la vertu, donnez l'amour des arts au jeune lévite qui entre dans le sanctuaire; qu'il sache bien les livres saints, les livres édifians, mais faites-lui lire aussi et Châteaubriand et Lamartine...... La poësie n'est-elle pas fille du ciel? sœur de la religion?

Quelques uns, je le sais bien, vont se récrier sur ce que je demande ici, vont dire que Châteaubriand et Lamartine sont des auteurs profanes...... ceux-là, voyez-vous, si les sublimes *poësies* d'Isaïe, de Job, d'Ezéchiel paraissaient aujourd'hui pour la première fois, s'écrieraient: *Il y a là-dedans trop d'images! trop d'exaltation! trop de mélancolie!*

Il y a des personnages si graves, si austères, qu'en vérité ils ne voudraient plus donner aux hommes *que le pain sec de la foi*....... Ces hommes-là ne comprennent pas la faiblesse de notre humanité, et à celui qui doit vivre seul, ils ne veulent pas accorder une céleste compagne, à celui qui doit chanter les louanges du seigneur, ils ne veulent pas laisser une harpe!.

Le séminaire actuel, bâtiment qui ne manque

ni d'espace ni d'une certaine noblesse, et qui se voit tout à côté de l'église de Saint-Nicaise, a été fondé par Mgr. d'Aubigné, archevêque de Rouen ; son supérieur aujourd'hui est l'abbé David, et cette maison se fait remarquer par le bon ordre qui y règne, et par la piété des jeunes lévites qui y sont élevés.

Avant ce séminaire, il en existait un plus vaste et plus beau dans la rue Saint-Vivien, alors que la philosophie moderne avait pensé que le catholicisme avait fait son tems, et que la France, qui avait tant de bourreaux, pourrait se passer de prêtres. Ce séminaire fut vendu *nationnalement*. C'est aujourd'hui une fabrique.

Rivières de Robec et d'Aubette.

Dans l'exploration que nous poursuivons toujours dans la large voie des boulevards, nous venons à traverser la petite rivière de Robec, ou, comme disent les habitans de Rouen, *l'Eau-de-Robec*. Ces eaux, que l'on regarde à peine, tant elles sont noires et troubles, plaisent plus à *l'industrie* que le plus *clair ruisseau, roulant*

sur un lit de mousse ses ondes de cristal.... C'est
vraiment de l'or que charie cette petite rivière,
qui prend sa source à deux lieues de Rouen, au
village de *Fontaine-sous-Préaux.*

Pauvre gentille source, quand tu sors de
dessous le gazon de Préaux, tu brilles claire au
soleil, et ses rayons se mirent dans tes eaux
naissantes ! Mais les hommes t'ont fait venir à
eux comme ces filles de hameaux qu'ils amènent
à la ville...... et te voilà toute souillée ; mais ils
t'aiment comme cela, reste donc avec eux, tu
les enrichis.

C'est un quartier curieux que celui que par-
court la rivière de Robec, toutes les maisons
d'un côté de la rue qu'elle suit, ont leur base
dans l'eau, et ne sont liées au pavé que par
un pont, tantôt de bois, tantôt de pierre, qui
sert à chaque demeure. Attenantes à ces ponts,
des planches sont fixées au niveau des eaux, et
là-dessus toute une population, aux mains
teintes, travaille et gagne sa vie.

Comme un homme faible prend tour-à-
tour toutes les opinions des personnes qu'il
voit, la rivière de Robec change de couleur à
chaque manufacture qu'elle traverse ; ici elle
roule des ondes brunes, là comme des flots de

sang, plus loin, c'est l'indigo qui la bleuit, plus
loin encore, c'est la noix-de-galle qui rend ses
eaux noires comme celles du Phlégéton ou du
Styx.

Parmi les familles industrielles et manufactu-
rières de Rouen, il y en a peu qui ne doivent
grande reconnaissance à la source de Robec :
à leur place je doterais la *Nayade*, qui m'aurait
enrichi, d'un monument de gratitude, ou tout
au moins j'aurais, dans mes appartemens ten-
dus de rouenneries, une fiole de ses eaux :
comme chez M. De Châteaubriand on voit la bou-
teille de verre qu'il a remplie des ondes sacrées
du Jourdain....... Et ne croyez pas que Robec
ne mérite semblable honneur : savez-vous que
des rois et saint Louis entr'autres ont rendu
des décrets et des ordonnances relatives à cette
petite rivière. Louis IX en assura le cours à la
ville de Rouen, par une charte de 1262.

« Ceux qui d'eux-mêmes entreprennent de
bâtir sur les deux rivières de Robec et d'Aubette,
dit Farin, sont assignés pour faire apparoir de
leur droit, faute de quoi voir ordonner que
l'ouvrage sera démoli. Cette assignation se fait
ordinairement pour comparoître au lieu où se
tiennent les plaids de Robec, dans une grande

salle de l'hôtel des imprimeurs-libraires, où pendait pour enseigne *le Pot-d'Étain.*

» Autrefois M. le lieutenant général y présidoit, ou, en son absence, le lieutenant particulier. L'avocat et le procureur de roi y assistoient avec *Messieurs de la ville*, revêtus de leurs habits d'échevins ; mais à présent, depuis le rétablissement de la mairie, en 1692, M. le maire, ou, en son absence, le premier échevin, y préside sans qu'aucun officier du baillage ait lieu de s'y opposer. Les religieux de Saint-Ouen et les fermiers des moulins leur présentent à chacun un bouquet de fleurs. »

De tout cet ancien usage que reste-t-il aujourd'hui? Les moulins tout au plus! les religieux de Saint-Ouen ont disparu et le bouquet de fleurs aussi!... Nous sommes devenus trop *positifs* et trop *libres* pour souffrir des moines, et trop sérieux pour vouloir mêler des fleurs à une redevance de ville.

Bien des voyageurs qui visitent Rouen ne vont saluer que le fleuve aux mille vaisseaux, que cette Seine si folle, si capricieuse dans ses gracieux détours. Robec et Aubette sont dédaignées par eux, et cependant les quartiers que ces eaux enrichissent ont un aspect particulier, rien n'y est donné au luxe ; là du haut des maisons baignées par la rivière, se projettent avant dans la rue de longues perches toutes chargées d'étoffes teintes et de torsades de coton ; ces étoffes déroulées et pendantes, ces écheveaux, tantôt d'un rouge éclatant, tantôt d'un bleu foncé, forment au-dessus des passans comme un plafond mobile. Penchés sur les ondes brunâtres, des ouvriers dont la couleur de chair ne se voit plus, trempant dans la rivière leurs indiennes et les en retirant avec des mouvemens presque cadencés, les garçons de fabrique et de magasin portant à de longs et étroits charriots couverts les pièces bonnes à calendrer, animent ces rues de pauvre apparence, assombries et par ces perches chargées d'étoffes dont je parlais tout-à-l'heure, et par la hauteur de ces vieilles maisons de bois dont les pignons, inclinés les uns vers les autres ont l'air de vouloir se baiser à travers la voie publique.

Dans ces quartiers industriels se trouvent aussi un grand nombre de cheminées en briques des usines semblables à des colonnes poussant sans relâche de gros tourbillons de fumée noire et épaisse.

Souvent, dans ces rues, vous voyez l'eau

bouillante couler dans le ruisseau, et là, de pauvres femmes viennent laver leur linge et se chauffer pendant que la neige couvre le pavé.

Une autre petite rivière, ou plutôt un ruisseau nommé *la Renelle*, aide aussi beaucoup à l'industrie rouennaise.... Un poëte pourrait appeler Rouen *la ville des ondes et des fontaines.*

Église de Saint-Hilaire. — Les Calvinistes. — Vandalisme.

Une fois l'Eau-de-Robec dépassée, la pente des boulevards incline fortement vers le *Champ-de-Mars*. Alors, entre les beaux arbres, encadré entre les deux côtés de l'allée, droit en face de vous, comme une *toile de fond* très-rapprochée, vous avez le mont Sainte-Catherine; sur cette face de la montagne toute revêtue d'herbe rase et verte....., tout-à-fait sur sa cime, sont là trois vieux témoins des tems passés, qui vous regardent venir, trois débris, trois chicots de l'ancien fort; l'effet qu'ils produisent est bizarre et imposant.

Avant d'aller jusqu'à la base de cette montagne Sainte-Catherine, en tournant à gauche,

l'explorateur a devant lui la route de Darnétal,
la large rue Saint-Hilaire, et il n'y a pas marché long-tems avant de rencontrer l'église sans
caractère qui donne son nom à ce quartier.

Cette église est beaucoup trop petite pour la
population de la paroisse, qui dépasse quatre
mille ames ; on va l'agrandir sans l'embellir. Ce
n'est pas le gouvernement actuel qui bâtit des
monumens religieux ; voyez Saint - Germain-
l'Auxerrois, voyez le palais de l'archevêché,
voyez le monument expiatoire de monseigneur
le duc de Berri ; on a des fonds, ou l'on fait des
emprunts pour des *abattoirs*, mais pour des
églises...., le tems de leur construction est passé.

Il y avait autrefois auprès de Saint-Hilaire
la chapelle de Saint-Gilles qui dépendait de la
paroisse, elle a été détruite.

La statue de saint Gilles, patron de cette
chapelle, a été apportée à Saint-Hilaire ; elle y
attire encore beaucoup de pélerins qui viennent
de fort loin invoquer ce saint pour être délivrés,
par son intercession auprès de Dieu, *de la peur*,
espèce de maladie dont beaucoup d'enfans sont
atteints, et qui les empêche de se fortifier.

Saint Gilles (Egidius) était abbé, il vivait vers
la fin du VIIe. siècle.

Saint Hilaire' évêque, l'une des lumières, l'une des gloires de l'église gallicane, naquit à Poitiers, d'une famille illustre. D'abord païen, la beauté de son génie, la solidité de son esprit et les études auxquelles il se livra lui firent bientôt découvrir la vérité. Il reçut le baptême, et fut bientôt après élevé sur le siége de Poitiers. Pendant qu'il gouvernait cette église, il composa plusieurs ouvrages, d'abord des commentaires fort estimés sur plusieurs livres de l'écriture sainte ; mais ce fut surtout par ses écrits contre les hérétiques, et en particulier contre les Ariens, qui niaient la divinité de N. S. J.-C., que saint Hilaire rendit d'importans services à la religion. Son zèle pour la défense de la foi le fit exiler en Phrygie ; le césar Julien, connu depuis sous le nom de Julien-l'Apostat, fut chargé par l'empereur Constance de l'exécution de cette sentence. Saint Hilaire employa le tems de son exil à la composition de plusieurs savans ouvrages dont le principal et le plus estimé est le *Traité de la Trinité*.

Saint Hilaire assista au concile de Séleucie en Isaurië, les hérétiques y étaient en grand nombre ; le saint docteur y combattit avec avantage les Ariens et demi Ariens, qui, pour se

débarrasser de sa personne et de ses argumens
pressans, prièrent l'empereur de renvoyer ce
redoutable adversaire en occident.

Saint Hilaire revint donc dans son diocèse,
mais il n'y resta pas oisif ; il s'occupa toujours
de poursuivre l'erreur et de fortifier les fidèles
dans la foi, ce qui lui attira encore de nouvelles
persécutions.

Sa mort arriva le 13 janvier 368 ; on célèbre
sa fête le 14. Saint Hilaire est honoré sous le
titre de *docteur*. Saint Martin, ce grand évêque
de Tours, si célèbre dans les fastes de l'église
gallicane, a été disciple de saint Hilaire.

Les précieux restes du saint docteur étaient
autrefois dans une grande vénération à Poitiers,
plus tard ils furent transférés à l'abbaye de Saint-
Denis.

En 1562, les calvinistes entrèrent de vive
force dans Rouen par le faubourg Saint-Hilaire,
et ces vandales des tems modernes, ces ennemis acharnés de nos églises, détruisirent celles
de ce quartier. Robespierre, pendant son san-
glant règne, n'a pas fait tomber plus de têtes
d'hommes, que les calvinistes n'ont coupé à
Rouen de têtes de statues !... C'est vraiment tout
un peuple de saints et d'anges décapité par eux.

Les décapités de Robespierre sont devenus poussière dans les vastes fosses où ils ont été précipités pêle-mêle; ceux des ardens sectaires de Calvin sont encore debout dans leurs niches, sous leurs dais découpés à jour.

Eh bien! cette nation de pierre, ces légions d'anges et d'archanges, de saints et de saintes, d'évêques et d'archevêques, de vierges et de guerriers, étaient si nombreuses aux monumens de Rouen, que les profanations, barbaries et sacriléges réunies de 1562 et de 1793 n'ont pu venir à bout de couper tant de têtes. La hache des calvinistes, la hache des jacobins se sont émous- sées, et ceux des persécutés qui ont échappé *à ces Saint-Barthélemy* nous regardent maintenant du haut des saintes murailles........ Oh ! si les statues qui ornent encore la plus magnifique façade de cathédrale que nous connaissions au monde, celle de *Notre-Dame de Rouen,* pou- vaient parler, comme elles nous rediraient tout ce qui se passa, en cette année 1562, dans le temple qu'elles décorent ! Avec quelles paroles d'indignation et de douleur elles nous raconte- raient la sacrilége profanation des calvinistes après leur victoire. Elles nous peindraient ces ardens sectaires, entrant le dimanche 5 mai dans

l'église de *Notre-Dame*, pendant qu'un chanoine, Jean Martin, disait la grand'messe, se
ruant à l'entour de l'autel, hurlant des blasphêmes, brisant les images, cassant le marbre,
pillant l'or, incendiant les confessionnaux, les
balustrades de bois, les pupitres, les stalles,
meurtrissant les fidèles, insultant les femmes,
frappant et tuant les prêtres!...... Oh! alors, la
désolation de l'abomination dans le temple du
Seigneur ; les siècles n'ont pu encore réparer
toutes les pertes que la métropole de Rouen
éprouva en cette journée de pillage.

La contre-table du maître-autel, pesant six
cent quatre-vingt-deux marcs d'argent, brisée et
emportée dans quatre grands paniers ; des béni-
tiers avec leurs aspersoirs, des plats ciselés, et
bosselés en relief, une statue de saint Michel,
un grand nombre d'encensoirs avec leurs chaînes
d'argent, des bassins à laver, des chandeliers,
et un pied qui portait Notre-Dame, en or, un
sacraire du saint sacrement et une grande croix
des processions, puis une autre plus belle, toute
massive d'or, et les calices, et la figure de la
Vierge, dont le poids, en or, était de vingt-huit
marcs!......

Et, pour ces vandales, ce n'était assez que

de voler et piller eux-mêmes, ils forçaient, par
des menaces de mort, des orfévres catholiques
à leur prêter leur aide dans ces abominables profanations.... Le 8 juillet, ils amenèrent avec eux
deux joalliers de la ville et firent découvrir la
châsse de saint Romain, laquelle était couverte
de lames et d'anneaux d'or, avec une quantité
de pierres précieuses; ils rompirent aussi tous
les autres saints reliquaires, les croix, la crosse
de l'archevêque et deux livres couverts d'or,
d'escarboucles et d'émeraudes, qui servaient aux
fêtes les plus solennelles. Tous ces riches débris
emplirent plusieurs paniers et furent portés à
la monnaie, qui fondit alors, pour les profanateurs, mille trois cents marcs d'argent et
quatre-vingt-treize marcs d'or!

Charles IX à Rouen.

Semblable pillage, comme on peut le croire,
avait profondément affligé une population aussi
catholique que celle de Rouen, aussi ce fut une
grande joie pour le peuple lorsque, vers la fin de
septembre de la même année, le roi Charles IX,
la reine mère et le roi de Navarre, à la tête
de seize mille hommes de pied et deux mille

chevaux, vinrent mettre le siége devant la ville.

«La ville, dit Farin, fut simultanément atta-
quée de toutes parts et le canon tirant continuellement fit une grande brèche entre la *porte
Saint-Hilaire* et le *Val-de-la-Jatte.*

» Le 13 octobre, jour de la Saint-Edouard,
un rude assaut donné à la ville depuis le matin
jusquau soir coucha par terre un grand nombre
de soldats des deux armées, mais le duc de
Montgommery qui commandoit pour lors dans
la ville, repoussa bien loin les assaillants ; le 23
octobre se donna le second assaut, où le roy
remporta la victoire. Les heretiques quitterent
la partie, et Montgommery se sauva auec quelques uns dans une galere qui étoit préparée
pour cet effet, devant le Vieux-Palais.

» Pour empescher qu'aucun d'eux n'echappât,
on avoit tendu une chaîne, à fleur d'eau, devant
Croisset ; mais les fugitifs s'étant jettez à propos
sur le derriere de la galere pour hausser le devant, et puis sur le devant pour le rabaisser, pas-
serent par dessus la chaîne, et s'échapperent
ainsi.

» Le 26 d'octobre, les temples furent ouverts,
le roy sortit processionnellement de l'abbatiale
de Saint-Ouën et entra dans la cathedrale où il

fut reçu par un petit nombre de chanoines, qui ne pouvoient exprimer leur joye que par des larmes et des soupirs.

» Trois jours après, le parlement qui s'étoit refugié à Louviers, revint, et par sa première séance fit pendre le ministre Marlorat et quelques-uns de ses adherans ».

Lors du premier assaut, le père de Henri IV s'étant approché d'une muraille près la porte Saint-Hilaire, reçut un coup d'arquebuse qui lui fut mortel ; quelques jours après il mourut à Caen.

Le Mort ressuscité.

C'est ici le lieu de raconter un fait remarquable, et qui concerne un sieur De Civile, dont la famille existe encore aujourd'hui.

Le matin du jour où les troupes royales devaient attaquer la ville de manière à la prendre, les jeunes gentilshommes riaient, chantaient et plaisantaient sous leur armure, comme est de coutume encore chez les Français; car, voyez-vous, si le tems, dans sa marche incessante, s'en va changeant et métamorphosant toutes choses humaines, il n'a pu rien faire à notre vieille valeur; elle est toujours demeurée ce qu'elle était, alors que nos devanciers faisaient trembler le monde. .

Or donc, le matin de l'assaut ; le sire d'Harcourt vit un vaillant et loyal ami, le sieur De Civile, capitaine d'une compagnie de gens de pied, et lui cria : Civile! bonne chance à toi, au jour d'aujourd'hui, va l'avant, et besoigne bien.

— Ainsi veux-je faire.... Et vous, messire, vous vous êtes fait bien brave, avec votre chaperon empanaché ; on dirait, avec votre écharpe azur, qu'allez en amour plus qu'en guerre.

— Honneur demande parure comme amour. Bellone veut être courtisée comme Vénus, et puis il faut que le confesse, comme aime, suis superstitieux, et cette écharpe me vaudra cuirasse et bouclier.

— Merci, merci, sire Harcourt, faites venir en ma mémoire mon talisman.... en ai un aussi.... Ce brillant annel qu'Yolande m'a donné, pour que ma main frappe mieux nos ennemis, vais m'en parer.

Et disant ces mots, le jeune Civile tira de son sein une bague de diamans et la mit à son doigt, et bien lui en prit, comme vous prouvera le reste de mon récit.

Pendant que les deux amis devisaient ensemble, une arquebuse, tirée de la porte Saint-
Hilaire, blessa Civile au visage et le renversa
comme mort...... Ah! s'écria Harcourt, je jure
Dieu que tu seras vengé, et il se jeta au fort de
la mêlée, frappant d'estoc et de taille et faisant
jaillir torrens de sang!

Des pionniers, qui avaient vu tomber Civile,
le crurent bien occis, le dépouillèrent et l'enterrèrent encore tout palpitant au pied de la
muraille, et mirent à côté de lui, dans la fosse,
un nommé Forrétier, marchand droguiste, de-
meurant devant la Ronde.

Mais, à ces funérailles, faites sous les balles
de l'ennemi, on brusque souvent la cérémonie,
le *De profundis* est dit vite, et la couverture de
terre que l'on donne aux morts n'est ni lourde
ni épaisse.....

Civile, en se levant le matin, avait peut-être
dit : Ce soir irai voir Yolande, et sa tant douce
main ôtera de mon front la poudre de la bataille!.... Et il n'était pas midi qu'il gisait déjà
en terre......, Jeunes hommes, faites donc des
rêves d'amour!.....

A six heures du soir, quand l'assaut fut fini
et les compagnies rendues chacune en leurs

quartiers, le comte de Montgommery retournant
à l'archevêché, où était son logement, rencontra
à la *Croix-de-Pierre* une troupe de valets et de
servans qui attendaient leurs maîtres. L'un
d'eux, qui avait nom Nicolas Delabarre, natif
de Virolet près Vernon, et qui avait vieilli chez
le père du jeune Civile, demanda au sire de
Montgommery s'il était vrai que son maître fût
mort.

Hélas! oui, répondit le comte, et en lui,
France et religion ont perdu bon soldat.

— Seigneur! seigneur!

— Vieux serviteur, Dieu récompensera ton
maître en son paradis, il est mort pour sa cause.
En attendant, il est là au pied de la muraille, je
te permets de le retirer de terre et de le porter
auprès du tombeau de son père : si noble jeune
homme veut une tombe honorée.

Capitaine De Clère, ajouta Montgommery, va
montrer à ce dolent vieillard où j'ai fait enterrer
son maître . . . .

. . . .

Et tous les deux descendirent vers le lieu de
la sépulture, le fidèle valet pleurant et répétant :
Faut-il que j'aie autant vécu pour voir mourir
si jeune et si bon maître!

Se lamentant ainsi, Nicolas et le capitaine De Clère étaient arrivés au pied du mur d'enceinte de la ville..... Alors, cruel ouvrage! ils se mirent tous deux à remuer et à fouiller la terre.... Nicolas disait : Oh! entre mille, le reconnaîtrai : les pionniers l'ont dépouillé, lui ont enlevé tous ses riches vêtemens ; c'est égal, son beau corps Je vais le trouver blanc comme l'ivoire...., la tombe n'a pas eu le tems de l'enlaidir.

Nicolas se trompait, les deux cadavres sont retirés de dessous la terre, les voilà gisans aux regards, mais si couverts de sang et de boue que le fidèle serviteur, à travers ses larmes, ne put reconnaître son maître; rejeta dans la fosse les deux cadavres, et les recouvrit très-légèrement.

Cependant le sieur De Clère apercevant un bras qui n'était couvert qu'à demi, le repoussa avec le pied, et vit en même tems un gros chaton briller au doigt d'un des morts, ce qui lui fit bien vîte rappeler le valet déjà remonté à cheval, pour retourner au logis vide de son maître. Viens, viens, lui cria-t-il, voilà de quoi te récompenser de ton zèle ; regarde ce diamant.

— C'est celui de mon maître! Et tout-à-

coup il est retombé à genoux et retire de nouveau de la fosse peu profonde le cadavre dont
la main porte la bague brillante. C'est lui, c'est
lui, répète Nicolas en nettoyant la boue, en
secouant la terre qui s'était attachée au corps ina-
nimé, et il se penche vers celui qu'il avait servi
depuis ses plus jeunes années et qu'il avait aimé
presque comme un fils, et il baise ses lèvres déjà
froides et violettes. Mais, oh bonheur! un léger
souffle s'échappe de sa bouche entr'ouverte!

Il n'est pas mort! il n'est pas mort! Dieu soit
béni! il n'est pas mort! il n'est pas mort! Et
dans son délire de bonheur et de joie, Nicolas
couvre et réchauffe de baisers le visage de son
maître qui respire encore.

Le capitaine aide à transporter le corps lourd
et raide au monastère de Sainte-Claire, où se
trouvaient bon nombre de frères de Saint-Côme,
qui avaient ordre de panser les blessés qui
seraient apportés; mais quelques uns d'entre
eux, voyant ce qu'ils appelèrent un cadavre,
dirent: Nous sommes ici pour soigner les vivans
et non pour disséquer les morts.

Il n'est pas mort! il n'est pas mort! criait
toujours Nicolas; mais ils ne tinrent compte de
ses cris et lui refusèrent la porte. Toujours

chargé du corps de son maître, le bon serviteur alla chez le sieur De Coquereaumont, où il logeait d'ordinaire, et là déposa son précieux fardeau.

Pendant plusieurs jours il resta insensible sur le lit où il avait été mis; le sang, la boue ne souillaient plus le jeune guerrier, on voyait seulement sur sa figure et sur sa poitrine les trous de l'arquebuse; ses mains, ses bras étaient blancs comme du marbre, et l'on eût dit la belle statue d'un soldat endormi.

Plusieurs de ses parens ne quittaient pas le chevet de son lit. Parmi les femmes qui étaient venues le voir, était accourue, la première, Yolande De Velly, qui avait donné le bel anneau sauveur, et puis demoiselles De Verdbois, Duval et autres.

D'habiles et renommés physiciens, savoir: Legras et Guérente, étaient aussi nuit et jour à ses côtés, et le faisaient panser par un chirurgien nommé Jacques Aveaux. Avec grand'peine on parvint à lui desserrer les dents et à lui donner quelques fortifians....

Enfin, enfin le sixième jour, la plaie de la poitrine jeta une grande quantité de pus et de sang meurtri, et il ouvrit les yeux.... Demoiselle De Velly eut son premier regard, ses amis le

second; mais sur sa main le ressuscité sentit
quelque chose de chaud, il regarda, c'était
Nicolas qui pleurait de grosses larmes de joie.

Oh! dans ces tems que beaucoup appellent
barbares, il y avait chose qui se perd chaque
jour davantage : c'est cette fidélité rare de vieux
serviteurs, de ces domestiques qui font partie
de la famille, et qui, à force de bons services et
d'affection, n'ont plus de joies que nos joies,
d'autres douleurs que nos douleurs, et qui
disent *nous* en parlant de nous, et qui ont placé
leur orgueil dans l'honneur de nous.

Les riches d'autrefois avaient souvent le bonheur de rencontrer semblable bénédiction ; car
c'en est une vraiment qu'un *Caleb* ou un *Nicolas*, une *Charlotte Moreau* ou une *Marie Bossi*.

Dans presque tous les châteaux, dans les
vieux hôtels, dans les boutiques, dans les magasins, on en trouvait bien souvent, du tems de nos
pères, qui mouraient sous le toit où leurs maîtres
étaient nés...; aujourd'hui les heureux du siècle
sont moins *heureux*, leurs gens peuvent bien
gagner de bons gages dans leurs maisons, mais
ne deviennent plus membres de la famille. De
part et d'autre on s'est fait trop fier depuis le
règne de *l'égalité*. . . . .

Cette histoire du capitaine Civile a dû faire grand bruit dans son tems, car tous les détails en ont été, comme on vient de le voir, scrupuleusement conservés dans l'*Histoire de Rouen*. Le sieur De Civile était d'une ancienne famille de chevalerie, et avait de plus en sa propre personne des faits curieux.

En 1562, tombé du haut des remparts de Rouen, on le crut mort, et il fut enterré ; son valet le rappela à la vie. Après l'assaut, il fut encore mis sous terre et retiré de la fosse par son fidèle serviteur.

Octogénaire, il mourut d'une fluxion de poitrine gagnée en passant la nuit sous la fenêtre de la dame de ses pensées.

Sa mère était morte enceinte de lui, et pour qu'il pût naître, il avait fallu faire l'opération césarienne à la dame trépassée.

Toutes ces choses avaient fait dire de lui, dans le peuple de Rouen : Civile, né de la mort, trois fois mort, trois fois ressuscité. . . .

. . . .

Hospice-général.

Tout en devisant ainsi des tems passés, me

voilà presque arrivé au bout de ces beaux boulevards plantés par M. De Crosne, ancien intendant de la province, dont le souvenir ne doit pas mourir à Rouen. La plus belle de ses rues porte le nom de CROSNE, et beaucoup d'embellissemens et d'améliorations datent de son administration. Honneur donc et reconnaissance à lui!

Là où le terrain s'abaisse en rapprochant de la rivière de Seine, là où les anciens murs d'enceinte tournaient à droite, vous voyez, de l'autre côté d'une petite douve remplie d'eau, un grand jardin et une allée de peupliers; c'est là qu'est l'Hospice-général, c'est là le *pendant* de *l'Hôtel-Dieu*, encore là de la souffrance et de la douleur, encore là de la religion et de la charité.

— Oh! si je pouvais bien redire tout ce que j'ai éprouvé dans la visite que j'ai faite à cette pieuse maison, je serais sûr d'intéresser mes lecteurs. Dès que je fus arrivé à la grille de fer qui donne sur le boulevard, je vis, ce que j'aime à trouver, une *harmonie* avec ce que j'allais explorer.

J'allais à l'asile des vieillards, et c'en est un qui vint m'ouvrir la porte, avec son chapeau à trois cornes, son habit à collet rouge, ses cheveux blancs et son dos courbé; il accompagna

13

moi et mon fils depuis sa loge jusqu'à la maison,
me faisant des excuses de ne pouvoir aller plus
vîte et de me retarder ainsi.

— Oh! lui dis-je, si vous alliez plus fort,
moi, je ne pourrais vous suivre; les goutteux
ne courent pas.

— Monsieur a la goutte?

— Oui, parfois.

— Tant pis; c'est un vilain mal; du reste,
il n'y en a pas de beau; je suis bien placé pour
le savoir. C'est un rhumatisme qui me tient
dans le dos et qui me courbe ainsi; mais que
voulez-vous, Monsieur, il ne faut pas se plaindre,
il y en a là-dedans (en me montrant la maison),
il y en a là de bien plus malheureux que moi.

Parlant ainsi, le vieux portier faisait preuve
d'une grande et bonne philosophie. Voulez-
vous ne pas trouver votre malheur trop lourd,
regardez plus malheureux que vous; si vous êtes
pauvre, n'attachez pas vos yeux sur le riche;
si vous êtes malade, ne fixez pas vos regards
sur l'homme regorgeant de force et de santé,
mais considérez ceux à qui tout manque à la
fois, alors vous aurez dans le cœur quelque
chose de mieux que de l'envie, vous ressentirez
de la pitié pour vos frères qui souffrent, et

comme un peu de bien-être pour vous-même,
vous direz : Mon Dieu guérissez-les, consolez-
les ; et dans votre ame vous ajouterez : *Je vous
remercie, je n'en suis pas encore là.*

Certes, si le cœur devait se serrer quelque
part, ce serait dans un hôpital, dans un asile
de la pauvreté, de la vieillesse et du malheur.
Eh! bien, il y a tant de divinité dans la religion,
que, sur ces lieux de misères et de souffrances,
elle répand une sérénité, une paix, un calme
qui ne peuvent venir que d'en haut.

Vous figurez vous un hôpital sans religieuses,
sans sœurs de charité, sans mères des pauvres,
sans aumônier, sans croix, sans prières? Oh!
dans mon esprit, ce serait hideux à voir. Les
médecins, les chirurgiens, les hommes de l'art
auraient beau redoubler de zèle et de *philanthropie,* l'hospice où ils *régneraient seuls* ne me
semblerait qu'un entrepôt de souffrances et de
douleurs, qu'un sombre péristyle de la tombe.

Bon accueil.—Salle des Hôtes.

En attendant la sœur, madame De F...., que
nous avions demandée à la porte, on nous avait
fait entrer dans le salon. Nous y étions à peine

que déjà mon fils et moi nous admirions *ce luxe des pauvres*, une exquise propreté. La femme du monde qui aime l'élégance et la recherche n'a pas de parquet mieux ciré, de meubles plus propres, de tables plus luisantes, dè cuivres plus resplendissans, des tapis mieux brossés, des rideaux plus blancs que ce que nous voyons là devant nous.

Pendant que nous regardions les portraits des bienfaiteurs et des bienfaitrices de l'hospice, qui ornent ce salon, madame De F.... entra; je lui dis et mon nom et le motif qui m'amenait.

Il ne faut pas croire que les femmes de la société, que la piété a faites *servantes des pauvres,* perdent, en prenant leur robe de bure, le charme de la bonne compagnie. Oh! non, bien loin de là; la femme aimable se retrouve, mais parée d'une grâce toute céleste; sur le chemin du ciel, elle a déjà pris quelque chose de l'ange.

Madame De F.... avait eu la bonté de me présenter à la mère supérieure; mon nom ne lui était pas inconnu, car quelquefois le vent du monde avait poussé la feuille que je rédige jusque dans le saint asile qu'elle administre si bien.

Comme mes pères m'ont légué un nom pur,

j'en suis fier parfois; mais jamais autant que lorsque je le vois bien accueilli par ceux et celles qui se sont voués au bien. Le sourire d'une mère des pauvres, d'une sœur de miséricorde, la bien-venue d'un *frère ignorantin*, d'un pauvre curé de campagne, me sont chers et précieux; ils m'assurent que pas un mot de ma plume ne les a contristés, et que parfois j'ai fait vibrer des cordes sympathiques dans des régions qui valent mieux que le monde.

Oh! sans doute, c'est une douce et belle gloire que d'émouvoir le peuple élégant et parfumé des salons; on se sent fier quand on voit, sur les joues des grandes dames, briller des pleurs que vos écrits ont fait couler; mais il y a quelque chose de plus enviable encore, c'est alors que les lignes que vous avez écrites avec votre cœur et vos convictions deviennent comme un délassement, comme une joie aux serviteurs et aux servantes des pauvres.

Pendant que nous étions encore dans le salon où nous avions d'abord été reçus, mon fils souleva un des rideaux de mousseline tiré devant les fenêtres. Oh! dit alors madame la supérieure, vous regardez tout ce que nous avons de plus triste, des épileptiques et des idiots; et effecti-

vement, c'était triste à regarder que ces femmes
jeunes et vieilles se promenant, par la petite
pluie fine qui tombait alors, avec des yeux fixes
et des sourires hébétés, dans une étroite cour
toute noire et tout irrégulière, entourée de
mauvaises masures.

Aspect de l'Hospice.

L'Hospice-général de Rouen ne se compose
pas de bâtimens construits dans la pensée d'un
hôpital. La charité voyant que les pauvres, les
vieillards, les infirmes étaient trop à l'étroit,
tant la misère, la vieillesse et la souffrance se
hâtaient de remplir les places qui leur étaient
réservées, a acheté des masures environnantes ;
quand celles-là ont encore été remplies, de
nouvelles acquisitions ont été faites et puis
d'autres encore, et l'hospice a toujours été ainsi
s'agrandissant. Aujourd'hui donc ce n'est pas
une maison, c'est une laide petite ville avec ses
rues, ses places, ses irrégularités, sa population, sa foule, ses enfans, ses femmes, ses
vieillards; et tout ce monde souffreteux, qui
l'administre? qui le gouverne? qui le sert? qui
le nourrit? qui le console? LA RELIGION.

Oh! l'on s'en aperçoit bien; sans elle tout ce peuple, affligé de vieillesse, de délaissement ou de souffrance ; tous ces privilégiés de la misère ne pourraient-ils pas s'irriter de la mauvaise part qui leur a été faite, et vouloir, dans leur irritation, se ruer contre le bonheur du monde pour le renverser. Oui, sans doute, pareille pensée pourrait leur venir s'il n'y avait là que la nature; mais la charité, fille de la religion, y a appelé sa mère.

Salle des Demeurées.

Dans cette longue salle, où j'ai vu, à droite et à gauche de moi, tant de vieilles paralytiques, immobiles, silencieuses, couchées dans leurs lits bien blancs, il y a un autel où la messe se dit plusieurs fois la semaine. Alors tous ces yeux enfoncés et comme perdus dans des chairs ridées se tournent du côté où le Dieu des patriarches est invoqué, et elles disent comme le prêtre : *J'approcherai de l'autel du Dieu qui réjouit ma jeunesse ;* oui, *cette jeunesse immortelle* qui va bientôt leur venir.

Je chercherais long-tems avant de pouvoir bien redire tout ce que je ressentis entre ces

deux longues rangées de vieilles paralytiques ;
toutes, semblables à des siècles, nous regardaient passer et nous enviaient peut-être ; et
moi, en les voyant couchées dans des lits si
bien faits et si propres, je me disais : A présent
que l'âge a raidi tous les membres de ces
pauvres femmes, à présent qu'elles ne peuvent
même pas porter la main à la bouche, à présent
que la vieillesse les a rendues si immobiles
qu'elles ne pourraient ni remuer, ni fuir si le
feu prenait à côté d'elles, que feraient ces malheureuses *chez elles?... Chez elles!* mais beaucoup d'entre elles n'ont pas de *chez soi.* Qui
les soignerait? qui retournerait leur couche pour
reposer leur infirmité?... Oh! personne, personne ; elles ont vécu si long-tems que l'intérêt
de leurs voisins et voisines se serait lassé. Les
voyez-vous seules, délaissées, abandonnées
sur la paille de leurs galetas? Elles n'y resteront
pas, la charité les en enlevera, les portera à
un bon lit, les réchauffera et les soignera.

En parcourant cette longue salle *des Demeu-
rées,* je me disais : C'est triste de vieillir ainsi
pour devenir si nul, si impotent, si incapable
de tout, si dépendant de tous. Eh! cependant,
qui ne voudrait avoir sa mère encore vivante

au prix même de cette immobilité? A demi-
morte, elle pourrait encore vous sourire quand
vous viendriez la soigner; peut-être même que
sa vieille main pourrait encore retrouver un
mouvement pour se poser sur votre tête et vous
bénir. Dans la salle *Sainte-Julie*, tout à côté de
la salle *Sainte-Marthe*, comme pour faire contraste avec tous les vieux visages que nous
venions de voir, nous remarquâmes une jeune
fille admirable de beauté, et beaucoup de jolis
enfans. Nous étions là parmi les *scrofuleux*. La
Normandie, comme l'Angleterre, en compte
beaucoup.

Autour d'un grand poêle, ici de petites filles,
plus loin de petits garçons, tout cela propre et
silencieux, causant à voix basse dans ces vastes
salles où l'on n'entend pas une plainte, un
gémissement. Quel est donc le baume que l'on
met sur toutes ces blessures, sur tous ces maux?
Une pensée religieuse, une simple phrase : *Que
la volonté de Dieu soit faite!*

Les vieilles Ouvrières.

Dans une pièce basse, au fond d'une petite
cour où l'on faisait du cidre pour la maison,

mes deux conductrices me présentèrent à la sœur
chargée de veiller sur les très-vieilles femmes
qui peuvent encore travailler. Oh! je voudrais
que ceux qui liront mon livre eussent vu comme
moi ce Sanhédrin de siècles. C'était bien plus
que ce qu'a vu Macbeth, ce n'était *pas trois*,
c'étaient cent peut-être! Toutes faisant tourner
ensemble, avec leur bourdonnement monotone,
cent roues de rouets et de dévidoirs!

Une des joies de ces vieilles femmes, c'est
d'avoir un peu de tabac. Autrefois dans ma
famille on a fondé des hôpitaux [1]. Nous n'en
sommes plus là; mais donner un peu de tabac,
c'est une charité permise aux plus pauvres,
aussi je me donnai le plaisir de cette mince
aumône, aumône d'exilé.

La doyenne des vieilles se leva, nous fit une
révérence et nous dit : Nous n'avons rien à
vous donner pour vous remercier, Messieurs.

— Et vos prières donc, ces Messieurs en
feront cas, répondit la religieuse surveillante de
cet atelier.

— Oui, oui, ajoutai-je, priez pour ma femme

---

[1] L'hospice des enfans trouvés, à Nantes, a été fondé par une
de mes tantes, madame Grou, née Othiell.

qui souffre loin de son pays.... Et aussi-tôt le
bruit des dévidoirs cessa, et toutes ces vieilles
chrétiennes, éprouvées par le tems et la pauvreté, se mirent à dire leur *pater* et leur *ave*....
Je ne sais si d'autres auraient pu écouter cette
prière sans être profondément émus ; mais à
coup sûr, ce ne fut ni moi, ni mon fils.

Le Rempart, les Malades d'esprit.

Tout à côté de cette salle basse, il y a une
chose affreuse à voir ; j'y ai passé vite et sans
oser regarder : c'est ce qui s'appelle, je crois,
le Rempart, longue suite de petites loges attenantes les unes aux autres, toutes avec d'épaisses
portes de bois de chêne, chaque porte ayant
son guichet ; et dans ces loges, bien moins belles
que celles *des bêtes* du jardin du roi, derrière
ces épaisses portes à énormes verroux, des fous
et des folles. Oh ! là, il n'y a plus de ce tranquille silence qui règne dans le reste de l'hospice ;
là des paroles incohérentes, des rires, des gémissemens, des chansons, des pleurs, des
prières, des juremens ; là, à travers les guichets,
des mains longues, décharnées qui se tendent
vers les visiteurs, et ces mots : *Un petit sou,*

mon roi; un peu de tabac, ma reine...; et puis
si vous osez regarder dans ces réduits, vous
voyez sur de méchans lits des figures aux yeux
hagards, au teint hâve, aux joues creuses et
animées....... Une femme d'une trentaine d'années, que j'entrevis en passant, tenait un livre :
c'était un livre de prières, mais elle y lisait à
haute voix des histoires qu'elle improvisait ;
peut-être des ressouvenirs de sa pauvre vie,
des réminiscences de déception et de malheurs ;
cette séduction, cette tromperie gravée en son
esprit, elle croyait les voir gravées dans son livre,
et elle lisait, lisait toujours.

Un peu plus loin, c'étaient des chansons et
puis des gémissemens, et puis des voix furieuses
et de grands coups frappés contre les portes de
chêne. Oh! douleur, douleur que ce spectacle. Là
seulement la charité est vaincue par le malheur.

On construit en ce moment, tout à côté de ces
loges d'aliénés, un promenoir couvert, où ces
infortunés pourront venir respirer l'air et regarder les nuages. Tant mieux pour celui qui a encore sa raison, et pour celui qui l'a perdue, c'est
un bienfait que l'air, une joie que la vue du ciel.

C'est le maire actuel, M. Henri Barbet, qui
fait bâtir, avec les deniers de la ville, ce prome-

noir aéré...... Si ç'avait été dans un salon, par
les heureux de ce monde, par les vainqueurs du
moment que j'eusse entendu bénir cet adversaire
politique, cet administrateur d'un gouvernement
que je hais, certes je ne me serais pas cru obligé
de redire les bénédictions qu'on lui aurait don-
nées là en échange de sa pensée d'humanité.....
Mais, taire les bénédictions du pauvre, les bénédictions des femmes qui ont mission de secourir
les plus hideuses misères...., en vérité, ce serait
comme un vol! comme un vol d'objets sacrés,
et je ne veux pas m'en rendre coupable; il faut
rendre à chacun ce qui lui revient, alors même
que c'est à un adversaire que revient la bénédiction...... Un autre nom était répété là avec gratitude, c'est celui de M. Gervais, directeur de
l'hospice.

La Repasserie.

Au-dessous du promenoir des *malades d'esprit*, se trouve la *repasserie*. Là, nous avons vu
de jeunes et fraîches filles, calmes, sereines,
dans une atmosphère bien chaude, occupées à
repasser du linge bien propre et bien blanc.....
En travaillant, elles chantent quelquefois de

pieux cantiques , et ces voix douces et pures se
mêlent aux sons rauques , aux cris , aux rugis-
semens , aux éclàts de rires que font entendre
les fous et les folles qui s'agitent dans leurs
loges !

Pauvres jeunes filles....... , parmi ces malheureuses qui habitènt si près de vous, savez-vous
qu'il y en a plusieurs qui ont été aussi pures ,
aussi jolies que vous! Elles ont écouté de flat-
teuses paroles ; elles ont cru l'adroite séduction ;
elles ont souri au plaisir pendant bien peu de
jours ; elles ont chanté d'amoureuses chansons ,
elles ont été trompées , abandonnées......, et les
voilà tout près de vous ! les voilà riant leur
folie , et hurlant leur désespoir !

Oh! jeunes filles , restez pures et blanches
comme le linge de votre *repasserie*......, continuez , continuez à chanter vos cantiques !

La Salle de la Crèche.

Je n'avais fait qu'entrevoir et traverser rapidement le quartier des malades d'esprit, et mon
cœur était tout serré , tout oppressé de ce que
j'avais aperçù et entendu. Mes bonnes et aimables conductrices me menèrent, pour effacer les

impressions pénibles que je venais de recevoir,
à la salle de la crêche !

. Tout-à-l'heure, je ne trouvais qu'avec peine
des paroles pour peindre les horreurs de la
folie...... A présent, me voilà à la recherche de
mots suaves et doux, comme les objets que j'ai à
vous décrire !

Oh ! la salle de la crêche, c'est une mère qui
a dû l'inventer ! Toute la grâce, j'allais presque
dire toute la coquetterie de la femme se retrouve
dans cette *élégante salle !*

La salle de la crêche, c'est le bijou, la fleur de
l'Hospice-général ! La jeune femme du monde,
bien riche, bien heureuse, qui va devenir mère,
peut aller là pour apprendre tous les soins du
berceau. Quelle propreté, quelle douce chaleur !
Comme ces langes de flanelle, ces couches de
toile, ces brassières de laine, ces petits bonnets, ces couvertures, ces petits matelas sont
chauffés, pour que l'innocente petite créature
que la honte, le vice, ou la misère vont déposer au *tour* de l'hospice, retrouve tout de suite
cette chaleur dont elle a besoin, et que sa
mère ne lui donnera pas en la pressant contre
son sein, puisqu'elle a été contrainte à l'aban-
donner.

Malheureuse , sur la couche de ton déshon-
neur et de ton abandon, tu pleures peut-être
en te répétant : Mon enfant n'aura pas une mère
à le soigner.... Pauvre accouchée, tu te trompes,
les mères selon la grâce sont là...., ton nouveau-
né est déjà remis à leurs soins.... Si tu pouvais
te lever de la paille où tu es gisante , tu le ver-
rais couché endormi dans un de ces petits berceaux de fer, réchauffé , couvert par les couvertures si moelleuses et blanches , abrité par ces
jolis rideaux verts....

Autour de son cou, il a déjà le collier et la
plaque qui serviront à le faire reconnaître , si
ses parens viennent un jour le chercher......

Dans cette salle de la crêche , à chaque instant
on apporte de nouveaux hôtes ; nous en avons
vu qui n'étaient là que depuis deux heures.....
la veille, deux petites jumelles avaient été expo-
sées. La sœur de la salle de la crêche les avait
mises dans deux berceaux qui se touchaient.
Toutes les deux avaient eu le malheur de naître
dans la même heure ; toutes les deux sont devenues anges dans la même journée ; toutes les
deux sont mortes à quelques instans de distance.

La mère viendra peut-être, quand elle sera
relevée, parcourir la salle de la crêche , comme

indifférente et curieuse ; elle cherchera ses deux
jumelles.... Pauvre mère !   . . . .

. . . .

C'est une dame Quesnel qui a fait don de tous
ces rideaux d'alépine verte, pour les berceaux....
Au bout de la salle que nous venons d'essayer
de décrire, est une statue de la vierge mère avec
le petit enfant Jésus.... C'est bien là leur place !
Ces voix faibles qui sortent par instans des berceaux sont des prières qui disent : *Ayez pitié de
nous !* Et puisque la mère et le père ne sont pas
là, il faut bien que Dieu y soit !

A l'entrée de chacune de ces innocentes créatures à l'hospice, la sœur chargée de la surveillance
de la crêche met au cou du petit garçon arrivant
un collier vert avec une médaille de plomb portant le numéro sous lequel il a été inscrit ; il en
est de même pour les petites filles, seulement
leur collier est blanc.....

Toutes ces précautions, pour qu'un jour les
parens puissent reconnaître leurs enfans, me
firent souvenir du beau roman du chevalier de
Saint-Pons, par un jeune rouennais, M. Théodore Muret. La scène si dramatique où le fils et
la fille de Jean-Jacques Rousseau, au moment
de s'épouser, découvrent le secret de leur nais-

14

sance, me revenant en mémoire, je ne pus m'empêcher de frémir à l'idée que peut-être bien
des frères et des sœurs exposés dans les hôpitaux se sont aimés de cet amour-là !.....

Ce n'est qu'avec peine que l'on quitte la salle
de la crêche, car l'ame s'y console un peu en
voyant tant de doux soins maternels ! De cette
facilité que le vice et la misère ont *d'exposer*
leurs enfans, la débauche a deviné la charité et
semble s'être dit : Je ne la lasserai jamais.

Avant de quitter l'Hospice-général, nous visitâmes encore plusieurs parties de cet établissement aussi vaste qu'irrégulier.

La cuisine est tenue avec un soin et une propreté remarquables ; nous dirons d'elle ce que
nous avons dit de celle de l'Hôtel-Dieu : bien
des grands et somptueux châteaux envieraient
ses énormes fourneaux, ses tables en bois
blanc, sans souillures de sang ou de graisse,
et ses brocs, ses chaudrons et ses marmites
de cuivre, si bien fourbis qu'on croirait de la
vaisselle d'or !

Dans cette cuisine, nous avons vu ce que
nous savions depuis long-tems, c'est que rien
n'est si indulgent pour les autres que ceux qui
sont sévères pour eux-mêmes.... C'était un jour

de jeûne, que celui de notre visite, aussi le
dîner des sœurs se ressentait bien de l'absti-
nence commandée ; mais pour les élèves chirurgiens et médecins *qui pouvaient être malades*,
de bons poulets rôtis attendaient, chaudement
gardés dans des étuves.

Tout à côté, se voit le réfectoire des sœurs.
C'est là que le soir elles se retrouvent toutes
réunies ; pendant le jour, chacune d'elles a
été occupée à surveiller la misère, la souffrance
et la douleur confiées à ses soins.... Une même
pensée a sans doute animé toutes ces pieuses
femmes pendant la journée : *le service.de Dieu
et des pauvres!* Mais elles étaient isolées, et ça
leur est une grande joie, quand est venu le soir,
de se réunir toutes à la table du souper ! Après
la lecture qui se fait pendant le repas, une demi-
heure de conversation leur est accordée. — « Oh !
me disait la doyenne de la communauté, âgée
de plus de quatre-vingts ans, quand vient le
moment de parler, nous nous dédommageons
bien du silence de la journée ; nous nous con-
tons les nouvelles de la ville. Tenez, voici des
lettres de part que l'on nous envoie. On se
marie donc encore dans le monde? »

Puis voyant que je regardais les portraits qui

décorent les murs du réfectoire, elle ajouta :
« Voici une de nos premières bienfaitrices et
supérieures, mademoiselle La Coudray Pellerin..... Les autres tableaux représentent quatre
belles jeunes demoiselles nobles, qui un jour
formèrent entr'elles une belle et sainte résolution, celle de se retirer de la société, où elles
trouvaient bien des hommages, et de venir se
renfermer ici pour soigner les vieillards et les
pauvres. »

La Sœur poète.

Notre visite à l'hospice avait duré plusieurs
heures, et le soir amenait maintenant les ombres
dans les longues salles des vieux hommes et
des vieilles femmes, des paralytiques et des
petits enfans....... Dans une grande galerie,
qui alors était vide de ses hôtes, nous trouvâmes une sœur toute seule, et qui mettait en
ordre quelques effets appartenant aux vieillards qu'elle était chargée de veiller et de
soigner.

En approchant de cette sœur, madame la
supérieure me dit : « Vous voyez bien la sœur
***, c'est la joie de la maison ; c'est elle qui,

le soir, quand nos travaux sont suspendus, à
l'heure de la récréation, nous délasse en chantant quelques nouveaux cantiques ; car, voyez-
vous, Messieurs, la sœur *** est poëte et musi-
cienne, et à la fin du jour elle nous chante ce
qu'elle a composé pendant la journée, pendant
qu'elle soigne les vieux pauvres qu'elle est chargée de tenir propres ! » J'avoue que je trouvais
quelque chose de si céleste dans cette occupation de la sœur inspirée : louer Dieu en secourant
la vieillesse ! que je n'aurais jamais osé demander
à entendre ses saintes compositions, je me trouvais trop profane ! Mais madame la supérieure
et madame De F..... prièrent la sœur de nous
redire quelques uns de ses cantiques..... Oh !
vous avez bien vu la fausse modestie du monde
qui fait des semblans de timidité, et qui par
orgueil veut qu'on la prie long-tems ! La résistance de la pieuse gardienne des vieillards ne
ressemblait point à cela, c'était de bonne foi
qu'elle croyait que des gens de la société riraient
et se moqueraient de ses vers.... Aussi, pendant
quelque tems, elle ne voulut pas céder aux
instances qu'on lui faisait, il lui fallut quasi un
ordre de ses supérieures.

Enfin dans cette grande salle des vieillards,

dans la demi-obscurité que le soir y avait faite,
au milieu du profond silence qui y régnait, cette
voix pure comme celle des anges, cette voix qui
ne loue que Dieu, chanta !

Oh ! mon cœur a souvent battu avec délices en
entendant redire les vers sacrés d'Esther ; mon
ame s'est souvent élevée avec les méditations et
les harmonies de Lamartine ; j'ai souvent été
ému des poësies de mesdames Tastu, Valmore
et De Corday; mais ces poësies du monde avaient
quelque chose du monde, tandis qu'ici ces
chants composés pour le ciel n'avaient rien que
de céleste !

La pensée du cantique que nous eûmes le
bonheur d'entendre était la félicité que l'on
goûte à faire la volonté de Dieu.

TOUJOURS ! TOUJOURS !

Ce refrain, nous le répétâmes d'abord à mi-
voix, nous qui entourions le poëte.... Puis quelques vieillards, que nous n'avions pas vus assis
près de leurs lits, mêlèrent leurs voix cassées et
chevrotantes aux nôtres et répétèrent aussi :

TOUJOURS ! TOUJOURS !

Il y a des choses si pures que l'on craindrait

de les ternir si on les louait avec des compli-
mens. Aussi je n'en fis pas à la pieuse et modeste
sœur. Mais si elle avait pu regarder dans mes
yeux, elle y aurait vu des larmes d'émotion.....
Maintenant, les lampes qui doivent brûler, la
nuit, dans les longs dortoirs s'allument ; car
tous ces vieux hommes qui ne peuvent plus se
servir, toutes ces femmes paralytiques incapables de se remuer, tous ces petits enfans qui ont
besoin d'être bercés, tous ces pauvres qui n'ont
pas un toit à eux pour les abriter, vont être
veillés pendant la nuit comme s'ils étaient riches.
A la moindre plainte de cet homme cassé de
vieillesse, de cette femme paralysée, une sœur
et un prêtre vont se trouver debout près de leurs
lits, comme deux anges envoyés de Dieu pour
les soigner et les consoler........ Il était tems de
partir après avoir admiré l'ordre et la propreté
qui règnent dans la lingerie, confiée aux soins
de madame De F..... ; après nous être bien con-
vaincus que c'est une belle et bonne charité que
de donner du linge aux hôpitaux et d'augmen-
ter ainsi la garde-robe du pauvre et du malade :
après avoir vu dans tous ses détails ce grand
vestiaire de la misère et de la souffrance, nous
prîmes congé de madame la supérieure et de

la sœur, qui avaient bien voulu nous montrer
tous les trésors de la maison....., trésors semblables à ceux que saint Laurent fit voir à je
ne sais plus quel persécuteur des chrétiens, qui,
ayant sommé le saint diacre de lui livrer les richesses de son église, le lendemain trouva rassemblés, autour de l'autel, les pauvres, les malades, les infirmes, les aveugles, les femmes,
les orphelins, les vieillards, que saint Laurent
lui montra, disant : *Voici les trésors de Jésus-
Christ!*

Sermon de charité.

Nous avons vu la chapelle de l'Hospice-
général quelquefois bien remplie de beau
monde. C'est alors que la religion y vient chaque
année plaider la cause des pauvres dans un sermon de charité; alors dans les tribunes, dans
les chapelles, dans la nef, il y a comme deux
nations différentes : là les heureux, ici les infortunés dont on vient, en passant, visiter la demeure. Ceux qui viennent du monde s'étonnent
de voir tout ce peuple de vieux hommes et de
vieilles femmes, de petits garçons et de petites
filles, d'idiots et de scrofuleux ! Dans leur froid

égoïsme, ils n'avaient pas rêvé tant de misères,
tant de souffrances !

Et, de leur côté, les hôtes de l'hospice regardent, avec de grands yeux ébahis, ces beaux
messieurs et ces belles dames, et se mettent à
les envier...... Oh! sans doute, comme tout est
relatif ici bas, il y a bien quelque chose à envier
à ces privilégiés de la fortune;, mais, pauvres
infortunés, ne vous désespérez pas trop, ne criez
pas trop haut contre l'inégalité des parts, contre
l'injustice de la providence !...... tout n'est pas
à envier sous cet air d'aisance et de bonheur !
Là aussi des plaies, là des soucis, des inquiétudes que dans votre pauvreté vous ne connaissez pas !.... Oh! toutes les douleurs ne sont
pas à l'hôpital !

Le docteur Blanche est chirurgien en chef de
l'Hospice-général : les docteurs Couronné et
Parchappe lui sont adjoints.

Les noms des fondateurs et bienfaiteurs de
l'Hospice-général sont ceux de Claude Grou-
lard, premier président au parlement de Rouen
et ami de Henri IV : et de Damiens, conseiller au
même parlement de Rouen, qui quitta son hôtel
pour venir s'établir au milieu des pauvres, voir
de près leurs besoins et administrer leurs deniers.

Mœurs du Parlement.

C'est peut-être ici le cas de parler de ce vieux et noble parlement de la province, de ce corps choisi, si grave, si digne et si respecté!

.Corps à part, qui avait des mœurs à part, plus pures, plus chrétiennes que les .autres.classes, et que l'on reconnaissait à un degré de vertu qu'ailleurs on.atteignait rarement.

Compagnie illustre, haut placée dans l'opinion du peuple qui se levait alors pour voir passer ses magistrats!

Aujourd'hui nous parlons beaucoup *progrès* et *perfectibilité*...... trouvez-vous que dans la société actuelle rien ait remplacé les vieux magistrats d'autrefois? ces hommes bien plus distingués des autres hommes par la pureté et la gravité de leur vie que par leur longues robes rouges fourrées et herminées! Alors des premiers présidens, des présidens, des conseillers, c'étaient gens à saluer profondément; car ils le méritaient; leur aspect seul inspirait le respect; dans leur maintien, leur air, leurs habitudes, rien de vif, rien de léger : tout est compassé, sérieux et noble.

Le carrosse, couleur foncée, d'un magistrat
ne roulait jamais que lentement.... En ville, un
premier président n'allait qu'au pas.... Les équipages brillans et plus lestes appartenaient à la
noblesse d'épée.

Chez un magistrat, les meubles, les tentures,
l'argenterie, la vaisselle se ressentaient d'une
espèce d'immobilité..... Là surtout, on tenait à
conserver ce qui venait de ses devanciers; là,
peu de changemens, peu de progrès de luxe ;
comme on savait que son père avait été estimé,
vénéré, on ne désirait pas mieux ; on ne visait
qu'à *continuer* le prédécesseur, et comme, pour
prouver qu'il vivait encore, on ne voulait rien
changer de ce qui lui avait appartenu.

Dans ces tems-là, avec ces mœurs-là, vous le
voyez bien, la magistrature était vraiment un
autre sacerdoce ; aussi que de bons exemples,
que de bienfaits en découlaient!!!

Faut-il regretter ces juges d'autrefois? moi,
je pense que oui, mais d'autres penseront le contraire ; car ces magistrats allaient dévotement
entendre des messes rouges du Saint-Esprit,
et siégeaient au-dessous de l'image du Christ !
Pauvres hommes, pauvres cerveaux rétrécis
qui croyaient qu'il fallait invoquer les lumières

d'en haut avant d'aller juger les hommes, et qui avaient placé au-dessus de la barre du jugement un signe de pardon et d'espérance !

Un orateur a dit autrefois après une bataille où la Grèce avait perdu une grande partie de sa brillante jeunesse : *L'année a perdu son printems !* Moi, je dis : *Rouen, en perdant son parlement, a perdu sa principale illustration.*

Les vieilles familles de robe allaient à merveille dans ces vieux hôtels de l'antique cité ; avec l'élégance moderne, ces demeures retirées et éloignées de toute agitation sont en désaccord ; tandis qu'avec les mœurs magistrales d'autrefois, elles sont en parfaite harmonie.

Origine du Parlement de Normandie.

A un corps aussi utile, aussi noble que le parlement, comme on le pense bien, il fallait une illustre et antique origine. Aussi c'est à Rollon lui-même que Farin la fait remonter.

« Ce grand homme, dit l'historien normand, qui n'ignoroit rien, voulut encore mieux affermir son état ; c'est pourquoi il établit ou plutôt il continua la justice qu'il nomma *échiquier,* et ordonna le grand *sénéchal* pour corriger les

sentences des vicomtes et des baillis, pour visiter la province et pour juger toutes les causes
provisoires, en attendant la séance de *l'échiquier*
qui se tenoit en tel tems et en tel lieu qu'il
plaisoit au prince. Cet échiquier étant à propre-
ment parler une assemblée de tous les notables
de la province, ou un parlement ambulatoire
qui se tenoit deux fois par an, à sçavoir : au
commencement du printemps et à l'entrée de
l'automne, à chacun trois mois ; tantôt à Rouen
puis à Caën et quelquefois à Falaise, où les
plus grandes causes et les appellations des premiers juges se décidoient.

» *L'échiquier*, ajoute Farin, étoit ainsi nommé parce que *peut-être* que l'ordre et la séance
d'un grand nombre de personnes de diverses
conditions et de diverses parures avoient quelque rapport à la figure d'un *échiquier*, ou parce
qu'au *jeu d'échecs on mate sa partie.*

» Quelques uns se persuadent que le mot
d'échiquier est allemand, comme les noms de
maréchal et de *sénéchal* qui viennent du mot de
scelzen, c'est-à-dire, *envoyer,* comme étant la
compagnie qui le composoit, *envoyée* par les
provinces pour juger en dernier ressort.

» Quelle qu'ait été l'étymologie du nom *d'échi-*

quier, pareille cour de justice devoit imposer aux populations un grand respect et comme une espèce de culte, car ce n'étoient, siégeant à cette assemblée, que les hommes les plus vénérés, les plus écoutés d'alors :

L'archevêque de Rouen,

L'évêque de Lisieux,

L'évêque de Bayeux,

L'évêque de Séez,

L'évêque d'Avranches,

L'évêque de Coutances,

L'évêque d'Évreux,

L'abbé du Mont-Saint-Michel,

L'abbé de Saint-Oüen de Rouen,

L'abbé du Bec-Helloüin,

L'abbé de Jumiéges,

Le doyen de Rouen,

Le doyen de Lisieux,

L'abbé de Sainte-Catherine de Rouen,

L'abbé de Bonport,

Le prieur des Deux-Amans,

Le prieur de Saint-Lô de Rouen,

Le prieur du Mont-aux-Malades,

L'abbé de Fécamp,

L'abbé de Saint-Wandrille,

Etc., etc., etc.

» Et auprès de tous ces prélats et abbés à mitres, à croix et à crosses d'or, de ces hommes vêtus ou de chapes de pourpre et de soie, ou de robes claustrales, voyez ces comtes, ces vicomtes, ces barons reluisant de fer et le héaume en tête; énumérez, si vous pouvez, tous ces beaux fleurons de la couronne de Normandie :

Le comte de Harcourt,

Le vicomte de Roncheville,

Le baron ou vidame d'Esneval,

Le baron du Bec-Thomas,

Le baron d'Acquigny,

Le baron de Beaufou et de Beuvron,

Le comte d'Eu,

Le comte de Tancarville,

Le comte d'Aumale,

Le comte de Longueville,

Le baron d'Estoutteville,

Le baron de Grâville,

Le vicomte de Blosseville,

Le baron du Bec-Crespin,

Le baron de Courcy,

Le baron de Saint-Paër,

Roncherolles, baron d'Hugueville,

Le baron de Creully,

Le vicomte de Saint-Sauveur et de Nehou,

Le baron d'Orglande,

Le vicomte de Fauquernon,

Le baron de Mauny,

Le comte de Maulevrier,

Le baron de Tournebec,

Le baron de Thorigny,

Le baron de Briquebec,

Le baron de la Luthumière,

Le baron de Ferrières,

Le baron de Laigle,

Etc., etc., etc.

Tous ces hauts et puissans seigneurs, chevaliers et bannerets, mêlés aux splendeurs, aux vertus, aux sciences, aux saintetés du sanctuaire, devaient exercer une grande et salutaire puissance sur le peuple qui les voyait, après avoir invoqué les lumières du Dieu qui juge les juges, s'asseoir pour entendre leurs plaintes, leurs griefs, et rendre bonne et loyale justice!... C'étaient là de grandes assises!

« En l'année 1469, lors de l'échiquier qui fut tenu alors, et présidé par Antoine Crespin, archevêque de Narbonne, messire Louis De Luxembourg, comte de Saint-Pol, connetable de France et lieutenant-général du roy en Normandie, vint et fut assis auprès de l'archevesque en un siége de même hauteur ; lequel connétable a représenté à cet échiquier, en la présence des ecclesiastiques, des nobles, des officiers et autres du peuple present, les lettres du roy, contenant que le duc de Berry son frere lui avoit rendu la Normandie et qu'au lieu il lui avoit baillé la Guyenne ; et que son amé frere lui avoit renvoyé l'anneau dont on disoit qu'il avoit espousé la Normandie, et lequel lui avoit été baillé publiquement à Rouen, lorsqu'il y fit son entrée. « Et afin, dit-il à haute voix, que le peuple de » Rouen sçache que notre frere a renoncé à ce » duché de Normandie, nous vous envoyons » l'anneau, que vous ferez rompre publiquement » en l'échiquier afin que cela soit notoire. »

» Et publiquement en cet échiquier fut représenté l'anneau qui fut rompu devant le sieur connetable, en deux pieces, lesquelles lui furent rendues. »

Vous le voyez, dans les siècles passés, il y avait, dans les actes publics, bien moins de sécheresse qu'aujourd'hui. Cet anneau brisé dit quelque chose ; ce que vous faites aujourd'hui est aussi muet que froid.

Voulez-vous une noble foule? regardez dans les vieux livres, l'échiquier de 1485.

15

« Là le roy Charles **VIII** tient son lit de justice
assis haut en sa chaire, monsieur le duc d'Or-
leans à son côté droit, aux siéges des laïcs
monsieur De Bourbon, connétable de France,
monsieur le chancelier, le duc de Lorraine et
les princes du sang, le comte de Richemont,
le comte de Vendôme, le seigneur de Bresse,
le comte Albert, le prince d'Orange, l'archevêque de Rouen, l'évêque de Saint-Brieuc,
l'évêque de Saint-Malo, l'évêque de Dol, *tous
debvant comparence,* et le baron de Rieux, le
baron de Guemené, le baron de Derval..... Et
devant si haute, si illustre assemblée s'est pré-
senté maistre Étienne Tuvache [1], chancelier et
chanoine en l'église de Rouen, lequel a demandé
à user du privilége de la fierte de monseigneur
saint Romain, en l'élection du prisonnier. Et,
à cette fin, que toutes les prisons fussent fer-
mées : ce qui lui a été accordé. Jean Gouël,
avocat du roy, a fait harangue et remercié Sa
Majesté de la confirmation qu'elle avoit faite des
priviléges de Normandie, et monsieur le chancelier a dit que le roy les conserveroit toujours. »

Quand je me figure assemblée si illustre, dans

---

[1] Cette famille de Tuvache existe encore à Rouen.

ma pensée je vois comme une grande marque-
terie de magnificences et de splendeurs, — couronnes royales et ducales, — mitres d'archevêques et évêques, — manteaux de comtes et de
barons, — pourpre et damas, — velours et bure,
or, argent et acier, — armures et frocs, — tout
cela serré, pressé, rapproché dans les grandes
salles de nos palais; alors je conçois le mot
d'*échiquier* [1].

Vrais échiquiers de grandeurs, diversifiés de
couleurs et d'états, comme le sont de blanc et
de noir ces planchettes marquetées sur lesquelles se rangent rois et reines d'ébène et
d'ivoire, avec leurs chevaliers, leurs tours, leurs
soldats et leurs fous !

L'homme qui écrit ainsi que je le fais n'est
pas plus maître de sa plume qu'un *flâneur* ne
l'est de son tems et de ses pas..... En partant, je
m'étais promis de faire le tour de la ville, décrivant de mon mieux les édifices et les monumens qui sont pour ainsi dire les joyaux et les
perles de sa ceinture..... Dans mon plan (si j'en

---

[1] Une autre explication du mot *échiquier* est celle-ci : chaque
année les hauts dignitaires des ducs de Normandie s'assemblaient
pour examiner et régler les comptes de la province, et la table à
laquelle ils venaient s'asseoir pour ce travail était recouverte d'un
grand tapis à compartimens, à caissons de divers couleurs.

ai un) je voulais garder le *palais de justice* pour
le moment où je serais arrivé au cœur de la
vieille cité ; mais voyez comme j'y ai été entraîné
malgré moi : — en nommant les fondateurs de
l'Hospice-général, il m'a fallu écrire les noms
d'un premier président et d'un conseiller au
parlement de Normandie ; — dès-lors j'ai pensé à
leurs mœurs chrétiennes et graves ; — ces mœurs
m'ont mené à leurs hôtels, — et de ces hôtels,
me voilà maintenant à leur palais de justice. J'y
reste donc.

Palais de Justice.

Disons-le tout d'abord, le voyageur parcour-
rait long-tems la France avant de trouver à la
justice si noble demeure que celle que lui ont
élevée les habitans de Rouen..... Il y a vraiment
dans cet édifice comme une révélation du caractère normand. L'observateur qui lit dans les
monumens d'un peuple comme dans un livre,
ne pourrait-il pas voir dans *ce palais,* qui a été
bâti par Angot avec amour et affection, le goût
de procès, la passion de plaider que l'on attribue à la Normandie? J'entends répéter tous les
jours : Oh! l'on pourra découvrir dans la suite

des âges quel a été le goût dominant des Parisiens au XIXe. siècle. En voyant que le plus beau
monument qu'ils aient bâti est *la Bourse*, on
sera fondé à dire : Les Parisiens n'aimaient rien
autant que l'argent, c'était leur Dieu, ils lui ont
élevé un temple. Eh bien! avec cette manière
de juger, je le demande encore, n'aura-t-on pas
le droit de supposer, en admirant *le palais de
justice* de la capitale de Normandie, que les
Normands aiment plaidoieries et procès? Quoi
qu'il en soit, ils ont toujours (la chose est avé-
rée) construit et dédié à leurs magistrats un
merveilleux palais..... Voilà quatre ans que mes
nouveaux destins m'attachent à Rouen ; bien
souvent, dès qu'un instant de loisir me vient,
ma femme et mes enfans me poussent dehors
pour m'éloigner de ma table de travail..... Eh
bien! je suis encore comme aux premiers jours
de mon arrivée dans la cité normande ; je vais
me planter en face des riches et magnifiques
murailles du palais, et là, chaque fois, je découvre quelque nouvelle beauté. Oh! oûi vraiment, on a travaillé à tout ceci avec prédilection et complaisance. Dites, avez-vous jamais
vu la pierre se prêter à tant de gracieux caprices?
l'avez-vous jamais rencontrée si malléable qu'ici?

Quel luxe d'ornemens, de broderies! C'est le ciseau qui a fait toutes ces choses; et, dans toutes ces choses, il y a tant de délicatesse et de fini, qu'on les dirait ouvrées ou par l'aiguille d'une femme, ou par le pinceau d'un peintre hollandais!

La façade de ce beau monument a plus de deux cents pieds de déploiement et regarde le midi; à l'une de ses extrémités se rattache l'aile de la salle des procureurs, une des plus vastes, je crois, qui soit au monde, et dont la voûte hardie commande l'admiration. Aujourd'hui, ce long et large *parlouër* de la nation à robes noires, à rabats et à toques, a perdu les statues qui décoraient jadis les niches ornant ses murs; les niches sont vides, mais la salle ne l'est pas; les statues ont passé, les plaideurs restent.

Cette salle, que l'on dit bâtie sur le modèle de celle de Westminster, a 160 pieds de long et 50 de large : on y montait jadis par trois escaliers différens; il n'en reste qu'un; selon nous, il est mal placé, il coupe la salle en deux, et détruit ainsi, pour la personne qui y arrive, le grandiose de sa longueur. On commença à construire ce rare édifice (dit Farin), aux dépens de la ville, l'an 1493, pour servir de salle com-

mune aux marchands, pour empescher l'impiété
de plusieurs personnes qui s'assembloient le
plus souvent dans l'église de Nostre-Dame pour
parler de leurs affaires.

Voici la teneur de l'ordonnance du bailli de
Rouen, intervenue pour ce sujet:

« Collard de Mouy, chevalier, sieur et baron
du lieu, châtelain de Bellencombre, chambellan
du roy et son bailli à Rouen, etc., etc., comme
de tous temps, par faute de bon ordre et
police, plusieurs des états de la ville de Rouen,
et ceux du pays de Normandie et autres nations,
venant en la dite ville pour leurs affaires, ayant
coutume de s'assembler en l'église de Nostre-
Dame, même aux jours des dimanches et des
fêtes, contre l'honneur de Dieu, notre créateur, et de sa très-glorieuse et sacrée mère,
etc...... , après plusieurs assemblées de la ville,
afin de pourvoir à ces désordres, et délibération
sur ce fait, de bâtir en la place du Marché-Neuf
un grand corps de logis, pour y recevoir les
gens de tous les états de la dite ville et autres
lieux qui voudroient y faire leurs assemblées et
traiter de leurs affaires, nous avons, en suivant
leurs avis, ordonné, etc. »

Ce passage révèle sans doute une chose

affligeante : c'est qu'en 1493 MM. les industriels de Rouen avaient peu de piété et profa-
naient le saint lieu ; mais auprès de la peine
que l'on éprouve de ces profanations, il y a une
consolation , c'est de voir en quels termes religieux l'autorité d'alors réprimait ces désordres.

Alors on n'avait pas encore dit *que la loi
était athée et devait l'être.*

Le siècle actuel a encore montré sa lésinerie
dans les rampes des degrés qui ont été placées
à droite et à gauche de l'escalier qui conduit à la
salle des procureurs, à l'ancien *parlouër des
bourgeois.* Ces rampes sont en fonte de fer, peintes
couleur de pierre ; rien de plus dur, de plus sec
à l'œil que ces balustrades.

Autrefois cette cour, qui s'étend en face du
palais, entre ses deux ailes disparates, était
enfermée de murs épais et crénelés ; aujour-
d'hui ce n'est plus qu'une grille en fer, portée
par des clochetons s'élevant de distance en
distance, qui sépare la cour de la rue. On dit
que ce changement a détruit le caractère grave
du palais. C'est peut-être vrai ; mais pour le
coup, je n'ai pas le courage de blâmer l'architecte qui a eu cette pensée. Certes, ce n'est bien
à un homme d'arracher le voile d'une femme ;

mais si la femme dévoilée est belle, on se console un peu et l'on réprimande moins fort l'homme discourtois.

Quand vous êtes en face du corps principal du bâtiment, qu'en tournant le dos à la grille de fer vous regardez l'immense luxe d'ornemens, de ciselures, de broderies, de niches de statues, de dais, de pinacles, d'arcs-boutans à jour supportant les hautes croisées aiguës; quand votre œil remonte, en suivant le toit couronné de sa longue dentelle, sur le fond bleu du ciel; quand vous cherchez à nombrer les merveilles de cette reine des tourelles qui saille dans la cour, vous vous égarez de surprise devant tant de richesses, et vous dites : Que nous sommes pauvres aujourd'hui !

Ce qui a encore une grande renommée au palais de justice, c'est sa *grande salle;* elle l'a, je suppose, mieux méritée qu'à présent. A mes yeux, elle manque de hauteur; son magnifique plafond, en bois de chêne sculpté, et devenu, par le tems, semblable à l'ébène, me semble peser sur la tête. J'attribue cela à l'exhaussement du plancher; pour quelque convenance bien vulgaire, on l'aura élevé, et ainsi, on aura détruit les proportions premières de cette belle

salle, dont les murs, jadis vêtus de tapisseries
à fleurs-de-lys d'or, n'ont aujourd'hui, pour
cacher leur nudité, qu'un pauvre badigeon café-
au-lait.

C'est là la magnificence de l'époque!

Millin, dans ses *Antiquités nationales*, parle
d'une antique cheminée qui se trouvait dans la
chambre du conseil, et d'un tableau curieux devant lequel on faisait prêter serment aux témoins.
Tout cela a disparu. Je ne sais ce que représentait ce tableau, que Th. Licquet ne décrit pas dans
son livre sur Rouen. Peut-être était-ce la punition d'un juge parjure ou d'un faux témoin. Avec
nos mœurs actuelles, on a bien fait de mettre ce
tableau à l'écart ou au feu. A quoi bon gêner
par des peintures, par des leçons muettes, les
inconstances des hommes? S'ils croient pouvoir
barioler leurs consciences de quinze à vingt
sermens divers, pourquoi leur prêcher le respect à la foi jurée? Non, non, plus de ces signes
extérieurs, plus de tableaux, plus d'évangile,
plus de crucifix dans le mobilier de la justice;
tout au plus, au-dessus du banc des juges, un
buste *du roi du moment;* et encore, qu'il ne soit
pas rivé sur la console qui le porte, pour qu'on
puisse le remplacer facilement, comme une

fidélité par une autre fidélité, comme un serment par un autre serment, quand vient un changement politique.

En parlant de l'ancienne magistrature, nous disions, il n'y a pas long-tems, que ses habitudes graves faisaient qu'un magistrat d'autrefois *ne marchait jamais que lentement.* Oh! que de nos jours nous en avons vu *courir vîte* au devant des nouveaux pouvoirs, et se faire, malgré leurs longues robes, légers et rapides dans le chemin des infidélités!

J'ai la prétention d'avoir vu le palais de justice de Rouen comme il faut le voir : avec les émotions du lieu. Deux fois, j'ai assisté, dans sa grande salle, aux jugemens de mon fils.

Deux fois, il y a confessé, devant le peuple, sa croyance royaliste, son dévoûment à Henri V.

Deux fois, les éloquentes voix de Berryer et de Hennequin se sont élevées pour lui, sous ce beau plafond doré.

Deux fois, de ce tribunal, siégeant sous le buste de plâtre de Louis-Philippe d'Orléans, fils de Philippe Egalité, sont tombées sur mon fils Edouard Walsh, directeur-gérant de la *Gazette de Normandie,* comme de nouveaux titres

d'honneur pour notre famille, deux condam-
nations à l'emprisonnement.

Là, un magistrat, un président des assises,
M. Fercoq a dit contre lui cette parole qu'il faut
conserver pour donner une juste idée de la
justice du tems : *Rappelez-vous, MM. les jurés,
que ce n'est pas un homme que vous avez à juger, c'est un système !*

Là encore, pour la même noble cause que
mon fils, j'ai vu comparaître d'autres royalistes,
d'honorables amis, MM. De Lanterie, Jacques
De Fitzjames, Pointel et Théodore De Corneille.

Oh ! oui, je puis parler du palais de *justice* de
Rouen, — les émotions ne m'y ont pas manqué,
mon cœur y a battu d'orgueil !   .   .   .   .

.   .   .   .

Comme tant de pensées m'ont éloigné de l'itiné-
raire que je m'étais tracé ! Du tribunal, je pourrais, sans transition forcée, passer à la prison,
à Bicêtre ; mais, non, je la garde pour un peu
plus tard, et je reviens aux boulevards, à l'endroit où ils aboutissent, à l'entrée du Champ-de-
Mars et de la vieille rue Martainville.

Champ-de-Mars.

Cette grande place, ou plutôt ce grand espace

vide, appelé le *Champ-de-Mars*, était anciennement connu sous le nom du *Pré-aux-Loups*.
Cette appellation dit que cet endroit était, il y
a bien long-tems, un lieu tout inculte et tout
sauvage, tout hérissé d'arbres, de halliers et
d'épines; aujourd'hui, le sol en est nivelé et
aplani, car c'est là que, depuis notre première
révolution de 1789; les bourgeois de Rouen
viennent quatre ou cinq fois par an jouer au
soldat et se *faire passer en revue.*

Ce Champ-de-Mars est encore destiné aux
réjouissances publiques; c'est le rendez-vous
des différens enthousiasmes qui se succèdent si
rapidement en France. Ici, il y a eu de l'enthousiasme pour Louis XVI, pour la république,
pour l'empire, pour la restauration, pour
Louis XVIII, pour le retour de l'île d'Elbe,
pour le retour de Gand, pour la naissance de
monseigneur le duc de Bordeaux, pour madame la Dauphine, pour madame la duchesse
de Berri, pour Charles X, pour Louis-Philippe, pour Marie-Amélie et pour madame
Adélaïde d'Orléans; revienne Henri V, et il y
en aura pour lui.

En vérité, c'est chose à ôter toute considération pour l'espèce humaine, que semblable

versatilité, que pareille inconstance politique, et dans les nations graves, on a raison de dire ce proverbe fait pour nous : *En France les girouettes épuiseront le vent* [1]. -

En l'année 1776, dans l'assemblée générale des échevins et des quatre-vingt-quatre du conseil, M. le maire de Rouen démontra que le corps de caserne établi au grenier-à-sel, ne comportait pas assez de logement pour les officiers et soldats qui composaient les deux bataillons en garnison en cette ville. On chercha donc un emplacement pour la construction d'une nouvelle caserne, et alors s'éleva celle que nous voyons aujourd'hui ; beau et vaste bâtiment où peuvent être logés six cents hommes. A ce même endroit où nos soldats, avec leurs vestes bleues et leurs pantalons garance, apprennent la marche militaire et le maniement des armes, il y avait une autre milice ; là vivaient, dans la prière et les bonnes œuvres : *les pères de la mort,* arrivés à Rouen, en 1624, pour confesser les pestiférés.

Il y avait dans la vie de ces *pères de la mort*

---

[1] Th. Licquet.

tant de généreux dévoûment, qu'elle tenta plusieurs habitans de la ville, entr'autres un jeune
homme très à la mode de son tems, Adrien De
Bretteville.

Parmi les plus riches, les plus heureux de
Rouen, on citait Adrien. Et lui, si aimé, si bien
vu de tous, ne put parvenir à se faire bien
voir, à se faire aimer d'une noble héritière, qui
lui préféra Jehan De Quevillon.

Or, entre Adrien De Bretteville et le jeune
Quevillon, il y avait déjà eu rivalité dans les
écoles ; ils avaient lutté ensemble de science et
de talens, et Bretteville avait été vaincu plus
tard. Tous deux avaient eu un même oncle qui
avait déshérité Adrien, à cause de ses prodiga-
lités, et qui avait enrichi les Quevillon au détri-
ment des Bretteville.

Tout cela ne cimentait pas beaucoup l'amitié
entr'eux : et plusieurs fois ils s'étaient donné
rendez-vous au Pré-aux-Loups, et y avaient
échangé des coups d'épée. Dans cette lutte de
fer, Adrien avait toujours été le moins heureux,
et restait le plus tenace dans sa haine. — Quand
il se vit préférer l'homme qui lui était en si
profonde malveillance, il ne se contint plus et
demanda un duel à outrance.... un duel jusqu'à

ce que mort s'ensuivìt. Cette nouvelle provoca‑
tion vint à Jehan De Quevillon alors qu'il était
dans toutes les joies d'un nouveau marié ;
dans toutes les ivresses de l'amour heureux !
Aussi, répondit-il à Adrien De Bretteville : .

« Messire , prenez patience ; vous engage ma
parole que serez satisfait dans deux mois ; mais
est juste que jouisse un peu de mon heur,
comme est juste à vous de m'en vouloir. A deux
mois donc *au Pré-aux-Loups.*

» JEHAN DE QUEVILLON. »

Oui, vraiment, les deux jeunes ennemis se ren‑
contrèrent avant la fin des deux mois , et voici
comment : La peste s'abattit sur Rouen, et tout‑
à-coup la ville pleura de toutes parts. Le quar‑
tier de Martainville surtout fournissait au fléau
de nombreuses victimes. La mort moissonnait si
fort, que les vivans manquaient aux mourans et
aux morts.... Dans tout Rouen , il ne restait plus
de bois de hêtre pour faire les cercueils ; dans
les cimetières ; plus de place pour les fossès ;
dans les églises ; presque plus de prêtres pour
prier...... Aussi la religion , dans cette grande
calamité , cria haut pour recruter du secours....
Charité et courage, voilà ce qu'elle répétait pour
engager à aller soigner les pestiférés... Adrien

De Bretteville entendit ces deux mots qui sonnent bien aux nobles cœurs. *Charité et courage*, dit-il ; et il se leva de chez lui, traversa la ville et alla à la maison des *Pères de la Mort*; et se jetant aux pieds du père supérieur, prononça ces mots : « Mon père, voici un frère lai de plus pour soigner les mourans et enterrer les morts. Agréez-moi, je vous en prie, au nom du Père, du Fils et du Saint-Esprit. »

« Ainsi soit-il, répondit le saint religieux ; soyez des nôtres. » Et, dès cet instant, Adrien quitta les habits du siècle et prit ceux de la maison. En pareil tems, les noviciats sont courts, mais rudes ; et ceux qui ont du zèle ne manquent d'occasions pour le montrer.... Aussi, échut-il au nouveau *frère de la mort* prompte et grande besogne....

Un matin, le supérieur lui dit : « La peste, qui, jusqu'à ce jour, ne s'était déclarée en la paroisse de Saint-Patrice, y est apparue cette nuit. Frère Adrien, il y a deux malades en l'hôtel près l'église ; allez-y, et que Dieu soit avec vous. »

Or, à cet hôtel, désigné dans la rue Saint-Patrice, savez-vous qui demeurait?

C'était Jehan De Quevillon....., et il n'y était

16

pas seul......., sa belle et jeune épouse, la femme
qui n'avait pas voulu de l'amour d'Adrien, y était
aussi. Cette pensée-là était sur le cœur du *frère*
de la mort, et un instant il resta immobile.

Ce que voyant, le supérieur ajouta tout de
suite ; « Eh! bien, frère Adrien, vous hésitez !
Voulez-vous qu'envoie un autre, mieux aguerri
que vous ?

— » Oh! ne me faites semblable injure ; vais
courir où vous m'ordonnez, révérend père. »

Et comme il avait promis, il alla ; et pendant
qu'il cheminait à travers la dolente cité, il ne
voyait que portes de maisons closes, et sur le
seuil extérieur les cadavres jaunes tachetés de noir
qui attendaient que le charretier des morts
passât pour les enlever et porter au cimetière....
Après bien d'attristans spectacles, frère Adrien
parvint à la rue Saint-Patrice.... Ce n'est besoin
de vous répéter comme son cœur battait en
approchant de l'hôtel de Jehan De Quevillon ;
il allait voir, il allait secourir son heureux rival.
L'homme de sa haine allait devenir l'objet de
ses soins !...... Peu de mois passés , il lui avait
écrit pour lui dire : Il me faut votre vie ; et maintenant il viente xposer sa propre vie, à lui, pour
sauver de la contagion l'ennemi qui lui a été

préféré...... Oh!. sans doute cette pensée de se
trouver en face de Jehan l'agite; mais il y en a
une autre qui l'émoie davantage, c'est celle de
voir la femme qu'il a aimée et dont il a été dédai-
gné. Semblables idées, direz-vous, ne devaient
exister sous la robe noire du *frère de la mort*....
A cela, répondrai que le froc n'a pouvoir
d'étouffer tout de suite flamme qui brûle au cœur
de l'homme.... faut le tems, le jeûne et la prière
pour vaincre la passion.......

La porte de l'hôtel des sires De Quevillon était
marquée de la croix fatale, de la croix qui disait
au passant : Marche vîte, la peste est ici.

« De par Jésus notre sauveur! ouvrez, ouvrez
au *frère de la mort!* cria Adrien. Et ce ne fut
pas sans se faire attendre qu'un serviteur vint
tirer les verroux et ouvrir la petite porte du
logis.

—« Que la bénédiction du Seigneur soit ici,
dit le religieux.

— » Et sur celui qui vient nous secourir,
répondit le valet

— » Combien de malades avez-vous?

— » Hier nous en avions un, notre seigneur
et maître......

— » Et aujourd'hui ?

— » Une de plus....... notre belle et jeune maîtresse, dame De Quevillon.

— » Que le Seigneur guérisse ceux qui souffrent.... Menez-moi vers elle.... vers votre maître aussi.

— ». Ah! maintenant ne sont point séparés ; en attendant même tombe, ils ont même chambre.

— » Allons...... conduisez-moi. »

Et après ces paroles, ils montent tous deux l'escalier en spirale qui mène à l'appartement des malades.... Pour y arriver, il fallait traverser le grand salon. Sur la cheminée, dans de beaux vases de Saxe, se voyaient des fleurs qui se mouraient aussi, car on ne leur donnait plus d'eau ; dans les bras dorés des trumeaux, dans les girandoles et les lustres restaient encore des chandelles de cire que l'on avait allumées pour les jours de fêtes.... et les mauvais jours étaient arrivés avant qu'elles ne fussent brûlées !.....

Nous avons tous entendu parler souvent du bonheur que les êtres qui s'aiment trouvent à mourir ensemble..... ; et parmi nous y en a-t-il un seul qui, dans ses rêves, n'ait dit : Je voudrais partir de ce monde le même jour que ceux que je chéris ?..... Eh! bien, lorsque la peste règne quelque part, le cœur se flétrit comme le reste ; les pensées généreuses (hors dans quelques ames chrétiennes) meurent avant notre corps.... Alors l'égoïsme s'empare de nous. La mère ne pleure plus auprès de son enfant mort, et le frère regarde d'un œil sans larmes le cadavre fraternel....

C'était comme cela chez le sire De Quevillon... De cet amour, naguère tout heureux, tout couronné de roses, il ne restait plus rien..... Ici, le mari ; là, l'épouse, se plaignant comme deux étrangers et ne pouvant mutuellement s'entr'aider.... Vous le voyez bien, la mort n'est pas ce qu'il y a de plus triste ; ce sont ces choses-là. En les voyant de si près, celui qui avait quitté le monde pour se vouer au service de Dieu et des pestiférés sentait comme une consolation.... en pensant que ces amours que les hommes appellent *invincibles*, *éternels*, sont moins forts qu'une maladie.... La charité dure plus que cela.

La dame De Quevillon avait des yeux sans regards, des paroles sans suite, quand le *frère de la mort*, se penchant sur elle, lui parla de Dieu.... Pendant quelque tems elle ne le comprit pas.... Alors, il lui mit sur la poitrine une relique de la vraie croix qu'il avait apportée, et

soudain la chrétienne mourante sortit de son
délire...., la raison, les souvenirs lui revinrent....
Elle pria avec le religieux agenouillé près d'elle,
et ayant reconnu sous la robe du religieux le sire
De Bretteville, elle lui dit : « Vous avois refusé
ma main en ce monde, et venez me bailler la
vôtre pour m'aider à passer en paradis et soigner
mes douleurs ; merci, merci.... », puis, quelque
tems après, doucement trépassa.

La vie fut plus tenace au cœur de Jehan De
Quevillon.... Dans les momens de vertige qui
lui venaient, il parlait beaucoup, et, dans ses
incohérentes paroles, le *frère de la mort* l'entendait souvent répéter le mot de Pré-aux-
Loups ! Pré-aux-Loups !

— « Calmez votre esprit, mon frère, disait
alors Bretteville ; calmez votre esprit, et rame-
nez-le vers Dieu !

— » Avant tout, faut aller au rendez-vous,
j'ai engagé mon honneur ; puis reviendrai céans,
et lors vous écouterai, saint homme..... Mais à
présent, faites-moi porter au Pré-aux-Loups.
Le sire De Bretteville, qui se dit par moi offensé,
m'y attend.

— » Non, non, sire De Quevillon, il ne vous
y attend plus.

— » Qu'en savez-vous ?

— » Il n'est plus de ce monde.

— » Il est mort ?

— » Non. Il apprend à mourir ; il s'est dévoué au service de Dieu et des pestiférés.

— » Où est-il, à présent ?

— » Tout près de vous, oh! mon frère! C'est lui qui soigne vos douleurs..... »

A ces mots, le pestiféré fixa ses grands yeux ternes sur le *frère de la mort,* et fut pendant quelques instans comme s'il avait cherché à éloigner avec sa main un brouillard existant entre lui et le sieur De Bretteville...., et puis, tout-à-coup, il s'écria d'une voix forte : « Oui! oui! c'est bien Jehan De Bretteville! Et que veut-il ici ?

— » Vous donner des soins, et tâcher de vous sauver.

— » Pour l'autre monde!.... car pour celui-ci, c'est passé, et ça été bien court.

— » Là haut, les années sont éternelles.

— » Pour les mériter, faut avoir été meilleur que moi.

— » Pour les mériter, ne faut que du repentir.

— » L'ai, de vous avoir méconnu, sire De Bretteville.

— » Oh! ce n'est envers moi, mon frère! c'est envers Dieu.

— » Eh! bien, l'ai aussi envers le Seigneur.

. . . .

Ce furent là les dernières paroles du gentil-homme rouennais...... Et le *frère de la mort* retourna le lendemain vers le père supérieur, lui apprendre que deux chrétiens de plus venaient de mourir.

..Dans l'ancien couvent des *Frères de la Mort* est établie aujourd'hui la filature de M. Levavasseur. Ce n'est qu'en l'année 1701 qu'on a commencé à filer le coton à Rouen. Dès avant la révolution de 1789 on comptait 89,000 personnes occupées à la filature et au tissage de cette bourre venue de l'Inde et de l'Amérique.

Mont-Gargan.

Tout à côté et un peu au-dessus du Champ-de-Mars, un jardin entouré de murailles s'étend en montant sur la base du Mont-Sainte-Cathe-rine. Ce petit parc, appartenant à M............; a servi, il y a quelques mois, à une fête républi-caine. Ce n'est pas l'éclat de cette fête qui m'en fait parler. Oh! non, rien de moins brillant que

ce banquet.....; la seule chose qui y ait été
remarquable, et que je veux constater, c'est l'ingratitude..... Cëlui que l'on fêtait là était *un faiseur de roi;* c'était sa main, accoutumée à compter
des trésors, sa main qui avait soldé la grande
semaine, qui avait mis sur la tête de Louis-
Philippe d'Orléans la couronne de France......
Et pas encore quatre ans depuis cë couronne-
ment n'étaient écoulés, que les gens du roi de
M. Laffitte, préfet, généraux et maire, ont
craint de recevoir en leurs hôtels l'homme qui a
le plus puissamment aidé à faire la révolution
de juillet, et que la révolution de juillet et son
ingratitude incarnée ont ruiné.

Cependant, il y a des gens qui assurent que
la ville de Rouen est dévouée à Louis-Philippe.
S'il en est ainsi, si l'on est tout de feu pour le
fils d'Égalité, comment est-on tout de glace
pour l'homme qui l'a porté au trône?.... et comment dans la grande cité une salle municipale
n'a-t-elle pas été offerte pour le banquet des
patriotes ? Il faut trancher le mot : le chef a
été ingrat ; les inféodés le sont aussi, c'est dans
l'ordre.....

Les courtisans d'Alexandre-le-Grand, pour
imiter leur maître, n'affectaient qu'une légère

infirmité , le cou un peu de travers.... Les courtisans d'aujourd'hui ont dépassé les flagorneurs
macédoniens d'autrefois ; ils affectent le plus
bas des vices.... l'ingratitude !... Vous le voyez
bien , il y a progrès.

Il y a un autre souvenir attaché au Mont-
Gargan ; c'est celui de bonne chère et d'ivrogne-
rie : en 1720 , ce jardin était le rendez – vous
des *viveurs* du tems , et là on gardait de singuliers registres, de singuliers statuts qui consta-
taient des réglemens et des hauts faits de table.

L'église de Saint-Paul.

Elle est bien neuve , bien propre , bien blanche , cette nouvelle église. En vérité, on la
dirait bâtie exprès pour prouver que l'on a perdu
la tradition de ce genre d'édifices , et que nos
architectes n'y comprennent plus rien. .

Que là où manquent les beaux modèles on
en soit venu à ne plus savoir ce que c'est qu'une
maison de prière , je le conçois ; mais à Rouen,
à Rouen la ville des églises ! bâtir quelque chose
de semblable à *Saint-Paul* , cela ne s'explique
pas... , ou plutôt cela s'explique par ce seul mot:
RABAIS.... Quand les merveilles que nous admi-

rons sortaient de terre et levaient leurs sublimes
tours vers le ciel, pour y porter les prières des
hommes...., les édifices construits par les villes,
par les communautés, par les évêques, par les
princes, par les rois, par les empereurs et les
papes, n'étaient point mis AU RABAIS. Alors on
ne lésinait ni avec Dieu, ni avec la postérité...,
et à Rouen, plus qu'ailleurs, on peut juger que
ces vieilles idées étaient fécondes et laissaient
des prodiges sur le pays où elles avaient eu cours.

Toute pauvre de conception que soit la nouvelle église de Saint-Paul, elle produit un bon
effet sous les grands arbres du *Cours-Dauphin*.
Elle est là comme une sentinelle chrétienne à
l'entrée de la ville, au-dessous des roches blanches du mont ébréché de Sainte-Catherine, et
au-dessus des eaux bleuâtres de la Seine.

Il y a bien des siècles que cet emplacement
avait été jugé digne d'un monument; car ce
qu'il y a de plus vieux à Rouen est la vieille
église dont une partie se voit encore attenant au
bâtiment si blanc, et si coquet qui porte le nom
de Saint-Paul. Ce qui reste de cette construction
antique est tout-à-fait digne d'être visité. Tous
les caractères d'une haute vétusté s'y trouvent,
et ses trois absides semi-circulaires sont aussi

remarquables que rares ; les petites fenêtres sont
à plein cintre, et tout à l'entour de l'édifice,
sur chaque médaillon de la corniche, est sculptée une tête bizarre ou d'homme ou de monstre...
Aujourd'hui, que tout le monde porte *moustaches*,
on peut aller aux ruines que nous citons pour en
prouver la haute antiquité ; la plupart des têtes
dont nous venons de parler en ont d'énormes,
d'aussi épaisses, d'aussi fournies que celles qui
accompagnent de nos jours les visages de nos
jeunes hommes, tant de l'armée que de la robe,
tant du magasin que du château.

A l'intérieur du vieux Saint-Paul, une arcade
semi-circulaire séparait le sanctuaire de la nef ;
là se voyaient des chapiteaux chargés de curieuses sculptures, malheureusement en grande
partie mutilés. Là *Revue de Rouen* nous a donné
un dessin d'un de ces chapiteaux, barbare sculpture de l'adoration des mages. Ce dessin est
attaché à un excellent article sur l'église de
Saint-Paul, par M. André Pottier.

Nous nous rappelons que, le jour où nous
visitâmes et l'église neuve et les restes moussus
de l'antique édifice, le sacristain avait grand
mépris pour ces derniers. Ce ne fut que par
complaisance qu'il nous fit voir *ces vieilleries* ; il

aurait bien mieux aimé qu'on eût fait bâtir une
sacristie neuve, et *que pendant qu'on y était, on
eût jeté à bas ce qui restait du temple païen !*

M. Cotman, dans ses *Architectural antiquities
of Normandy*, s'est trompé en appliquant à
Saint-Paul un passage de Taillepied qui se rapporte à un autre édifice. L'écrivain normand dit
en effet : « Là dedans, la ieunesse à bride auallée
souloit se souiller et polluer par orde luxure et
paillardise abominable, ne ayant égard qu'auprès de ce lieu il y auoit un repaire de malins esprits qui faisoient sortir une fumée toute puante
et infecte que la mortalité s'ensuiuait par après. »

« Ce passage, ajoute l'auteur de la notice
historique sur Rouen, se rapporte à un temple
de Vénus détruit par saint Romain, et situé
au nord de la ville, *juxta urbem ab aquilone*,
dit la légende. Or, Saint-Paul est au sud-est, et
quelques autres en font un temple d'Adonis. »

Aujourd'hui, et depuis bien des siècles, toutes
ces horribles souillures ont disparu ; et, soit
que Vénus ou Adonis aient été vénérés en ces
lieux, ils sont sous l'invocation et le patronage
d'un des plus nobles et des plus beaux caractères que le christianisme ait jamais développés.
Saint-Paul est un de ces génies que le tems ne

fait que grandir, et la religion ne se serait pas
chargée de perpétuer sa mémoire, que nous
croyons que les hommes s'en souviendraient
encore.

Mont-Sainte-Catherine.

Le besoin de respirer un air plus vif et plus
pur que celui de la ville, le désir de s'élever
au-dessus de la fumée de dix-sept mille maisons,
a semé de pavillons de plaisance toutes les
hauteurs qui abritent Rouen : le Mont-aux-
Malades, le Mont-Saint-Aignan, le coteau de
Canteleu, celui du Bois-Guillaume montrent, dans
la verdure qui les couronne, de blanches habitations d'été. Le Mont-Sainte-Catherine seul
n'a point laissé couronner sa tête, elle est encore chauve et nue. Seulement on voit s'élever,
du milieu de l'herbe rase qui y pousse, trois
débris de murailles restes de l'ancien fort ; rien
ne les entoure, on dirait trois vieillards qui
ont voulu demeurer à l'écart pour mieux garder
le souvenir des tems passés.

Pour se rendre sur la cime solitaire du Mont-
Sainte-Catherine, je ne conseillerai point au
promeneur de suivre le chemin que j'ai pris

pour y monter. L'escalade est trop à pic et le
raidillon trop raide pour que j'enseigne ce sen-
tier à mon prochain. La jolie route à prendre
est de suivre pendant quelque tems la petite rivière d'Aubette et d'arriver à travers toutes les
usines et leur animation à la solitude et au
silence du haut lieu... Oh! quand vous serez là,
vous ne regretterez pas la peine que vous aurez
prise : *quelle grande page,* pour parler le langage des peintres, *quelle grande page* vous avez
alors sous les yeux! Pour intéresser les regards,
rien ne manque; Dieu et les hommes vous ex-
posent là leurs ouvrages. Ce beau fleuve avec
toutes ses îles et ses mille navires; cette plaine
de Quevilly avec ses champs cultivés; cette ville
avec tous ses toits, ses cloclers, ses tours et
ses hautes cheminées de fabriques semblables à
des colonnes; cet horizon lointain avec ses coteaux couronnés de forêts; cette vallée de
Darnétal avec son mouvement d'industrie, la
beauté de ses ombrages et sa grande tour de Car-
ville, séparée de son église; et puis la côte de
Saint-Hilaire, et puis celle des Sapins, et puis
le Cimetière monumental qui apparaît dans le
vaste paysage, comme la mort dans la vie!

Voilà certes de quoi admirer.... Mais un moment, détournez vos yeux éblouis, de tant de variété, de tant de magnificence, ne regardez que le planitre de la montagne et vous serez encore bien aise d'y être parvenu.

Des solitaires, des saints, des guerriers, des rois, se sont arrêtés là où vous êtes maintenant. Les solitaires et les saints regardaient la cité au-dessous d'eux, pour plaindre les hommes qui se donnent tant de mouvement avant de mourir ! les rois et les grands capitaines regardaient la cité pour étudier son côté faible et pour y pénétrer malgré ses remparts et ses lances. Les uns avaient des pensées de paix, les autres des pensées de guerre !

Après leurs conquêtes, les hommes de bataille ont eu de beaux sépulcres de marbre.

Après leur vie de prière, les hommes de religion ont eu de modestes tombes sous les galeries du cloître. Eh bien ! les uns et les autres ont été spoliés de leurs sépultures. Henri IV a été enlevé de son cercueil de plomb ; et les cendres des solitaires de *l'abbaye de Saint-Michel, de la Sainte-Trinité-du-Mont et de Sainte-Catherine,* où sont-elles ?

Les hommes se disent souvent : Tout nous échappe en cette vie, il n'en sera pas de même

après notre mort ; alors rien ne nous dépossé-
dera de nos tombeaux ! .. Illusion que cette
pensée là !.. Voyez le tems: dans ses révolutions,
il chasse les trépassés de leurs sépulcres, comme
les vivans de leurs héritages !

Le pieux Gosselin, vicomte de Rouen, sieur
d'Arques et de Dieppe, et premier conseiller
de Richard III, duc de Normandie, ne pou-
vait-il espérer dormir à jamais à côté d'Aimeline,
sa noble et chaste épouse, sous les voûtes de cette
église qu'il avait fait bâtir et dédiée à la Sainte-
Trinité, à l'emplacement même où le vieil oratoire de Saint-Michel-du-Mont avait long-tems
subsisté? Cette sépulture était assez sainte, assez
magnifique pour durer à toujours, et maintenant cherchez-en une pierre, vous ne la trouverez pas...

Cette église, dont il ne reste plus le moindre
vestige, a été belle et renommée, « bâtie en
forme de croix, élevée sur de bons fondemens
et construite à l'antique comme l'abbaye de
Saint-Georges-de-Boscherville, ayant les
voûtes basses, les fenestres estroites et les murailles d'une épaisseur extraordinaire. Elle estoit
au-dedans enrichie de plusieurs peintures et
avoit une tour quarrée de pierre de taille, où les

17

cloches, qui estoient d'une grosseur convenable,
rendoient une mélodie qui charmoit les oreilles... » « J'ai vu, ajoute Farin, une partie de ce
que j'escris, parce que la dernière démolition
n'a eu lieu que l'an 1630, auquel tems on fit servir les pierres en partie pour construire une chapelle de *Sainte-Catherine* proche l'église de
Notre-Dame-de-Bonsecours. »

« L'an 1310, un seigneur de marque, Enguerrand De Marigny, fit faire à ses dépens les degrez de pierre par lesquels on monte au Mont-
Sainte - Cathèrine , anciennement nommé *la
Sainte-Sion ,* mais ces degrez estans croulez les
vns sur les autres , ils furent réparez l'an 1466
par un autre seigneur d'Esternay. »

« L'an 1552 , il arriva que quelques méchants
sacriléges scièrent par le pied une croix de bois
qui estoit sur la plaine du Mont-de-Sainte-
Catherine et proche de l'abbaye , c'est ce qui
obligea le cardinal Charles de Bourbon, archevesque de Rouen , d'ordonner une procession
générale qu'il fit marcher jusques au mesme lieu,
où une autre croix fut plantée en la mesme place
de celle qui avoit été abattue , l'histoire marque
que plus de cinquante mille personnes assisterent
à cette devote ceremonie. »

Je le crois bien ; autrefois c'était un événement, un sinistre événement, que *l'abattis
d'une croix*. C'était dire ; voilà que des hommes
déclarent la guerre au ciel!..... Gare à cette guerre,
elle sera funeste !..... Aujourd'hui sous le règne
de Louis-Philippe d'Orléans, nous avons vu
une croix abattue en face du Louvre, une autre
renversée de dessus Sainte-Geneviève, et plusieurs encore dans les cimetières... Et les ministres du jour ne s'en sont pas le moindrement
émus, n'ont pas tant seulement donné un ordre pour punir les profanateurs.

Il y a des familles qui toutes entières semblent
appartenir au ciel, ainsi fut celle de Gosselin;
pendant que lui, aidé de deux saints religieux
arrivant du Mont-Sinaï, bâtissait son monastère sur la montagne voisine de Rouen, et qu'un
de ces moines de l'Orient lui disait : *Messire,
mettez, mettez des pierres sur des pierres pour
élever le temple du seigneur, chacune de ces pierres
vous servira de degré pour monter au ciel;* sa
pieuse épouse Aimeline fondait, elle, dans
l'intérieur de la ville, l'abbaye de Saint-Amand,
où Béatrix, sa fille, prenait aussi le voile, pour
vivre sous les yeux de Dieu et de sa mère.

Les deux religieux venus de la Palestine avaient donné au sire Gosselin une relique de sainte Catherine ; elle fût richement enchâssée dans l'or et les pierreries et attira à la nouvelle église une immense foule de fidèles. La dévotion à la sainte devint si grande que la montagne a fini par prendre le nom de Sainte-Catherine.

Le conseiller du duc de Normandie, Gosselin, vicomte de Rouen, sieur de Dieppe, d'Arques et autres lieux, avait bien des liens dorés pour l'attacher au monde ; il les brisa tous et quitta ses habits de soie pour prendre le froc de bure dans l'abbaye qu'il avait dédiée à la très-sainte Trinité.

Ce fut Isambert, premier abbé de la nouvelle maison, qui lui remit l'habit des religieux : il ne vécut pas long-tems et trépassa bientôt dans le seigneur, en l'année 1030.

Sa sainte compagne Aimeline ne resta que peu de jours après lui sur la terre ; fondatrice de l'abbaye de Saint-Amand, elle aussi s'envola vers le ciel, et ses restes furent déposés auprès du corps de son époux dans l'église de la *Trinité-du-Mont*.

Voici la naïve et singulière épitaphe qui fut gravée sur leur tombe.

« Sous ce tombeau gisent deux corps ensemble
Unis en vie et que la mort assemble.
Après honneurs en biens mondains passez
Gardant amour tant vifs que trépassez :
L'ün pour mary Gosselin le vicomte
Se fait nommer, dont l'histoire raconte
Que d'Arques fut seigneur et des Dieppois.
Premier autheur des mesures et poids
Selon raison en ce pays normand.
» Ce corps qui gist près son côté, dormant,
C'est Aimeline, épouse sans diffame
Dudit seigneur, sage et notable femme,
Lesquels ont eu si parfaite amitié
Qu'il n'y eut onq entr'éux inimitié;
En leur vivant eurent trois beaux enfants
Bien eslevez et saintement vivants.
L'vn dit Guillaûme et Hugues et leur sœur
Qui nom avait Beatrix, j'en suis seur.
Ce bon seigneur désirant vie austère
Fit et fonda ce noble monastere,
Où tost après fut fait religieux,
Sous Isambert, abbé devotieux :
La bonne dame en son cœur Dieu aimant
Avoit fondé à Rouën Saint-Amand,
Nonains léans avec sa fille unique
Pour prier Dieu qui tous biens communique.
Lors Robert, fils du grand Richard-le-Sage,
En Normandie avoit place et passage ;
Et qu'en ce temps, on comptoit *mille et trente*

Ledit seigneur dota de biens et rente
Ce monastère appelé Trinité ;
Priant mon Dieu rempli de piété,
Par son amour et sa grande clémence
Leur doint ès liens si bonne récompense
Que l'un et l'autre en son royaume hérite
Comme bienfait avant mort le merite. »

Voici des vers moins anciens , mais que
j'aime mieux, et que le Mont-Sainte-Catherine
a inspirés à un de mes collaborateurs de la
Revue de Rouen.   .   .   :   .   .   .   .   .

.   .   .   .

(1) Ton œil d'aigle au soleil demande un peu de joie ,
Regarde, regarde là-bas !

Quelle ville à nous se révèle
Dans la brume que chasse l'air ?
Est-ce une VENISE nouvelle ,
Sortant tout-à-coup de la mer ?
Est-ce une grande capitale ?
Est-ce une ville orientale
Avec ses minarets luisans ?
Est-ce quelque ombre fantastique ,
Fantôme d'une ville antique
Morte depuis quatre cents ans ?

---

(1) Livraison d'avril, tome premier : l'Ermite de Sainte-Catherine au solitaire de Lormont. Par M. Ch. R.

Non , c'est ma patrie adoptive,
Trésor de restes précieux ;
Vivante , industrieuse, active ;
Gaie avec un front soucieux.
C'est Rouen toute dépouillée
De sa robe froide et mouillée,
Qui sourit aux feux du printems ;
Rouen qui s'éveille aux murmures
De ses bruyantes filatures
Et de ses cent mille habitans.

C'est Rouen qui là-bas s'incline ,
Et, par de tortueux sentiers,
Des bords du fleuve à la colline
Étend ses gothiques quartiers ;
Le soleil sur ses toits ruisselle ;
La rosée humide étincelle
Aux angles des pignons fumeux ;
Surgissans, magiques et sombres,
Ses monumens jettent leurs ombres
Sur des maisons vieilles comme eux.

C'est le dôme où la neuvième heure
Fait gémir la cloche d'argent,
Et l'hospice, riche demeure
Qui ne s'ouvre qu'à l'indigent.
Et Saint-Ouen , merveille immortelle,
A la couronne de dentelle,
Aux purs et gracieux contours ;
Et Notre-Dame, masse informe
Qui semble un éléphant énorme
Chargé de trois énormes tours.

Féodale ou religieuse,
L'antiquité, pompeux décor,
Sur la ville prestigieuse
Partout se dresse et plane encor.
Ta muse aime le voisinage
De ces témoins du moyen-âge,
Édifiés pour l'avenir :
Là, dans le passé tu peux vivre,
Chaque monument est un livre,
Chaque pierre est un souvenir.

Mais, hélas! près de disparaître,
Bien des églises que tu vois
Ont un sanctuaire sans prêtre,
Et portent un clocher sans voix.
Vengeance barbare et fatale !
Du temple, où le veau d'or s'installe,
Par les marchands Dieu fut chassé : ·
L'art en deuil a vu le manœuvre
Souiller de plâtre des chefs-d'œuvre,
Des chefs-d'œuvre du tems passé !

Au milieu de ses frais parterres,
ROUEN s'offre à l'œil étonné,
Comme un vieillard aux traits austères
De fleurs nouvelles couronné.
Des ormes aux têtes chenues
Bordent ses longues avenues
Qui rayonnent de toutes parts ;
Un épais boulevard l'enlace,

Ceinture verte qui remplace
Son noir ceinturon de remparts,

La seine passe large et fière,
Suivant la chaîne des côteaux,
Sous son bizarre pont de pierre
Et sous son vieux pont de bateaux.
Archipel de rians asiles,
Près des peupliers de ses îles,
Les voiles croisent la vapeur;
Et le matelot qui dérive
Admire un long quai sur sa rive,
Rideau magnifique et trompeur!

Si je savais faire des vers comme ceux que je
viens de citer, avant de redescendre des hauteurs inspirantes du Mont-Sainte-Catherine, je
voudrais évoquer tous les grands capitaines,
tous les rois dont les chaussures de fer ont foulé
cette herbe que moi, pauvre inconnu, suis venu
fouler à mon tour!

Fort Sainte-Catherine.

Religion et chevalerie avaient deux grandes
marques qu'elles enfonçaient avant dans les

terres qui leur avaient été soumises : la religion
ses églises, la chevalerie ses châteaux forts.

Le Mont-Sainte-Catherine a porté sur sa cime
ces deux illustrations..... Où vous voyez ces débris de murailles, c'était la forteresse ; cette profondeur creusée à l'entour, c'étaient les fossés....
Aujourd'hui, un enfant arrive tout en jouant
sur ce petit plateau plus élevé que le reste du
planitre, et autrefois, les plus forts, les plus
intrépides mouraient souvent avant d'y pouvoir
parvenir, car c'était là la redoutable esplanade,
le cœur de la place ceint d'épaisses murailles
et tout hérissé de lances.

Dans ce fort, à l'entour de ce fort se sont
agités tour-à-tour avec l'épée au poing et le
héaume en tête :

Philippe-Auguste, roi de France,

Henri V d'Angleterre, avec Talbot et Sommerset,

Charles VII, avec La Hire, Xaintrailles et
Dunois,

Le prince de Condé avec ses calvinistes,

Charles IX avec sa mère,

Mayenne avec ses ligueurs,

Henri IV avec Biron, Rosny, et son bon droit.

Lorsque Charles VII se présenta devant
Rouen, la ville gémissait sous le joug des Anglais, et n'attendait qu'une occasion favorable
pour reconnaître son roi légitime, venu à elle
pour mettre un terme aux maux de l'usurpation.

En ce tems-là, les habitans du pays de sapience savaient qu'il n'y a de prospérité et de
bonheur qu'avec les souverains légitimes, et
obéir à des ordres anglais leur était insuppor-
table..... Aussi ce ne furent point les habitans
de Rouen qui montèrent sur les murailles pour
repousser les assiégés. Eh! bien loin de là, il
n'y avait pas une famille, un foyer où l'on ne fît
des vœux pour le *jeune vrai roi.*

L'histoire de Rouen raconte ainsi quelques
circonstances du siége :

« Il y avoit trente ans que la ville de Rouen
souffroit l'injuste domination de l'usurpateur
anglois qui occupoit non seulement la Normandie, mais aussi plusieurs villes des autres
contrées de la France, lorsque Charles VII,
voulant rabattre l'orgueil de ses ennemis jurez,
qui lui faisoient tous les jours de nouvelles
insultes, leva une puissante armée pour les
chasser de son royaume.

» Le Pont-de-l'Arche, Mantes, Vernon, Verneuil, Louviers, et plusieurs autres petites villes s'étant rendues au roy, au seul aspect de ses armes, ce prince s'achemina vers Rouen, par le Pont-de-l'Arche, où il reçut avis que les principaux habitans et tout le corps de la ville étoient résolus de lui obéir, et que l'on n'attendoit plus que sa venue.

» En conséquence, de cet avis, il envoya un héraut pour sommer la ville de se remettre sous son obéissance; les Anglois s'étant emparez des murailles, et en ayant chassez les habitans, lui firent bien vîte rebrousser chemin. Le duc de Sommerset, se confiant en la générosité de Talbot, son lieutenant, espéroit faire bonne résistance, mais les habitans désirant avec ardeur de retourner à *leur prince naturel*, se saisirent malgré eux de deux tours qui les rendirent maîtres d'un quartier de la ville. »

» Le roy fit aussitôt avancer ses soldats ; ils plantent des échelles pour escalader les murailles, et gagnent le rempart au nombre de quarante; Talbot y étant accouru avec trois cents Anglois, repousse les assiégeants et taille en pièces plusieurs des habitans qui s'y rencontrerent ; ce qui ayant soulevé et animé tous les autres, exhortés aussi par leur archevêque de se

reünir à la couronne de France, ils le deputerent
au roy pour le supplier de leur accorder une
amnistie générale, et aux Anglois une pleine
liberté de s'en retourner, et lui marquer qu'ils
offroient de lui obéir comme à leur prince légitime, qu'il eût à venir quand il lui plairoit,
qu'il trouveroit les portes de la ville ouvertes;
aussi bien que celles de leurs cœurs.

» Pendant ce tems-là, les habitans ayant fait
un généreux effort s'emparent enfin du rempart
et en chassent les Anglois, donnant lieu par ce
moyen à l'armée du roy d'entrer dans la ville.

» Le duc de Sommerset, qui s'étoit retiré au
château avec peu de monde et quelques officiers,
est obligé de capituler et, accompagné de Talbot,
de trouver le roy de France, qui étoit au fort
Sainte-Catherine, pour recevoir ses ordres et
la loi de sa main victorieuse, et tâcher cependant en même tems d'en tirer bonne composition. Mais le roy ne leur accorde un sauf-
conduit pour se retirer la vie sauve, qu'à condition qu'ils laisseroient les prisonniers et l'artillerie, qu'ils rendroient Arques, Caudebec,
Tancarville, Lillebonne, Honfleur, Montivil-
liers et Monstreville; qu'ils payeroient cinquante
mille écus d'or, et tout ce qu'ils devoient aux

bourgeois, et que pour assurance, il auroit Talbot avec cinq autres ôtages, tels que Sa Majesté les souhaiteroit.

» Le 10 novembre de la même année 1449, le roy entra dans Rouen , *où tout le monde pleuroit de joie de revoir son prince naturel, après une si longue servitude.* »

Oh, je conçois cette joie, en me souvenant de celle que j'ai vue, que j'ai éprouvée au retour des Bourbons en 1814 et en 1815!...... et je me persuade que souvent, pendant que Charles VII aura campé sur le Mont-Sainte-Catherine, quelques uns des fidèles Rouennais s'arrêtant sur les remparts , se seront demandé entr'eux, voyant des Français sur la hauteur voisine, *lequel est le roi?*

Et d'autres qui le connaissaient auront répondu : C'est celui-ci, celui le plus près de nous, celui qui a ce haut panache blanc sur son casque, celui qui a la meilleure grâce et le plus de majesté. . . . .

Parmi toutes les entrées solennelles de rois en leur bonne ville de Rouen, nulle ne dut être plus belle que celle de Charles VII , car jamais joie n'est si grande que lorsqu'elle s'élance du sein même de l'adversité. Ce roi, jeune , aimé,

béni, triomphant, avait été honni et par dérision
et moquerie appelé le *roi de Bourges*.

Après cela, écrivez donc : *Henri V est banni
de France à perpétuité.* Ah! croyez-moi, légers et
inconstans Français, rayez, rayez de votre
langue ce mot de *perpétuité*; avec votre caractère,
il fait rire. Perpétuité sur vos volontés, eh! mon
Dieu, c'est comme si l'on écrivait fixité, immobilité sur les flots de la mer...! Ainsi donc permis
à moi de penser qu'un jour on pourra voir sur ces
hauteurs, dont l'herbe a été foulée par Charles
VII et Henri IV, un autre prince proscrit....
Celui-ci viendrait sans appareil de guerre, sans
canons, sans soldats, et alors, dans la grande
cité, s'il y avait assurance que pas un intérêt ne
serait froissé, *que pas une pièce de calicot et de
rouennerie ne fût perdue, que pas une halle ne
fût moins bonne que la semaine d'auparavant*, il
y aurait joie et enthousiasme à l'entrée de ce
prince, comme jadis il y en a eu aux entrées
solennelles de Charles-le-Victorieux et de Henri-
le-Vert-Galant. . . . .

. . . .

Pour donner une juste idée de l'entrée de
Charles VII en la ville de Rouen, je ne puis

rien faire de mieux que de transcrire le passage
suivant de Monstrelet :

« Le xiij iour dudit mois d'octobre, les habi-
tants de la cité de Roüen pour la grande paour
et frayeur qu'ils auroient eu dudit assault,
doubtans que ladicte ville ne fût prinse en pareil
cas, et par ce moyen pilliée, désolée et des-
truicte, et aussi pour euiter l'effusion du sang
humain qui pourroit aduenir par icelle prinse,
s'assemblerent d'un accord auec l'archeuesque
dudit Rouen, lesquels estoient esmeuz et des-
plaisans de la mort d'aucuns de ladicte ville,
qui auoient été meurdris et tuez audit assault;
et s'ils eussent rencontré à icelle heure en la
commotion où ils étoient, le sire de Thallebot [1],
selon commun lengaige, ils l'eussent occis
comme il auoit fait aucuns de leurs parents : si
rencontrèrent le duc de Sombresset [2] et luy
dirent qu'il estoit très-expédient qu'ils eussent
traicté auec le roy de France, car autrement ils
estoient perdus et affamez; et qu'il y auoit six
sepmaines et plus qu'il n'estoit entré en ladicte

---

[1] Talbot.

[2] Sommerset.

ville bleds, bois, chair ni vin ; lesquelles paroles ne furent guères plaisantes audit duc. »

Charles VII se hâta de se rendre aux vœux de l'archevêque et des habitans de sa bonne ville de Rouen ; il y fit son entrée solennelle le 13 du mois d'octobre 1449, portant son pennon fleurdelisé et son étendard de Saint-Michel....

Saint-Michel revient souvent dans nos souvenirs de France....

Je ne puis résister au plaisir de citer quelques lignes de la description que Monstrelet fait de cette marche triomphale du vainqueur des Anglais.

Comment le roy de France entra à Rouën noblement accompaigné ; et comment il y fut sumptueusement receu : puis dit comment les Anglois meirent en la main et obéïssance du roy le château d'Aarques, Caudebec, Tanquaruille, Monstierville, etc.

Pendant lesdits appointemens faits entre les gens du roy et lesdits Anglois, solemnisa le roy la fête de la Toussaincts audit lieu de Sainte-Katherine, en grande ioye et liesse de ce qu'il veoit ainsi ses ennemis succombez, et tousiours

en remerciant Dieu de la bonne fortune qu'il luy
enuoyoit de iour en iour : lequel pour venir en
sa bone ville de Rouen après qu'en icelle fut
meis policé et gouuernement par ledit comte de
Dunois son lieutenant, se partit cedit lundi de
Sainte - Katherine , enuiron vne heure après
midy , accompaigné du roy de Cécille et d'autres
plusieurs grans seigneurs , tant de son sang
comme autres , et meit ses gens en moult belle
ordonnance , premierement estoient tous ses
archiers les premiers vêtus de iaquettes de couleur rouge, blanche et verte, semées d'orfauerie ; auec lesquels estoient les archiers du roy de
Cécille, du comte du Maine et plusieurs autres seigneurs iusques au nombre de six cents archiers
bien montez , tous ayant brigadines et iaquettes
dessus de plusieurs et diuerses façons, harnois
de iambes, espées , dagues et salades bien richement garnies d'argent. Pour gouuernement et
conduicte desquels furent commis et ordonnez
de par le roy, les seigneurs de Reuilly et de
Cleré , messire Théaulde de Vaulperge , et aucuns autres , qui tous auoient leurs cheuaux
couuerts de satin de diuerses manières et couleurs. Après lesquels archiers estoient les hé-
raux du roy de France, du roy de Cécille et autres

princes et seigneurs estant en la compagnie du
roy, tous vestus de leurs cottes d'armes, et auec
estoient plusieurs poursuiuans. Puis y estoient
eux les trompettes et clairons qui sonnoient si très-
fort, que c'estoit grande melodie et belle chose à
ouïr. Et estoient les trompettes du roy vestus de
vermeil et leurs mâches couuertes d'orfauerie.
En après estoit messire Guillaume Juvenal des
Ursins, chevalier seigneur de Trainel et chancelier de France, vestu en habits royaux, c'est à
sçavoir robe, manteau et chapperon d'escarlatte
fourrez de menu vair, et sur chacune de ses
épaules rubans d'or et trois pourfils de lettices :
devant lequel estoient deux varlets de pied qui
menoient vne hacquenée blanche par la bride,
couuerte de drap de veloux bleu, semé de fleurs
de lis d'or tissu, sur la couuerture duquel estoit
vn petit coffre couuert aussi de veloux bleu,
semé de fleurs de lis d'orfauerie, ouquels estoient
les grands sceaux du roy.

Or après estoit le roy armé de toutes pieces,
monté sur un coursier couuert jusqu'aux pieds
de drap de veloux azuré, semé de fleurs de lis
d'or de brodure, sur sa tête un chapeau de
bieure doublé de veloux vermeil, sur lequel
estoit au bout une houpe de fil d'or.... Après lui

estoient les paiges vestus de vermeil., leurs manches toutes couvertes d'orfauerie blanche....
Toutes les rues par où il passoit, couvertes à
ciel et garnies de peuple criant: *Noël!* pour son
joyeux advenement : par les quarrefours estoient
personnages, c'est à savoir en une place une
fontaine des armes de la ville, qui sont *agnus dei*,
jettant breuvages par ses cornets....

Henri IV.

Sur ce roc blanc et crayeux du Mont-Sainte-
Catherine, je me figure que le *Diable-à-Quatre*
aura plus d'une fois frappé du pied en voyant la
valeureuse résistance que lui opposaient les habitans de Rouen.... Souvent, je me le persuade ,
il se sera écrié : « *Ventre-saint-Gris!* les Rouennais sont de fameux catholiques ! » Et il ne se
trompait pas. Alors , le zèle religieux était ardent
parmi eux ; et l'on cite encore les noms des
Rouennais qui , sous les ordres de M. De Villars , se distinguèrent le plus dans la défense de
leur ville.

Ce n'est pas tout que de décrire les monumens
d'un pays , il faut en redire les beaux noms , et
parmi les beaux noms je range ceux des hommes

qui ont bien combattu pour leurs églises., leurs maisons et les tombes de leurs pères.

En tête de tous ceux que cite mon vieil historien, je vois le nom de M. De la Londe, *gentilhomme normand, distingué par l'ancienneté de sa noblesse et sa grande expérience dans l'art militaire;* Jacques De Beauquemare, sieur du Mesnil, commandant au Vieux-Palais ; Aymar De la Chatte, au fort Sainte-Catherine ; maître Charles Gueroult, notaire, et noble homme Michel De Bornes., secrétaire de MM. les cardinaux de Lorraine ; nobles hommes Guillaume De Paix-de-Cœur, sieur de Groffy, conseiller en la cour ; Jean Goullard, Jean Des Hays, Richard Des Arpens, Jean De la Ville, Guillaume De Saint-Pierre, Le Masson, Louis Marsolet, Gilles La Fontaine, Pierre Haron, Jean Tillard, Guillaume Le Febvre, Jean De la Faye, lieutenant criminel au bailliage et vicomté de Rouen ; Hector His., François Lefort, Mathieu Morel, Michel Ferry, Guillaume Valdory; Jean Dujardin, Pierre Bacheler, Jean Hervieu, Jean Gondard, Jean Laudasse, Robert De la Porte., Lazare Graffart, Estienne Le Portier, Estienne Lepetit, Estienne Guérin, Louis Fatin, Thomas Bellefin, Nicolas Dormenil., Jean Godefroy,

, Vincent Seminel , Antoine Moreau et Michel
Le Duc.

« Sur la fin du siége, dit Farin , on eut une
grande disette de foin et d'autre fourrage ; de
sorte qu'on fut contraint de mettre hors de la
ville cinq cents chevaux , et le menu forcé de
manger de la chair de cheval qu'on vendoit publiquement. Le bled fut vendu jusqu'à dix et douze
écus la mine, le méteil huit écus, le seigle six, et
l'orge cinq; le foin coûtoit six écus la quarre , qui
sont vingt-deux bottes; le pot de vin, qui ne va-
loit, pendant les quatre premiers mois du siége,
que dix et douze sols, fut vendu vingt-quatre sur
la fin ; le cidre dix sols, la bière double six blancs,
la simple seize deniers; un mouton coûtoit dix
écus , un veau autant , une vache trente-deux ,
une poule quarante sols, un œuf dix-huit deniers,
le beurre douze sols la livre , un coq d'Inde
sept livres , un pigeon quinze sols !

» Il y eut dans ce fameux siége, qui dura six
mois et quelques jours , une quantité de braves
gens du côté de la ville qui y perdirent la vie ,
d'autant qu'on fit presque tous les jours quelque
sortie sur les ennemis. Les plus considérables
furent un nommé De la Place, soldat, né de
Saint-Victor-en-Caux, qui se distingua par son

grand courage ; Louis Le Sénéchal, sieur de Chaumont, François Le Mire, le capitaine Laurier, le sieur Molard, le sieur Nourry, un nommé Moulineaux, natif de Rouen ; le sieur De Franqueville, le capitaine Du Jardin, le sieur Le Febure, le sieur Grosmenil, le sieur Colin, Paul De Moges, escuyer ; sieur Du Fessel, escuyer ; sieur Du Buron, qui fut tué le 26 janvier 1592, à l'âge de vingt-six ans ; le chevalier De Varneville, tué au fort Sainte-Catherine avec le chevalier Picard, inhumés tous les deux à l'abbaye ; le sieur De la Croix des Maresis, gentilhomme de la forêt de Lyons : le sieur De la Totée, natif de Beauvais ; le sieur De Courcy, gentilhomme normand ; Guillaume De Beauquemare, escuyer ; sieur De Branville, âgé de vingt-trois ans ; sieur De Bourdeny, et maître Martin Hebert, prêtre, curé de Saint-Patrice, homme courageux qui, en une seule sortie, tua de sa main jusqu'à dix-sept des ennemis [1]. »

Une ville défendue par des gens de cœur tels que ceux que nous venons de citer, tout en irritant l'impatience de Henri IV, devait lui donner grand désir de la compter pour sa cause. Aussi,

---

[1] (Extrait du journal de ce siége, imprimé à Rouen, chez Lallemant, en 1592.)

avant de s'en éloigner, un jour que, du haut
de la montagne, il observait les mouvemens
des assiégés et des assiégeans, il s'écria : *Nous
sommes ici les bras croisés, et là-bas on se tue.*
Et tout-à-coup il poussa vivement son cheval
par la pente nord-est de la côte, comme s'il eût
été en plaine, suivi seulement d'un gendarme et
d'Agrippa D'Aubigné. Tous trois, avec la rapi-
dité du torrent qui roule sur le flanc d'une montagne, arrivent à la petite rivière d'Aubette (probablement plus large et plus profonde qu'elle
n'est aujourd'hui). Les deux compagnons du roi
cherchaient un gué pour la traverser ; Henri dédaigne cette précaution, et s'élance de l'endroit
même où son cheval s'était arrêté..... Cet endroit
n'ayant qu'un fond de vase et de boue, le cheval
et le cavalier furent au moment d'y périr.... Quand
ils furent tous les trois de l'autre côté de la
rivière, Agrippa D'Aubigné voulut gronder son
royal ami ; mais celui-ci cria : « En avant ! en
avant ! » et bientôt arriva dans la vallée de Darnétal, où, après s'être encore distingué, il em-
pêcha les siens de continuer un combat devenu
trop inégal.....

Malgré tant d'énergie et de valeur, Henri ne
pouvant vaincre la résistance des habitans de

Rouen, leva le siége de leur ville, le 20 avril
1592.

En lisant tous ces rapides extraits de notre
histoire, vous voyez comme ce Mont-Sainte-
Catherine a jadis retenti du bruit des armes et
des paroles guerrières. Là, Rosny, Byron, le
vicomte de Turenne, Villars, Mayenne, De
Guise, D'Aubigné, Essex, ont déroulé tour-à-
tour leurs plans, leurs projets, leurs armées ;
là, le vent vif de la montagne a fait ondoyer
bien des panaches, agité bien de jeunes ou grises
chevelures, fait claquer bien des drapeaux. Aujourd'hui, la bise souffle toujours, mais elle ne
courbe plus que quelques brins d'herbe ; elle
ne fait plus voler que quelques grains de poussière....... poussière faite avec des débris d'abbayes, d'églises, de forteresses et d'ossemens
humains blanchis, desséchés et broyés par le
tems....

Depuis tout ce tumulte historique, depuis le
passage des moines et des chevaliers, le Mont-
Sainte-Catherine a fait silence, rien n'y bruït
plus, la foule n'y vient pas.... Plusieurs fois j'y
ai porté mes rêveries sans y être troublé par
aucun promeneur.... Quelquefois j'y ai rencontré des soldats isolés, sifflant des airs de leur

village , et pelant avec leur couteau de petites baguettes qu'ils avaient coupées dans les haies... Là , de dessus les hauteurs , ils regardaient la grande cité au-dessous d'eux , et regrettaient la campagne où ils avaient été laboureurs ; les tours de Notre-Dame et celle de Saint-Ouen sont belles sans doute , mais leur plaisent moins que le clocher de leur hameau natal.

Télégraphe.

Dernièrement, on a construit, sur le planitre du Mont-Sainte-Catherine , une petite tourelle en briques. Ce devait être une vigie de télégraphe de nuit. Pendant quelques semaines, nous avons vu ces machines mouvoir leurs feux sur le noir du ciel; et moi , *flaneur* , je prenais plaisir à regarder ces caractères lumineux , changeant, montant , descendant , s'élargissant , se resserrant , formant tantôt des cercles , tantôt des triangles , des lignes ou des losanges ;.... je restais là , comme si j'avais su les lire. Et, vrai, j'y lisais quelque chose : j'y lisais le tourment que les hommes se donnent pour vivre plus vite , pour attendre moins ; ils n'ont plus de patience , ils s'irritent contre les heures qui les

séparent d'une nouvelle inconnue. Les bateliers
des fleuves, les matelots des mers ne ramaient
plus assez fort; les vents soufflant dans les voiles
ne poussaient point assez rapides les vaisseaux
sur les ondes....., ils ont inventé les bateaux à
vapeur!...... Les courriers, les messagers, les
estafettes, avaient beau aller ventre à terre; ils
étaient trop lents, et voici le télégraphe!! Sera-ce
assez? Oh! non, pas encore. Les chemins de
fer, les voitures à voiles, les diligences mues
par le feu et l'eau..... Mais la nuit va donc être
un tems de repos? Non, non, il ne faut plus
de tems d'arrêt ; et d'après cette pensée, le
télégraphe du Mont-Sainte-Catherine s'est mis
à remuer ses bras resplendissans au milieu des
ténèbres...... et puis tout-à-coup s'est arrêté.

Pourquoi?

Je ne sais. Mais cependant, on dit que ce sont
les ministres de Louis-Philippe qui, trouvant
la *télégraphie* une excellente branche de spécula-
tion, n'ont rien voulu en céder au commerce....
En y réfléchissant bien, on conçoit leur pensée:
ce qui rapporte beaucoup, il faut le garder pour
soi.... Demandez plutôt à M. Thiers.

Le palais de la Vieille-Tour.

Richard Ier., dit *Sans-Peur*, troisième duc de Normandie, venait d'épouser la princesse Eumacette, fille de Hugues-le-Grand, quand il résolut de bâtir à Rouen un palais qui empêchât la fille des rois de regretter ceux du pays de France. Ce jeune prince était grandement épris de sa belle et vertueuse épouse ; lui aussi avait grand renom de vertu et de piété, car la vieille chronique dit de lui : « Ce jeune prince chérissoit tant la déuotion qu'il pouuoit estre parangonné aux ames les plus religieuses, et tout le peuple à son exemple se formoit à ce doux air du ciel , la justice estoit en règne, et les armes en repos, chacun vivoit en ioye et contentement. »

Dans un pareil moment de prospérité, Richard avait loisir de rêver des embellissemens pour sa capitale, et il choisit, pour élever un palais , le bord de la Seine et le voisinage d'une *vieille tour* qui défendait la ville de ce côté....... A en croire la tradition, ce palais était *merveilleusement riche et adorné*. De cette magnifique demeure , il ne reste plus rien, plus de vestiges

de grandeur, plus de débris de beauté, tout cela
a disparu ; mais sur l'emplacement du palais détruit est resté debout, invincible, immuable, le
souvenir d'un crime.

Tant mieux ! tant mieux ! qu'il y ait ainsi dans
la mémoire des hommes des haines qui ne périssent pas.

Tant mieux ! tant mieux ! que l'homme qui
vole lâchement une-couronne à l'orphelin soit
à jamais méprisé et haï.

Cette part de mépris et de haine a bien été
faite à *Jean-Sans-Terre*, usurpateur des droits
de son neveu, meurtrier du fils de son frère.....

Cette part de haine et de mépris revient encore
à d'autres.

Tant mieux ! tant mieux encore !

C'est à Rouen, d'après plusieurs historiens,
que Jean commit le meurtre d'Arthur, dans
ce même palais bâti par Richard auprès de la
Vieille-Tour. Les flots de la Seine baignaient
les murs de là demeure ducale..... et ç'aura été
d'une des croisées dominant le fleuve, que le
corps ensanglanté du jeune et courageux prince
aura été jeté, pour que le crime restât enseveli
sous les eaux.... Mais les flots n'ont pas été dis-
crets. Et voilà que tout le monde sait aujour-

d'hui que Richard, le lâche et le félon , a tué le fils de son frère !....

Oh ! si quelque chose de l'ancien palais eût encore existé, je serais allé demander à ses débris quelques souvenirs de cette belle scène de Shakespear,.....de cette scène où il nous montre le roi Jean cherchant à décider Hubert à l'aider dans l'accomplissement de sa criminelle résolution......

LE ROI JEAN.

Écoute , Hubert...: Approche.... plus près , plus près encore:.

HUBERT.

Sire.... la majesté de votre personne.....

LE ROI JEAN:

Ne doit pas te cacher ce que j'ai au fond de l'ame.... J'ai là, dans cette prison de chair, une vive gratitude qui se propose de payer avec usure tout ton zèle pour moi....

HUBERT.

Sire....

LE ROI JEAN.

Ami, donne-moi la main,.... j'aurais quelque
chose à te dire.... Non.... pas à présent... J'atten-
drai un moment plus convenable.... Mais dès à
présent, Hubert, je veux que tu sâches combien
je t'aime et te chéris.

HUBERT.

Aussi, ma reconnaissance est sans borne pour
Votre Majesté.

LE ROI JEAN.

Oh! ne parle pas encore de reconnaissance ;
plus tard je te permettrai de prononcer ce mot ,...
plus tard je ferai.... Mais pourquoi s'occuper de
l'avenir,.... c'est du présent que je voudrais te
parler, et je n'ose.... il fait trop clair.... il y a encore
trop de soleil là haut........ sa vive lumière
n'est pas assez recueillie , il y a trop de distrac-
tions dans sa lueur....

Si une heure après minuit sonnait, si nous
étions entourés de tombeaux, ce serait mieux
pour te dire ce que j'ai à te confier,.... ou bien
si tu pouvais me voir sans yeux, m'entendre sans

oreilles et me répondre sans voix, par la pensée
seule, et sans emprunter le son des paroles qui
me blessent et m'importunent, alors, malgré la
clarté qui nous entoure, je verserais dans ton
sein ma pensée secrète..... Mais, non. Je ne
veux pas le faire...... cependant je t'aime, et je
crois que tu m'aimes aussi.

HUBERT.

Assez pour entreprendre tout ce que vous me
commanderez, assez pour mourir en vous obéissant. Oui, par le ciel, je le jure! Ordonnez......
je suis prêt.

LE ROI JEAN.

Hé! ne sais-je pas que tu es prêt, Hubert... Bon
et loyal Hubert...... tu sais bien.... (lui montrant
Arthur assis près de sa mère) tu sais bien....

HUBERT.

Quoi?

LE ROI JEAN.

Arthur....

HUBERT.

Votre neveu, un jeune et noble prince!

LE ROI JEAN.

Un serpent.... un serpent sur mon chemin....
Partout où je vais, je le trouve sur mes pas.....
devant moi, sans cesse devant moi.... M'entends-
tu? Je te fais son gardien.

HUBERT.

Oh! je le garderai si bien qu'il ne pourra
jamais importuner Votre Majesté.

LE ROI JEAN.

Mort!

HUBERT.

Quoi! Sire!

LE ROI JEAN.

Un tombeau....

HUBERT.

Eh! bien, il ne vivra point.

LE ROI JEAN.

Oh! Hubert! Hubert! A présent je respire....
à présent je puis être heureux; et toi..... Non,
non, je ne te dirai pas à présent ce que je veux
faire pour toi.

19

Nous n'avons rien voulu retrancher de cette
scène qui produit toujours un si grand effet sur
le théâtre anglais. Et pendant que nous sommes
encore au *palais de la Vieille-Tour,* disons tout
de suite le dialogue entre le jeune prince prisonnier et son gardien Hubert.

HUBERT (à l'entrée de la chambre du jeune prince, parlant aux bourreaux.)

Faites-moi rougir ce fer....., et tenez-vous
cachés derrière cette tapisserie. Quand je frap-
perai du pied sur les dalles de pierre, vous
accourrez et attacherez à un siége l'enfant que
vous trouve rezavec moi.... Sortez, et tenez-vous
prêts.

UN DES BOURREAUX.

J'espère qu'en agissant par votre ordre, nous
ne serons pas comptables de l'action.

HUBERT.

Beaux scrupules d'hommes comme vous !
Faites ce que je vous dis, machines!

HUBERT entre dans la chambre d'Arthur.... Silence profond.... Une voix
s'élève, celle d'Hubert. .

Messire....., seigneur duc de Bretagne.....,

prince Arthur...., jeune seigneur, approchez de
moi...., j'ai à vous parler....

ARTHUR.

Ah! tant mieux!.... Bonjour, Hubert.

HUBERT.

Bonjour, cher petit prince !

ARTHUR.

Oui, oui, petit prince, aussi petit qu'il est
possible de l'être.... Mais qu'avez-vous, Hubert?
vous êtes triste.

HUBERT.

En effet, j'ai été plus gai.

ARTHUR.

Cependant, vous n'êtes pas prisonnier, vous!
Ah! je croyais que personne ne devait être triste...
Si j'étais libre, même pauvre gardeur de moutons, chez un bien rude maître, je serais gai, moi!
si je n'avais point de vilains murs comme ceux-ci
pour m'enclorre; oh! si je pouvais courir en
liberté dans les champs, je serais gai tant que le

jour durerait, et la nuit j'aurais de bons rêves.... Eh! mon Dieu! Hubert, je pourrais même être heureux ici.... sans le soupçon où je suis que mon oncle cherche à me faire plus de mal.... Est-ce ma faute, à moi, Hubert, si je suis le fils de Geoffroy?.... Non, sûrement, ce n'est pas ma faute; et plût au ciel que je fusse votre fils, à vous, Hubert...., car vous m'aimeriez....

HUBERT (à part.)

Si je continue à écouter sa douce voix, l'enfant éveillera la pitié en moi..... Il faut que je hâte....

ARTHUR.

Hubert, vous ne me répondez pas! Hubert, vous êtes pâle, êtes-vous malade?.... Oh! si vous l'étiez seulement un peu, Hubert, j'en serais presque bien aise, car je vous soignerais... Je vous veillerais toute la nuit comme si j'étais votre enfant.... Hubert, mon bon Hubert, vous détournez la tête.... Vous ne m'aimez donc plus autant que je vous aime?

HUBERT (à part.)

Voilà la pitié qui me prend.... (Il donne un papier à

_{Arthur.}) Lisez, prince (_{essuyant une larme}). Messire, est-ce que vous ne pouvez pas lire ?

ARTHUR (_{avec un cri d'effroi.})

Quoi ! les yeux brûlés !.... moi !... Hubert, vous, me brûler les yeux avec un fer rouge ?....

HUBERT.

Oui, messire, il le faut.

ARTHUR.

Et vous le feriez, Hubert ?

HUBERT.

Et je le ferai.

ARTHUR.

Et vous en auriez le cœur !........ Oh ! non, jamais, jamais vous ne serez assez cruel..... Mais pensez-y donc, Hubert, vous ne pouvez avoir cette barbarie. Souvenez-vous, quand vous avez été malade, quand vous avez eu seulement mal à la tête, j'ai serré le plus beau de mes mouchoirs à l'entour de votre front.... Ma mère l'avait brodé pour moi, et je vous l'ai donné.... Une autre fois, pendant la nuit, c'était mes

mains qui supportaient votre tête.... Et quand
vous vous plaigniez, Hubert, ne vous souvient-il
plus que je vous demandais : Hubert, où souf-
frez-vous? qu'est-ce qui vous fait mal ?.... vous
manque-t-il quelque chose ?..... Croyez-vous
qu'alors je faisais semblant de vous aimer ? Si
vous le croyez, soyez cruel envers moi..........
Mais non, Hubert, non, vous ne pourrez pas
l'être, vous ne me brûlerez pas les yeux, des
yeux qui ne vous ont jamais regardé que pour
vous sourire.

HUBERT.

J'ai juré de le faire.... Il faut que je vous les
brûle avec un fer chaud.

ARTHUR.

Hubert, Hubert, vous ne le ferez pas. Un
ange, voyez-vous, un ange serait venu me dire :
Hubert vous brûlera les yeux, je n'aurais pas
cru le messager du ciel.

HUBERT (frappant du pied, les exécuteurs entrent.)

Avancez et faites ce qui est ordonné.

ARTHUR (épouvanté court à Hubert.)

Ah! sauvez-moi! sauvez-moi! Hubert, cher
Hubert, ne les laissez pas faire....

HUBERT (aux bourreaux.)

Donnez-moi le fer.... et liez l'enfant ici.

ARTHUR (toujours s'attachant à Hubert.)

Eh! bien, puisqu'il le faut, Hubert, écoutez-
moi.... Hubert, je ne bougerai pas, je vous lais-
serai faire, vous...., je serai immobile comme la
pierre.... Mais, Hubert, je vous en supplie, je
vous en conjure, Hubert, par le sang du Sauveur, oh! ne me faites pas attacher; Hubert,
renvoyez ces hommes, et je vous jure ma parole
de prince que je vais m'asseoir là, tranquille
comme un agneau.....Je ne ferai aucun mouvement, je ne dirai aucune parole. Oh! Hubert,
dites, dites à ces hommes de s'en aller...., et je
vous pardonnerai ensuite tout ce que vous me
ferez souffrir.

HUBERT (aux exécuteurs.)

Allons, retournez à votre place, et laissez-
moi seul avec lui.

ARTHUR (quand les bourreaux sont partis.)

Oh! Hubert! Hubert, que je vous remercie!

HUBERT.

Enfant, ne me remerciez pas..... Venez et préparez-vous.

ARTHUR.

N'y a-t-il plus d'espérance?

HUBERT.

Vous avez vu mon ordre, il faut que vous perdiez les yeux.

ARTHUR.

Oh! que n'avez-vous dans les vôtres une paille, un grain de poussière, et je chercherais à vous l'ôter, moi! Et vous....

HUBERT.

Messire, est-ce là ce que vous m'avez promis?

ARTHUR.

Si vous ne voulez-pas que je parle pour vous

supplier....., Hubert, arrachez-moi la langue et
laissez-moi les yeux ; je pourrai voir encore le
soleil, ma mère, et vous, bon Hubert, qui
aurez été humain envers moi en me laissant
la vue. Oh! Hubert, regardez ! la pitié du ciel a
froidi ce fer.

HUBERT.

Je puis le réchauffer, voilà du feu.

ARTHUR.

Il est éteint aussi..... Hubert, vous le voyez
bien, Dieu ne veut pas que vous soyez cruel.

HUBERT.

Il le faut....

ARTHUR (pleurant sur les mains d'Hubert qu'il embrasse.)

Alors, encore un moment..... Laissez mes
pauvres yeux qui vont être brûlés verser leurs
dernières larmes.

HUBERT (vaincu.)

Qu'un autre accomplisse l'œuvre.

ARTHUR (l'étouffant de caresses.)

Oh ! Hubert ! Hubert !

HUBERT.

Silence, pas un souffle.... Votre oncle, est
proche ; lui ne se laisse pas attendrir ; lui ne
sera pas humain, car il est avare et ambitieux. .

. . . .

Hubert avait eu raison. Jean-Sans-Terre ne
se laissa pas attendrir, et, de sa propre main,
poignarda le royal adolescent. Quelques uns
disent que le crime fut commis à Rouen, dans
le palais de la Vieille-Tour, et que le corps san-
glant du jeune prince fut jeté par une croisée
dans les eaux de la Seine ; d'autres ont raconté
que le roi Jean emmena un jour son neveu à une
promenade sur mer et le noya ; d'autres encore
ont écrit que d'une des hautes falaises qui s'élèvent près de Cherbourg, le roi hypocrite et félon
précipita dans la mer l'enfant dont il convoitait
la couronne.

Cherbourg ! Ce mot vient de me rappeler un
autre enfant-roi privé de sa couronne !... Aujour-
d'hui on est plus humain... Est-on plus juste ?
Regardez autour de vous, et vous me direz : NON.

Les Halles.

Voilà une des gloires actuelles de Rouen. *La halle de Rouen* a sa renommée dans le monde industriel.

Les catholiques parlent avec orgueil de Saint-Pierre de Rome ;

Les protestans, de Saint-Paul de Londres ;

Les juifs, de la synagogue de Francfort ;

Nos vieux soldats, de la colonne de l'empereur ;

Nos peintres, de notre musée ;

Nos femmes, des modes de Paris ;

Et les fabricans normands vantent et exaltent *la halle de Rouen.*

C'est là que le calicot, les indiennes, les rouenneries s'apportent, se déroulent, se montrent, se marchandent et se vendent. Le vendredi, c'est le grand jour, le rendez-vous général des commissionnaires *qui font dans cette partie,* et qui expédient les tissus normands dans le midi de la France, en Espagne, à Alger, et bien plus loin encore.

Dans son *Voyage de Normandie,* Dibdin fait ainsi le tableau de l'intérieur de *la halle aux toiles:*

« Il faut, dit-il, se lever de bonne heure, un

vendredi matin, pour jouir d'un spectacle dont
on n'a aucune idée en Angleterre, si ce n'est
peut-être à Leeds. Dès six heures du matin,
tout le monde est en mouvement dans les halles,
acheteurs et vendeurs font un bruit confus de
voix sans interruption, inconcevable. Cette scène
vivante se passe dans plusieurs vastes galeries
où sont de longues tables pour déposer les toiles
de coton, de fil et autres étoffes de toute espèce.
L'étalage de ces couleurs diverses, les éloges
des vendeurs, le froid assentiment de l'acheteur,
l'œil animé du premier, le sourcil calculateur du
second, les marchandises qu'on enlève, celles
qu'on apporte, enfin cette succession non inter-
rompue de colloques et de tableaux variés, voilà
ce qui étonne la gravité d'un Anglais, étonne-
ment qui s'accroît encore par l'extrême gaîté qui
anime la scène. Vers onze heures, tout redevient
silencieux, la vente est finie, les marchandises ont disparu, acheteurs et vendeurs sont
partis. »

Je ne veux pas que l'on puisse m'accuser
d'étaler avec complaisance les vieux titres des·
anciens châteaux, des antiques églises, des
gothiques manoirs, et d'avoir négligé de dérouler les parchemins de l'industrie.

Voici ce que dit un vieil historien des halles
de Rouen :.

« Les halles de Rouen passent pour les premières et les plus belles de l'univers. Tous les
marchands étrangers et qui ont voyagé, en de-
meurent d'accord, et avouent franchement qu'ils
n'ont rien vu de pareil dans tout le monde. C'est
ce qu'on appelle *la Vieille-Tour,* qui est une
grande place qui a trois cents pieds en carré,
autour de laquelle sont bâties les boutiques for-
mées à double étage qui font des halles pour
toutes sortes de marchandises tant foraines que
manufacturées dans cette ville. »

Puis Farin cite les rois qui ont concédé
chartes, avantages et bienfaits à ces halles renommées.

Un peu en avant de cet immense bâtiment
sans caractère, s'élève un édifice qui a bien sa
date et son cachet de la renaissance. On l'appelle le monument Saint-Romain. C'était à cette
espèce de tribune couverte, au haut du double
escalier, que le *criminel* que la fierte de Saint-
Romain allait rendre *innocent,* se courbait pour
prendre sur ses épaules la châsse du grand patron de Rouen.... Oh! ce jour-là, c'était le beau
jour de la place des halles. Si vous voulez vous

faire une juste idée de toutes les pompes , de
toutes les magnificences , de toutes les saintetés , de toutes les bannières , de toutes les croix,
de toutes les reliques , de tous les cierges , de
tous les insignes de corporations de métiers ,
de congrégations , de communautés assemblés
en cette place , le jour de l'Ascension , regardez
le joli dessin de mademoiselle Espérance Langlois, c'est une autre page de M. Floquet ; ce
dessin se trouve en tête de l'*Histoire du privi-*
lége de la fierte de saint Romain.....

La Vieille-Tour et le palais bâti par Richard , ont été démolis en 1204, par Philippe-
Auguste. . . . ..

Le Vieux-Palais.

Avant de traverser la Seine, parlons du palais
que le conquérant Henri V avait fait bâtir aussi
sur le bord du fleuve.... C'est en vain qu'aujour-
d'hui nous en chercherions quelques vestiges....
Les livres seuls disent où cette demeure royale
s'élevait..... C'est à l'extrémité du port , derrière
toutes ces maisons si neuves , si blanches , si
uniformes , en remontant un peu le boulevard

Cauchoise , parmi ces grands chantiers de bois ,
c'est là qu'était *le Vieux-Palais*.

Après sa conquête de Rouen, Henri d'Angleterre , qui avait appris à connaître la valeur
normande , voulut imposer crainte et respect
aux Rouennais , et dans cette idée fit de sa
demeure une sorte de forteresse. Parmi les tours
de ce château, il y en avait une plus grosse que
les autres , et qu'il avait nommée *Mal-s'y-frotte*.
Ce nom n'a pas besoin d'explication. Mais le
tems et la main des hommes s'y sont frottés,
et d'elle , comme de tout le reste, il ne se
voit pas aujourd'hui le plus petit débris , quoique les murs aient eu plus de quinze pieds
d'épaisseur.

En 1661 , le Vieux-Palais devint le dépôt
général de toute l'artillerie, des poudres et autres munitions de guerre qui existaient dans les
divers magasins de la ville. Il conserva cette destination jusqu'au commencement de la révolution.

Cette forteresse était protégée au nord par la
Seine , et du côté de la ville par des fossés larges
et profonds. Les fossés larges et profonds ont
été comblés, les pierres du fort enlevées , em-
portées, employées à bâtir de vulgaires maisons.

Le souvenir seul du Vieux-Palais existe encore;
tout le reste a disparu !

« Sur la place de ce Vieux-Palais, dit Licquet,
s'élevait autrefois une statue d'Hercule, dont le
peuple avait fait un Henri IV.... Par délibération du 27 avril 1780, l'hôtel-de-ville céda cette
statue à M. Lefebure, alors échevin, qui la fit
restaurer. Elle se trouve aujourd'hui à Canteleu,
dans la grande avenue du château de M. Elie-
Lefebure, fils de l'échevin que nous venons de
nommer. »

Souvent nous avons visité la noble et belle
demeure de Canteleu, qui fera spécialement le
sujet d'une de nos explorations, et nous n'y
avons pas vu cette statue. M. Elie-Lefebure, pro-
priétaire actuel du château, n'est cependant pas
un de ces hommes qui laissent se dégrader et se
perdre les objets d'arts ; homme de goût, il a
pour eux un véritable culte.

Par une autre délibération du conseil municipal, du 20 juin 1780, Jadouille, sculpteur de
Rouen, fut chargé de travailler à une statue de
Henri IV. Cette statue du bon roi avait pour
inscription ces mots du Béarnais :

MA SURETÉ EST DANS LE CŒUR DE MES SUJETS !

Singulière inscription à mettre sous la statue d'un roi *assassiné !*

On imagina, au commencement de la révolution de 1789, de ceindre le front du prince d'un ruban tricolore...... *Ventre-Saint-Gris !* si Henri avait pu revivre, il n'aurait point voulu de ce singulier bandeau ; il aurait redemandé les couleurs d'Arques et le panache d'Ivry!

Comme depuis cette époque on a usé de cette *bêtise !* Que d'anachronismes commis sur les pauvres statues forcées par la stupidité à mentir au caractère des hommes qu'elles représentent. Oh! si un jour toutes ces illustrations de marbre et de bronze pouvaient s'animer! oh! comme nous les verrions jeter au loin et les écharpes, et les rubans, et les cocardes, et les drapeaux dont on les a affublées!

Tout près de l'emplacement du Vieux-Palais, du côté du Mont-Riboudet, belle et noble entrée d'une grande ville, Guillaume-Longue-Épée remporta, avec une poignée d'hommes, une grande et importante victoire sur le comte du Cotentin, qui commandait à une nombreuse armée. Le théâtre de cette mémorable victoire porte encore aujourd'hui le nom du *Pré-de-la-Bataille.*

20

Siége de Rouen, par Henri V d'Angleterre.

C'était, dans l'histoire de Rouen, un beau et
dramatique sujet à traiter que le siége de la ville
normande, par ce Henri qui a fait tant de mal
à la France. J'avais déjà rêvé des pages sur cette
grande et terrible scène... Mais un de mes amis,
M. Emmanuel Gaillard, secrétaire perpétuel
de l'Académie de Rouen, m'a devancé. Tant
mieux pour mes lecteurs, et tant mieux pour
mon livre, puisque je dois à son amitié les pages
suivantes :

« Henri, le 30 juillet, à minuit, vint, avec
son armée, se placer en silence en face des
murailles. Les Rouennais, à l'aurore, le virent
du haut des remparts. Il logeait aux Chartreux,
alors à Notre-Dame-de-la-Rose, pavé de Saint-
Hilaire.

» Dans les premiers momens du siége,
la garnison fit maintes sorties ; et, quoique
les Anglais eussent l'avantage du nombre,
comme les assiégés avaient leurs murs d'où
ils foudroyaient l'ennemi, on vit que le siége
serait long, et l'un des plus mémorables de
l'histoire.

» Jusqu'au 26 août, le fort Sainte-Catherine, placé à l'entrée d'un bois qui est aujourd'hui une riche plaine, résista sur la hauteur ; mais la famine le fit se rendre, et alors on descendit combattre dans la vallée.

» Ici se place le défi fait aux chevaliers français par Leblanc, lieutenant anglais de la forteresse d'Harfleur. D'Arly défendait la porte Cauchoise. Sorti des murs avec trente compagnons, tous gens de pied, il fut, devant la barrière, droit à qui le défiait, et, du premier coup, le chevalier anglais fut transpercé sur son cheval, abattu et traîné de vive force dans la ville, où D'Arly reçut, pour la rançon du corps, quatre cents nobles, qui auraient aujourd'hui une valeur de douze mille francs. « A cause de sa vaillance, dit Monstrelet, il » fut moult honoré de tous ceux qui estoient » dans Rouen. »

» Mais à cette joie se mêla une tribulation ; car, bien qu'il soit inexact de dire que les châteaux et les forteresses de la Haute-Normandie, au lieu de défendre une ville qui leur servait de donjon, convinrent avec Henri de faire dépendre leur reddition du sort réservé à Rouen ; néan-

moins, il est vrai que, sauf le Château-Gaillard
et Caudebec, qui, six mois après la cité conquise, soutinrent encore l'effort des armes bri-
tanniques, puis Gisors, Gournay et la ville d'Eu,
d'où Saveuse, Bournonville, Gouy et Philippe-
le-Lys, inquiétèrent fortement les Anglais, il y
eut une honteuse suspension d'hostilités partout
ailleurs.

» Ainsi, plus tranquille pour ses quartiers,
Henri songea à préserver ses troupes du feu terrible des remparts, qu'entretenait l'habileté de
Jean Jourdain, citoyen de Rouen dont on ne
trouve pas le nom dans la capitulation, mais que
Monstrelet dit avoir été mis à rançon par le roi
d'Angleterre.

» Ce prince fit creuser autour des murailles
une enceinte de larges fossés, dont la terre fut
rejetée vers la ville, et, grâce à l'abri de ce chemin couvert, la circulation de poste à poste fut
sûre et facile. Monstrelet, parlant de ce grand
ouvrage, fait observer que les canons, et les traits
lancés par des machines purent seuls, désormais
atteindre les assiégeans......

» On n'était pas à la Toussaint, et déjà la
famine s'annonçait. Lorsqu'il paraissait dans les

rues quelques viandes devenues bien rares , le
peuple accourait pour les ravir. Les chevaliers
donnèrent alors leurs destriers, et on commença
à distribuer la chair de cheval par faibles rations.
Les vivres , devenus d'un prix excessif, annon-
çaient que les pauvres allaient mourir.

» Mais, voici qu'on se soutient par l'espoir
des négociations. On a vu , du haut des murs ,
arriver au logis du roi d'Angleterre le cardinal
Des Ursins : envoyé du père commun des fidèles ‚'il ne cesse de prêcher la paix aux rois Charles
et Henri , aux Bourguignons et aux Dauphinois.

» Le cœur de Henri fut ému quand le cardinal
lui offrit l'image de la belle Catherine de France ;
mais , chez lui ,' bientôt l'ambition satisfaite
s'écria :

« Oui , c'est la bénédiction de Dieu qui m'a
» inspiré de venir dans ce royaume : je châtierai
» les sujets, je régnerai sur eux en vrai roi ; car
» ce royaume doit être transféré d'une personne
» à une autre ; toutes les causes pour le chan-
» ger de main s'y rencontrent à la fois. Oh ! la
» volonté de Dieu est que je prenne possession
» de la France : il m'en donne le droit. »

» Puis , étouffant ce mouvement d'arrogance;

échappé à un cœur naturellement artificieux,
Henri finit par promettre d'envoyer ses ambas-
sadeurs au Pont-de-l'Arche. Ceux-ci disputè-
rent long-tems, prétendant n'entendre plus ce
français qu'avait parlé leur vieille cour. A la suite
de ce futile débat, ils demandèrent l'Aquitaine,
la Normandie, le Ponthieu et maintes seigneuries. On allait tout accorder, quand ils vinrent à
dire : « Voici votre roi tout-à-l'heure redevenu
» insensé; ainsi, qui peut traiter avec nous? Le
» dauphin? ilest trop jeune et n'est pas roi. Le
» duc de Bourgogne? ce n'est pas à lui l'héri-
» tage ».........

» Et cependant, Rouen n'était pas secouru.
Comme un flambeau d'abord brillant, cette ville
s'éteignait faute de nourriture. On y mangeait la
paille des lits.

» Mais un beau désespoir pouvait sauver la
ville, ennemie du joug étranger. Jusque-là, de
manier les armes lui avait réussi; elle résolut
encore d'y recourir. Dix mille se présentèrent
pour combattre, sans compter ceux qui devaient
rester à la garde des remparts. Chacun devait
avoir des vivres pour deux jours, et, quand
tout fut prêt, deux mille sortirent par la porte

Cauchoise, et furent, dans les ombres de la
nuit, porter, chez les Anglais endormis, la mort
et le ravage. Déjà deux cents avaient franchi la
porte Bouvreuil ; alors, le pont-levis se rompt
sur ceux qui suivent, et voilà un affreux cri de
trahison qui circule dans l'armée. Elle sait le
fossé rempli de morts ou de blessés. On dit que
les supports du pont ont été trouvés sciés. Le
tems se perd dans l'hésitation, et les Anglais
viennent de sonner le cor qui réveille. Alors,
les chefs dirigent les huit mille vers la porte
Saint-Hilaire ; c'est les conduire où est Henri.
Ce prince était si peu averti de l'attaque noc-
turne, que, sans casque et à demi armé, il
marchait au combat, ne craignant qu'une chose :
c'était le bruit de sa mort. Pour détromper
et ses amis et ses ennemis, il fit allumer
deux torches ; brûlant à ses côtés, elles le
montrèrent à son armée ravie des grâces de sa
personne.

» Du côté des Rouennais, on distinguait
D'Arly, auquel, selon Monstrelet, les gens de
la ville se fiaient plus qu'en nul autre capitaine.

» Cependant, un dommage immense était
causé à l'ennemi. Chaque corps des assiégés

s'était réuni ; mais cinq cents braves Rouennais
restaient ou morts ou prisonniers. Les citoyens
crurent donc sage de rentrer dans leurs murs. Là,
murmurant contre messire Guy Le Bouteiller,
si vanté par les historiens anglais, ils lui attri-
buèrent ce pont-levis rompu ; accusation injuste,
à laquelle beaucoup de bourgeois furent loin
d'ajouter foi.

» Au reste, durant les dix semaines cruelles de
la fin d'octobre à la mi-janvier, les vivres finirent
par être quarante fois plus chers que de coutume ; et, bientôt, aux chevaux on substitua de
plus hideux alimens. D'abord, le chien et le
chat domestiques; puis, les animaux rongeurs ;
puis, ceux qui sont immondes ; puis, rien pour
le pauvre et à peine quelque chose pour l'opu-
lence. On vit des affamés qui croyaient trouver
des sucs nutritifs dans le cuir des tables et des
coffres. Que faire, quand tous expiraient, jusqu'à D'Arly, si cher aux Rouennais?

» Dure fut la résolution qu'on prit. Après
avoir assemblé les plus indigens., on les mit
hors des murs : ils étaient douze mille. La saison
était fort rigoureuse. L'Anglais en laissa passer
quelques uns, et il en repoussa la foule. Il fallut

les solennités du jour de Noël pour que Henri
consentît à alimenter faiblement ces infortunés,
réfugiés entre les remparts et les glacis, que le
froid et la fin décimaient chaque jour au milieu
des plus cruelles douleurs. Leur ressource fut
l'herbe fanée des fossés ; ils allaient arracher jusqu'aux plantes saxatiles du rempart. Dans cette
horrible situation, des enfans furent mis au
jour ; quelques uns seulement reçurent les eaux
du baptême. On les hissa au haut des murs ;
mais la corbeille revint, et le nouveau-né fut
mourir sur le sein tari de sa mère.

» En considérant de telles extrémités, on
accuse presque la fermeté de Le Bouteiller ; et,
cependant, le courage d'un peuple si impitoyable
pour lui-même et pour les siens, est tellement
patriotique, qu'il a rendu immortel le nom de
Blanchard, dont l'empire s'exerça sur la commune de manière à lui inspirer une constance
qui paraît renouvelée de Sagonte ; elle est belle
comme l'antique, et nos murs s'en couvrent de
gloire. Simple membre de la confrérie de Saint-
Romain, et chef du *menu-commun*, la mort de
Blanchard fut aussi pure que le commencement
de sa vie avait paru séditieux.

» La tradition place à côté de lui un prêtre
qui, durant le siége, se gouverna et se conduisit
moult prudemment. C'est ainsi qu'en parle le
chroniqueur. Il se nommait Robert De Livet,
était vicaire-général, et déjà chanoine en 1408.
Prisonnier en Angleterre après le siége, il revint mourir à Rouen dans sa maison canoniale,
comme un bon citoyen dans le sein de sa ville.

» Cependant, ces douze mille qui mouraient
sur les glacis, n'étaient que barbarie, et ne donnaient pas le secours, ce secours qu'il fallait
prompt et efficace. Pour le hâter, on se décida,
vers la mi-décembre, à députer à Beauvais quatre
gentilshommes et quatre bourgeois. Ceux-ci,
après avoir peint la détresse de la ville immortelle, finirent ainsi leur discours :

« Vous, notre sire le Roi, et vous, noble duc
de Bourgogne, les bonnes gens de Rouen vous
ont déjà, par plusieurs fois, signifié la détresse
qu'ils souffrent pour vous ; mais si, dans bien
peu de jours, ils ne sont secourus, ils se ren-
dront au roi anglais. Quant à présent, voici leur
foi, leur serment, leur loyauté, leur service et
leur obéissance. Reprenez-les, ou secourez ces
bonnesgens. — « Au plaisir de Dieu, leur rép on-

dit-on, vous serez secourus. — Mais dans quel terme? — Ce sera, reprit le duc de Bourgogne, le quatrième jour après Noël. »

» Et eux de partir. Que dans la ville ils tardaient à paraître ! Comme on y comptait les heures ! Enfin, ils ont échappé aux périls du camp anglais, qu'il leur a fallu traverser : les voici revenus mourir avec leurs concitoyens. On les mène à la maison de ville. C'est le bruit de la cité ; chacun accourt. On veut les voir, et surtout les entendre. Ils ont dit : *Quatre jours après Noël,* quelle allégresse ! les cloches sonnent ; on fait partout, selon Lingard, des réjouissances, et chaque combattant est averti de se tenir sur ses gardes et de seconder les efforts de ses amis.

» Mais, peu de jours après, voici une autre rumeur : *le secours, le secours !* il vient du côté de la Forêt-Verte.

» Durant ces tempêtes, dit Monstrelet, messire Jacques D'Harcourt et le seigneur de Moreuil assemblèrent environ deux mille combattans, puis se tinrent en embuscade à deux lieues de Rouen. Ils envoyèrent cent vingt gendarmes tomber sur un village voisin du quartier de Bouvreuil, d'où Cornouailles, averti par les

fuyards , fut droit aux Français avec six cents
combattans , pressés de venger leurs morts et
leurs blessés. Les Anglais font reculer les Français jusqu'à l'embuscade, et les y suivent hardi-
ment ; leur contenance fière en impose ; elle
effraie même. Aussi , une partie des Français se
met en déroute. Cependant, Moreuil veut combattre ; il est pris. Jacques D'Harcourt, contraint
de fuir, franchit, avec son petit cheval, un fossé
large de dix pieds, et Cornouailles revient triomphant devant Rouen.

» Le dirai-je? les Rouennais virent passer le
quatrième jour après Noël, et nul Français ne
parut. Enfin, au commencement de janvier, un
envoyé de Jean-Sans-Peur vint dire mystérieu-
sement aux magistrats : « Les bonnes villes, les
gens d'armes, tout est congédié ou est mis en
garnison autour de Paris, car le dauphin menace
cette cité; que Rouen traite avec Henri, et qu'il
obtienne, s'il le peut, de bonnes conditions. »

» A peine , dit Monstrelet, ces nouvelles
furent répandues, qu'il y eut grand deuil. Jamais
les habitans n'eurent au cœur une tristesse plus
forte que celle-là ; et, quant à la plupart des
gens d'armes , ils ne savaient comment sortir

de ce danger. Néanmoins, plusieurs des capitaines et les plus notables de la ville les récon-
fortèrent de leur mieux. Ensuite, on s'assembla
en la maison de ville, et il y fut arrêté, vu le
peu de vivres qui restait, d'envoyer un héraut
au roi d'Angleterre.

» De ce prince on eut un sauf-conduit pour
six députés. Deux gens d'église, deux gentilshommes et deux bourgeois sortirent de la cité,
en silence, dit-on, et habillés de deuil. Le chroniqueur se borne à raconter qu'ils étaient sages
et éloquens ; qu'ils furent droit à la tente de
Henri, et que ceux du logis royal les menèrent
chez l'archevêque de Cantorbery, où se trouvait
Warwick et deux autres négociateurs anglais.

» Quand les six députés revinrent de chez l'archevêque anglais, ils dirent, dans une assemblée
très-nombreuse de notables et de gens du commun, que le roi Henri voulait avoir la ville à merci.

» Et tous ceux qui étaient là répondirent,
selon Monstrelet, qu'ils préféraient vivre et
mourir tous ensemble les armes à la main, plutôt que d'accepter telle condition.

» Mais, le lendemain, il fallut délibérer comment on mourrait tous ensemble ; et la mul-

titude fut grande en la maison de ville. Les pourparlers furent longs ; mais la résolution fut unanime.

» Saper cinq cents toises de mur, les jeter dans le fossé, et, quand on aurait passé, les hommes tout armés, ayant au milieu d'eux les femmes et les enfans, laissant la ville en feu, aller, sous la garde de Dieu, où il lui plairait de conduire son peuple : voilà quel fut le dessein.

» La nuit du lendemain, ce prodige de courage devait avoir lieu.

» A péine averti, le roi d'Angleterre, sous je ne sais quel prétexte, redemanda les six députés. Cette fois, ils parurent devant lui.

« Sire roi, dit un des docteurs, c'est bien peu de gloire à vous. Quoi ! affamer un peuple simple, pauvre et innocent ? Ne serait-ce pas une chose plus digne de vous de laisser passer ces misérables qui périssent entre nos murailles et nos fossés, puis de nous livrer un vigoureux assaut ? »

» Henri, irrité de ce qu'il appelait arrogance, répondit :

« La déesse de la guerre tient à ses ordres trois servantes : l'épée, la flamme et la famine. J'ai

cru devoir choisir la plus douce. Quant aux
malheureux qui meurent dans les fossés, la
faute en est à vous qui avez eu la cruauté de
les chasser; pour l'assaut, je le donnerai quant
et comme je voudrai; c'est à moi, et non à vous
d'y aviser. »

» Courroucé, il finit cependant par leur faire
bon accueil, et même il leur fit servir un repas.

» Cédant à la nécessité, ils le terminèrent par
lui demander une trève. Craignant leur désespoir, Henri consentit à ce que, sous une tente,
Guy Le Bouteiller et vingt-trois commissaires
vinssent traiter, durant huit jours, avec des
commissaires anglais. Parmi les Rouennais, on
distinguait D'Houdemare, Martel, Mustel, Deschamps, Dubosc, Croixmare et Le Lyeur, noms
aujourd'hui portés encore honorablement.

» Le traité fut dur; mais non pas cette sou-
mission sans condition préalable, qu'un vainqueur orgueilleux voulait d'abord imposer. »

Quais et Port de Rouen.

Entre *le palais de la Vieille-Tour*, avec ses
souvenirs de Richard, duc de Normandie, de

Jean-Sans-Terre et du jeune Arthur de Bretagne, et *le Vieux-Palais*, bâti par Henri V, de
conquérante mémoire ; entre les halles d'aujour-
d'hui et l'avenue du Mont-Riboudet, s'étend le
nouveau quai. C'est là que le plus grand changement conçu pour l'antique Rouen de Rollon
et de Guillaume s'est merveilleusement opéré !
C'est là que la vieille cité s'est déguisée en jeune
ville. Mais vous, étranger, qui y arrivez par le
fleuve, gardez-vous de croire que tout à Rouen
va être blanc et symétrique et sans caractère
comme cette longue ligne de maisons *qui ne
disent rien* et qui n'ont pour plaire qu'une fraîcheur sans esprit.

Si, comme nous le pensons, on juge une
époque par les monumens qu'elle laisse, quelle
idée prendra-t-on du siècle où les maisons des
quais de Paris, de Boïeldieu et du Havre, auront
été bâties ? En les voyant si bourgeoisement ré-
gulières, si mesquinement distribuées, si éco-
nomiquement privées de sculptures et d'ornemens, on dira : *Époque de calcul et de lésinerie...*
Et, je vous le demande, se trompera-t-on
beaucoup ?

Avant peu d'années, il ne restera plus une
seule des vieilles, laides et bizarres bicoques qui

bordeaient anciennement le port.... En vérité, je voudrais presque qu'une d'elles nous fût laissée comme spécimen..., je vous assure que ce serait peut-être la meilleure recommandation pour les maisons nouvelles.

Malgré ce que je viens de dire des construc-tions qui se sont élevées sur les bords de la Seine depuis quinze ans, il faut avouer que l'en-semble du port est grand et imposant; en vérité, c'est un très-beau *placage !*

Ces maisons blanches et toutes jeunes qui se mirent dans les eaux comme de fraîches et jolies filles, doivent être agréables à habiter. Ici, de l'air, du soleil, du mouvement et de l'eau ; ici, point de cette sombreur, point de ces vapeurs méphytiques des rues étroites ; d'un côté, les coteaux festonnés de Sainte-Catherine, de Blos-seville, de Belbeuf et de Gouy ; de l'autre, les hauteurs de Canteleu avec leurs bois, leur vieille église et leurs belles demeures ; en face de vous, au-dessous de vous, la Seine avec ses eaux cou-leur d'aigue-marine, avec ses ponts, ses bar-ques, ses canots, ses yoles, ses chasse-marées, ses vaisseaux de toutes grandeurs et de toutes nations ; là, les pavillons des différens peuples, les longues et étroites flammes, les gracieuses

banderoles se déroulant, s'agitant, s'alongeant,
se recourbant comme des serpens de diverses
couleurs qui se joueraient sur le ciel ou dans
une forêt de mâts !

Ici, des voiles qui se détendent et qui se gon-
flent pour le départ ; là, d'autres qui se replient
à l'arrivée ; plus loin , les blanches ou noires
bouffées de la vapeur.

A bord des bâtimens , sur le pavé des quais ,
partout de la vie , du mouvement , du bruit et
de l'industrie. Le coton , le fer , le bois de tein-
ture , le sucre des colonies , l'huile du midi ,
les savons de Marseille, les olives de Provence,
les vins du Rhône, de Bourgogne, de Bordeaux,
de Malaga, du Cap, de Ténériffe, de Madère.... ;
les produits de l'industrie normande , les tissus
de coton, les rouenneries qui vont aller au loin :
toutes ces choses , tous ces ballots qui arrivent
ou qui vont partir , se rangent , se comptent ,
s'entassent sur les cales du quai. Regardez ces
négocians qui lisent et qui comptent ; ces commis qui vont et viennent avec toute l'agilité de
la jeunesse ; ces douaniers qui regardent avec
toute l'attention du fisc ; ces amis , ces parens
qui accourent au-devant de personnes annon-
cées.... Joignez à tous ces êtres si activement ,

si utilement occupés, les oisifs qui rêvent en *flanant;* les jeunes gens qui dépensent leurs journées et qui les poussent devant eux comme la fumée de leurs cigarres, pour qu'il n'en reste rien..... Mêlez tout ce monde dans votre pensée, et vous aurez une idée du port de Rouen en l'année 1835....

A cet imparfait tableau opposons-en un autre.. Voici la peinture que fait *Du Souillet* de l'ancien port :

« La Seine, qui roule ses flots avec majesté le long de ses remparts, y forme le plus beau quay qu'on puisse voir (c'était, notez-le bien, du tems des vieilles maisons). Ce quay est le plus souvent tout bordé de vaisseaux estrangers ; on peut avoir, dans une seule promenade, l'agrément d'y entendre parler toutes sortes de langues ; et sans sortir de là, on sçaura ce qui se passe dans l'univers. Le flux de la mer, qui s'y fait deux fois par jour, y fait monter des navires en deux fois vingt-quatre heures, principalement aux nouvelles et aux pleines lunes. Ce qui est remarquable, on ne trouve point en quelque rivière que ce soit, un flux de mer aussi fort qu'en celle-ci ; nonobstant les détours et les sinuositez de son canal, ce qui apporte une grande com-

modité au commerce : et si elle n'estoit pas si
large au-dessous de Villequier, nous y pourrions
voir des navires de huit cents tonneaux. »

Le même historien ajoute :

« Le fameux pont de bateaux, dont on se sert
à présent, a deux cent soixante pas de long, et
est construit avec tant d'art, que les estrangers,
ceux même qui ont le plus voyagé, avouent
qu'en ce genre ils n'ont rien vu de semblable. »

Du Souillet n'était pas seul à aimer le *pont de
bateaux*. Les anciens de Rouen m'ont raconté
qu'ils se souviennent d'avoir vu leurs pères, dans
les grandes chaleurs de l'été, après leur souper
(dans ce tems-là on soupait entre sept et huit
heures du soir), aller en robe de chambre, en
pantoufles et bonnet de coton, s'asseoir sur le
pont de bateaux pour y parler des nouvelles du
jour et y respirer la fraîcheur du soir.

Aujourd'hui, le pont de bateaux n'est plus
le *rendez-vous fashionable* , le lieu aimé des
promeneurs à la mode ; c'est ce qui a été appelé
pendant quelque tems *la Petite-Provence* , et ce
qui porte actuellement le doux nom de *Boïeldieu.*
Deux portes de la salle de spectacle s'ouvrent
sur cette petite promenade..... Là , nous allons
quelquefois voir remuer la foule et entendre

bourdonner ses voix. Pendant que sous un beau
ciel étoilé nous laissons aller nos pensées et
que nos souvenirs nous reportent vers les amis
absens, les claquemens du fouet d'un postillon
se font entendre; ce sont de rapides chaises de
poste qui amènent des voyageurs, ou à l'Hôtel-
d'Angleterre, ou à l'Hôtel-de-Rouen.

Ces voyageurs, en apercevant tout ce monde
élégant à la lueur du gaz, en regardant ces hautes
et blanches maisons qui bordent la promenade,
en voyant toutes leurs nombreuses fenêtres éclairées, doivent se former une grande idée de
Rouen.... Il serait possible qu'un Anglais, arrivant de Paris et se rendant en Angleterre par
Dieppe ou le Havre, n'ayant eu de Rouen que
cette fantastique vision de nuit, racontât aux
COCKNEYS [1] de Londres que la capitale de la
Normandie est une ville *neuve et régulière*.... Il
y en a qui rapportent de leurs voyages des notes
aussi vraies que celle-là.

Pont de Pierre.

C'était une merveille, disent les anciennes

---

[1] Badauds de Londres.

histoires de Rouen, que ce pont que l'impératrice
Mathilde avait jeté sur la Seine pour lier ensemble les deux rives du fleuve, à l'endroit
où s'ouvre et se prolonge la principale rue de
la ville, appelée encore *la rue Grand-Pont....*
Nous l'avons dit ailleurs, de l'ouvrage de Mathilde, rien ne paraît plus; on dit cependant
que lorsqu'il y a absence de marées et que les
eaux sont très-basses, on peut encore voir quelques restes de piles. Alors que ce pont était
debout, étendant ses arches comme les anneaux
d'une chaîne pour réunir Rouen et Émandreville, il devait avoir plus de longueur que la
largeur actuelle de la rivière, puisqu'on a trouvé
les murs de l'ancien quai, en creusant pour les
fondations des maisons neuves, tout à côté du
Théâtre-des-Arts.

Il y a quelques années, on travaillait à
enlever les débris des arches qui compromet-
taient la sûreté de la rivière. Ces travaux étaient
curieux; on retira de dessous les eaux plus
de quatre cents poutres dans un très-bel état
de conservation, ainsi qu'une grande quantité
de fer.

Ce travail se faisait à l'aide de la cloche à plon-
geur, invention belle et hardie, avec laquelle

on va jusqu'au fond de l'Océan surprendre ses vieux secrets et ses trésors enfouis !

Quand Henri IV vint à Rouen, le pont de Mathilde était en réparation, et ce fut dans un bac que le Béarnais passa la Seine. Le pont de bateaux date de 1626.

Si un air de pesanteur doit faire croire à une longue durée, nous prédirons au nouveau pont de pierre une existence de bien des siècles ; car nous avons bien rarement vu de pont qui eût l'air de peser davantage sur la terre et sur les eaux que celui que nous voyons aujourd'hui placé à l'une des extrémités de la ville. Il faut l'avouer, pour le choix de l'emplacement du pont il n'y a pas eu *progrès*. Mathilde, il y a plus de huit cents ans, avait mieux placé le sien.

Lorsque l'on regarde ce nouveau pont, dont beaucoup de Rouennais sont fiers, on n'y conçoit rien. Pourquoi cette inflexion ? Pourquoi ce quadruple zig-zag ? Pourquoi deux montées et deux descentes ? Avec cette île au milieu, ne pouvait-on avoir sur le fleuve un passage plat, sans pentes et sans courbe ? Voyez à Orléans, à Tours ! La Seine peut avoir des difficultés à vaincre ; mais la Loire est-ce un ruisseau ? N'y a-t-il pas à notre fleuve, à nous, largeur, pro-

fondeur et puissance d'ondes ? Et cependant,
dans les deux villes que je viens de citer, vous
ne voyez aucunes de ces bizarreries qui vous
choquent dans le grand pont de Rouen.

Quand, par la suite des tems, la grande rue
royale sera percée et prolongée jusqu'à la magnifique église de Saint-Ouen, le pont actuel aura
un défaut de moins ; il sera devenu alors ce qu'il
est loin d'être aujourd'hui, CENTRAL.

Il faudra bien des siècles pour que la vie de
Rouen se retire de la rue *Grand-Pont.* C'est là
vraiment le cœur où afflue tout le sang, toute
l'animation de la ville.

Les personnes qui ne sont pas belles se sau-
vent quelquefois de la laideur par l'esprit. Le
pont de Rouen se sauvera-t-il de la critique par
la statue de Corneille qu'il a l'honneur de porter ? Hélas ! non ; car cette statue produit là un
bien pauvre effet. Sur ce lourd terre-plein, qui
semble de force à pouvoir porter une pyramide
d'Egypte, il aurait fallu, nous le pensons du
moins, un monument élancé et qui allât se dessiner sur le ciel. Au lieu de cela, on a placé là,
sur un piédestal un peu camard, une statue de
bronze.... pour trancher sur un fond de briques
et d'ardoises. Et puis le glorieux fils de Rouen

regarde-t-il son berceau ?........ Oh ! non ; il a
même l'air de vouloir s'en éloigner.... .... il a
déjà le pied hors du piédestal ; on dirait qu'il
veut en descendre. Cependant les honneurs et la
gloire n'ont point manqué à son inauguration.
Ce jour-là, le 19 octobre 1834, la ville industrielle s'était faite littéraire et artistique. Tous
ces hommes que vous voyez rassemblés sous
cette tente dressée sur le terre-plein, sont-ce
des experts, des syndics qui vont prononcer sur
la qualité, sur l'utilité de telle ou telle étoffe fabri-
quée à Rouen ? Eh ! non, vraiment, ce sont bien
des syndics, des experts, mais *des experts ès-
lettres et arts...*, des académiciens de Paris mêlés
à des académiciens de Rouen, à des membres
de la Société d'Émulation et de bien d'autres
sociétés savantes ! Ils vont déclarer que Rouen
mérite bien de la France, en honorant ainsi un
de ses plus beaux génies ; ils vont remercier
Rouen d'avoir voulu, par de tels honneurs,
payer une dette due depuis long-tems.... ; ils
vont parler......, et toute cette foule immense
se tait et se penche en avant pour les mieux
entendre...... Je ne redirai point ici tous leurs
discours, je les ai consignés autre part, et les
annales de la cité les garderont.

La statue de Corneille dira autre chose que le génie du grand homme dont elle offre les traits ; elle dira qu'il y a une grande force dans un ferme vouloir. Un horloger de Rouen, qui n'avait, que nous sachions, d'autre autorité pour parler de Corneille, que son admiration, s'est mis un beau jour dans la tête que l'illustre auteur du *Cid*, de *Cinna* et de *Polyeucte*, né à Rouen, aurait une statue à Rouen, et il s'est mis à l'œuvre.

Ce n'est pas tous les jours que, dans une ville de calcul et de commerce, on est bien disposé à *souscrire*...., même quand c'est pour honorer le génie. L'admirateur de Pierre Corneille, ne trouva donc pas tout d'abord un grand empressement à seconder son ardeur; mais, muni de la décision de la Société d'Émulation, décision qu'il avait provoquée, il persista, revint à la charge, et a fini par avoir les fonds nécessaires pour l'érection de la statue que nous voyons élevée aujourd'hui

A PIERRE CORNEILLE, PAR SOUSCRIPTION.

Je crois que c'est Buffon qui a écrit cette singulière pensée : *La patience, c'est le génie.*

L'horloger dont je viens de parler, M. Destigny, a ce génie-là :.... il en a peut-être un autre, c'est même probable, puisqu'il est académicien et membre de la Société d'Émulation ; mais je ne cite que celui que je connais : *Le génie de la patience.*

Maintenant que le grand Corneille a une statue à Rouen, ses pièces admirables seront-elles admirées par le public de Rouen ? Je ne le crois pas. Le jour même de l'inauguration, pendant que les cœurs étaient encore tout chauds, tout palpitans des élans de la fête, des acteurs de Paris jouèrent sur le grand théâtre la tragédie de *Cinna*.... La salle, ce soir-là, fut trop petite pour la foule ; mais la foule resta silencieuse et n'applaudit pas....... Je m'expliquais difficilement cette froideur après l'enthousiasme du matin ; un Rouennais me dit que *c'était du respect*.... Je le souhaite.

Quartier Saint-Sever. — Le Grand-Cours.

Nous voici outre Seine. Cette rue qui vient aboutir au pont porte un nom qui redit la reconnaissance de Louis-Philippe d'Orléans ; cette rue a nom *La Fayette.*

De l'autre côté du fleuve, en parlant du Mont-Gargan, j'ai eu occasion, à propos de M. Laffitte, de dire un mot de la gratitude de l'élu du

9 août ; cette gratitude est telle, qu'on la rencontre partout, sur l'une et l'autre rive, et en province comme à Paris.

A gauche du pont, bordant la rivière, c'est le Cours-la-Reine qui alonge ses belles allées.... Je m'étonne toujours que si belle promenade soit aussi solitaire, aussi abandonnée ; elle n'a vraiment de vie qu'un jour dans l'année, le jour de l'Ascension. Pour quelques heures, c'est un autre *Longchamps, Longchamps* sans luxe, mais non sans fiacres.

La promenade de Longchamps est un reste d'usage pieux. La bonne compagnie, pour entendre de belles et pures voix de religieuses, allait autrefois à l'abbaye de Longchamps, le mercredi-saint. L'abbaye a été détruite, les belles voix se sont éteintes, les religieuses sont descendues dans la tombe ; mais l'habitude était prise, les chevaux et les cochers savent la route de Longchamps, et ils la prennent encore, à présent qu'elle ne mène à rien....

A Rouen, le jour de l'Ascension était jadis le grand jour, la fête de la fierte, la fête du pardon. Pour assister à si grande et si sainte solennité, quatre-vingt mille étrangers s'empressaient de venir, et comme pour la proces-

sion du matin , les riches et les pauvres avaient
pris leurs plus beaux atours , après la cérémonie , la foule parée , ceux qui avaient des équipages et ceux qui n'en avaient pas , se rendaient
au Grand-Cours.... A présent, on y va encore ; de
toute la magnifique solennité , il n'est resté que
cette partie profane et sans charme. Avec nos
mœurs actuelles , c'est toujours comme cela. Ce
qui est poëtique s'envole et nous échappe.

Casernes Saint-Sever et Bonne-Nouvelle.

Où vous voyez ces arbres , sur la place qui
s'élargit en entonnoir en se rapprochant de la
Seine , à cet endroit s'élevait autrefois *le Petit-
Château*, nommé *la Barbacane*. Un mont factice lui servait comme de piédestal , et les eaux
du fleuve ceignaient le monticule et la forteresse.
Henri V fit raser le château et en bâtit un autre
à la même place. Des deux, il ne reste plus une
pierre , les terres en monticule se sont abaissées ,
étendues , ont rempli les fossés et forment aujourd'hui la place Saint-Sever.

Ce Petit-Château est demeuré debout jusqu'en
1779. Ce fut sous l'administration éclairée de

M. De Crosne qu'il disparut , et que l'esplanade que nous voyons aujourd'hui en face de la
caserne fut nivelée.

Avant l'établissement de la caserne en ce lieu ,
c'était là que Rouen avait son grenier à sel. Ce
grenier qui avait coûté des sommes immenses ,
bientôt menaça ruine , et le dépôt ayant été
transporté rue Saint-Eloi , la caserne déploya
sur son emplacement sa grande façade et ses
logemens pour huit cents soldats. Pendant
quelque tems , ce vaste bâtiment servit de quartier à la cavalerie ; à présent , c'est l'infanterie
qui l'occupe.

Prieuré de Bonne-Nouvelle.

Les cuirassiers , les dragons , les hussards
sont logés maintenant où vivaient saintement
les religieux que Guillaume-le-Conquérant et
la reine Mathilde avaient établis en ce lieu de
solitude et de silence.

A la place de moines , des soldats ; au lieu
d'hymnes , de grivoises chansons ; au lieu de
prières , des juremens ! Cependant, le glorieux
bâtard, en fondant là un prieuré , avait bien

l'intention qu'on y priât *à jamais*, *à perpétuité*, pour lui et sa royale épouse. Voyez, comme au pays des Normands, la volonté du duc de Normandie est respectée !

Mais ne faisons tomber sur les hommes d'aujourd'hui les changemens survenus au *prieuré de Bonne-Nouvelle*. Voilà long-tems que cette maison religieuse a des destins adverses.

L'église et le monastère ne furent achevés que sous le règne de Henri Ier., roi d'Angleterre et duc de Normandie, qui consacra des sommes considérables à ces pieuses constructions.

Un violent incendie, qui ravagea le faubourg Saint-Sever, en 1243, réduisit en cendres l'église et toute la maison, sauf le dortoir. Les bâtimens furent reconstruits ; mais trois siècles après, le tonnerre brûla la tour, le cloître, le sanctuaire, et brisa les cloches.... Encore une fois tout venait d'être rétabli, car il y avait pour ce couvent comme une lutte constante entre le malheur et la piété, lorsque les calvinistes exercèrent de grands ravages à l'intérieur du prieuré.

Puis, Henri IV venant mettre le siége devant Rouen, en 1591, les assiégés sacrifièrent les faubourgs pour sauver le corps de la ville. De cette résolution, découlèrent pour *Bonne-Nouvelle* de nouveaux malheurs : le couvent fut détruit de fond en comble......

En vérité, cette sainte retraite méritait cependant de meilleures destinées ; car dès son origine, elle s'était ouverte à un prince proscrit et fugitif.

Quand Robert II, l'un des fils du conquérant, fut obligé momentanément de quitter sa capitale, il passa la Seine, et se réfugia *au prieuré de Bonne-Nouvelle*, où il fut reçu avec grande hospitalité par Guillaume D'Arques, alors prieur du monastère.

Une tradition, à laquelle je crois, veut que l'appellation de *Bonne-Nouvelle* soit venue à cette maison religieuse, de la reine Mathilde elle-même, qui était en ce lieu, lorsqu'on vint lui apprendre la *bonne nouvelle* de la victoire d'Hastings.

« Eh! bien, dit l'épouse du conquérant, *que cette église ne s'appelle plus désormais Notre-Dame-du-Pré, Notre-Dame-d'Émandreville ; mais que, pour l'avenir, elle ait nom Bonne-Nouvelle ; car bonne nouvelle ai reçu ici, dont Dieu doit être loué ainsi que Notre-Dame !*

Le nom d'une autre Mathilde, de l'impératrice Mathilde, se rattachait à cet ancien prieuré.

Elle y avait été inhumée, et sur sa tombe on avait gravé ces mots :

Ortu magna, viro major, sed maxima partu,
Hic jacet Henrici filia, sponsa parens.

Les Emmurées.

Dans ce quartier Saint-Sever, un autre couvent avait aussi un grand renom, c'était celui des *religieuses Emmurées.*

« Les religieuses de Saint-Dominique, dit Farin, qu'on appelle les Emmurées, parce qu'elles ne sortent plus quand une fois elles sont entrées dans leur couvent environné de hautes murailles, où elles trouvent une agréable solitude, ont été fondées au faubourg de Rouen, par saint Louis, l'an de grâce 1269. »

Saint Louis, qui avait une prédilection toute particulière pour cette maison de prière, avait fait don à son église d'un fragment de la couronne d'épine du Sauveur. Et lorsque le pieux monarque eut été mis au nombre des saints, les dames Emmurées avaient obtenu une précieuse relique : un os de la main de leur royal fondateur.

22

Ainsi que le couvent de *Bonne-Nouvelle*, celui-ci fut plusieurs fois pris et repris par les assiégeans et par les assiégés ; car il faut que tout se ressente de la guerre, même les autels d'un Dieu de paix !

On voyait dans l'église, gravée sur une pierre, l'inscription suivante :

> L'an mil deux cent soixante et neuf,
> Ce monastère fut fait neuf,
> Que l'on dit les sœurs Emmurées
> Ordre des prescheurs cy murées,
> Et lequel au temps ancien
> St. Louys Roy tres chrestien
> Des François, fonda en ce lieu
> Au titre de sainct Mathieu
> De son regne l'an troisième
> Avecques le quarantième.

Funérailles du cardinal d'Amboise.

« L'an 1510, le vingt-cinquième jour de may, l'illustrissime et révérendissime Georges d'Amboise, archevesque de Rouën, cardinal du saint siége, légat en France, et gouverneur de Normandie sous Louis XII, roy de France, mourut à Lyon, dans le monastère des Célestins, d'où il fut apporté à Rouen, estant conduit jusques à une lieue par le clergé de Lyon et plusieurs gentilshommes qui voulurent honorer la mémoire de ce grand prélat. Par toutes les églises où il posoit la nuit, depuis Lyon jusqu'à Rouen, on chantoit le lendemain un service, où l'on offroit cent torches qu'autant d'hommes portoient par les chemins, et en prenoient cent autres neuves ; et en cette manière le corps fut apporté jusqu'à Rouen, où il arriva le vingt-septième jour de juin 1510 ; à six heures du matin, et fut posé dans l'église des religieuses Emmurées, auquel lieu on le vint quérir le mesme jour après midy, pour achever la cérémonie comme il s'ensuit :

» Premièrement, partirent des Emmurées les quatre religions mendiantes, puis toutes les paroisses de la ville, qui fournirent cinq cents prestres ; suivoient les religieux de Saint-Lô et de la Magdeleine ; puis l'abbé, les religieux de Saint-Ouën et le clergé de Notre-Dame en corps.

» Suivoient deux cents hommes vestus de noir, dont il y en avoit cent de Lyon, et cent de la ville de Rouen, qui tous furent revestus aux dépens du deffunt, portant chacun une torche à ses armes.

» Puis cent autres hommes également vestus

de deuil, portant cent torches aux armes de la
ville de Rouen : le tout aux dépens de la ville.

» Puis marchoient les Bons-Enfants , revestus de drap gris et portant aussi des torches aux
armes du trépassé.

» Suivoient les serviteurs et domestiques du
mesme seigneur.

» Puis cinq hommes dont les quatre premiers
portoient chacun une masse sur leur espaule ,
et le cinquieme tenoit une épée à demi tirée , à
cause de son office de légat.

» Suivoit un autre homme vestu de deuil qui
portoit un carreau de drap d'or sur lequel étoit
le chapeau du feu sieur cardinal.

» Après , venoit le corps du deffunt dans un
cercueil de plomb couvert d'un drap d'or à
une croix de damas blanc , sur lequel étoit la
figure du mesme seigneur représentée au naturel , avec ses habits pontificaux ; douze prestres
en surplis portoient la bière et la figure sur leurs
espaules , et quatre évesques les houpes du drap
mortuaire.

» Après , marchoient les seigneurs de France
que le Roy y avoit envoyez pour honorer la cérémonie , puis la cour du parlement en corps , le
bailliage et la vicomté en corps , puis les bour-

geois de la ville, puis les sergeans de la cour d'église, et toute la mesme cour en corps.

» A l'entrée de la ville, on esleva sur le corps un poile de damas noir à une croix de damas blanc, dont les bastons estoient portés par quatre conseillers de ville. Il arriva à quatre heures après midy en l'église Notre-Dame, où il fut posé dans le chœur, entre la tombe du roy et le candelabre. Et depuis ce moment jusqu'aux matines du lendemain, les chapelains de la mesme église récitèrent le psautier comme on a coutume.

» Le lendemain, vingt-huitième jour de juin, au matin, le service estant accompli, le corps du deffunt fut porté à Saint-Ouën, et mis entre les mains de l'abbé et des religieux, qui vinrent au-devant jusqu'à la croix du cimetière, et fut délivré par le doyen à l'abbé en disant : ECCE.

» Et l'abbé répliqua : EST HIC.

» Et le doyen répondit : *Voicy celuy qu'on nous a donné vivant, nous vous le rendons mort.*

» Le lendemain 29 juin, tout le convoy partit de Notre-Dame et alla à Saint-Ouën, où le corps leur fut donné pour le porter en la cathédrale, et en passant devant Saint-Amand, fut posé dans l'église, où les religieuses chantèrent le *Libera*, comme elles sont accoutumées en pareille rencontre ; de ce lieu, le corps fut apporté à l'église de Notre-Dame par douze chapelains, et les houppes du drap par quatre évesques ; puis on le posa au milieu du chœur sous une chappelle ardente où il y avoit trois cent soixante-six cierges et dix-sept autres gros cierges de cire blanche, et il fut inhumé dans la chapelle de la Vierge, par l'évêque d'Avranches, qui fit la cérémonie.

. . » Ce mesme jour, après midi, on chanta l'office des morts, et le lendemain trois hautes messes : la première, du Saint-Esprit, par l'évesque de Cithron ; la seconde, de la Vierge, par l'évesque de Lysieux ; et la troisième, des deffunts, par l'évesque d'Avranches.

. » Monsieur le chantre estoit en sa place ordinaire, et au trait *De profundis* portoient chappes messieurs les chanoines Robert Fortin ; Guillaume Dombreville, Guillaume De Sandouville et Robert Bapeaume. . . .

» L'ordre du luminaire estoit fort honorable ; la représentation estoit faite en forme d'église avec croisée, et contenoit trois cent soixante-six cierges, le grand candelabre du chœur et les cinq chandeliers de derrière le grand autel fournis de cierges chacun du poids de six livres, les huict piliers du chœur ; les deux portes et toutes

les ailes de l'église fournies de luminaire ainsi
qu'aux festes triples, comme aussi tous les pil-
liers de l'église et des chapelles ; en la nef,
aux basses galeries des secondes voûtes, entre
deux piliers, à chacun cinq gros cierges. Il y a
dix arches de chaque costé, ce sont cent cierges.
Item en la chapelle de la Vierge, il y en avoit
aussi un grand nombre et en plusieurs autres
lieux non accoutumez ; le toût aux dépens du
deffunct.

» En ce même jour on fit une aumône à Saint-
Maur pour le deffunct, où l'on donna à tous
venans douze deniers ; et aux ecclésiastiques cinq
sols, et à la fin de cette distribution il demeura
deux mines de douzains.

» L'an 1522, Georges d'Amboise, neveu du
deffunct, fit faire ce tombeau magnifique que
l'on void en la chapelle de la Vierge, tant pour
son feu oncle que pour luy, où les ouvriers
travaillèrent cinq ans.... »

L'église des Emmurées était comme une station pour les illustres morts ; prélats vénérés,
chevaliers illustres, y étaient souvent déposés
comme en une sainte hôtellerie sur le chemin
de leurs tombes.

Messire Louis De Brézé, chevalier de l'ordre,

sénéchal de Normandie, comte de Maulévrier,
baron de Mauny et de Nogent-le-Roy, seigneur
d'Anet, Breval, Mont-Chamel, La Chaussée,
gouverneur et lieutenant du roi au duché de
Normandie, capitaine de cent gentilshommes, et
capitaine de Rouen, s'est aussi reposé dans la
retraite des filles de saint Louis, avant d'aller
prendre, en l'église de Notre-Dame, possession du beau tombeau que l'on y voit dans la
chapelle de la Vierge.

A ces autres magnifiques funérailles, dont
l'histoire de la province a relaté avec complaisance tous les détails, comme à l'enterrement
de l'archevêque légat, quelle foule de prêtres!
quel nombre de cierges ! quelle légion de pleu-
reurs revêtus de deuil ! que de chapelains chantant *Libera* et *De profundis!* Mais de plus, précédant le cercueil couvert de drap d'or armorié,
voyez toutes ces villes : Pont-Audemer, Caen,
Évreux, Lisieux, Rouen, représentées par des
hommes à leurs couleurs et à leurs armes
portant des torches funéraires pour dire que
toutes ces villes pleuraient l'illustre défunt.

Et puis les coursiers de l'écurie du haut et
puissant seigneur, au nombre de sept, caparaçonnés de drap noir à une croix de drap blanc,

sur lesquels étaient autant de gentilshommes
portant étendards, gonfanons et bannières de
taffetas rouge, noir et jaune, qui sont les couleurs des Brézé, avec cette devise à l'entour
d'une sainte Barbe et d'une chèvre :

TANT GRATE CHESVRE QUE MAL GIST !

Et puis l'épée, et puis le heaume, et puis la
cotte d'armes, et puis les éperons et les gante-
lets portés par les enfans d'honneur montés sur
des coursiers de deuil.

Et quand tout ce long cortége fut rangé dans
l'église ; quand le *Requiescat in pace* fut prononcé, la bière surmontée de la figure au naturel du défunt vêtue d'une robe de drap d'argent,
ayant des souliers de velours noir, et en tête le
chapeau de comte, composé de grosses perles
orientales, et autour de son col le collier de
l'ordre, fut déposée en la fosse qui avait été
creusée en face de la tombe du cardinal d'Amboise.

Mais avant que le noble cadavre fut descendu
en terre, ses gentilshommes vinrent l'un après
l'autre le baiser, et laissèrent devant lui leurs
enseignes.

Ensuite l'écuyer tranchant le vint aussi baiser, et mit à côté de lui son couteau ; et son
barbier lui vint manier les cheveux, et après
l'avoir aussi baisé, laissa son peigne auprès
de lui.

Puis le maître d'hôtel , ayant rompu son
bâton , clama par trois fois : *Mon maître est
mort !* et ces paroles furent accompagnées d'un
bruit qui se fit alors dans la chapelle , ce furent
tous les insignes de grandeur, étendard, heaume,
épée et armure , qui furent jetés dans là fosse du
seigneur de Brézé......

J'ai raconté fort au long ces funérailles, et
cela n'a pas été sans raison ; j'ai voulu , en énu-
mérant ainsi les richesses de nos vieilles cérémonies funèbres , montrer combien nos devanciers étaient plus riches que nous en *poësie*.....
Nous venons de voir une grande et opulente cité
vouloir honorer les restes d'un de ses enfans ;
nous venons de voir Rouen entourer le cœur de
Boïeldieu de toutes les pompes qui lui restent....
Mais, mon Dieu ! qu'aujourd'hui les pompes
mondaines de la mort sont pauvres !

Afin de mettre de l'éclat à l'entour du cœur
qui nous était légué, nous nous sommes ingé-
niés pendant trois semaines , moi comme les

autres , ..pour trouver de la magnificence et un
peu de poësie à donner à cette cérémonie que
nous voulions rendre belle. Tentures et lampes
funéraires nous étaient venues de Saint-Denis ,
les trésors mortuaires nous avaient été ouverts ,
et dix mille francs au moins ont été dépensés....
Eh! bien., comparez le récit des funérailles de
Georges D'Amboise et de Louis De Brézé au
récit que j'ai fait de mon mieux de la pompe
funèbre de Boïeldieu , et vous verrez la différence. Oh! que nos pères étaient riches en choses
qui parlent au cœur , et que nous sommes secs
et pauvres !

Eglise de Saint-Sever.

Je la voudrais belle cette église , je lui voudrais une tour ou un clocher qui s'élevât au-dessus des toits de ce grand et long faubourg ; car,
pour en rompre la monotone *platitude*, vous
voyez tout au plus quelques cheminées d'usines
et de manufactures, et, selon nous , ces hautes
et maigres colonnes de l'industrie sont loin de
produire un aussi bon effet que les flèches ou
les clochers de nos vieilles églises.

Saint Sever était évêque d'Avranches, et pendant qu'il porta en cette ville la crosse et la mître,

on venait de loin pour le consulter, car sa sagesse égalait sa piété. Quand il eut vécu tous les
jours que Dieu lui avait accordés pour édifier,
consoler et bénir ; quand son corps macéré de
pénitence fut descendu en sa tombe, de nombreux miracles signalèrent sa sainteté.

Aussi, ses reliques furent bientôt en grand
renom ; et, du tems que les hommes du nord
ravageaient la Neustrie, pour soustraire la châsse
de saint Sever aux profanations de ces barbares,
Richard Ier. l'envoya querir à Avranches, pour
la mettre en sûreté et en hommage dans la cathédrale de Rouen.

« Dieu, qui a promis que la mémoire des
saints ne se perdra jamais, dit une vieille chronique, fit paroître, par un miracle manifeste,
l'honneur qu'il avoit préparé de toute éternité
au grand saint Sever, puisqu'en tous les lieux où
son chaste corps reposa pour y passer la nuit,
on trouva le lendemain tant de résistance, qu'il
fallut s'obliger par vœu d'y construire autant
d'églises à son nom, autrement on n'eût pu le
lever de sa place.

« Ce sacré dépôt arriva sur le soir au faubourg
d'Émendreville, et d'autant qu'on se préparait
à le recevoir le lendemain avec cérémonie, on

le posa au même lieu où est maintenant construite l'église de Saint-Sever, qui n'était pour
lors qu'une petite chapelle. »

En l'année 1833, Louis-Philippe d'Orléans,
venant de la Basse-Normandie et se rendant à
Rouen, passa devant Saint-Sever. A son approche, le curé et son clergé vinrent avec la croix
et l'eau bénite sur le seuil de l'église ; mais Louis-
Philippe fit comme s'il n'avait rien vu, et passa
outre.......

Ceux qui veulent de la puissance l'achètent
par fois bien cher. A celui-ci, on impose une
apostasie, on lui dit : tu renieras la croix ; à cet
autre, on lui commande de briser son écusson ;
à un troisième, on ordonne de rompre tout lien
de parenté et de rendre le mal pour le bien.

Je connais, je vous assure, de nobles cœurs
qui ne voudraient pas d'une couronne à si flé-
trissantes conditions !...... Et j'en sais d'autres
qui, pour avoir un trône, n'ont eu peur d'aucune bassesse, d'aucun mensonge et d'aucune
tromperie.

L'église Saint-Sever est, je crois, la plus laide
de Rouen ; elle n'a aucun caractère ; sa fondation remonte à l'année 990.

Dans ce vaste faubourg, se voient quelques

hôtels, avec de grands jardins où les fleurs sont cultivées avec beaucoup de succès. Saint-Séver est le quartier de l'horticulture : au printems, le rendez-vous des plus belles roses ; en automne, le quartier-général des dalhias.... Si vous doutez de ceci, allez à Trianon, chez M. Calvert, ou chez MM. tels et tels que je n'ai pas mission de nommer, mais à qui les fleurs doivent de belles couronnes.

Saint-Yon.

La folie, c'est plus triste que la mort : mieux vaut le cercueil qu'une loge à *Bedlam*.

Voilà ce que mille fois je me suis répété, en me souvenant avec frisson des asiles d'aliénés que j'avais visités dans ma jeunesse.

La pensée de *Bedlam* m'était surtout restée comme un lourd et hideux cauchemar ! et j'avais peur d'approcher d'une maison de fous ; j'avais peur d'entendre ces hurlemens féroces, ces cliquetis de chaînes, ces coups de fouet des gardiens, qui m'avaient assourdi dans les souterrains de l'hôpital de Londres ; j'avais peur du souvenir de ces hommes que j'avais vus entièrement nus, enchaînés par le milieu du corps à des murailles de granit, sur des dalles de granit, écumant, se roulant, s'agitant, bondissant, se tordant les membres dans de frénétiques transports........

La pensée de la noire tristesse qui m'était restée long-tems après ma visite à Bedlam, m'empêchait d'aller voir aucun établissement d'aliénés, et depuis quatre ans que je suis à Rouen, je n'avais pas osé visiter Saint-Yon! ....

Enfin, hier j'ai surmonté ma frayeur..... ; et me voilà aujourd'hui avec un énorme poids de moins sur la poitrine !.... les hommes que je plaignais le plus au monde, les voilà mieux dans ma pensée : les voilà sans grosses chaînes, sans cachots noirs et sans bourreaux ! Les voilà aussi, eux, gardés, soignés par la religion!

Bénis soient! bénis soient les administrateurs qui ont conçu l'hospice de Saint-Yon ! Oh! que tous les hommes les bénissent, car entre nous tous, qui peut dire : Je ne serai jamais frappé, ni dans moi, ni dans les miens, de cette horrible affliction ! Pas un de nous ne peut, ni ne doit avoir cette assurance, car le seigneur visite qui il lui plaît.... ; et les esprits les plus sages, les plus forts se sont tout-à-coup perdus dans la folie. Le génie a été vu ricanant comme un insensé, et les plus grands philosophes ont été vus stupides comme le cretin des Alpes !

En écrivant ces lignes, au milieu de la nuit ; en reportant ma pensée sur Saint-Yon que j'ai visité hier, je sens quelque chose qui me vient froid au cœur, comme une lame de poignard !

O mon Dieu, que ceux-là soient donc bénis de vous et des hommes, qui ont conçu la pensée de Saint-Yon........... ; cette pensée réalisée est devenue une garantie de malheur de moins pour nous tous !

La folie ! c'est, je crois, parmi les Turcs qu'on la regarde comme sainte, et que l'on n'approche des fous qu'avec respect......... En vérité, quand on réfléchit à la *sagesse* du monde, on prend un peu de cette croyance de l'Orient, et souvent on peut se demander où sont les plus aliénés d'esprit ?

C'était le lundi gras que j'allais visiter la maison des fous, en voyant tous ces masques suspendus aux boutiques, en lisant sur les murailles ces gigantesques annonces de mascarades, et les primes accordées à ceux qui iraient danser au bal avec une figure de carton plaquée sur le visage, en entendant toutes ces voix déguisées, glapissantes, aigres et frêles des masques crottés des rues, n'était-ce pas à se demander où étaient les fous ?

Enfin, par un beau soleil de huit heures du matin, je me suis rendu à Saint-Yon; non sans grande émotion, je vous assure. M. le docteur Parchappe avait bien voulu me permettre de le suivre pendant la visite qu'il fait chaque jour dans toutes les parties, dans toutes les loges de ce vaste établissement.

Quand j'arrivai, la visite était commencée depuis quelques minutes; mais, au bout de quelques instans, nous eûmes bientôt retrouvé le docteur; il était accompagné de deux jeunes élèves et de la sœur des différens quartiers qu'il visitait.

Il faudrait ne pas aimer ce qui est bien, ne pas admirer ce qui est beau, ne pas respecter ce qui est saint, pour ne pas être ému en voyant la religieuse de la cour Sainte-Madeleine...... Je vivrais encore bien des années que je me la rappellerais, avec sa robe bleue, son voile noir, sa haute taille, son regard baissé et sa grâce de modestie.

Mais avant de vous parler de cette cour de Sainte-Madeleine, il faut que je redise mes premières impressions. En entrant dans les cours de Saint-Yon, en passant le premier seuil, j'avais comme de l'oppression sur le cœur et

je me disais : Pourquoi viens-je visiter cet asile
de souffrance et de malheur ? Pourquoi venir
ainsi amasser dans mon esprit des sujets de tristesse ? Eh mon Dieu ! dans le monde n'y en a-
t-il pas déjà trop ?.... C'était là ce que je disais,
mais cette disposition triste, comme si elle
avait été de neige, fondait à mesure que j'avan-
çais dans ces cours si vastes, si aérées ; à mesure
que j'approchais de ces différens bâtimens si
blancs, si bien dorés par le soleil, si bien entourés de gracieuses plantations..... Oh ! déjà je
me répétais : comme on a bien fait d'ôter à cette
maison l'aspect sévère et sombre que j'avais vu
à l'hôpital de Bedlam ! Les fous, voyez-vous,
sont des gens à imagination, les choses extérieures les frappent ; parmi les esprits bien
réglés du monde, il y en a beaucoup *qui ne
sentent pas aussi bien qu'eux*. Il y a des fous qui
savent mieux admirer le soleil que ne font bien
des sages ; des fous qui prennent plaisir à regarder le ciel avec ses nuages du jour, et ses
étoiles de la nuit ; des fous qui aiment les beaux
vers, les fleurs et le chant des petits oiseaux.... ;
et par le monde, je connais des gens bien fiers
de leur esprit, qui n'apprécient aucune de ces
choses.... Où sont les fous ?

On a donc bien fait d'entourer les pauvres
aliénés d'objets riants et gracieux ; à Rouen on
a été bien mieux inspiré qu'à Londres. Imaginez-
vous qu'à Bedlam, dans deux niches de la façade
du bâtiment, on a placé deux statues de furieux
se tordant les membres ; et, comme s'il n'y avait
pas assez de convulsions de douleur dans cette
maison, on en a fixé sur la pierre.... C'est horrible à voir ; à faire devenir fou qui vient voir les
fous !

A Saint-Yon, c'est tout le contraire. Quelque
chose d'ami, de bienveillant, accueille le malheureux qui y est amené et fait du bien au
parent qui y vient visiter son parent.

[1] « Rien de mieux entendu, nous allions
presque dire rien de plus séduisant que ce nouvel hospice. Les caves immenses de la maison,
autrefois souterrains obscurs de l'ancien couvent
des frères de Saint-Yon, ont été transformées
en cuisines magnifiques, et en dépôts pour les
provisions de bouche ; le linge des malades est
conservé dans de longues galeries où la propreté le dispute au bon ordre ; de vastes dortoirs réunissent jusqu'à trente aliénés tous couchés isolément dans des lits en fonte de fer.

[1] Théodore Licquet.

» Il faudrait tout mentionner dans cet hospice
si l'on voulait citer tout ce qui est parfait; chose
remarquable , les malades y sont d'une soumis-
sion exemplaire , d'une obéissance de tous les
momens , les femmes surtout semblent rivaliser
de zèle avec les sœurs ; elles partagent les soins
à donner aux plus malades , travaillent à l'aiguille , font la lessive , étendent le linge et le
plient ; les hommes tirent de l'eau , portent des
fardeaux , et prennent encore part à d'autres
ouvrages.

» L'hospice , tel qu'il est aujourd'hui, occupe
une superficie de dix-sept acres ; les aliénés
sont répartis dans les bâtimens spacieux qui le
composent , selon le degré de la maladie ; les
sexes sont entièrement isolés.

» Des cachots , des verroux , souvent des
chaînes , tel est encore en beaucoup d'endroits
le sort réservé à ces malheureux ; on en a vu
jetés au fond d'une prison souterraine et humide , attendre, sur le pavé qui leur servait de
lit , la fin de leurs tourmens , de leur position ;
heureux encore quand ils n'étaient pas confon-
dus pêle-mêle avec des criminels, quand un barbare geôlier ne venait point ajouter, par la bruta-
lité de son langage, à la violence de ses mouvemens. A Rouen , du moins , l'humanité n'aura

plus à gémir sur de pareils traitemens ; tout a été prévu dans l'intérêt de ceux qui habitent l'hospice. D'agréables cellules au lieu de cachots infects , un grillage élégant au lieu de barres de fer énormes , un lit et non plus une botte de paille jetée par pitié tous les mois , des jardins spacieux en place de cours basses , humides et malsaines , des galeries couvertes pour la promenade en tems de pluie, et mille autres avantages qu'il serait trop long d'énumérer. »

Ce que je viens d'extraire du livre de M. Théodore Licquet, j'aurais pu peut-être le dire aussi bien que lui, mais c'est à dessein que j'ai copié quelques unes de ses pages. Je sais qu'en ce *pays de sapience*, on m'accuse de me laisser emporter vers l'admiration ; on répète : *Il voit tout cela avec exaltation , il décrit tout en poëte , il décrit tout avec de grandes phrases romantiques.* Afin de me sauver de ce reproche, j'ai transcrit pour des lecteurs normands un écrivain normand. Pouvais-je faire mieux? Maintenant je vais me laisser aller à mes propres impressions et vous dire ce que j'ai vu et éprouvé.

Scènes détachées.

Pendant que le docteur donnait ses soins aux

malades, j'étais resté un peu en arrière, et me
trouvai vis-à-vis d'une femme d'une cinquan-
taine d'années, à la taille haute et forte, au
regard hardi, et coiffée d'un bonnet de coton.
La politique, à ce qu'il paraît, était entrée pour
quelque chose dans la folie de cette citoyenne.
Comme si elle avait deviné qui j'étais, elle se mit
à chanter, sur un air bien connu :

> Aristocrate, te voilà donc.........

Mais je ne puis continuer à redire sa chanson,
trop énergique pour mon livre. — C'était la première folle de l'établissement qui s'adressait à
moi. Il faut convenir qu'elle avait bien choisi
son compliment de bienvenue.

A côté de cette femme, il y en avait une autre
qui, depuis huit ans, ne cesse pas *un seul
instant* de faire retentir la cour Sainte-Madeleine
et les cours environnantes d'un torrent de sales
paroles de colère et d'emportement, torrent qui
ne tarit jamais.... Toujours, toujours cette malheureuse crie sans pouvoir s'épuiser. Nous sommes entrés dans sa loge ; elle était debout près du
grillage de la fenêtre, ses cheveux courts et gri-
sonnans hérissés sur son front baigné de sueur,

ses pieds étaient nus sur le plancher de sa cellule...
Le médecin lui tâta le pouls. Elle lui laissa prendre son bras, mais pendant qu'il en comptait les
pulsations, elle regardait du côté de la cour, et,
comme pour ne pas perdre de tems, ne cessait
pas de vomir des injures sur ses compagnes de
malheur et de folie qu'elle voyait passer dans les
galeries extérieures. Cette voix toujours criant
ne s'enroue jamais, et ne se tait que lorsque le
sommeil vient à la malheureuse frénétique.

Oh! il me semble que la tombe sera un grand
repos à cette folle si haletante, si agitée!

Comme pour faire contraste avec elle, nous
vîmes tout à côté une autre aliénée. Celle-là,
dans sa folie, avait eu l'ambition d'être à-la-fois
une sainte, une princesse et une femme forte;
et pour réunir toutes ces dignités, toutes ces
vertus, elle s'est faite *Madame la Dauphine.*

En voyant s'approcher d'elle deux de mes
amis, elle leur dit à mi-voix : « Je suis ici en
vertu d'un coup d'état.... Vous savez à qui vous
parlez?.... Je suis la fille de Louis XVI. Je sais
votre dévoûment et votre fidélité ; je veux les
récompenser : tenez, voici des croix que vous
méritez.... Celles-ci ne sont pas brillantes, mais
dans des tems meilleurs vous me les rappor-

terez, et je vous en remettrai d'autres de diamans....... »

Dans toutes les folies, il y a de l'ambition. On
veut ou de la puissance, ou des dignités, ou de
la gloire. L'éclat d'une couronne a tenté beaucoup de fous ; ici c'est l'éclat de la vertu qui a
tenté cette folle..... Dans une autre partie de la
maison, nous avons rencontré un homme que
j'aurais voulu voir en rapport avec l'aliénée qui
se croit la fille de Louis XVI. Cet homme, qui
est employé dans les cuisines, marchait en faisant son service avec une sorte de dignité, portant sur la tête une couronne fermée, surmontée
d'une croix et tout entourée de fleurs-de-lis.
Cet ouvrage, fait en paille de diverses couleurs,
annonce beaucoup de dispositions pour le dessin. Un habit, fait par le même homme, sur le
modèle de ceux du moyen-âge, est déposé dans
la lingerie, et montre aussi beaucoup d'adresse,
de patience et de goût....

Ce pauvre aliéné avait, à ce qu'il paraît, avant
que le malheur ne l'eût frappé, de profondes
convictions politiques, car depuis qu'il est devenu fou, il a toujours conservé son culte royaliste, et n'a point oublié les anniversaires que
nous chômons ; cette année encore, dans sa

cellule , il avait dressé une sorte d'autel tout
drapé de noir, avec un drapeau noir portant la
date du 21 janvier.

D'autres riront peut-être de ce pauvre fou.
A moi , il fait venir des larmes aux yeux! et j'aurais voulu le voir avec la femme qui se croit fille
du martyr, prier devant ce simulacre de tombeau.... Je crois que Dieu écoute la prière de
l'insensé comme celle du sage ; et d'ailleurs je
ne pense pas que le Français qui pleure le 21
janvier, soit aussi fou que celui qui prétend que
le jour du régicide ne demande pas d'expiation.

C'est chose remarquable , que ces opinions
politiques si enracinées qu'elles deviennent
des affections du cœur. Le parti royaliste compte
plus de ces affections-là que tous les autres.
C'est chose naturelle ; on s'attache à la bonté ,
à la vertu , au malheur...... Que l'orléanisme
mette en avant les caractères de son parti dignes
d'être aimés et admirés , et, pour commander
l'admiration et l'amour , qu'il nous trouve des
noms comme ceux de Louis XVI, de Marie-
Antoinette, de Louis XVII et de madame Eliza-
beth....... Allons , partisans du fils de Philippe-
Égalité , ouvrez l'histoire des d'Orléans , et
montrez-nous des vertus à comparer aux vertus

que nous venons de vous indiquer en pronon-
çant les noms de nos martyrs..... Mais me voilà
emporté hors du cours de ma visite. Dans une
des premières loges où je suis entré, je ne voyais
personne ; c'était dans la partie du bâtiment
réservée aux *gâteuses*. A ces malheureuses affli-
gées, on ne peut donner ni matelas, ni lit de
plumes, ni couverture. Daus un coffre en forme
de couche on met chaque jour de la paille nouvelle, et c'est là-dedans qu'elles dorment. Celle
qui habitait cette cellule était si enfoncée dans
cette espèce de lit, qu'on ne l'apercevait pas
du tout. Le docteur Parchappe l'appela par son
nom ; et je la vois encore sortant de dessous
cette paille dont elle se débarrassait le visage,
et nous regardons avec de grands yeux étonnés,
mais pas hagards. La religieuse qui nous accom-
pagnait voyant que la femme aliénée en se sou-
levant, laissait ses épaules découvertes, se pen-
cha sur elle, et, avec une grâce indicible de
pudeur, retint la chemise de la malheureuse
folle à l'entour de son cou. J'étais fâché qu'on
eût réveillé cette femme ; le sommeil doit être si
bon aux malades d'esprit! Que sait-on? peut-
être ont-ils des rêves lucides? Peut-être dans
leurs songes se croient-ils libres, avec leurs

enfans, leur famille, leurs amis, dans de beaux champs de verdure........ Oh! pourquoi, pourquoi les réveiller?

En citant quelques pages de M. Théodore Licquet sur l'hospice de Saint-Yon, nous avons écrit ces mots : *Chose remarquable, les malades y sont d'une douceur exemplaire, d'une obéissance de tous les momens.*

En voici bien la preuve : nous sommes entrés dans la cour où se trouvent *quelques furieux*....... Ce mot de *furieux* pourrait d'abord effrayer, et en vérité on aurait grand tort d'avoir peur. La religion et l'art ont façonné à une sorte de douceur tous ces hommes qui ont encore toutes leurs forces et qui n'ont plus de raison. C'était, je vous assure, un spectacle à saisir le cœur que celui que nous eûmes en entrant dans cette vaste cour tout entourée de galeries couvertes.... Là, adossés aux murs de leurs loges, cent aliénés formaient une longue ligne que nous allions passer en revue. Le soleil en ce moment-là brillait pur et ami sur tous ces malheureux ; tous avaient l'air de lui sourire, et moi je me pris à remercier Dieu de donner à ces infortunés ces beaux rayons qui devaient leur être comme une caresse.

Le docteur, accompagné des deux élèves, allait interrogeant chaque homme et donnant pour chacun sa prescription.... La revue de cette légion d'infortunés dura assez long-tems , le médecin se faisant un devoir d'écouter toutes les plaintes, toutes les réclamations.... Oh! mon Dieu ! c'était encore là comme dans le monde; il s'y présentait beaucoup de *pétitions*. Dans la vie ordinaire , lorsque vous trouvez cent hommes réunis, vous pouvez dire, sans courir trop de risques de vous tromper : deux pensées dominent toutes ces têtes : *pensée de fortune et pensée de plaisir.*

Dans cette cour, il avait bien plus de deux pensées régnantes; il y a dans la folie bien plus de sentiers pour s'égarer, que dans la raison.

Ici , ce grand homme sec et maigre qui se tient droit et dont la veste est boutonnée ras le cou , c'est un ancien soldat; aussi il a un nom qu'il prononce souvent , celui de Napoléon.

Ce petit court et gros , placé à côté de lui, sort du rang pour se plaindre ; on ne lui donne que trois soupes ; il en réclame quatre ,.... et souvent il s'empare de la portion des autres.

En voilà un qui tient les yeux baissés ; son air est recueilli et méditatif.... Il s'est d'abord

cru Dieu, puis ensuite le soleil, et maintenant
il est devenu beaucoup plus humble.... Vous
allez voir.

— Pourquoi êtes-vous ici? lui demanda-t-on
devant moi. Et il répondit :

— Parce que c'est la volonté du père céleste.

— Mais que faites-vous dans la maison ?

— J'y fais la volonté de Dieu.

— N'avez-vous pas une mission?

— Oui, peut-être bien.

— Et quelle est cette mission ?

— Celle d'obéir et de dire : obéissez.

— Ne vous croyez-vous pas envoyé du ciel?

— Je connais le ciel pour sa grâce.

Pendant cette courte conversation, il y avait
dans les réponses de l'aliéné comme une volonté
de ne pas se *révéler*. On eût dit que les jours de
sa manifestation n'étaient pas encore proches.

Comme je le voyais se réchauffer au doux soleil
de mars, je lui dis : Aimez-vous bien le soleil ?

Et il me répondit :

Oui, j'aime beaucoup le soleil, parce qu'il va
tous les jours où j'irai un soir, se reposer dans
le sein de Dieu.

Parmi tous ces habitués de l'hospice, le médecin remarqua une nouvelle figure ; c'était un

homme de trente ans environ; il n'avait point
encore l'habit de la maison, sa mise était celle
d'un monsieur.

A la manière dont le nouveau venu regardait
autour de lui, on devinait son effroi. Lorsque
son tour d'être interrogé fut venu, il dit qu'il
était maire d'une commune rurale, et qu'un
homme ayant été trouvé mort dans un chemin,
il avait été obligé d'aller pour reconnaître le
cadavre; qu'il n'avait pu découvrir quel était ce
mort, mais que l'on en avait fait l'autopsie devant lui, et que lorsqu'on avait, avec une hache,
ouvert le crâne de cet inconnu, ça lui avait fait
une telle impression, qu'il en était tout-à-coup
devenu malade. Et il répétait souvent : C'est la
première fois, c'est la première fois! Ils lui ont
ouvert la tête avec une hache!

Dans cette cour, si peuplée de misères et de
douleurs, il y a un ancien huissier, un vrai *monsieur Jovial*, content de tout et chantant sur tout.

Un poëte aussi se promène sous ces galeries.
J'ai vu tout un pilier couvert de stances de sa
façon; il y avait des vers pleins de sentiment
et de poësie. Ce jeune homme nous regarde
peut-être, nous qui ne faisons pas de vers,
comme des insensés!

En accompagnant le docteur dans sa tournée,
nous l'avions plusieurs fois entendu prescrire
des bains aux malades qui le consultaient. Les
bains, les sangsues, les rafraîchissemens, l'or-
géat, l'eau de groseilles, étaient les mots qui
revenaient le plus souvent et qu'inscrivait sur
le registre du traitement l'élève qui marchait
près du docteur.

Nous allâmes voir le pavillon des bains, pavillon élégant qui s'élève entre les cours des
hommes et celles des femmes, et renferme
vingt-quatre baignoires, dans des salles différentes pour chaque sexe, avec un appareil de
douches. La manière dont l'eau arrive aux baignoires sans robinets et sans conduits apparens
est fort ingénieuse. Une pompe à feu suffit pour
alimenter deux réservoirs contenant ensemble
cinquante mètres cubes d'eau, et pour chauffer
simultanément l'eau de tous ces bains.

Les mêmes hommes que nous venions de
voir dix minutes avant sous les galeries des
cours : le saint qui aime tant le soleil, le vieux
soldat qui rêve de Napoléon, et le maire nouvellement arrivé, nous les trouvâmes déjà couchés dans les baignoires, dont tous les dessus
sont fermés d'un couvercle cadenacé. Il n'y a,

dans cette porte close, qu'un trou pour laisser passer la tête du malade. Cet aspect est d'autant plus étrange que toutes ces têtes sont coiffées d'énormes turbans faits avec de grosses éponges qu'un gardien imprègne continuellement d'eau froide. La mine que font ces têtes quand l'eau froide les inonde donnerait peut-être envie de rire si le cœur n'était pris d'avance, s'il n'y avait déjà dans les yeux des larmes d'attendrissement, de voir tant d'ingénieuse charité auprès de tant de malheur !

De tout ce que j'ai vu dans ma longue et intéressante visite , ce qui m'a frappé davantage, c'est une salle où les folles étaient assises en société. Il faudrait le talent de Victor Hugo pour peindre *le cercle* que formaient toutes ces femmes. Nos salons offrent parfois de bizarres assemblages de sots et d'hommes d'esprit, de jeunes et de vieux , de beaux et de belles, de laids et de laides , de prodigues et d'avares , d'amateurs des arts et de vandales , de poètes et de mathématiciens , d'ames élevées et d'ames basses , de cœurs chauds et de cœurs froids, mais par-dessus toutes ces dissemblances, l'usage et les bonnes manières ont jeté un voile uniforme, qui, de prime abord, rend tout cela à peu près semblable......

Dans la salle que je voudrais vous peindre, rien
de pareil ; c'est là la réunion des contrastes les
plus heurtés, les plus saillans, la révélation de
chaque folie dans toute son originalité........ Là,
la réponse n'attend pas la demande ; là, pas de
pause, pas de silence pour écouter ; celle-là rit
toujours ; celle-ci pleure sans cesse ; cette autre
n'arrête pas ses chansons, ni cette autre ses
prières.

Oremus, juremens, sanglots, éclats de rire,
malédictions, gais refrains, douces paroles,
blasphêmes, voilà ce qui se croise, se mêle,
s'élève et forme un indicible bruit. Il y a du
sabat là-dedans.

Une de ces pauvres folles pleurait, pleurait de
manière à fendre le cœur ; et voilà bien des mois
que les sanglots ne laissent pas reposer sa poitrine, et que les larmes ne laissent pas sécher ses
yeux ; toujours elle gémit, toujours elle pleure.
On ne conçoit pas que des yeux puissent fournir tant de larmes...... Et savez-vous pourquoi
toute cette douleur ? C'est une pensée de patrie
qui la fait naître et qui l'entretient. La pauvre
folle croit que le malheur a dépeuplé entièrement la France, et qu'ELLE SEULE est restée
parmi ses ruines ! SEULE sur sa terre désolée !

— Eh ! pourquoi, lui dis-je, pourquoi, ma pauvre femme, pleurez-vous ainsi ?

—Ah! c'est qu'il n'y a plus personne en France!

— Comment, plus personne ?

— Non, personne, personne!

— Vous voyez bien que vous vous trompez, car voici M. le médecin et moi qui vous disons de vous consoler, nous sommes aussi en France.

— Eh ! bien, ça fait deux ou trois ; mais c'est égal, *ils ont défait la France! Oh! oui, ils ont défait la France!*...

Impossible de la tirer de là.... Et moi, quand la folle me parlait ainsi, je me demandais : cette femme est-elle insensée ou inspirée? est-ce une folle? est-ce une prophétesse ? Elle dit : *Ils ont défait la France*..... Ses paroles sont vraies ; il y a eu une France noble, généreuse, une France de foi et d'honneur, une France de loyauté et de franchise, une France de génie et de courtoisie ; et des hommes sont venus souffler le poison de leur cœur sur cette terre aimée du ciel, *et ils ont défait la France !*

Il y a eu une France où Dieu était adoré, le Roi servi avec fidélité, la foi jurée gardée avec scrupule, l'honneur écouté avec respect ; et l'hypocrisie est venue à ce pays des *Francs,* elle a

déployé son astuce ; elle a cajolé, caressé, com-
plimenté la vieillesse et l'enfance ; elle a atteint
son but, elle a triomphé, *elle a défait la France !*

Oh! malédiction ! malédiction sur cette hypocrisie ; malédiction sur elle, fût-elle couronnée !

. Auprès de la folle qui pleure , une autre femme
chantait et répétait : Elle pleure , elle pleure ;
c'est qu'elle a pris notre bourse. Une autre allait
faisant des signes de croix et des génuflexions,
en répétant en latin toutes les prières de la
messe.... Quand j'ai passé près d'elle , elle m'a
dit, en étendant la main vers moi : *Benedicat
vos omnipotens Deus!* J'ai ôté mon chapeau ;
à cet instant, j'ai pensé comme en Orient ; je
me suis dit : la bénédiction d'un être frappé de
folie est peut-être puissante ; il y a tant de malheur dans la folie, que Dieu pourrait bien
l'écouter .   .   .   .

Dans l'infirmerie, nous vîmes une douzaine
de malades ; leur calme était grand. Là, plus
de paroles incohérentes s'entrechoquant entre
elles, plus de juremens ni de chansons. Nous
avons vu là un vieillard, qui depuis bien des
années n'a pas prononcé un seul mot. En face
de lui, un jeune homme à beau visage, brun et
pâle, m'a produit l'effet d'un fou par amour.

Dans tout ce que j'ai vu à Saint-Yon , c'est le seul qui m'ait donné cette idée-là; car, en général, dans l'hospice, j'ai trouvé que c'était le jeune âge qui fournissait le plus faible contingent.... A peine si , dans les cours des hommes, nous avons rencontré un adolescent; si , dans les galeries des femmes, nous avons vu une jeune fille.

Pour devenir fou, il faut donc vieillir ? Au fait, vieillir c'est souffrir , et ne sont-ce pas les souffrances du cœur et de l'esprit qui amènent le plus d'aliénations. . . . .

Dans le jardin nous avons vu un assez grand nombre de malades d'esprit ; ceux-là nous ont semblé plus gais que les autres ; c'était vraiment à croire que nous voyions devant nous des journaliers travaillant chez un bon maître.

Dans la partie réservée aux pensionnaires , on me montra un poëte. Oh! je voudrais qu'il enseignât à bien des jeunes hommes du monde à faire des vers comme les siens. En voici quelques uns; l'auteur rend compte de sa première visite à Saint-Yon.

Le portier venait de lui faire voir toute la maison.

Le portier me quitta. D'une pièce légère,
Dont je pouvais pourtant payer son ministère,
Par trois ou quatre fois je lui fis l'offre en vain ;
Quatre fois le portier ferma toujours la main.
Mais prenez. — Non, Monsieur. — Pourquoi vous
  en défendre ?
  — Parce que dans ces lieux on ne doit rien vous
  prendre.
  — Je vous l'offre, prenez. — Je ne veux rien de vous..
  — Je sentis que j'étais dans l'hospice des fous.

Dans sa description de l'hospice, il commence par la chapelle. Il s'écrie.

Avant tout, gloire à Dieu. Commençons par son temple,
En entrant, aussi bien, c'est lui que l'œil contemple..
Au-dessous de la croix un moderne cadran
Semble indiquer au monde, en espaçant les ans,
Que le tems qui s'enfuit sous l'aiguille tournante,
Ne peut jamais changer cette croix dominante.

Plus loin, après avoir décrit l'église, il ajoute :

Tel est de Saint-Yon le temple respecté.
Qui que tu sois, mortel, pour le voir attiré,
Souviens-toi que la vie est partout un orage ;
Que ta faible raison est sujette au naufrage ;
Qu'un moment peut soudain détraquer ses ressorts
Et te plonger toi-même en ces lieux d'où tu sors.
Dompte tes passions, sans trop de violence ;
Supporte les revers, les chagrins et l'offense ;

Evite les remords, source des rêves noirs ;
Ménage ta santé, respecte tes devoirs ;
Voilà les vrais moyens de pouvoir te soustraire
Aux soins particuliers du séjour tutélaire.
Que si pourtant malgré ta douceur, ta bonté,
Victime des humains et de leur cruauté,
Tu devais, par l'effet d'une affreuse injustice,
Voir dévorer tes jours les plus beaux dans l'hospice ;
Avec calme et patience accepte cette croix,
Pense à ton Dieu chargé d'un plus énorme poids,
Pardonne ton injure en songeant à la sienne,
Et que jamais du mal ton cœur ne se souvienne.

Certes, voilà de bons conseils, et donnés par qui a droit de les donner. Il y a dans les vers que nous venons de citer, *sagesse et poësie*.

J'ai dit que le jeune homme qui les a composés était un des pensionnaires de l'établissement ; je dois maintenant ajouter qu'il y a quatre classes de pensions :

La première, de 1,300 fr. par an et au-dessus ;

La deuxième, de 975 fr.

La troisième, de 650 fr.

La quatrième, de 450 fr.

L'ancien établissement des frères de Saint-Yon date à Rouen de 1705. Ces instituteurs des pauvres y furent appelés par l'archevêque

Nicolas De Colbert, et par le premier président Nicolas Camus de Pont-Carré, en 1608. Les frères de Saint-Yon achetèrent l'enclos qui porte leur nom.

Ils bâtirent eux-mêmes leur église, sans l'aide d'aucun architecte ; aussi ils ont inscrit sur son fronton ces simples mots :

FUNDAVIT ALTISSIMUS.

Cette église est vaste et ne manque ni d'élévation, ni de majesté.

« Le 16 juillet 1734, dit Licquet, les bons frères transportèrent avec pompe dans leur église les ossemens de leur fondateur, le vénérable Lasalle, décédé en 1719, et inhumé dans l'église de Saint-Sever. Indépendamment des enfans pauvres à qui les frères donnaient une instruction proportionnée à leur condition, ils recevaient aussi les jeunes étourdis dont les parens voulaient corriger l'inconduite ; et, chose assez remarquable, ils accueillaient en outre les infortunés frappés d'aliénation mentale. Trente insensés étaient habituellement entretenus dans la maison aux frais des familles. »

Quand vint notre première révolution, les

frères des écoles chrétiennes durent être chassés :
les jacobins d'alors ne les aimaient pas plus que
le conseil municipal de Rouen sous Louis-Philippe d'Orléans ; ils furent chassés. Leur maison
devint d'abord une prison ; car, pour *la liberté*
d'alors, comme pour celle d'aujourd'hui, la
France n'avait point assez de prisons... Ensuite,
des prisonniers de guerre espagnols y furent
confinés ; plus tard, un hôpital militaire ; plus
tard encore un dépôt de mendicité.... Toutes ces
différentes destinations ont duré ce que durent
les œuvres des révolutions : peu de tems.

Le bel et saint établissement que nous voyons
aujourd'hui à Saint-Yon, date du règne de
Louis XVIII.

Le 25 août 1822, le jour de la Saint-Louis,
M. le conseiller-d'état, préfet, baron de Vanssay,
posa la première pierre du nouvel hospice. On
déposa, dans une boîte en bois, revêtue de
plomb :

1°. Une note chronologique sur l'établissement de Saint-Yon ;

2°. Cinq pièces de monnaie d'argent au millé-
sime de 1822 ;

3°. La médaille frappée le 29 septembre 1820,

en mémoire de la naissance de monseigneur le duc de Bordeaux (aujourd'hui Henri V) ;

4°. Une expédition du procès-verbal de l'opération ;

5°. Une plaque de cuivre portant l'inscription commençant ainsi :

Le 25 aout 1822,

L'AN XXVIIe. DU RÈGNE DE LOUIS XVIII

ROI DE FRANCE ET DE NAVARRE

ETC. ETC.

SON EXCELLENCE MONSEIGNEUR LE COMTE DE CORBIÈRE

ÉTANT MINISTRE SECRÉTAIRE D'ÉTAT AU MINISTÈRE

DE L'INTÉRIEUR

ETC. ETC.

La boîte fut ensuite fermée et incrustée, par M. le baron de Vanssay, dans la première pierre posée par ce magistrat, à...... Mais je m'arrête, et, toute réflexion faite, je n'indiquerai pas davantage l'endroit où cette boîte, cette inscription, cette médaille commémorative de la naissance de Henri V, ont été déposées. Le juste-milieu, qui met stupidement des drapeaux tricolores dans les mains de Henri IV et de Louis XIV, pourrait bien chercher l'endroit où les cinq pièces d'argent ont été scellées dans la boîte de plomb, et substituer une médaille du 9 août 1830 à celle du 29 septembre.....

Pour célébrer dignement *la Saint-Louis*, ç'avait été une bonne idée que l'inauguration d'un hospice ouvert au malheur !...... Honneur donc au conseil-général du département qui conçut la grande et généreuse pensée du SAINT-YON d'aujourd'hui, et qui vota avec enthousiasme les fonds nécessaires pour ce magnifique établissement !

Honneur à l'homme de bien, à l'administrateur qui en a posé la première pierre !

Reconnaissance des hommes, et couronnes des anges aux pieuses sœurs de Saint-Joseph de Cluny !

Reconnaissance et respect à ces femmes qui consacrent leurs jours à veiller, à garder, à consoler les malades d'esprit, les idiots, les furieux et les frénétiques !

A tous les noms qu'il faut citer avec éloge, joignons celui du premier directeur, M. Vidal, qui a hâté l'organisation de ce vaste hospice avec un zèle et une activité sans exemple, et qui a jeté les premiers fondemens et les premières habitudes de l'ordre parfait qui règne aujourd'hui sous l'administration de M. Deboutteville dans toutes les parties de cette sainte et utile maison.

L'administration intérieure de l'asile des alié-nés se compose, au 5 mars 1835 ,

De M. Deboutteville , directeur ;

M. Foville , médecin ;

M. Pain , aumônier ;

M. Lepreux , commis aux écritures.

Les membres du conseil d'administration sont :

M. le Préfet, président ;

M. Godquin , curé de Saint-Sever , vice-président ;

M. Crosnier, conseiller de préfecture ;

M. le commandant Levasseur ;

M. Gessard ;

M. Metton ;

M. Eustache ;

M. Scott.

Le service médical :

M. Foville ;

M. Leudet, chirurgien ;

MM. Guilbert, Morissé, Mérielle , internes.

M. Foville étant absent , M. le docteur Par-chappe le remplace; c'est à son obligeance et à celle de M. Deboutteville que j'ai dû la facilité

de visiter, l'asile des aliénés dans tous ses merveilleux détails. Là, j'ai vu des *fous* et des *folles*
que l'on aurait dit guéris, tant ils travaillaient
avec zèle, entente et obéissance aux travaux de
la maison ; les uns dans les jardins, les autres
dans les ateliers, et les femmes à la lessive et à la
lingerie.

Nous avons vu aussi de ces pauvres aliénés
priant dévotement dans la chapelle.... Partout
j'ai vu comme une bénédiction du ciel sur cet
asile chrétien.

Établissement pour l'Éclairage par le Gaz.

Avant de rentrer en ville, pendant que j'étais
encore de l'autre côté de l'eau, je voulus aller
voir la source, le réservoir de nos nouvelles
lumières, de ces brillantes lueurs qui viennent
à la vieille cité en passant sur le lourd pont de
pierre qu'elles n'éclairent point encore. Chose
étrange que ce feu qui passe sous terre, entre
le pavé et l'eau, et qui arrive à heure fixe distribuer à chaque industriel, à chaque marchand,
ce qu'il lui faut de clarté pour faire briller ses
produits et pour tenter les passans.

Les rues Grand-Pont et des Carmes ont été

les premières à adopter ce nouveau mode d'éclai-
rage, que MM. Pauwels et Visinet ont importé à
Rouen.... Avant peu, la Grande-Rue, la rue
Beauvoisine, la rue Ganterie renonceront à la
lueur rouge et fumeuse des quinquets. On assure
que le théâtre va adopter le gaz; puis, il faut
l'espérer, les quais, le pont de pierre auront
honte de leur demi-clarté et voudront aussi res-
plendir. Alors, la Seine reflétera de bien plus
belles gerbes de lumières; alors, quand on des-
cendra ou des hauteurs de Canteleu, ou de celles
de Sainte-Catherine, ou quand on arrivera du
Pont-de-l'Arche par la route d'en bas, ce sera
tout-à-fait à croire que Rouen s'est illuminé
pour une fête!

L'établissement de MM. Pauwels et Visinet a
été sagement conçu et habilement exécuté; rien
n'a été sacrifié à ce luxe qui ruine tant d'entreprises et qui les tue à leurs premiers jours. Solidité, sécurité, entente, économie, voilà ce que
nous, indignes, avons remarqué à l'entour de
l'immense cuve où le gaz sommeille noir et
obscur en attendant qu'on lui dise, chaque soir :

Que la lumière se fasse!

Quelque chose qui était au moins autant de

de mon goût que cet établissement industriel,
c'est le vieux petit cloître *des Emmurées*.... Ses
arcades en ogive ont tout plein de grâce ; et cet
enclos si peu spacieux, si resserré, a un calme
que les changemens survenus *à la royale abbaye*
n'ont pu encore lui enlever entièrement.... Là,
plaquées dans le mur de la sainte galerie, nous
avons remarqué plusieurs petites pierres de
souvenirs portant le nom, l'âge et le nombre
d'années de profession des religieuses qui ont
été enterrées sous les dalles du cloître.

Du repos de cette retraite, nous avons passé
sans transition dans tout le tumulte de la grande
cité, et sommes allés déjeûner au *café de France*,
chez M. Jay, élève, ami et exécuteur testamen-
taire de l'illustre Carême, premier artiste culi-
naire de notre époque. Sous cette maison du
café de France, s'élevait jadis une muraille romaine. Là où s'étendent maintenant les caves,
ont été trouvés, il y a quelques annnées, des
tronçons d'épées, des fers de lances, de piques,
de javelots et des médailles antiques.... Jeunes
hommes, viveurs d'aujourd'hui, qui venez vous
asseoir joyeusement aux tables de M. Jay, si
vous en avez le tems, pensez que là où vous
riez, chantez et buvez, s'élevait, il y a bien des

siècles, un rempart, et que là de jeunes Romains
parlaient de César, comme aujourd'hui vous
parlez de Napoléon..... Et de tout cela? Poussière d'ossemens sur poussière de villes!

La Madeleine.

Vous, qui aimez le genre corinthien, avec ses
colonnes à feuilles d'acanthe et toute sa riche
pureté; vous qui recherchez des souvenirs ou de
Rome ou de la Grèce, allez à la Madeleine. Cette
église, bâtie il y a cinquante-cinq ans, est loin
du style gothique; en ce tems-là, on regardait
ce genre, si aimé aujourd'hui, comme semi-bar-
bare. Un architecte de ces jours-là n'aurait rien
voulu imiter ni de la cathédrale, ni de Saint-
Ouen, ni de Saint-Maclou.

L'église de la Madeleine est donc encore toute
parée de jeunesse et d'un grand luxe d'ornemens
classiques.... C'est en petit une excellente copie
de Sainte-Geneviève de Paris.

Ce joli monument, élevé d'après les dessins
de Lebrument, et décoré par le ciseau de Jadouille, est bien placé au bout d'une large et
majestueuse allée, et attenant à l'Hôtel-Dieu,
dont il est une dépendance. Son intérieur est

très-orné, et se compose d'une nef principale
et de deux collatéraux ; à l'extrémité supérieure
de la nef se déploie un dôme en plein cintre,
surmonté en dehors d'un obélisque et semblable
à un énorme casque de Sarrazin avec sa pointe
acérée.

Des tableaux de Vincent ornent deux des chapelles. Derrière le maître-autel se voit une large
tribune grillée, celle des dames religieuses de
l'Hôtel-Dieu. Cette tribune a aussi un autel où
le saint Viatique est toujours au tabernacle.....
Car à deux pas de là, sont les grands dortoirs
où l'on souffre et où l'on meurt.

La maison des Sœurs de la Miséricorde.

Ne cherchez point ici un de ces vastes bâtimens que construisaient nos pères quand leur
venait une pensée de foi ou de charité. Eux
savaient toujours imprimer à leurs œuvres, du
grandiose et de la majesté.... Nous n'en sommes
plus là, et il faut prendre le bien que notre
siècle veut faire avec toute la pauvreté et toute la
lésinerie de l'époque. Aujourd'hui, sans doute,
on dépense beaucoup, mais *pour soi*.... et il n'y
a plus assez de foi par le monde, pour que l'on

croie encore que ce soit *de l'argent bien placé*
que celui que l'on consacre à une bonne action !

La maison des sœurs de la Miséricorde est
donc d'assez pauvre apparence, mais elle est
riche de vertus et de miracles de charité. Et vous,
qui aimez les douces et pures émotions, allez,
pénétrez dans ces humbles salles, toutes remplies de pauvres petites filles qui n'ayant plus
de mères selon la nature en ont trouvé là selon
la grâce.

Ces enfans délaissés de leurs parens s'élèvent
là sous l'aile de la religion. Les sœurs de la
Miséricorde sont leurs institutrices, et à côté
de ces orphelines sans nom et sans fortune, les
saintes sœurs instruisent aussi de jeunes *demoiselles!* les pensions de celles-ci aident à donner
du pain à celles-là.

Il y a eu un tems où les maisons des malades
et des pauvres avaient des revenus. Mais là, il
y a eu usurpation comme ailleurs ; et je sais telle
personne qui dort tranquille dans un lit volé à
un hospice.

La communauté des sœurs de la Miséricorde
n'a jamais rien possédé que la modeste maison
et le jardin que nous lui voyons aujourd'hui.
Aussi, pour continuer cet établissement où les

petites orphelines apprennent à servir Dieu et
à travailler, il faut que chaque année la charité
s'ingénie pour aviser aux moyens d'avoir quelqu'argent : tantôt c'est un sermon de bienfaisance prêché par quelque orateur célèbre ; tantôt
une loterie à laquelle les femmes de la société de
Rouen ont toutes travaillé. Grâce à ces moyens,·
ce précieux établissement a pu se soutenir jusqu'à
ce jour. Mais pour qu'il ne tombe pas, il faut que
le feu sacré dure.... Oh ! je serais fier, si mes
paroles pouvaient contribuer à l'entretenir !

Voici quelques détails sur cette intéressante
communauté :

En 1818, un vénérable prêtre de Rouen,
l'abbé Lefebvre, aidé de l'abbé Eudes, conçut
cette pensée à la Vincent de Paule.

Son ministère l'avait mis à même de voir combien d'enfans étaient abandonnés dès en nais-
sant, dans une ville si grande, si populeuse et
si voisine d'un pays où l'on apprend de bonne
heure à se débarrasser de tout lien qui gêne,
quelque sacré qu'il soit.

Il savait aussi combien une instruction religieuse est importante pour tous, mais surtout
pour les jeunes filles pauvres. Deux jeunes personnes, Euphrasie et Céleste Harel, aidèrent le

prêtre dans cette œuvre pie , et furent les premières à partager sa tendre sollicitude pour les petites infortunées que la mort ou le vice avait rendues orphelines.

Ces deux sœurs se consumèrent rapidement dans ce pieux exercice. L'une mourut à vingt-deux ans ! l'autre à vingt-sept ! Elles n'ont brillé, dans la solitude qu'elles s'étaient faite, que peu d'instans , comme ces flammes si vives et si pures que l'on voit sur les autels , qui ne brûlent pas long-tems , mais qui laissent en s'éteignant une douce et suave odeur.

Je parierais que le nom de mesdemoiselles Harel vivra plus dans l'avenir, que ceux des grands hommes du règne de Louis-Philippe, inscrits par *cet appréciateur de vertu* sur les tables de bronze de son Panthéon !

Le chrétien ou le curieux qui vient visiter l'établissement de la Miséricorde , en y arrivant, a sur sa droite le pérystile corinthien de la Madeleine ; tout le monument se dessine, avec son beau ton de pierre , sur le côteau voisin dont les flancs sont déjà revêtus de verdure. Sur la pente de la colline , tranchent aussi sur ce fond vert, par le rouge de leurs briques ou le blanc de leur plâtre , des centaines de jolies habitations. Ici l'œil est en liberté, les murs ne l'emprisonnent plus, et vous respirez à l'aise. A gauche, vous avez les beaux arbres de l'avenue qui conduit au port, et comme pour toile de fond , directement en face de vous , les bords élevés de la Seine qui fuient dans un vaporeux lointain.

C'est sur cette place inachevée qu'a été construite, avec les deniers de la charité, la maison des *dames de la Miséricorde, servantes des pauvres.* On dirait que l'architecte qui l'a bâtie s'est souvenu de ce passage de l'écriture : *L'homme est voyageur sur la terre.* Elle est d'une construction si frêle et si légère, que je la comparais à la tente que les tribus nomades enfoncent dans leurs sables, et que les tempêtes du désert emportent quelquefois ; mais alors il ne reste rien du pavillon que la tourmente a soulevé comme une feuille, tandis que là où la religion a posé ses tabernacles, il reste une trace qui ne s'efface pas, le souvenir du bienfait.

Je ne sais si beaucoup de gens sont comme moi, mais quand j'entre dans une de ces maisons saintes, j'y trouve sur tous les visages une quiétude, un sourire de paix et d'absence de soucis, qui ne se rencontre pas dans la société.

On dirait que les habitans de ces demeures ont
laissé de l'autre côté de leurs murs de clôture
toutes les inquiétudes, tous les tourmens du
monde........... La supérieure et une des sœurs
nous firent voir toute la maison. Je ne me las-
sais pas d'en admirer la propreté : la religieuse
à laquelle j'en fis compliment me répondit : *La
propreté c'est l'or des pauvres.*

Au-dessus de la porte d'entrée, donnant dans
la cour intérieure, je remarquai cette inscription :

LE PAUVRE VOUS EST ABANDONNÉ,
ET VOUS SEREZ L'AIDE DE L'ORPHELIN.

Au réfectoire :

JE RASSASIERAI LES PAUVRES DE PAIN.

Celle-ci me parut plus touchante que toutes
les autres; elle était écrite dans le dortoir des
orphelines :

MON PÈRE ET MA MÈRE M'ONT ABANDONNÉ,
MAIS LE SEIGNEUR M'A PRIS SOUS SA PROTECTION.

Une femme bonne et aimable qui tenait au
monde par sa position, et à tous les établissemens de charité par son zèle et ses bienfaits,
madame la baronne de Bosmelet, dont nous

venons de voir tout récemment , à travers nos
larmes , le cercueil entouré des petites filles de la
Miséricorde, m'avait mené dans leur maison....
Et je me souviens que, pendant que je transcri-
vais cette inscription :

MON PÈRE ET MA MÈRE M'ONT ABANDONNÉ,

MAIS LE SEIGNEUR M'A PRIS SOUS SA PROTECTION,

cette jeune et sainte femme me dit : Ici, ce que
vous copiez là est vrai à la lettre , *le Seigneur
prend sous sa protection* celles que leurs familles
rejettent et abandonnent. Nous allons vous faire
voir tout-à-l'heure une jeune fille qui n'a jamais
connu ni son père, ni sa mère, qui, après la
mort d'un protecteur, s'est trouvée sans appui,
quoiqu'elle fût nièce d'un roi; sans un abri,
quand un des siens s'assied encore aujourd'hui
sur le trône de Suède!..... Elle restait ainsi isolée, sans expérience , sans fortune......... Une
quête fut faite pour elle.... et grâce à une bien
modique somme une fois donnée à la maison
de la Miséricorde , voilà que cette jeune personne a trouvé , pour le reste de ses jours , un
toit qu'elle n'avait pas, une famille qu'elle n'a-
vait plus....

En descendant dans la salle de travail, on me montra.cette nièce de Bernadotte, travaillant et brodant avec de petites·filles. Dans les palais de son royal parent, elle n'aurait pas eu l'air plus heureux et plus riant que dans cet atelier : à son cœur simple la *Miséricorde* suffit; elle ne connaît pas d'autres joies que les heures de récréation, d'autres récompenses que l'approbation de ses supérieures : cela et la paix de sa conscience composent tout son bonheur. Je connais plus d'un heureux de ce monde qui pourrait l'envier. . . . .

Dans une classe, je remarquai deux jolies petites têtes blondes, bien roses et bien fraîches; leurs cheveux tombaient ondoyans sur leurs sarreaux gros bleu. La religieuse qui nous conduisait me dit: Ce sont deux sœurs jumelles; elles se ressemblent tant que leur mère se trompe et les prend souvent l'une pour l'autre, *même en les embrassant!....*

N'était-ce pas bien là le propos d'une mère! En effet, ces mères selon la religion sont presque aussi tendres que celles selon la nature.

Dans toutes les salles que nous parcourions, il régnait un grand ordre et un profond silence....

Quand nous fûmes dans la cour, madame la

supérieure voulut bien faire venir deux de ses
élèves ; l'une, qui avait dix-sept ans , avait été
apportée à la Miséricorde par un homme tout
en haillons , qui avait dit, dans son grossier ,
langage : « Prenez-moi cette enfant; elle a sept
ans , elle est bien gentille , mais je ne sais
qu'en faire; sa mère vient de mourir, elle n'a
plus que moi, et moi je n'en veux pas , ça me
gênerait. Si vous ne me la prenez pas , je vais la
vendre à un sauteur de corde...., et là elle fera
bien son chemin ; car elle est adroite et jolie. »

— « Oh! donnez-nous la bien vîte , » dirent
les sœurs , qui devinrent bientôt de tendres
mères pour la pauvre enfant.... En la regardant
avec son bonnet noir, ses cheveux blonds séparés sur le front, sa robe bleue , ses yeux baissés,
son air décent et modeste , je me disais : Eh!
bien! sans la charité de ces pieuses femmes et
sans la *Miséricorde*, cette jolie jeune fille serait
aujourd'hui sur nos places publiques avec ces
costumes si sales et si dégoûtans des sauteurs
des rues, ces larges pantalons de perkale tachetés de boue, et ces vestes à la mameluck usées et
pailletées.... se ployant à la renverse et formant
l'arc avec son corps recourbé.......... et au lieu
de ce regard doux et modeste, noble , quoique

humble....... Oh! que la miséricorde de Dieu a
été bonne pour elle !

Cette jeune personne avait tant souffert dans
sa première enfance, qu'elle est toujours restée
très-faible et très-délicate. Aussi, malgré ses dix-
sept ans, elle a l'air d'en avoir treize ou quatorze
tout au plus. La religieuse nous disait : « Oh !
pour la conserver et l'élever, il nous a fallu bien
des soins : la couvrir de flanelle et la tenir bien
chaudement. » En parlant ainsi, la sainte fille posait sa main sur la tête de la pauvre orpheline, qui
levait vers elle ses yeux bleus voilés de larmes....,
et ce regard malheureux et doux semblait dire :
Aussi, je vous aime comme une mère !

Auprès de celle que la charité avait sauvée du
faiseur de tours, se tenait debout dans la cour
une autre petite fille ; celle-là encore, quoiqu'elle n'eût que douze ans, avait déjà une
terrible histoire à raconter....

Imaginez-vous l'asile, non seulement de la
pauvreté, mais du désordre et de l'inconduite ;
là, sans mère, sans sœur, sans personne qui lui
parlât de Dieu, de devoirs, de modestie et de
décence, cette malheureuse enfant vivait avec
un père dur, emporté et violent. La misère,
les remords, peut-être, venaient ajouter à l'irri-

tation de cet homme ; alors sans ouvrage, les
bras croisés, les yeux hagards, il restait des
heures entières assis dans un coin de sa chétive
demeure, dont tous les meubles avaient été
vendus les uns après les autres.... Dans ces mo-
mens-là, sa fille allait quelquefois pour l'embrasser et lui dire quelques douces paroles, mais
il la rudoyait et repoussait ses petites mains qui
se levaient vers lui, en lui criant : « Laisse-moi,
va-t'en ; que me veux-tu?.... »

Un jour, il était encore plus sombre et plus
terrible que de coutume, et la petite n'osant
approcher de lui, restait à jouer dans un autre
coin de la chambre. Il l'appela.... Elle courut à
lui, et il lui dit, en passant sa main calleuse sur
les jolies joues de sa fille :

— « Veux-tu être bien gentille, et me faire
une commission?

— »Oui! oui! répondit-elle bien contente de
ce ton de douceur et de la caresse que son père
venait de lui faire, où faut-il aller ?

— » Je vais te le dire ; mais tu ne t'amuseras
pas en route.

— » Oh! non, mon père.

— » Tu vas aller chez ta grand'mère.

— » Tant mieux ! tant mieux! je suis bien

contente........ Elle me donne toujours quelque
chose.

— » Elle te donnera encore *quelque chose*
cette fois-ci.... ·

— » C'est-il encore de l'argent, mon père?

— » Tais-toi.... elle n'en a plus.... tu lui de-
manderas....

—' » Tout ce que vous voudrez, papa, et je
reviendrai bien vite, bien vite.... vous apporter
ce que vous voulez et ce qui vous fera plaisir....

— » Oui, oui, c'est bon, pas tant de paroles,
va-t'en tout de suite chez ma mère ; tu lui diras:
Mon père vous prie de lui prêter, pour retirer
quelque chose du puits, la corde neuve qu'il
vous a achetée l'autre jour.

— » Oh! cette commission-là n'est pas difficile à faire. Soyez tranquille, mon père, je vais
courir bien vite, et je serai ici tout-à-l'heure....

Comme elle l'avait promis, la pauvre enfant ne
fut pas long-tems à faire cette course ; bientôt
elle rentra, tenant dans ses deux petits bras la
corde que demandait son père..... C'est bon,
dit-il, et il prit la corde roulée,.... et puis, la
tenant toujours, il croisa les bras de nouveau,
restant immobile sur le coin d'une table.... Ses
yeux étaient toujours fixes, son front pâle et

tout couvert de sueur, ses cheveux hérissés et sa poitrine haletante.

La pauvre enfant voyait bien que ce n'était pas un bon moment pour lui adresser la parole; aussi, dans cette misérable chambre, c'était quelque chose d'effrayant que ce silence.... Enfin, le malheureux le rompit le premier : « Va-t'en jouer avec tes petites amies, dit-il à sa fille..... Va-t'en....

— » Non, papa, vous êtes malade, je veux rester avec vous !

— » Moi,.... malade ! Oh ! non....

— » Vous êtes si pâle, si pâle !....

— » Va-t'en, te dis-je...., va-t'en, ou je te....

La petite fille, effrayée du geste et de la menace, s'éloigna bien vîte.... mais ne sortit pas de la maison ; elle resta dans la pièce voisine.... Alors, l'homme, se croyant seul, fit quelques pas..., déroula la corde..., la frotta avec quelque chose..., leva les yeux vers la poutre..., prit une chaise, la mit sur la table... et s'attacha la corde autour du cou.

— « Ah ! mon père ! mon père ! qu'allez-vous faire?... »Et la petite fille s'était élancée vers lui, cherchait de toutes ses forces à lui ôter cette corde ; mais il la repoussait..., elle tombait ,

elle se relevait..., revenait à lui, se cramponnait
à son corps comme un petit garçon à un
arbre; elle montait ainsi jusqu'à son cou, et
cherchait à défaire le nœud... Dieu semblait donner de la force à cette enfant qui voulait sauver
son père... La lutte fut assez longue ; mais enfin
avec d'affreux juremens et d'horribles blasphêmes, l'homme endurci dans sa coupable pensée
se débarrassa des étreintes de sa fille, ouvrit
sa porte et la jeta dans la rue....

Puis la porte se referma , puis la petite fille
entendit pousser le verrou... Et quand on parvint à rentrer dans la chambre tout était fini , le
cadavre, déjà tout violâtre, pendait à la poutre....
L'ange n'avait pu sauver le pécheur..., l'enfant
n'avait pu sauver le père. . . . .

Ah! si l'on interrogeait toutes ces filles de la
Miséricorde , que de choses lamentables elles
auraient à raconter!!! Mais non , la plupart
d'entr'elles ne connaissent que le toit où elles
vivent maintenant , que la famille que la religion leur a donnée. La charité est si ingénieuse
qu'elle a voilé, pour ne pas les attrister , leurs
premières misères ; elles savent qu'elles sont
filles de la Miséricorde , voilà tout.

Places de Rouen.

Rouen manque de *places*, ses rues étroites auraient dû cependant en faire sentir le besoin, mais il paraît que nos devanciers dépensaient pour vivre moins d'air que nous.

Nous avons aujourd'hui bien des choses dont ils ont bien fait de savoir se passer; mais en vérité ils ont eu tort, quand ils ont bâti leurs villes, de n'avoir pas, d'espace en espace, fait reculer leurs maisons. En traçant leurs rues tortueuses, irrégulières, on prétend que nos pères cherchaient à imiter le cours des fleuves, des rivières, des ruisseaux, et qu'ils voulaient, dans leurs constructions, *du caprice*, comme on en voit dans la nature; mais s'ils avaient bien étudié ce qui leur servait de modèle, ils auraient vu que les rivières repoussaient parfois leurs rives trop rapprochées et s'étendaient en larges nappes, comme pour donner de la liberté à leurs flots.

Autrefois surtout, siècles de processions, de cérémonies extérieures, d'entrées royales et solennelles, comment n'avait-on pas senti le besoin de places publiques, comment n'avoir pas pensé à donner des coudées plus franches au peuple, aux corporations, aux bourgeois, aux hommes-d'armes, aux religieux qui jouaient alors un si grand rôle dans les fêtes de la cité?

Place de la Cathédrale.

En ce tems-là, on regardait comme une place vaste et belle le petit espace conservé devant la cathédrale.

Avant l'année 1429, cette place servait de marché aux herbes et aux volailles. Plus tard, en 1537, on l'entoura d'un mur à hauteur d'appui et on la pava, ce qui était chose rare alors!

Deux belles croix de pierre en ont fait long-tems l'ornement; elles sont, comme de raison, abattues aujourd'hui et remplacées par deux grands réverbères.

Entre les croix et les réverbères, placés sur la voie publique, il y a une sorte de similitude : croix et réverbères gênent les voleurs et protègent les passans.

Aujourd'hui, en face de la cathédrale, le marché est devenu moins ignoble qu'il ne l'était autrefois; ce sont les arbustes, les fleurs qui s'y vendent, et la veille d'une fête chômée dans le pays, l'antique parvis se transforme en un massif verdoyant, entourant la fontaine de mauvais goût, qui répand l'eau et la fraîcheur dans

le quartier..... En été, quand est venu le soir,
le citadin, retenu par son négoce loin de la campagne, vient respirer ici le parfum de toutes les
fleurs réunies. Si elles étaient restées dans les
jardins des champs, les vers luisans brilleraient
sous leurs feuilles, en ville, ce sont les lampions
des marchands qui les éclairent et montrent
aux passans et la grâce de leurs tiges et la vivacité de leurs couleurs.

Ces lumières, placées parmi ces plantes, projettent un peu de lueur rougeâtre sur la base
noircie du vieux monument, pendant que la
lune en argente les hauteurs et en fait voir
toutes les merveilleuses découpures !

Tout à côté de la *place Notre-Dame* se voit
celle de *la Calende*, on l'appelait autrefois *le
port Morand*, *le port des navires*, *le port de
Notre-Dame*..... Vous souvenez-vous què je
vous ai dit ailleurs que le Seine montait jusque-
là? tous ces noms le prouvent.

Il y a, donnant sur cette place, un magnifique
portail de la cathédrale : rien de plus beau que
cette entrée de l'église avec ses deux tours carrées et son admirable fronton aigu.

Là, se voit une quantité prodigieuse de petits
carreaux de pierre, tous *illustrés* de charmans

reliefs, représentant des scènes et des paraboles des saintes écritures. Plusieurs ont cru voir dans ces bas-reliefs l'histoire d'un marchand de blé que la tradition dit avoir été pendu pour avoir vendu à fausse mesure.

Il y avait aussi sur cette place une croix pour la conservation des droits et franchises de la cathédrale ; elle a été renversée et non rétablie.

Une maison qui fait face au portail de l'église est un reste de l'ancien hôpital, avant la translation des malades à l'Hôtel-Dieu. C'est par cette porte de la Calende que le cœur de Boïeldieu est entré, le 13 novembre 1834, dans la cathédrale, les réparations que l'on faisait à l'église empêchant le cortége funèbre de passer par le grand portail.

Place des Carmes.

Cette place aurait pu être belle, mais elle a subi la destinée de toutes celles de Rouen ; elle est manquée. La fontaine si rustique, pour ne rien dire de plus, qui y verse son eau à côté des marronniers, donnait jadis la fraîcheur de son onde au jardin des Carmes. Là, des religieux méditaient et priaient ; là, j'écris aujourd'hui ; là, d'autres écrivent aussi....; mais je ne réponds que de mes œuvres, et j'ai la conscience que si

les fils du Carmel habitaient encore leur cloître,
ils ne déchireraient pas une seule de mes pages,
car je n'ai rien brûlé de ce qu'ils adoraient, rien
adoré de ce qu'ils condamnaient aux flammes.

Cette place des Carmes, que j'ai bien étudiée,
et qui m'a fourni matière à bien des feuilletons
pour la *Gazette de Normandie*, a un caractère
particulier : caractère mi-citadin et mi-cham-
pêtre. Ici, de hautes maisons à cinq étages ; là,
de petites demeures qui n'ont que le rez-de-
chaussée ; ici, d'élégans ateliers de modes chez
madame Gisiger, à côté d'un atelier de menui-
serie ; plus loin, la verdure d'une treille et d'une
tonnelle de vigne, auprès du feu et de la noire
fumée d'une forge de charron ; ici, le bureau d'un
Journal orléaniste regardant le bureau d'une
Gazette légitimiste ; là, un magasin de bonnets de
coton ; ici, une officine de pharmacie ; là, un
carrossier ; ici, une banque philanthropique ; et,
entre tous ces contrastes et toutes ces industries,
un grand sans gêne. Comme si, chaque matin,
ses habitans savaient d'avance que la place sera
peu fréquentée pendant la journée, ils y sont
tout-à-fait à l'aise ; vous les voyez s'y promener en
robe de chambre, en pantoufles et en bonnet de
nuit ; les charrettes de roulage, les diligences ;
les omnibus, les chars-à-bancs, les tilburys, les

tapeculs sont là, tantôt sur leurs roues, tantôt couchés sur le flanc, attendant les réparations du charron.

Puis, rejetée sur un côté de la place, la fontaine irrégulière donne ses eaux aux cuisinières et aux ouvriers du quartier; et puis, en face d'un fabricant et commissionnaire de rouenneries l'hôtel d'un chancelier de France (M. Dambray). Sous toute cette scène, enfouis sous le pavé, comme je l'ai dit ailleurs, des restes d'antiquités et de murailles romaines!

Vous le voyez, que de choses, où autrefois il n'y en avait qu'une! Comme la vieille pensée religieuse des solitaires du Carmel s'est diversifiée, subdivisée, perdue! Sur notre place, qui pense aujourd'hui à l'ancien couvent des Carmes, fondé par ce Bedford dont la poussière est déposée sous les dalles de la cathédrale de Rouen? Qui pense à ces choses du tems passé, si ce n'est moi, qui me plais mieux dans le souvenir des jours écoulés que dans les réalités de nos jours présens?

C'est la piété de saint Louis qui avait d'abord fixé les Carmes en Normandie. Ces religieux vinrent à Rouen en 1260, et ce ne fut qu'en 1428 qu'ils s'établirent dans la rue Grand-Pont, à

l'endroit où est aujourd'hui la place qui porte
leur nom.

Le contrat de vente du terrain qu'ils occupaient a été passé « par devant Robert Vigne-
» ron, tabellion juré de la vicomté de Rouen,
» le 27 may 1428 : témoins, Robin Filleül,
» escuyer, Jean De Rouville et autres seigneurs
» y dénommez. »

Et dans un autre acte, signé par les mêmes
seigneurs, on lit encore :

« Les dits religieux de Notre-Dame-du-Carmel
» et leurs successeurs seront tenus faire et dire
» dans ladite église toujours et à perpétuité :
» premièrement, tous les jours une messe à
» Notre - Dame, bien matin, à l'intention de
» mondit sieur le régent, et de la très-haute et
» puissante princesse madame Anne de Bour-
» gogne, sa femme, comme leurs propres fon-
» dateurs.

» Le cardinal d'Amboise, archevesque de
» Rouën, faisoit tant d'estime de ces bons re-
» ligieux qu'il y prit pour son suffragant le ré-
» vérend père en Dieu, Henry Potin, évesque
» de Philadelphie, qui avoit esté titré du mesme
» ordre par la divine providence, et ce fut lui
» qui besnit la tour de beurre et la paroisse de

» Saint-Etienne , le 12 mars 1496. Cet évesque
» fut inhumé dans l'église des P. P. des Carmes
» de Rouen, au milieu du chœur, sous une
» grande tombe de pierre où il paroît tenant
» sa crosse. . . . . ».

Et dans l'année 1835, à présent qu'il ne reste
rien ni du couvent des Carmes, ni de la volonté
du duc de Bedford , ni des cendres de Henry
Potin , évêque de Philadelphie, moi, qui écris
pour défendre la religion, la légitimité et l'honneur de la vieille France, j'ai pour collabora-
teur et pour ami un arrière-petit-neveu de ce
Henry Potin, si renommé dans son tems et pour
son savoir et pour sa vertu. Le couvent a été
détruit, les tombes brisées, les cendres des
morts troublées et perdues, mais, dans la famille de *l'évesque de Philadelphie*, l'honneur,
le talent et l'amour de la légitimité sont demeurés immuables! Les *niveleurs* ont beau faire , il
y a des familles qui restent privilégiées.

Place de la Rougemare.

Cette place longue, mais pas assez large, est
peu éloignée de celle de Saint-Ouen, dont je
parlerai plus tard. Voici les souvenirs historiques
qui s'y rattachent.

L'an 949 , Othon , empereur d'Allemagne ,
Louis IV, roi de France , et Arnould , comte
de Flandre mettent le siége devant Rouen.
Richard Ier. , à bon titre surnommé *Sans Peur*,
sort par la porte Beauvoisine , tombe sur les
ennemis , et en fait un si effroyable carnage ,
que le champ , témoin de ce fait d'armes , resta
tout inondé de sang...... ; de là , son nom de
Rouge-Mare.

En 1630 , Louis XIII céda la maison des
Béguines à une religieuse professe de l'abbaye
de Saint-Amand , nommé Marie Gobelin , de
cette famille Gobelin , de Paris , qui a donné
son nom à la plus célèbre de nos manufactures
de tapisserie. Ce fut en 1676 que ces religieuses
bâtirent leur couvent sur la place de la *Rouge-
Mare;* cette maison est devenue la caserne de
la gendarmerie.

Pendant la terreur de 1793 , un avocat nommé Aumont , qui demeurait sur cette place ,
proposa , un jour de marché , à plus de trente
mille personnes qui s'y étaient rassemblées, de
faire une pétition à la Convention pour demander l'appel au peuple français sur le procès du
Roi. Aumont parla si bien, le peuple de Rouen
est si ennemi du sang et savait si bien apprécier
les vertus du juste couronné , qu'il accueillit

avec enthousiasme la proposition du généreux
avocat. Une pauvre veuve qui avait sa boutique
sur la place apporta sa table de bois de chêne
pour que l'on s'en servît pour écrire la pétition.

Depuis, on a fait un crime à cette femme
d'avoir offert sa table, et elle a été guillotinée,
ainsi qu'un ramoneur, qui, dans cette occasion,
avait montré un grand zèle pour sauver Louis
XVI.

Je voudrais savoir le nom de cette veuve et
de ce ramoneur ; combien ils seraient plus
dignes d'être conservés que tant d'autres. Il y a
deux espèces de noms que tout écrivain doit
chercher à transmettre à la postérité ; ceux des
fidèles et des dévoués, pour les faire estimer et
bénir, et ceux des renégats, pour les faire honnir
et mépriser.

Madame De Staël a demeuré dans le couvent
des Béguines de la Rouge-Mare ; et là, où vivent aujourd'hui les *bons gendarmes*, se ras-
semblait jadis la fleur du bel esprit de Rouen !

Place du Marché-Neuf.

La place du Marché-Neuf touche au palais de
justice ; l'emplacement qu'elle occupe s'appelait
autrefois *le Clos-aux-Juifs* ; un petit obélisque
s'élève au milieu du marché où se vendent les

fruits, les œufs, les fromages, et surtout les *bondes de Neufchâtel*. Une statue de Louis XV dans sa jeunesse occupait ce piédestal que surmontent à présent l'aiguille et les quatre coqs ou aigles que nous y voyons : la statue de plomb doré pouvait être mauvaise, mais, à coup-sûr, d'un moins détestable effet que l'étrange monument-fontaine d'aujourd'hui.

Place du Vieux-Marché.

La place du Vieux-Marché est la plus vaste de la ville, et, comme s'il y avait une fatalité sur toutes les fontaines de Rouen, celle qui donne l'eau aux marchandes de poisson et de légumes, qui sont là établies en grand nombre sous des abris de planches et sous d'énormes parapluies, est encore lourde et sans caractère.

Là, anciennement, ont été représentés, dans les grandes solennités et tems de réjouissance des *mystères*, spectacles aimés de nos pères..... Le Vieux-Marché a encore ses spectacles.... C'est là que se font les exécutions à mort ; depuis quelque tems, il y a relâche à ces sanglantes représentations.... Dieu en soit loué ! les hommes apprennent plus la cruauté que la morale autour des échafauds.   .   .   .   .

Sur cette même place, où se jouaient les *sot-*

ties et les mystères., il existe actuellement une laide salle de spectacle, appelée du nom ambitieux de *Théâtre-Français....* Là se représentent les pièces les plus bizarres et les plus *romantiques ;* là j'ai vu *Marie Tudor, Camille Desmoulins, les Six Degrés du Crime, l'Incendiaire, le Juif Errant Ahasverus, et la Fille du Bourreau.*

Place de la Pucelle.

Tout à côté, sur cet emplacement nommé le Marché-aux-Veaux, il y a cinq cents ans qu'une grande tragédie fut jouée, tragédie qui jeta du sang et de la honte à l'Angleterre et à la France !

A l'Angleterre, qui *tuait* une sainte et une héroïne ; à la France, qui *laissait tuer* Jeanne-la-Pucelle !....

Rouen a assisté, les bras croisés, à l'affreuse tragédie, et, depuis ce jour, a mal expié la honte de n'avoir pas délivré des mains des Anglais la fille inspirée qui avait délivré la France du joug de l'étranger !

[1] « Tout ce que la mort a d'horrible, tout ce que la haine peut inventer d'humiliations et

---

(1) Th. Licquet.

d'outrages, fut réuni pour le supplice de la courageuse vierge. *Elle fut brûlée à petit feu pour s'être vestue en habit d'homme, chose à Dieu abhominable ; elle fut brûlée parce qu'elle estoit superstitieuse, devineresse de diables, blasphémeresse en Dieu,* injures absurdes dont on la poursuivit presque sur le bûcher ; et que l'on avait pris soin de tracer en gros caractères sur des bannières portées devant elle au lieu du supplice. »

Sur la place, où le mauvais goût a lourdement construit cette fontaine qui ne versera jamais assez d'eau pour effacer la tache et la honte qui ont été *faites là* à la France, avaient été dressés trois échafauds : sur l'un étaient *les juges* et les assesseurs, sur l'autre ; Jeanne et les prélats, le troisième était celui du supplice.

. Le peuple a parfois des momens d'engourdissement dont on aurait de la peine à se rendre compte ; lui qui a tant et de si bruyantes voix ! tant de bras ! tant de mouvement, devient tout-à-coup muet, immobile et comme paralysé dans tous ses membres.

Le peuple de Rouen avait été saisi d'une de ces soudaines stupeurs, lorsqu'il ne s'opposa point à l'horrible exécution de Jeanne-la-

Pucelle, lorsqu'il laissa les Anglais conduire à travers ses rues la sainte et héroïque vierge à son bûcher de mort !....

En ce tems-là, comme aujourd'hui, ceux qui voulaient le mal étaient d'habiles menteurs, et, pour rendre la population de Rouen indiffé-rente au sort de Jeanne D'Arc, ses juges, ou plutôt ses bourreaux, avaient répandu d'horri-bles calomnies contre elle.... Alors, le peuple était *dévot*. Eh bien ! les Anglais répétèrent que leur prisonnière était impie; ils écrivirent sur le poteau de son bûcher, sur la bannière qui ouvrait son cortége funèbre, que la condamnée était *devineresse de diables et blasphémeresse en Dieu*.

Oh ! ce n'est pas aujourd'hui que nous pou-vons douter de la puissance que certains mots ont sur la masse populaire. N'avons-nous pas vû de nos jours des provinces tout entières frappées, à l'aide de ces mots, d'une de ces grandes paralysies dont nous parlions tout à l'heure? ne les avons-nous pas vues stupidement muettes et honteusement inactives, croiser les bras, regarder et laisser le vice chasser la vertu. . . . .

Je ne puis, sur cette place de la Pucelle, m'empêcher de rappeler ce qu'était Jeanne

D'Arc; pour la peindre en peu de mots, je
vais prendre quelques fragmens d'un récit fait
par Jehan D'Aulon, écuyer de la noble fille.....
Voici comment il raconte son arrivée à la cour
de Charles VII.

« La ville de Chinon, que vous voyez aujour-
d'hui si belle et si brillante (le chevalier parle
de l'époque où les cours de France et de Bretagne y étaient rassemblées) [1], était triste et
désolée quand la fille de Vaucouleurs y arriva ;
nous étions tombés si bas que nous ne pouvions
plus espérer ; toute cette fleur de chevalerie qui
entoure aujourd'hui le roi de France, était avec
lui ; nous étions donc beaucoup autour de ce
Roi, que les Anglais, par dérision, avaient appelé
le *Roi de Bourges*.

» Dans ces jours de découragement, je me
rappelle combien nos épées et nos lances nous
semblaient pesantes ; nous sentions que Dieu
les avait émoussées dans nos mains, et que le
salut de la France ne dépendait plus de nos
bras, et devait nous venir d'en haut.

» A certains maux, il n'y a que les remèdes
du ciel; nous en étions là.

---

[1] Chronique du XIIIe. siècle.

» Jeanne alors parut.....

» Quand le bruit se répandit, à Chinon, que
la fille inspirée, que la prophétesse, que celle
qui conversait avec les anges et les bienheureux,
était aux environs de la ville, une grande foule
se porta au-devant d'elle ; et ce n'était pas seulement du menu peuple et des femmes, dans la
multitude, on reconnaissait beaucoup de chevaliers et de gens de haut parage.... Le besoin
d'espérer était partout, et, les grands et les petits, voyant que tous les secours humains ne les
délivraient pas, en attendaient d'ailleurs.

» Six ou sept personnes, parmi lesquelles
étaient son frère et un prêtre, accompagnaient
Jeanne D'Arc. Depuis son départ de Vaucouleurs, elle cheminait à leur tête, sur le modeste
cheval que lui avaient donné Jacques Alain et
Durand Laxart. Son vêtement était pauvre et de
peu d'apparence, et ceux qui venaient avec elle
n'avaient ni renom ni habileté militaire ; ils
n'avaient que foi dans l'envoyée du ciel. Aussi,
en voyant cette jeune fille et cette mince escorte,
plusieurs d'entre nous, et je confesse que j'étais
de ce nombre, nous sourions amèrement en
disant :

» *Est-ce de là que le salut doit nous venir?..*

» Parmi les officiers de la maison du Roi, il y
en avait beaucoup qui pensaient comme nous ;
car Jeanne ne fut pas menée tout de suite au
château où était le Roi, elle fut logée chez une
bonne femme auprès du castel de Chinon.

» Cependant, tous ceux qui l'avaient appro-
chée, tous ceux qui avaient conversé avec elle
en faisaient d'admirables récits et vantaient sa
beauté, sa modestie et son courage.

» Je voulus juger par moi-même de cette
merveilleuse fille, et je fendis la foule pour parvenir jusqu'à elle ; quand j'arrivai dans la petite
chambre où elle devait loger, elle venait, pour
se rafraîchir, d'ôter son casque ; ses cheveux
châtains étaient séparés sur son front ; tombaient
en boucles autour de son cou, et n'étaient pas
plus longs que ne les portaient alors les jeunes
chevaliers, écuyers et pages ; son teint, d'une
grande blancheur, était animé par la chaleur
de la route ; ses yeux étaient doux comme ceux
d'une femme, et fiers comme ceux d'un guerrier.
Elle avait en même tems de la modestie et de
l'assurance, quelque chose de noble et de villa-
geois ; en se montrant, elle commençait sa mission, car elle s'emparait des cœurs ; mais il faut
que j'explique ma pensée, elle ne s'en empa-

rait pas comme une femme, mais comme un
ange, c'était du respect, de l'admiration, et non
des désirs qu'elle savait inspirer.

» Quand je fus bien près d'elle, je lui dis,
» non sans une grande émotion :

» Eh bien ! jeune fille, vous voilà, bien loin
» de vos moutons, au milieu de tant d'hommes-
» d'armes !

— » *Ainsi l'a voulu messire qui m'envoie,*
» répondit-elle.... J'ajoutai : N'avez-vous pas
» peur avec nous ? Ici, vous n'aurez plus le
» repos et la paix des champs, vous ne rencon-
» trerez que fatigues et dangers.

— » *C'est pour cela que je suis née,* dit avec
» assurance la pucelle en relevant sa tête, *c'est*
» *pour cela que je suis née....; j'aurais mieux*
» *aimé rester à filer ma quenouille avec ma*
» *pauvre mère....; mais ce n'est pas moi qui*
» *viens; c'est lui qui me guide, c'est lui qui*
» *m'a dit : Va-t'en trouver gentil dauphin de*
» *France; me voilà...., pourquoi ne me conduit-*
» *on pas auprès de monseigneur le dauphin ?*

— » Dites le Roi, répliquai-je.

— » *Quand il aura été sacré dans l'église de*
» *Rheims,* dit la jeune fille.

— » Vous avez donc grand désir de voir le

».Roi; vous avez fait bien du chemin pour
».venir jusqu'à lui.

— » *Oui, quand je suis partie de Vaucouleurs*
» *je me suis dit: Dussé-je, pour arriver, user mes*
» *jambes jusqu'aux genoux*, j'irai jusqu'à lui. »

« Et reprenant son casque, elle ajouta avec
autorité : *Chevalier, conduisez-moi au castel*.

» J'aurais eu défense de le faire que je l'eusse
fait encore, tant je fus frappé de l'air inspiré
de Jeanne ; je me dis : Il faut faire ce qu'elle
veut, car elle fait ce que Dieu ordonne. » .   .

. . . .

Nous sommes ici forcés de passer une grande
partie du récit de Jehan D'Aulon ; il raconte la
manière dont Jeanne connut Charles VII, malgré tout ce que l'on avait fait pour embarrasser
et tromper la simple fille des champs.

Par les ordres du Roi, on forma une maison
à la paysanne qui était chargée d'une mission
toute divine. Les égards, les respects l'entou-
rèrent, et c'était justice. Le jeune Louis De
Comtes fut nommé son page, et Jehan D'Aulon
son écuyer.

C'est lui qui dit encore :

« Bientôt les combats vinrent et notre admiration redoubla; nous avions fait serment de ne pas

la quitter, et nous avons tenu l'un et l'autre. C'était forte besogne que de la suivre dans la mêlée, car l'agneau devenait un lion; quand la trompette avait sonné, il fallait la voir alors avec son épée d'une main et son étendard de l'autre! La majesté du dieu des combats s'étendait sur elle; on eût dit *l'ange exterminateur*; son regard si doux dans la vie ordinaire, si angélique quand elle priait, devenait terrible dans les batailles, le feu des éclairs en jaillissait et répandait l'épouvante.

» Sa mère, la portant dans son sein, avait rêvé une nuit qu'elle était accouchée d'un foudre. Ah! Jeanne était bien un foudre en face des ennemis!......

» Son étendard déployé à la main, elle s'élançait dans les rangs anglais; elle y jetait la terreur; elle s'exposait à la mort, mais ne la donnait pas. Messagère de Dieu, elle en avait toute la miséricorde; tantôt on pouvait l'appeler un lion, tantôt une colombe.....; ah! oui une colombe, c'est ainsi que je l'ai vue monter au ciel au milieu des noirs tourbillons de fumée de son bûcher funèbre. . . . .

. . . .

» Lorsque les Anglais la jugèrent, ils lui firent cette question :

» *Pourquoi votre étendard fut-il porté au
sacre plutôt que celui des autres capitaines ?*

» — *Il avait été à la peine c'était bien raison
qu'il fût à l'honneur.* Et moi continue Jehan
d'Aulon, moi qui avais vu la fille inspirée à
l'honneur, c'était-il raison pour que je la visse
à la peine ? Ah! il faut le croire, car Dieu en a
ainsi ordonné.

» Souvent, par droit de mon grand âge et de
mes cheveux blancs, je disais à Jeanne de moins
exposer sa glorieuse vie ; elle n'en tenait compte
et me répondait :

» *Je ne durerai qu'un an, il faut tâcher de bien
employer cette année.* »

Certes, elle avait bien employé cette année de
sa mission. Les Anglais repoussés de toutes
parts ; le Roi, Charles septième du nom, sacré à
Rheims ; les Bourguignons soumis à son sceptre ;
l'argent aux coffres vides, la victoire et la gloire
au drapeau des fleurs-de-lys ; voilà l'œuvre
d'une fille de dix-huit ans.

A cette fille sauveur de la patrie, la France
aura élevé des autels ?

Non, elle a laissé les Anglais lui élever un bûcher.

Et ce bûcher était là, à Rouen où vous voyez aujourd'hui ce monument si pauvre, si triste, qu'une gratitude de mauvais goût a consacré en face de l'hôtel du Bourgtheroulde, à la mémoire de la pucelle, sur la place qui porte ce nom.

Le père Massieu, qui ne quitta pas Jeanne jusqu'à sa mort, atteste que [1] *pendant la prédication du frère prêcheur Midy, elle eust grant constance et paisiblement oyst.*

Aussitôt que le prêtre eut dit à Jeanne : *vade in pace,* l'église ne peut plus vous défendre, et vous remet dans les mains séculières ; l'évêque de Beauvais lui lut tout haut sa condamnation.

La jeune fille entendit son arrêt sans changer de visage, tant seulement elle leva les yeux au ciel et dit : Jésus! Marie! et fit le signe de croix....., puis tombant à genoux, se mit à prier avec ferveur.

Les Anglais impatiens de sa mort trouvèrent sa prière trop longue, et voyant que le prêtre lui parlait encore de Dieu, ils lui crièrent : *Comment, prêtre, nous ferez-vous dîner ici ?*

---

[1] Manuscrits de la Bibliothèque du Roi.

Enfin, ils se saisirent d'elle; elle salua tous les
assistans et descendit de l'estrade des juges pour
se rendre au bûcher. Elle était redevenue comme
un agneau, les bouchers c'étaient les Anglais
qui la conduisaient et qui dirent au bourreau :

« FAY TON OFFICE. »

Elle fut placée sur un très-haut échafaud de
plâtre, au-dessus du feu, « de sorte que l'exécuteur ne pouvoit bonnement et facilement ex-
pédier ni atteindre à elle. De quoy il estoit fort
marry et avoit grant compassion de la forme
et cruelle maniere par laquelle on la faisoit
mourir. »

Martin Ladvenu, son confesseur, était monté
sur le bûcher, à l'endroit où l'on avait lié ses
mains tant de fois victorieuses, où l'on avait
fortement comprimé, par des cordes, son
chaste et gracieux corps contre le poteau in-
combustible.

Quand la flamme commença à pétiller au bas
du bûcher, cette fille héroïque dit au prêtre :
Mon père, descendez, vous ne devez pas mou-
rir, vous ! Allez, et mettez-vous en face de moi,
et montrez-moi de loin le crucifix de mon Sau-
veur, pour que je ne défaille pas. . . . . . .

Et puis , il y eut un grand silence , on n'entendait plus que le bruit du feu et le rire de quelques Anglais.... Un d'entr'eux s'avança vers le bûcher , il avait fait serment d'apporter un fagot pour brûler la sorcière ; au moment où il le jetait sur le bûcher ardent , Jeanne cria : JHÉSUS ! . . . . . . Ce fut son dernier cri ! sa tête s'inclina sur son épaule , et son ame , sous la forme d'une blanche colombe, s'envola vers le ciel. L'Anglais , témoin de ce miracle, se repentit de son action et confessa que Jeanne était une sainte et lui un grand pécheur.

[1] « Incontinent après l'execution, le bourreau frappé et esmeu d'une merveilleuse repentance et sensible contrition, comme tout desesperé, craignant de non savoir jamais impétrer pardon et indulgence envers Dieu de ce qu'il avoit fait a cette femme, disoit et affirmoit que nonobstant l'huile, le souffre et le charbon qu'il avoit appliqués contre les entrailles et le cueur de la dite Jehanne, toutefoys et n'avoit pu bonnement consommer, ne rendre en cendre les brevilles ni le cueur, de quoy estoit autant estonné comme d'un miracle tout evident. »

---

[1] Manuscrits de la Bibliothèque du Roi.

Le jour même de l'exécution, le cardinal
d'Angleterre, craignant sans doute que telles
cendres françaises ne fissent germer et pousser,
en France, la haine contre les Anglais, ordonna de rassembler les restes de la glorieuse
pucelle et de les jeter dans la Seine, ce qui fut
exécuté par le bourreau.

Ainsi périt Jeanne D'Arc, la fille de Vaucouleurs.... D'abord on mit une croix sur le lieu de
son supplice. Quand les Anglais ne pesèrent
plus sur notre sol, plus tard, on y éleva une
fontaine triangulaire, d'un travail gothique char-
mant; on voyait Jeanne armée aux pieds de
Charles VII.... On sait par quelle fontaine ce
monument a été remplacé. — Ah! que les eaux
qui s'échappent de la fontaine actuelle ne s'ar-
rêtent pas! qu'elles coulent jusqu'à la fin des
tems, elles ne pourront jamais laver la tache
qui a été faite là, à la terre de France!

Il y a un parti qui se dit *éminemment français*. et qui a fait imprimer, à ses frais, pour
répandre dans le peuple, les œuvres d'un homme
qui a insulté, par un abominable poëme, à cette
héroïne, à cette sainte, à cet ange de la France.
Ce parti se dit *patriote!!!* Ce parti est jugé.

Hôtel du Bourgtheroulde.

Après ses magnifiques églises , la cité de
Rouen s'illustre par ses vieilles et curieuses maisons. Et entre toutes ces demeures particulières
remarquables , il faut mettre en première ligne
le fameux hôtel du Bourgtheroulde , décrit par
un grand nombre d'archéologues français et anglais. Le premier qui ait donné une description
des bas-reliefs de cet hôtel, est Dom Montfau-
con ; après ce savant, Ducarel , Dibdin , Cotman,
Dawson – Turner , MM. De Jolimont , Charles
Nodier , Taylor , Cailleux , M. Auguste Le Prevost, M. De la Quérière et M. E.-Hyacinthe Langlois ont parlé *avec amour* de cet hôtel digne de
sa renommée. La plume ne leur a pas été suffi-
sante pour le bien décrire , et plusieurs d'entre
eux se sont aussi servi de leur habile crayon
pour en mieux faire ressortir toutes les merveilles. Et moi, qui viens après tous ces savans,
parler de cette noble résidence de la noble famille Le Roux d'Esneval , j'ai là sous les yeux ,
pendant que j'écris , les dessins au trait de
M. E.-Hyacinthe Langlois.

C'est une page de la littérature du tems que

les murs de cet hôtel. J'y lis le vieil amour que
nos pères avaient pour leurs rois , et leur goût
pour le genre pastoral.

Ce tant renommé bas-relief du Champ-du-
Drap-d'Or est là en souvenir de François Ier. ,
qui, dans un de ses voyages à Rouen , aura logé
chez les seigneurs d'Esneval.

Je ne sais plus quel Normand d'aujourd'hui a
fait mettre sur la façade de sa maison une plaque de
marbre d'un pied et demi de long avec ces mots :

Louis-Philippe a logé ici.

J'aime mieux, je l'avoue, la manière dont les
D'Esneval perpétuaient la mémoire de l'honneur qui leur avait été fait , que la méthode
bourgeoise du Normand de nos jours.... Mais
quand j'y réfléchis bien, il y a proportion gardée.
La plaque économique est au bas-relief du
Champ-du-Drap-d'Or ce que Louis-Philippe
est au roi chevalier.

Cet hôtel, suivant les recherches de M. Auguste Le Prevost , membre distingué de l'Académie royale de Rouen , a été commencé vers
la fin du XVe. siècle, par Guillaume Leroux ,
deuxième du nom, seigneur du Bourgtheroulde ,

qui vivait en 1486, et terminé par Guillaume
Leroux, son fils, abbé d'Aumale et du Val-
Richer, qui fut employé à la négociation du
concordat.

Leurs armes y sont sculptées en différens endroits. Elles sont d'azur, au chevron d'argent
accompagné de trois têtes de léopard d'or, deux
et une.

Cet écusson est encore aujourd'hui celui de la
famille Leroux d'Esneval.

De la place de la Pucelle, l'hôtel du Bourgtheroulde a peu d'apparence, surtout aujour-
d'hui que la charmante tourelle du coin de la
place est tombée sous un stupide marteau! Pour
voir les merveilles de cette demeure, il faut pénétrer dans la cour, c'est de là que l'œil est
frappé et ravi.

« Le corps de logis principal [1] est au fond
d'une cour à peu près carrée, élevé de deux
étages y compris le rez-de-chaussée, qui est
porté sur un soubassement plein de quatre pieds
de hauteur.

» Il présente à chaque étage deux grandes
croisées de front, plus une autre sur la gauche,

---

[1] *Description historique des Maisons de Rouen.*

de même hauteur, mais fort étroite. L'édifice se termine par deux fenêtres prises dans le comble, lesquelles pourraient bien compter pour un étage par leur masse imposante et leurs ornemens.

« Cette somptueuse façade est décorée de bas-reliefs très-riches de composition et d'exécution, qui règnent sous les fenêtres du premier étage et sous celles du comble....... »

Je pourrais continuer à copier.... Mais non, malgré l'exactitude de la description que je transcris, je m'impatiente de l'impuissance des mots pour bien peindre.

Vous donc qui aimez l'élégance et le fini, la délicatesse et la grâce, vous qui avez de la poésie dans l'ame et des regards dans les yeux, vous qui avez assez d'intelligence pour comprendre une pierre qui vous parle du passé..., allez, allez à l'hôtel du Bourgtheroulde. Quand je me fatiguerais la main à entasser ici tous les mots techniques de la science architecturale ; quand je mesurerais pied par pied, pouce par pouce, tous les détails de cette admirable maison, je ne ferais que mettre de la froideur sur de la froideur.

Je dirai seulement que les murs que vous aurez là devant vous, si vous savez regarder,

vous forceront à rêver de gloire et de magnificences royales, de plaisirs champêtres et d'a-
mours de bergers.... Oh! quel tableau que le
bas-relief de l'élégante galerie qui joint le corps
principal à.....

A quoi?

J'allais dire à la tourelle, que la tradition
appelait à tort du nom de Jeanne D'Arc : mais
de cette merveilleuse tourelle, plus rien.... plus
rien du tout! à sa place, un réverbère ; mais
sa démolition a perfectionné l'alignement de la
rue du Panneret.

Concevez-vous la beauté de l'alignement ?
Concevez-vous combien nous sommes en progrès ?

Revenons au *Champ-du-Drap-d'Or!* Vous
souvenez-vous encore un peu de ces histoires
de France et d'Angleterre que l'on nous faisait
apprendre au collége et qui étaient si glaciale-
ment ennuyeuses? Quand nous en venions à la
magnifique entrevue de François Ier. et de Henri
VIII, notre attention se réveillait, nous croyions
que l'histoire allait nous dérouler toutes les
splendeurs d'autrefois : les costumes, les jeux, les
repas, les mœurs, les deux cours de France et
d'Angleterre...... Mais non, aux yeux de l'école

d'alors, il fallait débarrâsser les livres de tous ces
détails qui peignent une époque; il fallait laisser
toutes ces minuties aux vieux chroniqueurs ; un
historien des tems modernes ne devait pas descendre si bas ; il lui fallait *être digne* , il *était
ennuyeux*..... ennuyeux à ne laisser dans les
jeunes esprits que froideur, indifférence et dé-
goùt....

Ce que l'histoire qu'on nous enseignait ne
nous a pas appris, *la page sculptée* de l'hôtel du
Bourgtheroulde nous le fait voir.

Aux deux extrémités de ce bas-relief , divisé
en cinq tableaux, se voient la ville et le château
de Guines , et la ville et le château d'Ardres.

Henri d'Angleterre sort de la première de ces
villes ; François de France de la seconde. Mais
avec les deux rois, quelle foule de grandeurs :
ici à cheval, comme les hommes à armures , les
cardinaux de Bourbon, Wolsey, légat du pape,
d'Albret et de Lorraine, leurs larges chapeaux
à bords rabattus , à cordelles et à glands pendans , leurs porte-croix aussi montés sur des
mules et les précédant.... ; et puis cette multitude , cette presse de chevaliers avec leurs cas-
ques et leurs chaperons empanachés............ ;
quelle forêt de plumes ! comme tout cela devait

bien ondoyer, bien se balancer dans la marche
du cortége! Et ces deux rois sur leurs orgueilleux dextriers, caparaçonnés si richement! celui-
ci avec nos fleurs-de-lys ; celui-là avec les léo-
pards anglais !

Figurez-vous un rayon de soleil sur toutes ces
armures et ces broderies d'or, une brise pour
toutes ces plumes flexibles, un peuple respec-
tant encore les rois, à regarder celte scène...,
et dites-nous si notre époque plate et prosaïque
pourrait fournir au sculpteur et au peintre quelque chose de comparable? Non, sans doute...
Mais je me trompe, Louis-Philippe est allé au
devant de Léopold... Voilà deux grandeurs d'aujourd'hui. Qu'en pensez-vous ?

Maisons remarquables.

Les maisons dont je vais parler n'ont point
été bâties avec de belles pierres blanches, presque comparables à du marbre; ces demeures,
que je voudrais pouvoir décrire, n'ont point de
façades imposantes par leur déploiement, point
de pérystiles à colonnes doriques ou corinthien-
nes, point de toits plats à balustres à jour, point
de symétrie, point de régularité.... Avec tout

cela, elles seraient belles sans doute ; mais sans rien de tout cela, elles le sont encore, avec leur *étroitesse*, leurs solives de bois et leurs pignons pointus, pleines de charmes et d'attraits.... et même, si j'osais dire ma pensée tout entière.... Mais, chut ! les classiques sont là !

Un volume entier indique toutes ces maisons dignes d'être regardées par ceux qui savent voir. Je renverrai donc les amateurs des vieilleries rouennaises à la *Description historique des maisons les plus remarquables de Rouen, ornée de dessins de M. E.-Hyacinthe Langlois.*

Qui le croirait ! Malgré son air si vieux, Rouen n'a pas aujourd'hui une habitation complète qui puisse se vanter de dépasser le XVe. siècle !

Tout ce qui existait avant cette époque a disparu ou par l'exhaussement du sol, ou par des éboulemens, ou par les incendies si fréquens dans cette ville.

Si, au lieu de venir à Rouen, j'avais été porté par les événemens dans une ville bien régulière, bien alignée au cordeau, bien blanche, bien neuve, au bout de quelques semaines je n'aurais plus eu rien à explorer. La ville régulière m'aurait dit *tout* dès notre première entrevue ; la vieille cité normande a su mieux ménager

mes plaisirs. Chaque jour je lui découvre comme
un caprice, comme une grâce du vieux tems, et
cela m'aide à supporter des années passées loin
du pays.

En parlant de la place *Notre-Dame*, je n'ai
rien dit du Bureau des Finances.... Cette maison
est si riche d'ornemens de bon goût, si parée
d'arabesques, si ennoblie d'écussons, qu'on
l'admire ; et cependant elle est à quelques pas
de la cathédrale, et regarde fièrement sa magnifique façade. Pour être admirée en pareil voisinage, certes il faut avoir de la beauté.

C'était autrefois le palais de la cour des aides.
Ce bâtiment est en pierre de taille. Le rez-de-
chaussée, aujourd'hui si ignoblement déguisé
par des boutiques, est formé de jolies arcades
surbaissées. Les fenêtres de l'entresol et du premier étage sont du même genre, toutes enca-
drées de ravissans pilastres, et appuyées sur une
suite de médaillons, de guirlandes, d'écussons,
de couronnes, de supports et de petits génies.
Le style gothique et celui de la renaissance s'é-
taient donné la main pour orner à l'envi ce monument, et l'esprit boutiquier s'est ligué avec le
mauvais goût pour le déshonorer. Des porc-
épics se voient aussi sur les murs. Chacun sait

que c'était le *corps* de la devise de Louis XII :
les mots *cominùs et eminùs*, de près et de loin,
en étaient l'ame.

Dans la rue des Carmes, il faut aussi donner
un coup-d'œil à l'ancienne *Chambre-des-Comptes*.
On dit que ce vaste hôtel a été occupé par le
duc de Bedford, *ce régent de France* dont il y a
peut-être encore quelques cendres à la cathédrale.

Dans la rue des *Bons-Enfans*, une autre maison veut être regardée ; cependant elle n'a rien
de beau, rien qui la distingue de ses voisines,
mais c'est là qu'on lit cette inscription sur un
marbre noir :

FONTENELLE

EST NÉ DANS CETTE MAISON,

LE 11 FÉVRIER 1657.

Dans la rue de la Pie, voici un autre grand
souvenir littéraire. Sur la façade modernisée
d'une habitation qui n'a rien de remarquable,
une autre inscription est plaquée ; on y lit :

ICI

EST NÉ, LE 6 JUIN 1608,

PIERRE CORNEILLE.

Certes, je ne blâmerai pas cet usage des pla-

ques à inscriptions ; car il est bon de signaler à
la mémoire des siècles qui se succèdent et qui
sont presque aussi oublieux que les hommes,
les lieux habités par le génie..... Mais je crains
seulement que cette méthode économique d'honorer nos célébrités en tout genre, ne nuise
peut-être à l'érection de monumens à leur gloire.

Dans les villes où l'on sait calculer, et il y en
a beaucoup, les conseils municipaux seront capables de dire : Une statue à Corneille, une statue
à Racine, une statue à Guillaume-le-Conquérant, cela coûterait vingt, trente, quarante mille
francs.... ; une plaque de marbre coûterait tout
au plus cent écus, en comptant *les lettres d'or*....
Va pour les *lettres d'or et la plaque de marbre !*.....

Je m'aperçois que si je voulais seulement indiquer les noms des rues où il y a de jolies
vieilles maisons à aller étudier et dessiner, je
grossirais beaucoup trop mon livre ; aussi je
coupe court, et vous renvoie à la *Description
historique des maisons de Rouen.* C'est dans cet
ouvrage que vous trouverez des dessins qui vaudront bien mieux que toutes mes phrases, et que
vous rencontrerez les meilleures indications....

N'oubliez pas, dans la Grande-Rue, la maison d'Etencourt, et quand, en venant de la
cathédrale, vous aurez passé sous l'arcade de la

grosse , ou du *gros horloge* (comme on dit à
Rouen), n'oubliez pas, en allant vers le Vieux-
Marché, de regarder à gauche ; vous verrez deux
maisons de bois merveilleuses de sculptures et
de bon goût , une appartenant à M. Mengin.

La Grosse-Horloge. — La Cloche d'argent.

Voilà deux mots que le peuple de Rouen
prononce avec prédilection et orgueil,

Sa *cloche d'argent* surtout. Oh! comme il
l'aime!.... Il l'aime comme une vieille confidente
de toutes ses histoires passées ; c'est elle qui a
sonné toutes ses joies et toutes ses douleurs ,
toutes ses fêtes et tous ses deuils ; toutes ses assemblées et tous ses incendies ; il l'aime comme
la voix qui a annoncé toutes ses heures écoulées
et qui annoncera toutes ses heures à venir. Oh !
jamais cloche n'a mieux eu droit de bourgeoisie
que la cloche d'argent.... Voyez aussi les vieux
priviléges, qu'on lui laisse : elle seule , dans la
cité de Rollon , a le droit , chaque soir, de nous
rappeler le souvenir de Guillaume-le-Conquérant.... Ce *couvre-feu* , qu'elle sonne à chaque
commencement de nuit , à neuf heures , c'est le
glorieux bâtard qui l'avait ordonné , et il en était
de même à Londres.

Je sais bien qu'on n'obéit plus à l'ordre de couvrir son feu et d'éteindre ses lumières quand la cloche commandé.... Bien loin de là, c'est même à cette heure ; heure du souper des bourgeois, que le jeune *fashionable*, le *dandy*, l'élégant du jour, pour aller dans le monde, commence sa toilette et livre sa chevelure au fer et aux parfums des Quillou, des Delaye, des Chalmin, des Flambart et des Aubert.......... coiffeurs les plus renommés de Rouen en l'année 1835.

«En l'an de l'incarnation de nostre Segnour, »mil ccc iiii et neuf fu commencé c'est berfroy, »et ès ans ensuivans jusques en l'an mil ccc iiii et »xviii fu fait et parfait en quel tems noble home »mess. Guille de Bellery.

»Chevalier, chambellen du roy nostre syre »estoit cappitaine de cest ville honorable home »Pourneu et sage Johan de Latuille bailly et sire »Guillaume Alorge. Johan Mustel, Guillaume de »Gaugy, Richard de Sommery, Nicolas Leroux, »Gautier Campion conseillers de la diste ville et »Pierre Herme receveur d'icelle. »

Telle est l'inscription gravée sur une plaque de cuivre placée au-dessus de la porte du bas de l'escalier qui conduit à la tour. Cet escalier se compose de deux cents marches ; la cloche d'ar-

gent est au sommet du beffroi, dont le petit
dôme, surmonté de sa campanille, se voit de
loin, contrastant par sa forme plus moderne
avec les vieilles tours élancées au-dessus des
habitations vulgaires.

Il n'entre pas un atome d'argent dans cette
cloche d'argent : ceci résulte des expériences
faites par M. Girardin, professeur de chimie à
Rouen, homme aussi habile, aussi savant que
modeste; mais à la cloche du beffroi, le nom
de cloche d'argent restera désormais, car le
peuple et l'habitude l'ont appelée ainsi, et
l'habitude et le peuple sont de bons parrains.

« Au mois de juillet 1449, le Gros-Horloge
estant fait, pour le peindre de bon or, de fin
azur et des plus fines peintures, suivant le dessein, fut fait marché à Guillaume Thibaut, par
vingt-cinq livres. »

Entre la tour du beffroi et l'Hôtel-de-Ville
projeté, une arcade, surmontée d'une espèce
de donjon, est jetée en travers de la Grand'rue,
à l'endroit qu'on nommait la porte de Massacre.

Cette arcade est d'un style lourd ; le bas-relief
qui orne sa voûte est d'une composition bizarre
et représente un berger entouré de brebis pais-
santes. Le berger, presque de grandeur naturelle, est singulièrement placé au-dessus des

passans; ses pieds sont du côté de l'ancien
Hôtel-de-Ville, sa tête du côté de la fontaine;
de petits génies, dans des poses assez originales, sont en dehors de la voûte, au-dessous
du cadran, et jouant avec une écharpe.

A gauche, en regardant le Vieux-Marché, on
lit cette inscription :

Animam suam ponit pro ovibus suis.

Et faisant face à ces paroles, celles-ci :

Pastor bonus.

Dans plusieurs des monumens de Rouen,
l'observateur retrouve des bergers et leurs moutons : à l'hôtel du Bourgtheroulde, les bas-
reliefs à l'entour des croisées représentent des
scènes pastorales.; à la fontaine de Lisieux,
encore des brebis, des agneaux, des pasteurs
et des houlettes; dans d'autres endroits encore,
en voyant tant de ressouvenirs de la vie cham-
pêtre sculptés sur la pierre, on pourrait croire
aux habitans de Rouen beaucoup de poësie dans
l'esprit. Oh! la poësie, c'est une sœur de l'imagination, une autre *folle du logis.* Les Rouennais
ont bien mieux que cela, ils ont l'esprit des
affaires. Si vous retrouvez donc si souvent dans

leur ville des images de bergers, c'est qu'un
agneau compose les armes de leur vieille cité.
Cet agneau, portant une croix ornée d'une ban-
derole, nous semble être un véritable *agnus dei*,
et par conséquent donne aux armoiries de la
ville une origine tout-à-fait religieuse ; d'autres
prétendent que ce *mouton* est tout simplement
un emblême de l'ancienne industrie de Rouen,
renommée pour ses draps, comme sont aujour-
d'hui ses voisines Elbeuf et Louviers.

Que ce soit une pensée religieuse, que ce soit
une pensée industrielle qui ait jadis donné à
Rouen son écusson, Rouen devait le garder ;
il y a toujours honte à renier les armoiries de
ses pères.

C'est donc avec indignation qu'on a vu, dans
ces derniers tems, alors que Louis-Philippe
renonçait à ses fleurs-de-lys, l'administration
municipale de Rouen faire gratter et effacer les
vieilles armoiries qui avaient été sculptées au
fronton du nouvel Hôtel-de-Ville.

Cela nous a paru, et je l'ai dit dans le tems,
une misérable imitation, une pitoyable flatterie;
vous n'avez pas voulu que votre roi fût le seul
à renier ses armes; parce que votre Alexandre
portait la tête de travers, vous vous êtes aussi
mis le cou de côté!....

L'*agnus dei* n'était pas autre chose, dans l'é-
cusson de la ville, que cette pensée que je vois
écrite sur la porte des halles et de beaucoup de
magasins :

DIEU Y SOIT.

Inscription touchante et dont je me plais à faire
honneur aux habitans de Rouen ; je ne l'avais
jamais vue dans aucune autre ville.... L'image de
l'agneau de Dieu, ou du mouton à laine, se
trouve reproduite jusque sur le bout de l'aiguille
qui marque les heures sur le cadran *de la
Grosse-Horloge*.

« Hercule Grisel [1], dans ses *Fasti Rothoma-
genses*, a consacré plusieurs vers à la Grosse-
Horloge ; il y parle du mouton qui figure aujour-
d'hui dans les armes de la ville [2]; au lieu du *porc
lubrique et gourmand* qui s'y voyait autrefois.

Vertile phryxœo signatum tempus ab agno.

» Ce que bien des personnes qui passent et re-
passent sans cesse sous la voûte de la Grosse-
Horloge n'ont probablement pas remarqué,
c'est qu'il existe derrière le cadran un grand

---

[1] Théodore Licquet.

[2] En 1829. Champ d'azur au mouton d'argent, portant une
bannière ; chef de gueule, chargé de trois fleurs-de-lys d'or.

cercle destiné à tourner sur lui même et à laisser voir successivement, par une échancrure pratiquée au-dessous du cadran, les bas-reliefs en plomb dont il est orné : ce qu'on aperçoit de ces bas-reliefs du côté de la fontaine représente une femme portée sur un char, et deux chevaliers aux prises. »

Avant d'avoir lu ce passage dans la notice de Théodore Licquet, nous avions cru que le cercle qui marchait derrière le nuage de plomb qui entoure la face du cadran, portait dans ses bas-reliefs les douze signes du zodiaque, qui, chacun à leur tour et en tems opportun, venaient se montrer dans l'échancrure dont il a été parlé....; et moi ignorant, *les deux chevaliers aux prises*, je les croyais deux sagittaires !

Voyez comme il est bon de lire !

Au lieu qu'occupe la lourde voûte de la Grosse-Horloge, se voyait autrefois une charmante chapelle gothique appelée Chapelle-de-Massacre et dépendante de l'Hôtel-de-Ville.

Certes le monument existant ne console pas du monument détruit.

Saint-Vincent.

Nos devanciers nommaient cette petite église Saint-Vincent-sur-Rive, parce qu'alors les flots

de la Seine baignaient presque ses murs...., et
tout vaisseau chargé de sel, qui passait sur le
fleuve et en face de l'église, payait une redevance
d'une certaine quantité de sel à la paroisse,
redevance qui fut remplacée depuis par une
somme annuelle de 140 livres.

Les trésoriers de Saint-Vincent avaient la
garde des mesures de sel, déposées dans une petite tourelle en maçonnerie placée au bas de l'é-
glise, et qui jadis se fermait à plusieurs cadenas.

On voit par un ancien registre qu'en 1269 il
n'y avait que deux cents paroissiens à Saint-
Vincent. Farin dit à sujet : *Je crois qu'il faudrait
dire deux cents feux ;* je suis bien de son avis.

Cette église compte aujourd'hui parmi ses
paroissiens beaucoup de riches négocians ; on
le devinerait au genre d'ornemens qu'on a pla-
qués sur les piliers du chœur, ornemens jadis
riches, mais en tout tems de mauvais goût.
Comme les gens de la campagne aiment le rouge,
les négocians aiment les dorures. Dernièrement
l'église de Saint-Vincent a été badigeonnée à
neuf, mais les dorures n'ont pas été renouve-
lées ; se serait-on, lors des réparations, aperçu
que ces trophées d'attributs n'étaient pas de
bon goût ? ou bien aurait-on tout simplement
calculé que cela coûterait *fort cher* à redorer ? Je

ne sais. Toujours est-il que les vieux ornemens enfumés *hurlent* bien haut à côté de la couleur toute fraîche des piliers et des murs !

Malgré cette discordance, Saint-Vincent me semble une charmante église ; si j'osais donner à un lieu si saint une épithète toute profane, je dirais que c'est une *confortable* maison de prière.

Ce qu'il faut y admirer, ce sont les magnifiques vitraux à l'extrémité inférieure du collatéral de droite ; en regardant le chœur est une *verrière* dont une partie est exécutée d'après un carton d'Albert Dürer..... On y voit la vierge à genoux auprès de plusieurs apôtres ; les draperies de la sainte Vierge sont merveilleusement belles, et les têtes des saints pleines d'inspiration.

La mort de saint Jean-Baptiste occupe un autre vitrail ; tout à côté, à une autre fenêtre, se voit sur un fond azur d'un effet vraiment fantastique, une vue de l'église de Saint-Ouen ; malheureusement la partie inférieure du magnifique temple est endommagée ; la tour est seule intacte et d'une grande exactitude de dessin.

Dans la chapelle à gauche du chœur, la verrière représente un miracle de la vie de saint Antoine de Padoue : une mule fléchissant les genoux devant le Saint-Sacrement.

Tous ces vitraux et d'autres encore forment à

Saint-Vincent une belle et précieuse décoration, et doivent y attirer tous les amateurs de ce genre de peinture.

Sur la chaire à prêcher, nous avons aussi remarqué de jolies sculptures; une vieille boiserie, dans une des chapelles, a aussi de charmans détails.

A l'extérieur, un petit emplacement vide, probablement l'ancien cimetière, isole l'église des maisons voisines ; de ce côté, un porche fort endommagé existe encore, mais a dû être très-remarquable. La paroisse de Saint-Vincent possédait jadis de très-belles tapisseries de haute lice dont on revêtait chacun de ses piliers dans les grandes solennités.

Quand je lis la vie de saint Vincent, je trouve que ce vaillant chrétien est un digne patron de l'immortelle Saragosse. La valeur du martyr a passé dans le sang de ses compatriotes.

Saint Vincent, nommé diacre par Valère, allait tout jeune encore porter aux fidèles le pain de la parole divine. Dacien, qui l'avait fait arrêter comme chrétien, fut obligé de faire flageller les bourreaux, parce qu'ils étaient moins forts que la constance et le courage du martyr. Tous les tourmens furent épuisés contre Vincent; sa chair émoussait le fer, son sang éteignait le feu, et quand il était jeté sur les morceaux de verre qui jonchaient sa prison, il y dormait comme sur un lit de roses, car les anges étaient descendus auprès de lui et avaient pansé ses blessures.

A travers les fentes de la porte du cachot de Vincent, le geôlier apercevant un grand éclat de lumière, regarda et vit le saint martyr entouré d'esprits célestes; il fut si frappé de ce prodige, qu'il se fit chrétien.... Après la mort de saint Vincent, son corps, abandonné dans un marais, fut défendu par un corbeau contre les bêtes féroces et les oiseaux de proie; on le jeta à la mer dans un sac chargé de pierres, mais les vagues le repoussèrent sur le rivage, où deux chrétiens, suscités par Dieu lui-même, vinrent le recueillir et l'enterrèrent dans une chapelle près de Valence.

En 1407, Nicolas Du Bosc, évêque de Bayeux, qui avait été baptisé dans l'église de Saint-Vincent, y fit une fondation pour les ames de son père et de sa mère.

Les pensées religieuses, on le voit encore en ceci, sont des attaches de plus au lieu natal.

Cette famille Du Bosc possédait le fief de Coquereaumont, nom encore noblement porté en Normandie.

Saint-Eloi.

Le culte protestant est en possession de cette église. Pourquoi faire ainsi apostasier la pierre? Pourquoi les disciples de Luther ou de Calvin ne se sont-ils pas bâti un temple ?

Un temple neuf et nu irait mieux à leur religion froide et sèche.

Les représentations de scènes catholiques peintes sur les vitraux, nous semblent en contradiction avec cette sévérité qui ne veut pas d'images ; sévérité du reste qui diminue beaucoup aujourd'hui, car en Angleterre nous avons vu, il y a peu d'années, les tableaux et les statues de saints et de saintes revenir prendre possession de leurs anciennes niches, et la croix remonter sur le faîte des temples ; ce qui rendait au pays et à Londres un *air de papisme* qui devait scandaliser les rigoristes de vieille souche.

Saint Eloi, dont une chanson a rendu le nom si populaire en France, en le liant à celui de Dagobert, a été un grand ministre. L'église qui avait été mise à Rouen sous son invocation et qui existe encore aujourd'hui, était autrefois dans une île; dans la suite des tems, sans changer de place, elle se trouva sur les terres neuves, comme Saint-Etienne-des-Tonneliers,

Saint-Clément et Saint-Martin-du-Pont, églises aujourd'hui détruites, vendues ou profanées.

Il y avait, dans le tems passé, un puits dans le sanctuaire de Saint-Eloi, d'où l'on tirait l'eau avec une chaîne de fer ; de là, ce proverbe encore en usage à Rouen : *Il est froid comme la corde du puits de Saint-Eloi.*

Je suis une fois entré dans ce temple protestant ; c'était à une des journées de juillet, celle où l'on doit prier pour les Français qui sont morts en combattant pour le drapeau tricolore ; car, voyez-vous, la religion, la charité et les vertus chrétiennes du gouvernement actuel ne vont pas jusqu'à demander des prières pour les gardes royaux et les fidèles Suisses. Leur religion à eux a des catégories, et dit des prières pour ceux-ci, mais pour ceux-là, pas un mot de souvenir, pas un mot de regret.

Ces prières pour les morts, que je voudrais communes à toutes les victimes de nos dissentions, je les conçois, dans nos églises catholiques ; mais dans un temple protestant, ça nous semble comme un contresens. Si, aux journées de juillet, vous priez pour les trépassés, pourquoi toute l'année ne priez-vous pas pour ceux qui décèdent dans votre communion ?

Avec notre croyance *au purgatoire*, nos

prières, à nous, sont *rationnelles*; mais vous qui
n'y croyez pas, que demandez-vous à Dieu pour
les morts de juillet? Votre foi ne vous com-
mande-t-elle pas de croire qu'à l'instant même
où notre ame a brisé le dernier lien qui l'atta-
chait au corps, qu'à cet instant même, son arrêt
éternel est prononcé, arrêt sans rémission, sans
appel! Si votre foi vous impose cette terrible,
cette effrayante croyance, que signifie votre cérémonie funèbre de juillet? C'est en toute sincé-
rité que je fais cette question; je voudrais être
éclairé, je voudrais pouvoir croire que la tolé-
rance du siècle n'a imposé à aucune communion des cérémonies en désaccord avec ses
dogmes.

C'était à Quevilly que le culte protestant avait
autrefois son temple, qui pouvait contenir jusqu'à dix mille sept cents personnes. Aujourd'hui
les membres de cette communion ne dépassent
pas à Rouen dix-huit cents. Ce temple, cité pour
son architecture, fut fermé le 3 janvier 1685 et
rasé au mois de juillet suivant, avant la révo-
cation de l'édit de Nantes. . . . . . .

Puisque j'en suis venu à prononcer le nom de
Quevilly, il faut que je signale une barbare profanation de notre époque : une des plus anciennes, des plus curieuses églises de la pro-

vince, *Saint-Julien,* ancienne léproserie fondée
pour les lépreuses nobles, par Henri II, roi
d'Angleterre et duc de Normandie, est aujour-
d'hui coupée en deux étages. En bas c'est une
écurie ! en haut c'est un grenier !... Je me souviens avoir été visiter cette belle ruine, en revenant du service de la princesse de Montmorency. Nous sortions de voir toute la population
de Quevilly et des environs pleurer une mère
des pauvres, et je parlais de l'illustre et chari-
table défunte, avec une femme aussi mère des
pauvres, avec une femme dont toute la vie était
remplie de bonnes œuvres et de talens, avec
madame De Merval, dont le nom, à Rouen,
avait été rendu populaire, et par les beaux arts et
par la charité... Comme la princesse de Montmorency, pour laquelle nous étions allés prier
ensemble, madame De Merval est partie trop
tôt de ce monde, et depuis le service funèbre
de Quevilly, nous avons pleuré à un autre service à Canteleu.

Nous ne vivons que pour voir mourir ! Pourquoi
les meilleurs partent-ils toujours les premiers ?

Saint-Lô.

Là encore, anciennement une belle église !
Là, encore des ruines.

Mais du moins sur ces ruines, des fleurs de religion croissent et fleurissent; là, vivent, faisant le bien et enseignant le bien, des Frères de la Doctrine chrétienne ; ils y ont été établis sous l'administration de M. le baron de Vanssay, que depuis j'ai vu à Nantes si loyalement dévoué à la cause que je défends.

Saint-Yon et Saint-Lo redisent toute la sollicitude de cet administrateur pour le bien.

Dernièrement un conseil municipal de Rouen, formé par la révolution de 1830, a stupidement retiré aux bons frères instituteurs des pauvres l'allocation qui leur était accordée par la ville. Alors, dans les indigentes familles il y a eu rumeur et tristesse ; on se répétait avec effroi : *Les maîtres de nos enfans vont partir.*

Non, ils ne partiront pas, avons nous tous crié à notre tour ; non, ils resteront à Rouen, pour que l'amour de la religion et de l'ordre y reste avec eux. Partisans de Louis-Philippe, vous avez prouvé que vous ne saviez pas apprécier ces hommes évangéliques. Eh bien! retirez-leur votre appui, nous leur accorderons le nôtre ; et l'on jugera entre nous.

Un élan, bien à la gloire de ceux qui ne cherchent que la gloire de Dieu, s'est manifesté dans

29

la ville ; et les frères ont eu et auront, des vrais chrétiens du pays , plus qu'ils ne recevaient de la mairie.

Dans les anciens bâtimens du prieuré de Saint-Lô, où la terreur de 1793 avait entassé ses prisonniers, est établie aujourd'hui l'Ecole normale, où se forment à l'enseignement, sous de si bons modèles, un assez grand nombre de jeunes gens. Où le philosophisme avait établi ses cachots, le christianisme enseigne la sainte liberté !

L'église de Saint-Lô , était anciennement la seconde paroisse de Rouen , Notre-Dame avait seule le pas sur elle.

Voici ce qu'en dit , entre beaucoup de grandes louanges , Farin :

« Cette église est comme la clé de toutes les antiquités de Rouen , et semble posséder tout ce qu'il y a de rare et de curieux dans cette ville. C'est en ce lieu que premièrement l'idole Roth a rendu ses oracles aux peuples abusés , qu'on venait de toutes parts lui offrir de l'encens et lui faire des sacrifices. Mais aussi ce fut en ce lieu que saint Mellon, animé de l'esprit de Dieu , fit sentir son autorité à ce démon malheureux qui séduisait les hommes et les alléchait par des voluptés infames et sacriléges. »

Il paraît que Farin avait été induit en erreur, et que l'histoire de l'idole Roth doit être rejetée parmi les traditions fabuleuses. Toujours est-il constant que Saint-Lô était une des plus anciennes églises de Rouen.

Saint Lô, je l'ai dit ailleurs, avait été sacré évêque à l'âge de douze ans, à l'âge où Notre-Seigneur enseignait la loi de Dieu dans le temple de Jérusalem.

Il existait autrefois au prieuré de Saint-Lô deux gargouilles aussi originales qu'indécentes, que les religieux firent supprimer ; et il y a aujourd'hui, entre les mains d'un homme honorable et dévoué à la même cause que nous, entre les mains de M. Le Brument, un reste de la magnificence du couvent de Saint-Lô : c'est *un livre d'heures*, manuscrit enrichi, *illustré* de dessins admirables, représentant la passion de Notre-Seigneur et les principales Fêtes de l'année. Le fini, l'originalité, la naïveté de ces peintures, d'un éclat et d'une conservation extraordinaires, font de ce manuel, de ce livre d'office, une véritable merveille ; M. Le Brument en a refusé, nous assure-t-on, 50,000 francs.

De la vieille église il ne reste plus qu'un pignon qui montre des débris de belle architecture , et la giroflée jaune ; *amante des ruines,* y croît , comme les bonnes doctrines fleurissent et se multiplient dans l'intérieur du vieux prieuré.

Saint-Vivien.

Que le voyageur me suive à une autre église , à Saint-Vivien. Entre toutes les églises de Rouen, celle-ci m'intéresse. Saint-Vivien est la paroisse des prisonniers de Bicêtre ; et mon fils a été prisonnier , et moi chaque jour je puis l'être. C'est une raison pour que ma pensée se tourne souvent de ce côté-là.

Quand j'allais voir mon fils , je me reposais souvent dans la tranquille solitude de cette église , et comme ordinairement c'était vers le soir, je me trouvais là avec quelques bonnes ames de ce quartier peu riche... C'était probablement de la patience , de la résignation , que venaient demander ces vieillards et ces femmes... Et moi je disais : Mon fils est dans la bonne voie , mon fils se souvient de nos pères ; mon Dieu, je vous remercie !

Dans les tems passés , l'église de Saint-Vivien se trouvait au milieu des champs et des marais. Depuis lors elle a été très-exhaussée , et pour cela n'en a pas beaucoup embelli ; cependant, la

décoration du maître-autel est noble, ses beaux
archanges aux ailes repliées, formant cariatides,
sont d'un bon effet.

Le clocher a aussi un caractère sévère, il est
tout bâti en pierre de taille ; et dans une ville
où l'on a tant prodigué les ornemens, les sculptures, le *dentellage* de la pierre, ce clocher res-
semblerait presque à celui d'un temple de *qua-
kers*, tant il est simple !

L'église de Saint-Vivien a donné son nom à
tout un quartier de la ville, et ce quartier n'est
pas au nombre des plus riches ; pour subvenir
chaque année aux besoins de ses nombreux
pauvres, il faut le zèle de ses prêtres et les
secours de la charité.

« L'an 1459, le 26 aout [1], jour du dimanche,
les reliques de Saint-Vivien, à savoir : un os
d'un bras, un de ses souliers, et une partie de
son sépulchre, furent apportés à Rouen, du
prieuré de Saint-Vivien en Xaintonge, par la
permission de l'évesque dudit lieu, et reçus en
grande pompe par le clergé de la cathédrale.

» Le 6 juin 1543, lorsqu'un prestre de Saint-
Vivien, nommé messire Jean Bonnet, disoit

_____

[1] Farin.

la messe au grand autel, le contrepoids de l'ange qui soutenoit le Saint-Sacrement, tomba du haut du sanctuaire entre les deux élévations, cassa l'autel en sept parties sans toucher le calice, sans répandre une goutte du vin sacré; ce contrepoids étoit de plomb et pesoit cent dix livres.... »

Je me souviens qu'un jour où je revenais de Bicêtre, vers les six heures du soir, je vis un homme entrer précipitamment dans l'église; et après s'être prosterné un instant devant l'autel de la vierge, cet homme vint droit à moi, et me dit, avec une assurance remarquable : « Monsieur, vous ne me refuserez pas trois francs, j'en ai absolument besoin. » Je les lui donnai, quoiqu'un peu étonné du ton de sa demande.

Aussi-tôt qu'il les eut reçus, il fit un signe de croix et s'élança comme un trait hors de l'église.

J'ai su depuis que c'était un détenu qui venait de s'évader de la prison voisine; mes trois francs auront servi à payer la première étape après l'évasion.

Certes, je suis allé assez souvent à Bicêtre, laide et vilaine prison si jamais il en fût, pour pouvoir bien la peindre ; mais comme il faut laisser un vieux soldat parler des champs de bataille où il a vaillamment combattu, il faut laisser le confesseur de la foi royaliste raconter les jours de sa prison. Je cède donc la parole à mon fils; c'est lui qui va redire la vie de Bicêtre.

Bicêtre [1].

On raconte que du tems où la France était encore foulée par le pied des Anglais, avant qu'une femme héroïque, armée d'un drapeau fleur-delysé, eût chassé de notre sol nos éternels ennemis, un évêque de Winchester fit construire à Rouen, dont il était devenu archevêque, une maison de plaisance à laquelle il donna le nom de son premier siége (Winchester); la traduction en fit Vinchestre, et la corruption Bicêtre.

Une maison de plaisance... Oh! il doit y avoir bien long-tems de cela!

A la maison de l'archevêque succéda un collége, au collége a succédé la prison où je suis.

Nous ne nierons pas au vieil archevêque que sa maison de plaisance n'ait pu être belle, car il est possible qu'au lieu des rues sales et étroites, qu'à

---

[1] Cette description a été écrite en prison.

la place des laides maisons et des pauvres bar-
raques qui serrent et étouffent de toute part ma
demeure d'aujourd'hui ; il est possible , dis-je ,
qu'il y ait eu de fraîches prairies , de rians ombrages entrecoupés par les eaux de Robec, sans
doute alors pures et limpides .

Nous ne nierons pas encore que le collége qui
a remplacé l'habitation du prélat , n'ait été bon
et digne de renommée ; nous nous persuadons
même que sous le toit où je suis niché , comme
le passereau solitaire , on a donné jadis de
graves et bons enseignemens. Ici , nous en
sommes sûrs , on aura dit aux jeunes Français
qui remplissaient ces galeries , ces salles et ces
dortoirs , maintenant peuplés de prisonniers :
« Jeunes gens, quand une fois vous aurez atta-
» ché votre cœur à une cause que vous aurez
» crue noble et bonne , à la cause que vos pères
» ont défendue, tenez-y jusqu'à la mort : l'hon-
» neur se fait avec de la fidélité , et la honte
» avec le parjure.

» Souvenez-vous que vos ancêtres s'appe-
» laient *Francs*, et ils n'avaient mérité ce nom
» que parce qu'ils avaient l'hypocrisie en haine
» et en dégoût : ici, on vous enseigne à admirer
» l'antiquité grecque et romaine , mais avant

» tout il vous faut aimer la France, votre patrie. »

. Eh! bien , si les voix qui ont dit ces paroles
dans les tems passés , venaient , comme un reste
d'écho des murailles qui m'enserrent , à les répéter aujourd'hui , je pourrais me lever et répondre : Tous vos enseignemens je les ai suivis , et
me voilà en prison.

L'esprit des anciens jours me dirait : « Nous
» n'avons jamais prétendu que l'observance de
» nos leçons sauvât du malheur ; mais nous
» avons toujours enseigné que l'homme devait
» être plus fort que l'infortune , et que souvent
» le malheur donnait plus de gloire que la pros-
» périté. »

. Mais non ; il n'y a point de revenans à Bicêtre, point de voix mystérieuses qui s'élèvent au
milieu des nuits ; je dois même dire que le calme
y est profond , on dirait un asile d'innocence.

C'est le matin qui est bruyant ; l'ouverture des
portes des dortoirs retentit comme un tonnerre ;
les cris , les éclats de rire , les juremens , les
plaisanteries , les plaintes , le retentissement des
sabots , des souliers ferrés sur les marches de
l'escalier et sur le pavé des préaux , voilà ce
qui m'éveille chaque jour.

Il y a loin de là à ces réveils qui me sont venus

parfois, alors qu'à travers mes rideaux de mousseline et les branches des arbres que la brise du
matin agitait devant ma fenêtre, un rayon de
soleil venait jouer sur la tapisserie de ma chambre. Alors j'entendais le gazouillement des
oiseaux saluant l'aube, et le bruissement des
feuilles du peuplier et du tremble d'un massif
voisin; le seul bruit de l'intérieur, c'était tout
au plus quelques portes de la demeure qui s'ou-
vraient et se fermaient doucement, et les pas dis-
crets des gens de service qui descendaient pour
l'arrangement des salons. Souvent, livré à une
molle paresse, je jouissais de ce réveil du château........ Personne n'avait dit que semblable
délice devait durer toujours; aussi est-il bien loin.

Avez-vous quelquefois entendu un ami entr'ouvrir doucement votre porte et vous dire :
Dors-tu?... Voilà une partie de plaisir qui s'ap-
prête... Viens !

Plus rien de semblable ! à sept heures j'entends des pas lourds et pesans, j'entends quelque chose, c'est mon verrou qui roule et crie
dans la main du guichetier ; et puis voici un
compagnon d'infortune qui a bien voulu devenir
mon serviteur : à ses soins je pourrais encore
me faire quelque illusion, et croire que je suis

dans une *bonne* maison. Puis pleuvent les journaux que m'apporte l'agile et infatigable Jack-
son : comme si les nouvelles imprimées n'étaient
pas suffisantes, il me débite chaque matin son
bulletin de cancans.... ; mais je ne les redirai
pas au public.

Pendant que je fais voler les bandes des journaux de toute couleur et de toute opinion, les
prisonniers se pressent à l'entour de la fontaine ;
c'est là qu'ils font leur toilette ; et quelquefois,
assis sur la barrique qui contient leur pauvre
boisson (un peu de vinaigre mêlé à beaucoup
d'eau), des hommes livrent leur menton au
barbier commun , artiste qui est venu m'offrir
obligeamment ses services , en m'assurant qu'il
connaissait tout-à-fait le goût du jour. Non-seu-
lement, comme on le voit , il exerce en plein
air , mais encore il *vat en chambre.*

J'ai fait cette remarque dans la cour des *prévenus*, qui est directement sous ma fenêtre, et
dans celle d'à côté, qui est la cour des condamnés ; les hommes de la première de ces cours
sont plus graves que ceux de l'enceinte voisine ;
et cependant cette seconde cour est celle des
hommes qui subissent leur condamnation. Est-il
donc plus facile de se raidir contre un malheur

tout fait que contre un malheur qui vous menace ?...

Je le crois.

Souvent, dans l'enceinte des condamnés, je
vois des jeux et des évolutions qui rappellent
celles de nos théâtres, ou de ces danses que
j'ai vues dans le monde à la fin des bals, ces
rondes du *grand-père*, de la *boulangère*, et ces
passes et *contre-passes* des longues chaînes anglaises. Ici les évolutions ne se font point au son
d'un suave et voluptueux orchestre ; ici point
d'habits noirs, point de cravates de velours,
point de bas de soie, de petits souliers vernis,
de gants jaunes et de parfums d'eau de Portugal et d'eau de Lubin ; point de barbe et de
chevelure à la Henri III ; point de jolies femmes, d'enchanteresses, de sylphides en robe
de gaze, de crêpe ou de cachemire, sortant des ateliers de madame Gisiger ; point
d'écharpes vaporeuses, de ceintures à boucles
gothiques serrant de fines tailles ; point de
manches à longs nœuds de ruban ; point de
cols d'albâtre à collier d'or ; point de cheveux
nattés comme des corbeilles pour porter des
touffes de roses ; point de turbans asiatiques ni
de berrets béarnais avec d'ondoyantes plumes ;

point de souliers de satin emprisonnant de jolis
petits pieds qui ne font qu'effleurer un parquet;
enfin point de ces jolis bouquets qui rivalisent
avec ceux de madame Prévost , et que l'on
trouve à Rouen , chez madame Héquet , de ces
bouquets que les jeunes personnes, dans un bal ,
tiennent à la main , comme un signe de fête.

Mais là, de ces hommes à la voix et à l'aspect
rude , aux cheveux noirs , à la barbe brune , à
casquette , à bonnet de coton , à bonnet grec,
à mouchoir troué , à bonnet de police et à chapeau de marin ; puis à veste de drap gris à longs
poils , à blouses bleuâtres ou grises , à chaussures grossières et retentissantes : ces malheureux, pour se distraire et se réchauffer, se tenant
par leurs vestes, forment de longues chaînes qui
rappellent ce jeu d'enfans que l'on nomme *queue
du loup*. Ces chaînes de condamnés sont divi-
sées en deux, tournent, retournent, se croisent
et se recroisent; se mêlent, se confondent, se
rapprochent, s'éloignent en courant d'une manière bruyante sur le dur pavé de l'enceinte : on
dirait un serpent coupé en deux et dont les
extrémités séparées s'agitent et se meuvent
encore.

D'autres fois , les condamnés chantent en

chœur; et, nous devons le dire, quoiqu'en France,
il y a quelquefois de l'harmonie. Ce matin,
c'était le chœur de la *Muette* qu'ils exécutaient
à leur manière ; et c'était chose qui valait la
peine d'être entendue et remarquée que ces
rudes hommes faisant entendre ces paroles :

> L'heure viendra , sachons l'attendre ;
> Plus tard nous saurons la saisir.
> Le courage fait entreprendre
> Et l'audace fait réussir.

Pendant que ces choses se passent dans la
cour des *condamnés,* l'aspect qu'offre celle des
prévenus est différente. Là , point de jeux, mais
des groupes qui se promènent , des conversa-
tions à gestes animés , des hommes isolés faisant les cent pas dans la cour, la tête basse et
regardant le pavé ; d'autres lisant des brochures
et des journaux ; plusieurs, malgré la bise de
décembre, les jambes nues , le pantalon et la
blouse de toile , battant des bras pour se réchauffer.

Dans cette cour , souvent nous remarquons
un homme à haute stature, à formes athlétiques :
celui-là marche souvent solitaire , et lit beaucoup les journaux ; pour se réchauffer, il jette

parfois sur ses larges épaules une couverture
de laine blanche à bordure rouge , et me rappelle Talma dans *Manlius ,* avec son laticlave
bordé de pourpre.

A neuf heures , voici venir les largesses du
gouvernement.

Au pain ! au pain! crie le guichetier.

Et vous voyez aussi-tôt tous ces groupes se
dissoudre et tous ces hommes marcher vers celui qui va leur distribuer la pitance du jour.....,
un morceau de pain sec , quelquefois trempé
de larmes.

Heureux celui dont une vieille mère s'est sou-
venue, et lui a apporté quelques douceurs
qu'elle aura rognées sur sa misère.

Heureux celui dont un ami vient serrer la
main et y mettre une petite pièce d'argent pour
acheter ou le *petit verre ,* ou le pot de cidre.

Heureux celui dont la femme embarrassée
de honte vient lui donner ce qu'elle a de mieux
chez elle, en disant : Courage, voilà déjà du tems
de passé.

Mais , dans toutes ces cours, il y a peu de ces
heureux , la plupart sont comme s'ils n'avaient
point de famille ; les uns parce qu'ils en sont
oubliés , et les autres parce qu'ils n'ont pas

voulu que leurs proches eussent connaissance de leur captivité.

Aujourd'hui que la philanthropie est de mode, qu'il serait bon et louable de tourner ses pensées sur le régime des prisons! Moins d'articles de journaux, moins de comités, moins de commissions nommées par le gouvernement pour ces asiles de correction et de douleur; mais plus, beaucoup plus de surveillance, beaucoup plus de visites éclairées de la part du clergé et de l'autorité.

A Bicêtre, il y a, dit-on, quinze ou seize cours différentes : séparant ces divisions s'élèvent de hauts murs de *rondes*, dont la cime peut avoir deux ou trois pieds de large, avec des gardes-fous, à droite et à gauche. C'est sur ces murailles, qui ressemblent assez aux murs de fond que l'on voit dans les mélodrames, que se promènent les sentinelles; et souvent nous remarquons le jeune soldat, penché sur la balustrade, regarder avec un air d'intérêt les scènes de misère et de douleur qui se passent au-dessous de lui; peut-être se dit-il alors dans son cœur : Si ma mère ne m'avait bien appris mon catéchisme, peut-être serais-je là; elle m'a dit de plaindre les malheureux et je plains ceux que je garde.

Midi est venu, le tambour bat, le clairon

sonne, c'est l'heure de la garde montante, c'est
aussi l'heure où quelques amis, munis d'un permis de la police, viennent me voir ; alors les
causeries : le gros du travail est fini.

Un des côtés de la seconde cour, en face
de chez moi, est fermé par des ateliers : les
enfans, les jeunes détenus, y sont employés
à carder et à filer le coton ; ceci est une bonne
pensée : pourquoi n'en voit-on pas plus de
semblables réalisées dans ces maisons où l'oisiveté s'établit la compagne de l'homme qui a
failli ? Quel enseignement utile est jamais sorti
de la paresse ?

A une heure la soupe est apportée. Des seaux
de cuivre contiennent ce potage du pauvre ;
l'odeur en monte jusqu'à moi. A l'entour de ces
marmites, un grand cercle de détenus, divers
de taille, d'âge et de costume, se forme ; chaque prisonnier tend à son tour son écuelle ou
son pot, et le distributeur donne à chacun sa
ration. Alors le repas commence ; et il est si
naturel d'aimer à dîner en compagnie, que vous
les voyez se rassembler, manger, causer et boire
ensemble. C'est une grande fête quand, par-
dessus les toits, un rayon de soleil vient jaunir
une des murailles : quand pareille réjouissance

30

advient, tout le festin se transporte vers ce point
éclairé.

Si je faisais jamais bâtir une prison, je regar-
derais comme une impiété d'élever une muraille
assez haute pour voiler aux prisonniers le soleil
qui doit luire pour tout le monde ; mais ce n'est
point aujourd'hui que je dirai tout ce qui devrait
exister, et tout ce qui ne devrait pas être dans
une maison de justice.

Après le repas, l'aspect des cours est moins
triste ; on y voit plus d'animation.... Et qui de
nous, en effet, ne se rappelle ce si doux moment
qui suit un élégant dîner, alors que, passant de la
salle à manger au salon, on trouve un feu bien
pétillant, brûlant sur les galeries de cuivre ; les
bougies bien allumées aux candélabres ; les fau-
teuils avancés de droite et de gauche de chaque
côté de la cheminée ; la table de marbre toute
brillante des cristaux de la liqueur, et des tasses
du café ; qui ne se souvient qu'alors la conversation redouble d'agrément, d'esprit et de vivacité?

Eh! bien, le pauvre prisonnier a comme un
bien pâle reflet de cette joie de notre monde ;
c'est alors que, s'il a quelques sous, il peut
aller acheter au guichet un petit verre ou un peu
de tabac...., car le tabac, à ce qu'il paraît, est

une des joies de la prison. Avant que le soir
vienne, chaque homme va à la fontaine laver
sa vaisselle, l'essuie avec son mouchoir, et va la
déposer sur l'embrâsure des fenêtres, entre les
barreaux de fer.

A quatre heures, la cloche annonce la retraite
dans les dortoirs ; et le bruit que j'ai entendu
le matin, s'élève et gronde de nouveau, quand
tout ce monde se presse, se heurte, rentre et
monte dans la maison. Pour que leurs soirées
soient moins longues, quelques uns des captifs
ont des guitares et des violons ; à ces instrumens,
parfois se mêlent des refrains de toute espèce.
En passant devant les portes de ces dortoirs et
des chambres de la *pistole*, vous entendez une
sourde rumeur de conversation ; mais tout ce
bruit meurt et s'éteint quand le couvre-feu de
la cloche d'argent commence à sonner ; c'est
l'heure du repos général.

Si une plante a été oubliée dans une chambre ;
et si un peu d'air et de soleil a pu pénétrer dans
cet obscur réduit, vous verrez que la fleur qui
y a été délaissée s'est penchée vers l'étroite ouverture par laquelle un peu de jour et de brise
ont pu entrer : eh ! bien, il en est de même des
prisonniers ; et j'ai remarqué que les pierres

dans les embrâsures des fenêtres sont tout usées
et creusées , par les pieds des détenus qui y sont
venus se pendre aux barreaux pour regarder le
ciel.

L'année dernière, l'aspect de ma chambre était
tout différent : ma vue donnait sur la cour des
femmes ; malgré toute l'envie que j'aurais d'être
galant , je suis forcé de le dire , les scènes qu'elles
offraient étaient souvent dégoûtantes et ignobles ; elles criaient davantage et se disputaient
beaucoup plus ; souvent elles se prenaient aux
cheveux , déchiraient leurs bonnets ; et , décoif-
fées, échevelées, elles semblaient des euménides
et des furies. Je me souviens qu'une d'elles ,
Orphée femelle , jouait du violon pour faire
danser ses compagnes ; et si Victor Hugo avait
vu ces rondes, avait entendu ces refrains , il en
aurait enrichi son sabbat.

Un soir, c'était un dimanche, un jeune prêtre,
un sacristain et un choriste emportant de la chapelle quelques ornemens sacrés , l'étole , le bé-
nitier et le surplis , furent entourés par un cercle
de ces femmes rouges et animées de danses
et de tournoiemens : on aurait dit trois élus tombés dans une bande infernale. Ce ne fut qu'à
grand'peine qu'ils furent délivrés de ce cercle

par le guichetier qui, agitant son trousseau de
clés, cria avec politesse : *Allons, mesdames,
allons, retirez-vous dans vos appartemens*..

Ces paroles me rendirent à la réalité : je vis
que j'étais en prison, et que *ces dames*, que je
venais de prendre pour des esprits échappés de
l'abîme, étaient mes compagnes d'infortune.

. . . .

    Salut à vous, murailles de Bicêtre !
    Salut à vous, voûtes de nos prisons !
    Sous vos verroux je jure toujours d'être,
    D'ame et de cœur, tout entier aux Bourbons;
    Mais aux Bourbons de notre branche aînée,
    Et non jamais à ces Bourbons. . . . .

. . . .

Mes amis peuvent se rappeler ce chant qu'ils
ont entendu plus d'une fois dans de bons et
élégans salons, tout brillans de bougies, tout
embellis de femmes, tout parfumés de fleurs,
et tout aimables d'unité d'opinion. Eh bien! ce
chant, je l'ai répété dans ma nouvelle chambre
de Bicêtre, chambre qui n'est plus la même que
celle de l'année dernière, mais qui a bien aussi
son caractère. Ses abords sont bien plus imposans que ceux de mon autre cellule; ici, rien ne

manque : guichets, grosses clés et énormes verroux, enfin, tout le luxe du genre.... ; et puis,
là-bas, j'étais isolé, je n'avais pas de *camarades*, aujourd'hui je n'en chôme pas.

Bossuet a dit que, dans les caveaux de Saint-
Denis, il n'y avait plus de place, tant la mort
se hâtait à les remplir ; et moi j'ai été au moment
de m'écrier : Dans les murs de Bicêtre, il n'y a
plus de place, tant la liberté de 1830 se hâte de
remplir les prisons !

Je me souviens que, l'année dernière, en redisant mon arrivée à Bicêtre, je me plaignais de
n'y point voir ni portes abaissées, ni herses,
ni ponts-levis, ni tours, ni meurtrières ; cette
année, je ne trouve pas davantage ce grandiose
que le peintre chercherait dans un lieu de dé-
tention. Ma prison est encore bourgeoise, laide
et vulgaire ; mais elle s'est hérissée de fer, de
guichets et de verroux : on dirait un *vilain* affu-
blé de quelques pièces de la noble armure d'un
chevalier.

Que ceux qui penseront au pauvre prisonnier
ne s'effraient donc pas des avenues de ma
chambre.

Après avoir passé les étroits et sombres corridors qui partent de la guicheterie, on arrive à

un escalier qui a eu jadis sa beauté ; la première
fois que je comptai ses quatre-vingts marches,
le *cicerone* de ma nouvelle demeure me dit : Cet
escalier date du tems de François 1er.

· De François 1er. ! Ce nom-là, répondis-je à
mon guide, c'est un nom de prison.

Mais pourquoi remonter si haut? Aujour-
d'hui, pour prendre du courage en entrant en
prison, il n'est besoin d'évoquer les souvenirs
des chevaliers, ni des rois ; une femme...., une
femme est là; et, en pensant à elle, qui osera
se plaindre?

Ce ne sera pas moi.

Mais poursuivons et arrivons sous les toits ;
c'est là que, dans les régions de la *pistole*, se
trouve ma cellule, cellule toute grise comme un
ciel de brouillard. Quelques étoiles blanches l'é-
gaient par-ci, par-là, comme un peu d'espérance
désassombrit la vie. Ma chambre a tout le luxe
du pauvre : la propreté. Je ne veux en remercier
personne, car, par le tems qui court, les remer-
cîmens d'un proscrit ne portent pas bonheur,
et je ne veux faire tort à aucun. Je ne ra-
conterai rien de ce que je pourrais dire ; ainsi,
que ceux qui ont été bons pour moi trouvent
leur récompense en eux-mêmes ; cette voix est
la meilleure et ne compromet pas.... Et puis

je me souviens qu'il y a danger à vanter trop sa demeure.

De ma chambre de l'année dernière , la malveillance n'avait-elle pas fait une *Capoue ?* et l'esprit ennemi qui avait voulu y voir un lieu de délices , de fêtes et de banquets , n'avait-il pas pris soin de m'annoncer d'avance , par la voie d'un journal , que le tems des égards était passé (il ne s'était pas trompé), et qu'aucune des épines de la captivité ne serait évitée à moi, pauvre *repris de justice ?...* Repris de justice du juste-milieu ; oh ! cette pensée me fait lever la tête avec orgueil et fierté. Et avant d'aller plus loin dans la description de ma chambre , je m'arrête, avec la conscience d'avoir fait mon devoir , devant un joli portrait encadré dans une bordure de bois de citronnier ; je me souviens que ce portrait fut gagné dans une loterie , et que la personne à laquelle il échut ne fut pas la plus heureuse; mais que ce fut à moi qu'il fut donné. Celui qui ne viendra pas dans ma chambre , demandera si cette image est celle de Louis-Philippe : oh ! non , je n'ai rien de semblable appendu à mes murs ; Louis-Philippe est heureux , est flatté , est puissant ; ce n'est pas là ce qu'il faut aux murs d'une prison. Les saints que j'invoque ne sont plus au pouvoir ; non ,

je ne nommerai point celui dont les nobles traits
me révèlent la noble origine ; sur le front de
celui que j'aime à regarder, le tems ni le remords, ni la honte du nom paternel, n'ont creusé
de rides ; ce front est jeune et uni, et d'une
teinte semblable à ce marbre que Canova a eu
soin de *rosir*, et pour son Hébé et pour Terpsi-
chore. Ce front n'est point étroit ni comprimé,
et ne finit point en poire ; une chevelure blonde
y brille comme un diadême d'or ; de grands
yeux d'azur à la fois doux et fiers, donnent à ce
joli visage une expressoin d'énergie et de bonté.

Hier j'ouvris en face de ce portrait un livre
d'apologues ; et au hasard je tombai sur ce passage d'un poète allemand :

« Il y avait un peuple
» Dont tout les jours étaient sans nuages ;
» Dont tous les champs étaient fertiles ;
» Dont toutes les prairies étaient émaillées de
fleurs qui ne croissaient en aucun autre lieu, ni
si pures, ni si belles ; cette fleur s'élevait comme
un calice d'ivoire sur une tige d'émeraudes.

» De bien loin les étrangers venaient pour
admirer ce pays fortuné ; et regardant la beauté
de la fleur indigène, ils disaient : Non, il n'est
point de terre semblable à celle-ci.

» Mais voilà que le peuple volage , que Dieu avait doté de tant de biens, s'ennuya de ces jours prospères , de ces fleurs si belles , et dit :

» Il faut changer ceci.

» Et il advint selon ses vœux.

» Le ciel se couvrit de nuages, la stérilité s'étendit sur les champs , et les prairies perdirent les fleurs qui les embellissaient ; et à la place de cette fleur qui semblait une coupe pour que les petits oiseaux vinssent y boire la rosée , s'élevèrent de jaunes et fétides soucis.

» Qui croirait que l'on appelait fous et insensés ceux qui regrettaient l'ancienne fleur du pays! »

Poursuivant l'exploration de ma chambre , sur ma tapisserie grise se dessinent en bronze les nobles figures de Charrette et de Bonchamps, de Cathelineau et de Larochejacquelein, digne accompagnement du portrait dont je viens de parler.

Un peu plus loin une ravissante figure d'enfant apparaît aussi ; ses longs cheveux séparés sur le front , à la manière de Raphaël, et tombant sur ses épaules en boucles ondoyantes, nous font reconnaître le petit ange des prisons : Louis XVII , l'enfant-roi du temple.

Louis XVII! Ce nom a inspiré à Victor Hugo une délicieuse ode ; je voudrais avoir son livre pour en citer une strophe qui m'a toujours paru charmante. Le poète, royaliste *alors*, supposait que le fils de Marie-Antoinette venait d'échapper par la mort aux grossiers outrages du savetier Simon. Voilà le petit prisonnier délivré de la prison et de la vie ; il a pris son essor vers le ciel, et pour le recevoir dans les parvis sacrés, les *anges* et les *archanges*, les *chérubins* et les *séraphins* viennent au-devant de lui avec des palmes et tous les honneurs de la royauté, en le saluant du nom de roi.

Où donc ai-je régné ? demande le petit martyr ?

Et les chœurs des anges lui répondent :

Tu fus roi dans les fers.

. . . .

Il y a du luxe dans ma chambre ; j'y ai deux glaces à beaux cadres dorés. C'est trop, me dira-t-on ; et je penserais de même si j'étais toujours seul, mais elles reflètent des visages amis et je leur en sais gré.

Quelque chose qui est tout-à-fait à sa place chez un condamné pour délit de la presse, c'est le fameux calendrier de M. Edouard Guérin. Cette spirituelle parodie de l'almanach des *victoires et conquêtes*, publié sous la restauration, marque chaque jour de l'année ou d'une émeute, ou d'une saisie, ou d'une condamnation de journal.

J'ai mes deux jours fériés ; et le 27 décembre 1831 et le 19 novembre 1832 porteront le titre de *Gazette de Normandie.* L'idée de ce résumé de toutes les libertés est aussi salutaire que spirituelle. Le plus chaud partisan de la révolution de juillet s'en dégoûterait, s'il lisait d'un bout à l'autre le calendrier de l'ordre public et de la liberté de la presse.

Me voilà à ma cheminée. Oh ! ce n'est point un de ces grands foyers à cariatides, supportant sur leur tête un manteau élevée et décoré d'armoiries.

Vous avez vu dans nos vieux châteaux ces cheminées qui se projetaient en avant dans les salles, et qui étaient si spacieuses, que toute une famille pouvait venir s'y asseoir auprès de l'énorme pied de chêne qui y brûlait avec tout son lierre, et écouter les histoires de l'aïeul ou du chapelain.

Non, ma pauvre cheminée est bien une cheminée du siècle, une cheminée d'économie et d'égoïsme, où l'on se chauffe avec un éclat de bois, et devant laquelle une seule personne se dégèle à grand'peine. Mais à Bicêtre on ne s'enquiert de donner du feu aux prisonniers, et s'ils ne veulent pas grelotter dans leur

chambre, il faut qu'ils aient recours à l'invention du baron prussien Rumfort.

Si ma cheminée n'a rien d'antique, en revan-
che, mon fauteuil à l'air de venir du manoir
héréditaire. Son haut-dossier, ses bras rembour-
rés, son siége large et profond, les grands ra-
mages de son étoffe, le bois d'ébène de sa charpente contournée, tout cela en fait un vrai
fauteuil des anciens jours.

Aussi j'y suis souvent, et c'est là que conforta-
blement étendu, je me laisse aller à ces rêveries
qui vous tranportent si loin, malgré les verroux
de votre porte et les barreaux de votre fenêtre!

Fontaines publiques.

C'est, je crois, Grenade que les poëtes
espagnols ont nommée *la ville des ondes et des
fontaines*. Rouen mériterait aussi cette douce
appellation; car une de ses grâces, c'est la
fraîcheur de ses eaux et le nombre de ses
sources vives.

Ici chaque église a sa fontaine qui coule jour
et nuit, et qui est aux murs sacrés comme emblême de la bonté divine qui ne tarit jamais.

Nous voyons dans le vieux testament qu'à l'entrée du temple de Salomon était une vaste cuve
où les prêtres se lavaient les pieds et les mains.

Sous la nouvelle loi, cet antique usage fut conservé; et nos pères plaçaient autant qu'ils pouvaient des fontaines auprès de leurs églises. Là, les fidèles, avant d'approcher du sanctuaire, allaient se laver le visage et les mains. Cet usage existait surtout à Rouen, où l'on ne voit plus les trente-sept paroisses d'autrefois, mais où coulent encore les trente-six fontaines.

Je me rappelle combien cette multiplicité de sources, épanchant l'eau dans les rues, me frappa à mon arrivée à Rouen. A Nantes, nous ne sommes pas gâtés sous ce rapport, et Dieu, après nous avoir donné la puissante et magnifique Loire, a sans doute pensé que c'était assez, car nous n'avons pas dans toute la ville une seule source courante.

A Rouen, ville de monumens, je m'étonne que les architectes n'aient pas plus embelli leurs trente-six fontaines; deux ou trois sur ce nombre nous paraissent seules remarquables : ce sont celles de la Croix-de-Pierre et de la Crosse.

Celle de Lisieux est bizarre; elle est ainsi appelée, parce que la maison à laquelle elle est adossée appartenait à l'évêque de Lisieux; ses sculptures représentent une scène pastorale : Apollon, berger. Sa construction remonte à 1518.

La fontaine de la Grosse-Horloge est encore or-

née de sujets mythologiques : c'est Alphée et Aré-
thuse. Ces deux figures en pierre étaient dorées.

Celle du Vieux-Marché, je l'ai dit ailleurs,
est lourde, sans caractère ; forme carrée avec
colonnes et entablement.

Un petit monument mauresque, dont les
sculptures sont délicates et de très-bon goût,
forme la décoration de celle de la Crosse, au
coin des rues de l'Hôpital et des Carmes.

La fontaine de la Croix-de-Pierre est, sans
contredit, la plus remarquable ; celle-là est
vraiment digne d'être admirée ; elle s'élève,
isolée de toute maison, dans une petite place
triangulaire du quartier Saint-Vivien ; sa forme
svelte et élancée est celle d'un petit clocheton
gothique portant sur ses différentes faces, sous
de jolis dais, des statuettes de saints et de saintes.
La cime est couronnée d'une croix.

Cette image sacrée, dans des jours de sang
et de stupidité féroce, fut abattue ; et savez-
vous ce qui la remplaça?

Le buste de Marat!

En 1816, la souillure de cette inauguration
fut lavée par la main même de la religion.
La veille de la Saint-Louis, par une belle
soirée d'août, le cardinal Cambacérès vint,

avec toutes les pompes saintes, rétablir le
le signe de la rédemption à son ancienne place.
La croix, après avoir été bénie dans l'église de
Saint-Vivien, fût apportée processionnellement
au carrefour de la fontaine que les habitans
avaient pris soin d'orner de tentures blanches,
de verdure et de fleurs, et placée sur la pyramide.

Le corps municipal, accompagné du sixième
bataillon de la garde nationale, assistait à cette
chrétienne cérémonie.

Demandez donc aujourd'hui aux camarades
de Louis-Philippe d'Orléans de paraître à semblable solennité; vous verrez comme ils vous
accuseront d'être *Capucins* ou *Jésuites;* et
comme ils vous feront sentir que leur dignité
d'homme et de citoyen français les met au-dessus
de *pareilles momeries !*

Vous voyez bien *qu'il y a progrès!......* Oui,
progrès; mais vers quoi?..... Toutes les autres
fontaines coulent des murs des anciennes
églises ; beaucoup de ces murs ne sont plus aujourd'hui que des ruines et n'appartiennent
plus à la religion ; mais l'eau qu'elle y avait jadis
fait venir s'en échappe encore comme pour
dire : Vous avez beau faire la guerre au christianisme, vous n'épuiserez pas sa charité......

« Les cinq sources [1] qui alimentent toutes ces fontaines doivent être ainsi classées sous le rapport de la salubrité des eaux :

Source d'Yonville, excellente ;

de Darnétal, très-bonne ;

de Gaalor, bonne ;

de Notre-Dame et de Saint-Nicaise, peu saines. »

Rue Martainville. — Eglise Saint-Maclou. — Aître Saint-Maclou.

Voulez-vous vous faire une juste idée d'une de nos villes du XIVe. ou XVe. siècle? venez demeurer dans la rue Martainville, au fort de l'hiver ; couchez-y pendant les *nuits de Noël et des Rois :* oh! alors, vous pourrez vous croire bien loin de nos jours actuels. Les chants que vous entendrez s'élever de la rue ne seront ni la Marseillaise de 93, ni la Parisienne de 1830 ; ce seront de vieux cantiques, d'anciens noëls que les pères de nos pères ont chantés au coin de leurs larges foyers, dans ces nuits consacrées ;

---

[1] Th. Licquet.

des airs que vous vous souviendrez avoir
entendu répéter ou à votre mère ou à votre
bonne, alors que vous étiez enfant. Ce sont de
jeunes enfans qui s'en vont criant : Noël ! Noël !
au Dieu enfant qui vient de naître !

D'autres qui, dans la nuit des Rois, mettent
une lumière au bout d'un long bâton qu'ils portent en courant, pour figurer l'étoile miraculeuse,
et qui chantent de vieux refrains pour avoir du
gâteau, la part de Dieu et la part des pauvres.

Et puis, comme pour accompagner ces voix,
le bruits des sabots sur le pavé et les sons graves de la cloche de Saint-Maclou. ⸱. . . . .

. . . .

Voilà pour la nuit; mais le jour, la rue Mar-
taiàville, si longue, si étroite, si populeuse et
si pauvre, a bien aussi son caractère...... Les
boutiques ne sont plus suffisantes pour qu'on
puisse y étaler les mets qui s'y vendent aux
pauvres habitans de ce pauvre quartier : des tré-
teaux, de longues et basses brouettes, rangés à
droite et à gauche des maisons, sont couverts de
petits fromages et de fragmens de fromage, de
harengs, de pommes de terre bouillies, de
morceaux de viande cuite, de pommes et de
poires, de *norolles* et de *douillons*....; de tous

ces *restaurans de la misère* , il s'exhale une
odeur que l'habitué de madame Chevet, de
Paris, et de madame Beauquesne, de Rouen ,
ne trouverait peut-être pas agréable , mais qui
aiguise l'appétit de l'habitant de la rue Martainville.

C'est vers une heure de l'après-midi que la
foule est grande devant les marchands de comes-
tibles. Chacun y vient chercher son dîner ; et
alors toutes les voix de tant de monde rassem-
blé forment un murmure confus.... qui quelque fois cesse tout-à-coup..... Quand ces momens de silence viennent , c'est que les prêtres
de Saint-Maclou passent dans la rue emportant
un mort au cimetière. Alors , toute cette multitude se tait, se découvre, se signe... ; et, dans la
foule, il y en a peut-être plus d'un qui se dit :
Quand viendra mon tour? en voici un qui ne
souffre plus!

Je viens d'écrire le mot de cimetière. Le quartier Martainville en avait jadis un superbe , lieu
de sépulture maintenant abandonné , mais
connu encore sous le nom d'*Aître Saint-Maclou.*
C'était là vraiment une belle demeure de
morts, bien renfermée par des galeries pavées
de pierres tombales, et sanctifiée par des autels.

Dans cette rue Martainville, si peuplée, si bruyante, la vue de l'aître Saint-Maclou est d'un grand repos. Une croix entourée de quelques cyprès s'élève au milieu de ce sol d'ossemens où l'herbe a poussé vîte.

Le cloître qui règne à l'entour de l'ancien cimetière a été bâti à diverses reprises : trois côtés furent construits en 1526, l'autre en 1640.

Ces galeries sont soutenues par des colonnes en pierre à chapiteaux arabesques, lesquelles étaient, à moitié de leur hauteur, enrichies chacune d'un groupe de petites statues ; et chaque groupe était une moralité.

Ici, c'était un pape coiffé de sa tiare triplement couronnée, que la Mort venait saisir et entraîner malgré toute sa sainte puissance ;

Là, un empereur portant casque, épée, sceptre et diadême, arrêté par un squelette tirant sur le manteau de pourpre herminé ;

Plus loin, un roi qui n'a pas eu aux barrières de *son Louvre* d'assez bons gardes pour empêcher la Mort d'en franchir le seuil ; et puis, sur cet autre pilier, la jeune femme toute parée pour une fête, saisie par la *camarde* qui a l'air de ricaner de son effroi ;

Là, à côté, un savant docteur qui a tout lu

dans ses livres ; mais qui n'a pas su y apprendre que sa fin était proche, et qui sent une main de glace sur son épaule, celle du trépas qui lui crie : Cesse de lire et viens avec moi !

A cette colonne, c'est l'avare que tous ses sacs, que toutes ses richesses ne peuvent racheter de ce recruteur inflexible des tombeaux ;

Et puis, plus loin, ce laboureur robuste qui ne peut se défendre;

Et puis cet avocat qui reste muet ;

Et puis ce prêtre qui n'a pas de prière assez puissante, d'exorcisme assez fort ;

Et ce moine qui tremble, et cette religieuse qui supplie ;

Et ce soldat qui a peur, et cet enfant qui joue :

Tout cela saisi, entraîné, vaincu par le spectre, qui ne connaît ni rang, ni puissance, ni vertu, ni âge, ni sainteté, capables de se sauver de sa main décharnée.

Voilà ce que l'on voyait jadis sur les colonnes de pierre de l'aître Saint-Maclou, ce dont on aperçoit encore des restes, et ce qui a été stupidement effacé, gratté, mutilé et brisé.... Mais le souvenir de ces *moralités sculptées* ne se perdra pas ; car un habile pinceau, celui d'E.-Hyacinthe Langlois, dessinateur, graveur, antiquaire, académicien, de Rouen, s'occupe de retracer chaque groupe de cette *Danse macabre*.

Au-dessus de tous ces piliers qui prêchent la puissance de la mort, les *filières* sont scupltées d'ossemens , de crânes , de cercueils , de suaires, de pelles , de piochès et de tous les ustensiles du sépulcre ; aussi , je vous assure qu'il faudrait avoir un grand fond de gaîté pour ne pas devenir sérieux et méditatif dans l'aître Saint-Maclou... Ce lieu saint a un aspect saisissant , aspect d'une autre époque que la nôtre. Voyez cette lampe nuit et jour allumée , ces cierges brûlant devant les statues de la vierge Marie et de l'archange Michel.

Là, les frères des écoles chrétiennes ont établi, avec grande convenance, des classes de petits garçons; ce spectacle si grave appuie bien leurs leçons.

Mais la merveille du quartier Martainville , une des beautés de la grande ville de Rouen , c'est l'église Saint-Maclou : voilà encore qu'ici la pierre s'est faite molle et obéissante au ciseau du bon goût... Quel luxe d'ornemens ! de découpures , de jeux , de caprices , et en dehors et en dedans !

En dehors , connaissez-vous rien de plus

riche, de plus gracieux, de plus étonnant que
le grand portail !

En dedans, rien de délicat, de *coquet*, de
joli, comme cet escalier de l'orgue! Si les fées
avaient eu entrée dans nos églises, je soutien-
drais, envers et contre tous, que ce degré a été
exécuté par la plus habile d'entr'elles... Jamais
on n'avait fait faire semblables tours de force
à la pierre!

Ce qui est grandiose et inspirant, c'est la
lanterne qui s'élève entre la nef et le sanctuaire.
C'est comme une pensée respectueusement
hardie entre l'homme et Dieu.

Cette magnifique lanterne, qui a plus de cent
vingt pieds de haut à l'intérieur de l'église, servait de piédestal à un très-beau clocher qu'un
terrible ouragan ébranla en 1706, et qui, menaçant ruine trente ans plus tard, fut détruit. Ce
clocher était fait de telle sorte qu'extérieurement
on pouvait monter sans échelle jusqu'à la croix,
placée à deux cent quarante pieds du sol.

Nous ne connaissons pas au monde de portes aussi riches de sculptures que celles de
Saint-Maclou... Oh! c'est là que le cœur saigne
cruellement, devant les sottes et sacriléges muti-
lations qui y ont été commises !

Ces portes étaient comme des poëmes à la gloire de Dieu et de la Vierge mère. Quelle imagination inspirée on y retrouve! Ce Moïse, cet Aaron, ce saint Paul, ces proprêtes, ces anges, ce Très-Haut dans le ciel! Oh! c'est plus qu'un poëme, c'est une page de la bible!

On devrait être fait aux œuvres de la stupidité; en ce monde elle a ses coudées si franches! Eh bien! non. A Saint-Maclou, cette stupidité, ce génie des idiots s'est surpassé, et vous restez ébahi devant une de ses *merveilles* : c'est cette maison bâtie, plaquée à une des portes de la grande façade, la bouchant complètement et en détruisant ainsi la symétrie et la régularité.

Dans le sanctuaire de Saint-Maclou, on retrouve le même genre d'ornemens qu'à Saint-Vincent : des trophées de choses saintes, des attributs de religion, des croix, des crosses, des tiares, des couronnes, des mitres, des ostensoirs, des calices, des missels, des encensoirs et des flambeaux, des masses de nuages portant des anges et des saints appliqués aux colonnes du chœur; tout cela doré et bruni par le tems. En décrivant l'église Saint-Vincent, nous avons appelé de *mauvais goût* cette décoration : à Saint-Maclou, nous ne pouvons la louer, mais

nous dirons qu'ici elle nous semble mieux que
là ; cette gloire, cet archange au‑dessus de
l'autel, ne manquent pas de majesté. La paroisse
de Saint-Maclou n'était point encore à l'intérieur de la ville·en 1228. Je crois l'avoir dit
ailleurs, à cette époque ce n'était qu'une chapelle nullement remarquable. L'église actuelle
remonte au XVe. siècle.

Les vitraux de Saint-Maclou me semblent
avoir trop de blanc ; j'y regrette cette marque-
terie de couleurs vives, tranchantes et foncées ;
la plupart n'ont que des figures isolées de saints
et de saintes, sous des dais à pinacles gothiques ;
la lumière du dehors parvient trop crue dans
l'église.

Je me souviens qu'un jour du premier de
l'an, revenant de l'imprimerie de M. Mégard,
vers les neuf heures du matin, j'entrai dans cette
église que j'aime de prédilection.

Elle était pleine de fidèles, et son respectable
curé était en chaire.

C'était bien, aux pauvres habitans de la rue
Martainville, de venir, la première matinée du
nouvel an, demander à Dieu de la force pour
travailler et de la résignation pour souffrir ; car,
en cette paroisse, que les riches habitent peu,

résignation et *force* sont des vertus de première nécessité.

Le bon pasteur parlait à son troupeau avec un ton paternel qui allait à l'ame, et je restai debout dans la foule, trouvant si grand bonheur à l'entendre, que je n'ai point encore oublié ses paroles :

« Beaucoup d'entre vous, disait le vénérable curé, beaucoup d'entre vous sont venus me souhaiter une bonne année, je les en remercie ; et pour que celle qui commence aujourd'hui me soit bonne et heureuse, il faut qu'elle ne vous soit pas mauvaise ; à vous donc, mes chers enfans, à mon tour, je souhaite une *bonne année,* une année sans misère, sans maladie, sans fléau de Dieu, une de ces années de vertu qui mènent aux années éternelles !

» A vous donc qui m'écoutez et qui ne revêtent ni de splendides habits, ni de somptueux atours, à vous je souhaite résignation et patience. Oh ! portez en chrétiens soumis les pauvres vêtemens que je vous vois, *et si les bonnes années que je vous souhaite* vous adviennent, là haut Dieu vous échangera ces habits contre des manteaux de pourpre semblables à des manteaux de rois. »

Comme j'étais dans le foule, je vis l'émotion
qui y régnait; il y avait alors, je vous assure,
entre le troupeau et le pasteur, entre les enfans
et le père, entre les chrétiens et le prêtre, une
union de charité si intime, que ce n'était plus
qu'un cœur et qu'un esprit. . . . . . .

Cette église était anciennement appelée
la fille aînée de l'archevêque, et avait le privilége de garder les saintes-huiles pour tout le
diocèse.

- Saint-Maclou et Saint-Malo ne sont qu'un ;
et Saint-Malo, c'est un souvenir de Bretagne.

Cette ville si régulière, si bien défendue
par de hautes et belles murailles que la mer
entoure et bat de tous côtés deux fois par jour,
et qui alors semble un joyau surnageant sur les
vagues; cette belle ville de Saint-Malo, berceau
de Chateaubriand et de François De La Menais,
a été bâtie en quelque sorte par deux saints
solitaires : Aaron et *Malo* ou *Maclou*. Ce dernier, natif du pays de Galles, fils d'un grand
seigneur de Clamorgan, dégoûté des grandeurs,
était venu vivre avec Dieu et son ami sur un
rocher voisin des côtes de l'Armorique..... Et
là, l'amitié entre les deux chrétiens devint si
douce, que leurs deux ames, comme dit l'écri-

ture en parlant de Jonathas et de David, *étaient fondues ensemble et n'en faisaient plus qu'une.* C'eût donc été un grand bonheur pour Maclou de laisser là couler tous ses jours, regardant le ciel et la mer avec son ami, priant et méditant avec lui, et se répétant souvent entre eux, en voyant les vagues battre le rocher de leur ermitage : Que nous sommes heureux d'être ici ensemble et avec Dieu, loin des hommes qui s'agitent sans cesse comme ces flots. Mais ce avec quoi on fait le moins de sainteté, c'est avec de *l'égoïsme.* Aussi, quand des chrétiens de l'Armorique vinrent trouver dans leur île les deux solitaires pour leur dire qu'il y avait là tout proche, sur la terre voisine, des soldats qui ne demandaient, pour croire en Dieu, que la prédication de sa parole, un des amis dut quitter l'autre, et ce fut Maclou, car Aaron était le plus âgé, et comme un vieil arbre n'aurait pu être déraciné de son rocher sans mourir.

Obéissant à la voix du seigneur, aux conseils de son ami, Maclou quitta avec regret sa chère et douce solitude, et, armé de la croix, vint affronter la persécution ; elle ne lui manqua pas dès les premiers jours de son apostolat, qui commença en la *cité d'Aleth*, cité aujourd'hui effacée du sol breton. Mais à ses ennemis, à ses persécuteurs, l'envoyé de Dieu opposa tant de mansuétude et de charité qu'il les apaisa pour quelque tems ; il fut nommé évêque et évangelisa pendant quarante ans, mais des ennemis à la tête desquels se trouvait le comte d'Aleth, recommençant leurs persécutions contre lui, le saint évêque fut obligé de se soustraire à leur haine pour leur sauver un meurtre ; il se jeta à bord d'un navire que les vents et la volonté de Dieu poussèrent vers l'Aquitaine. Débarqué à Bordeaux, Maclou, avec le bâton blanc du voyageur, se mit en route pour aller à Saintes, où Léonce était évêque.

Là, il trouva une sainte et douce hospitalité, et, pensant au rocher d'Aaron et à ses brebis d'Aleth, Maclou priait sans cesse...... La persécution venait de cesser tout-à-coup comme une tempête qui s'apaise ; le troupeau se mit à redemander le pasteur, et le vieux pasteur avait déjà repris ses sandales et son bourdon quand le seigneur le rappela à lui, le 15 novembre vers l'an de grâce 565.

La tombe de cet homme persécuté fut bientôt illustrée par des miracles, et, peu d'années

après sa mort, les plus grandes villes s'esti-
maient heureuses d'obtenir de ses reliques ; et
quand les terribles Normands apparaissaient
quelque part, là où il y avait des reliques de
de saint Maclou, on les emportait avec les plus
précieux trésors. C'est ainsi que des ossemens
d'un noble chrétien des montagnes du pays de
Galles ont été apportés à la vénération des villes
de Paris, de Saintes, de Pontoise, de Rouen.

Les dames anglaises de Gravelines. — Les Soeurs de la Visitation.

Encore de pieuses filles exilées de la *tolérante
Angleterre*, et venues sur terre de France, alors
terre de foi et de piété, pour être libres de prier
Dieu comme l'avaient prié leur mères.

Voici ce que je lis dans Farin au sujet de leur
communauté :

« L'an 1644, après la prise de Gravelines
par l'armée de Louis XIV, roy de France, les
religieuses de Sainte - Claire, établies depuis
long-temps en ladite ville, ne pouvant supporter les alarmes et les dangers d'une guerre im-
portune qui renaissoit tous les ans, quittèrent

cette ville frontière, sujette à tant de malheurs,
pour trouver du repos et un asile contre toutes
sortes d'hostilitez.

» Elles furent logées au commencement
fort à l'estroit, au milieu de la rue du Grand-
Maulévrier, et, huit ans après, à sçavoir l'an
1652, elles vinrent demeurer au haut de la
même rue, au monastère où elles sont maintenant, monastère qui fut construit aux frais
d'une dame angloise qui eut compassion de les
voir dans une maison de louage. »

Cette maison, bâtie par une noble anglaise
pour ses compatriotes pauvres, humbles et fugi-
tives, n'appartient plus à l'ordre de Sainte-
Claire.....; mais, comme tant d'autres couvens,
celui-ci n'a pas changé de destination.

Les dames anglaises faisaient le bien, priaient
Dieu ; les sœurs françaises de la Visitation qui
y sont aujourd'hui prient Dieu, et font le bien,
comme leurs saintes devancières.

J'ai visité tout récemment leur maison,
humble d'apparence et riche de vertu....., et
depuis que j'explore les vieux monumens de
Rouen, je n'avais pas foulé de plus illustres

sépultures que celle du cloître et de l'église des sœurs de la Visitation.

J'ai lu là des noms qui disent à eux seuls toute une histoire de fidélité.

Les noms de Taylor, de Strikland, de Taffe, de Fingal, de Blount, de Wetton, de Smith, de Thadwick, de Bedingfied, de Giffard, de Shilley, noms què les annales anglaises de *loyalty* (royalisme.), de dévoûment à Dieu et aux Stuarts, conservent avec orgueil.

Auprès de ces noms d'outremer, j'en ai lu de ce pays-ci ; entr'autres un des plus anciens et des plus illustres de la Normandie, celui de *Le Roux d'Esneval.* Sur une plaque de marbre noir j'ai lu :

LES PRIÈRES QUE VOUS ADRESSEZ

POUR MA MÈRE,

OH! CHASTES VIERGES

DU

SEIGNEUR,

ADRESSEZ LES AUSSI POUR L'AME

DE SA FILLE

ANNE-MARIE-FRANÇOISE LE ROUX D'ESNEVAL,

VEUVE D'ARMAND-MICHEL DE POMMEREU,

PRÉSIDENT DU PARLEMENT DE ROUEN,

MORTE DIGNE DE BEAUCOUP DE LARMES,

LE 22 JUIN 1784.

Sur une autre pierre :

A TRÈS-NOBLE ET TRÈS-PIEUSE DAME
ANNE-MARIE-FRANÇOISE LE ROUX D'ESNEVAL,
VINGT-ET-UN ANS ÉPOUSE, ET VINGT-DEUX JOURS
VEUVE
DE MICHEL DE POMMEREU, PRÉSIDENT.
ETC., ETC.

. . . .

CE MONUMENT PIEUX
A
ÉTÉ ÉLEVÉ A SA FILLE BIEN-AIMÉE
PAR
PIERRE-ROBERT LE ROUX D'ESNEVAL,
PRÉSIDENT A MORTIER AU PARLEMENT
DE ROUEN,
INCONSOLABLE DE LA PERTE DE SON
ÉPOUSE, DE SON GENDRE ET DE SA
FILLE CHÉRIE.

Ô VOUS QUI PASSEZ DEVANT CETTE PIERRE,
VOYEZ S'IL EST UNE DOULEUR ÉGALE
A SA DOULEUR!

Plus loin, dame Françoise-Catherine-Clérel
De Rampen, autrefois épouse de messire Pierre-
Robert Le Roux d'Esneval d'Acquigny..., qui
a voulu dormir dans le pieux asile des vierges
du seigneur, morte à vingt-neuf ans!

Je suis descendu, il y a peu de jours, dans le

32

caveau funèbre des D'Esneval, et j'ai vu là le cercueil de plomb de cette jeune morte de vingt-neuf
ans! Pour elle on avait déployé tout le luxe de la
mort : ce cercueil de plomb avait été recouvert
d'une châsse en bois, et, entre la première bière
et la seconde, de riches étoffes de damas rouge
et or avaient été tendues et si parfumées de
myrrhe et d'encens, que les petits lambeaux qui
en restent en sont encore tout imprégnés.... Sur
ce drap de soie, des reliquaires avaient été posés,
ainsi que de saintes médailles.

Par une extrême obligeance, que je vanterais
beaucoup si je ne craignais de contrister la modestie de madame la supérieure de la Visitation,
la pierre qui était scellée sur la bouche du caveau a été levée pour que je pusse en visiter
l'intérieur ; j'y suis donc descendu avec un de
nos meilleurs peintres de Rouen , M. Legal....,
et ce n'était pas, je vous assure, avec des cœurs
sans émotion que nous pénétrions dans ces
sombres régions de la mort.

Nous avons vu là avec quels soins la religion
garde les tombeaux qui lui sont confiés : la jeune
et grande dame qui dormait dans ce caveau
avait voulu que des reliques fussent près d'elle.
Eh bien ! le tems ayant consommé et réduit en
poudre les ossemens des saints qui avaient été

placés sur son cercueil, madame la supérieure,
pour entrer dans la pensée de la morte, en a
fait remettre d'autres.

Oh ! ce n'est pas là qu'on se rit des volontés
des trépassés !

Dans ce même caveau, il y a plusieurs petits
enfoncemens dans le mur ; chacune de ces petites niches peut avoir un pied carré au plus ; là
des têtes de morts sont placées, une de ces têtes
est posée derrière deux barres de fer, et de là
a l'air de vous regarder.

Au-dessous, sur une petite plaque de marbre,
on lit : « Isidore Bailly, trappiste, mort à vingt-
trois ans , après avoir édifié la maison de la
Trappe. »

Ainsi, les deux hôtes de ce caveau sont une
femme de vingt-neuf ans et un homme de vingt-
trois !

Comptez donc sur de longs jours !

Dans une chapelle latérale se voit une pierre en
losange avec ces mots : *J. Shelley, nobilis juvenis,*
et au-dessus de cette inscription, un écusson
avec trois coquilles de pellerin.

Pauvre jeune pellerin ! il n'a pu regagner son
pays, et le voilà couché sur une terre d'exil.

En lisant les épitaphes de tous ces tombeaux,
il me semblait relire ce que j'avais vu gravé sur

des tombes françaises à Londres : là aussi on avait mis les mots : *Fidèles à leur Dieu, à leur Roi !*

Les siècles, en amenant mêmes épreuves, amènent mêmes courages ; et ce qui fait mieux sortir de ces grandes épreuves ; ce qui honore le mieux ces grands courages, c'est le catholicisme.... Aussi, heureux sont ceux qui dorment sous son aile !

Le couvent de la Visitation possède plusieurs bons tableaux ; celui du maître autel se fait remarquer par de beaux détails : on ne sait à quel maître l'attribuer.

Un tableau de la mort de saint Alexis, présumé de Le Sueur.

L'apothéose de saint François de Sales, par Sacquespée.

Le martyre d'un saint que l'on plonge dans une chaudière d'huile bouillante, attribué à Lemonnier, de Rouen.

Dans la tribune, au-dessus du chœur des religieuses, deux anges contemplant la Sainte-Face sur le voile de sainte Véronique. Ce tableau, d'une touche aussi ferme que hardie, est d'un effet vigoureux et rappelle la manière de Rembrandt ; il y a aussi une grande originalité de touche dans les ailes et les draperies.

Un tableau de la sainte Vierge, de l'enfant Jésus et de saint Joseph; ce dernier montre à l'enfant divin la croix qui lui apparaît dans le ciel comme un pressentiment; la sainte Vierge, les yeux demi-baissés, dans l'attitude de la méditation, est une des plus belles têtes dans ce genre; enfin la pensée religieuse est complétée par le serpent qui enlace le globe que la croix pourra seule délivrer.

Ce tableau, traité à la manière de l'école italienne, nous a cependant rappelé davantage le faire de Mignard.

Dans la même salle, une Madeleine peinte tout-à-fait dans la manière de Rembrandt; la tête, qui se détache en pleine lumière sur un fond obscur, est d'un extrême naturel. Dans tout le faire de ce beau tableau, une grande fermeté se fait admirer.

Au parloir Sainte-Marie, un tableau de Restout, peintre de Rouen et neveu de Jouvenet; le sujet est l'apothéose d'une religieuse. Couleur harmonieuse et composition bien ordonnée, mais une mollesse qui fait aisément reconnaître le nom de l'auteur.

Une adoration des mages.

Une visitation.

Un portrait de dame, en sainte Cécile, par Jouvenet.

Deux saints, de M. Désoria.

Un portrait de supérieure de la communauté, par le même.

Un autre portrait d'une abbesse, par M. Pa-relle, de Rouen.

Le jour où j'allai demander la permission de visiter cette maison, dont les sœurs consacrent leur tems non seulement à la prière, mais en-core à l'éducation de jeunes personnes, c'était le jour de ma fête, la SAINT-JOSEPH ; j'entrai dans l'église, et, comme pour me prendre tout de suite par le cœur, je vis que ma chaise était placée sur une tombe où je reconnus un nom irlandais, un nom allié à mon nom..... Après vêpres et avant salut, on dit les litanies de saint Joseph. C'est lui que, dans les maisons reli-gieuses, on invoque pour *une bonne mort.*

Pour les gens du monde, c'est toujours une bonne prière à faire.

Pendant le salut, le soleil éclairait merveil-leusement le tableau et les reliquaires dorés de l'autel ; un instant il resplendit sur la radieuse eucharistie.... ; je vis aussi descendre ses rayons sur une tête de sainte Claire ; ce crâne blanc, couronné de fleurs roses, éclairé par un soleil du soir, avait, pour parler le langage du jour, *bien de la poësie !*

Le lendemain, pendant l'exploration de la communauté, madame la supérieure, une religieuse et moi, nous nous reposâmes dans la grotte de sainte Madeleine, grotte entièrement revêtue de rocàilles et de coquilles nacrées...... C'est là un ressouvenir de l'Angleterre ; les vieux jardins anglais avaient presque toujours ce genre d'ornement.

Ici, les saintes filles exilées pensaient encore à la patrie absente; la religion ne commande pas de l'oublier.

L'inscription suivante se voyait autrefois au-dessus de la porte d'entrée du couvent des *Dames Gravelines :*

Mater salvatoris,
Nostræ salutis Domina, ora pro nobis
et pro salute Angliæ.

Les filles exilées de Sion, retenues captives sur les bords de l'Euphrate, priaient aussi pour Jérusalem.

Pendant les tems de vertige et de terreur, ce couvent des Gravelines était devenu la prison de la noblesse de Rouen..... Cette maison a été, plus tard, sauvée de la destruction ou de la profanation, par un des plus honorables négocians de Rouen, M. Garvey, appartenant aussi, par sa noble famille, à la catholique Irlande.

Sainte-Marie. — Muséum d'antiquités normandes. — Cabinet d'histoire naturelle. — Écoles gratuites de dessin, de chimie, de mathématiques, etc.

Tout à côté de cette humble maison de la Visitation, s'élèvent les vastes et imposans bâtimens de Sainte-Marie, appartenant jadis à ce même ordre de la Visitation, fondé par saint François de Sales, et dont un historien parle ainsi :

« Cet ordre est une ruche mystique, toute remplie d'abeilles, qui vont suçant les plus belles fleurs de nos parterres; c'est un arbre plantureux dont les rameaux ombragent déjà une partie de la terre, où les oyseaux du ciel se viennent reposer de toutes parts, et qui, estant planté sur le courant de la grâce, a porté des fruits aussitôt que des fleurs. »

La révolution de 1789, après avoir chassé les

religieuses de Sainte-Marie ainsi que de toutes les autres communautés, s'empara de leurs propriétés; car cette liberté, que quelques uns s'obstinent à nous montrer *si pure*, et qui ne permettait pas à des femmes de se réunir pour prier Dieu à leur manière; cette liberté, ou plutôt ceux qui la prêchaient, pensaient à bien faire leurs affaires, et achetaient, en général à vil prix, les établissemens qu'ils avaient patriotiquement rendus déserts.

Les beaux bâtimens de Sainte-Marie ne sont cependant devenus ni des magasins, ni des usines, ni des fabriques; leur transformation est moins attristante.

La mairie de Rouen y a établi un musée d'antiquités normandes, qui n'est commencé que depuis deux années, et qui est déjà digne d'être visité par tous ceux qui aiment nos vieux souvenirs. Le directeur de ce musée est M. Deville, un des hommes les plus instruits de la province, et auteur de plusieurs ouvrages sur les antiquités du pays.

A quelques pas de cette collection d'objets tout normands, dans le même corps de bâtiment, un cabinet d'histoire naturelle ouvre sa longue galerie; la direction en est confiée à M. Pouchet, jeune homme de savoir et de zèle.

Là aussi la société d'Agriculture.

Toujours dans ce même local de Sainte-Marie est établie une école gratuite de dessin. M. E.-Hyacinthe Langlois, dont j'ai eu si souvent à prononcer le nom en parlant des services rendus aux beaux-arts à Rouen, la dirige.

En face de cette école, des cours élémentaires publics et gratuits sont ouverts sous les auspices de la société libre d'émulation. Celui de géométrie et de mécanique appliquées aux arts et métiers est professé par M. Grelley, ancien élève de l'école des Mines;

Celui de droit commercial, par M. Gaignœux, agréé au tribunal de commerce;

Celui de comptabilité commerciale et de tenue de livres, par M. H. Gaugain.

M. Girardin, que j'ai déjà eu l'occasion de nommer dans mon livre, professe aussi, dans une des salles de Sainte-Marie, un cours public de chimie : c'est dire qu'il y fait aimer l'instruction.

Autrefois, dans cette immense maison de Sainte-Marie, une seule pensée, une pensée du ciel dominait; aujourd'hui des intrus sont introduits dans la solitude de son cloître, mais ceux-là ne déshonorent pas la maison qui n'avait pas été bâtie pour eux.... S'ils n'en sont pas les enfans, ils n'en sont pas les profanateurs. Plût

à Dieu que partout les municipalités eussent
fait un aussi bon usage des bâtimens spoliés,
que l'a fait la mairie de Rouen.

Cette mairie s'est magnifiquement logée dans
l'ancienne abbaye de Saint-Ouen..... Pauvres
faiseurs des tems modernes, comme ils seraient
mal abrités s'ils n'avaient que les monumens
qu'ils élèvent!

Dans l'intérêt de leur dignité, je leur conseil-
lerais de dire moins de mal des siècles passés.
Il n'est pas bien de chercher à flétrir ceux de
qui on a hérité.

Hôtel-de-Ville. — Muséum. — Bibliothèque. — Académie. — Société d'Emulation.

En redescendant des hauteurs de Sainte-Marie, où nous venons de montrer que la science
et les beaux-arts se sont assis à la place de la
religion ; en suivant la pente de la rue Beauvoisine, on arrive à la rue de la Seille, rue de
peu d'apparence, mais presque toute composée
d'hôtels noblement habités. Cette rue conduit à
un vaste emplacement vide, en face de l'ancienne abbaye de Saint-Ouen, devenue aujour-
d'hui l'Hôtel-de-Ville.

Cet emplacement, irrégulièrement bordé de

maisons sur deux de ses côtés, s'appelle place
Saint-Ouen. Une allée d'arbres, quand les ma-
ronniers auront grandi, cachera l'irrégula-
rité des bâtimens de toutes hauteurs, de toutes
formes qui l'encadrent. Une fontaine, singulièrement placée dans un coin, au bout de la
rue de la Seille, aurait bien dû amener son
onde jusqu'au milieu de cette grande place
qui, aujourd'hui, dénuée de tout ornement, a
tout l'aspect d'un champ de foire. Là, d'un
piédestal portant la statue ou de Rollon, ou de
Guillaume-le-Conquérant, ou de Henri IV, qui
a demeuré quatre mois dans la maison abbatiale de Saint-Ouen, sur ce même terrain, une
fontaine aurait pu, avec convenance et bon
goût, épandre ses eaux. La statue de Corneille aurait été bien mieux placée là que sur
le pont de pierre, où elle ne regarde rien de
Rouen. Ici, l'auteur de *Polyeucte* se serait
bien trouvé, si proche d'un des plus magnifiques monumens religieux qui soit au monde ;
de plus, le père de la scène française aurait,
de là, regardé le lieu des séances de l'académie.
Qui sait? un regard du génie aurait pu exciter
le génie, et quelque membre de la docte
compagnie, se rendant à la réunion hebdomadaire, aurait été soudainement inspiré en pas--

sant aux pieds du grand homme! Il n'y a pas
que le soleil qui réchauffe et féconde!

Ce grand bâtiment qui fait le fond de la place,
c'est l'abbaye que les religieux de Saint-Ouen
s'étaient bâtie ; là s'étendaient leurs longs dortoirs.... ; et là, autrefois, s'élevait l'antique maison abbatiale, monument digne d'être conservé
par son caractère, son architecture et ses souvenirs.

C'était là que tous les rois venus à Rouen
avaient demeuré...., et, de cette maison de saints
et de puissans monarques, il reste si peu de
vestiges, que je ne sais trop où elle élevait son
haut toit, ses merveilleuses croisées à aiguilles
et ses délicates sculptures.

Enchâssée dans le nouveau bâtiment bien
blanc, se voit, du côté du jardin, une espèce
de tour, étouffée dans les constructions modernes ; elle est appelée Chambre-aux-Clercs.
C'est, à n'en pas douter, un fragment d'une
des églises qui se sont succédées en cet endroit
consacré par la prière depuis tant de siècles !

Ce *specimen* de l'architecture du XI*e*. siècle se
montre là, entre la merveilleuse église et la
maison conventuelle, aujourd'hui devenue Hôtel-de-Ville.

Cet hôtel, qui ne manque certes pas de gran-

diose, a perdu son ancien caractère ; c'est
un des meilleurs déguisemens modernes ; il
se compose de deux pavillons parallèles à
chacune des extrémités, et d'un péristile sail-
lant au milieu ; des colonnes d'ordre corinthien soutiennent le fronton *où étaient* sculptées
les armes de la ville de Rouen ! armoiries de
nos jours effacées par cette *aristocratie d'argent*
parvenue au pouvoir, et qui, rêvant peut-être
déjà des écussons pour elle, n'en veut pas souffrir aux autres, et gratte celui de sa ville natale
comme *son roi* a gratté ses fleurs-de-lys !

Oh ! honte ! oh ! ingratitude !

Les bureaux de la mairie occupent le rez-de-
chaussée et le premier étage de l'hôtel ; la bibliothèque, l'académie et le muséum le second étage.

En admirant les deux grands escaliers, en regardant le prolongement des longs et larges
corridors voûtés, la spacieuse salle d'en bas,
je me suis mis à penser que là Henri IV a tenu
les états, que là il a dit ces paroles dont la
France d'aujourd'hui ne tient aucun compte :

*Mes amis, soyez-moi bons sujets, et je vous
serai bon roi, et le meilleur roi que vous ayez
jamais eu !*

Si ces belles paroles avaient été gravées, sur
les murs de la maison de Saint-Ouen, n'en dou-

tez pas, elles eussent été effacées comme l'agneau de la ville. Quand les tems de révolutions arrivent aux peuples, il y a comme une lutte entre l'ingratitude et la stupidité ; entr'elles c'est à qui fera le plus de bévues et de turpitudes.

Cette royale abbaye de Saint-Ouen était si spacieuse, que, depuis que les religieux ne l'habitent plus, elle sert à toute l'administration municipale, qui y a établi ses nombreux bureaux ; et à la bibliothèque publique avec ses trente-quatre mille volumes, et au muséum avec tous ses tableaux et ses statues.

La bibliothèque a été composée avec les livres de l'académie et ceux enlevés des différens monastères de la province ; et le catalogue en porte le nombre à plus de trente-trois mille ! Dans ce nombre, il en existe plusieurs de très-grand prix... En première ligne des manuscrits précieux, il faut citer le fameux *Graduel* de Daniel D'Aubonne ; il a deux pieds sept pouces de hauteur, un pied dix pouces de largeur ; son poids est de soixante-treize livres ; il est garni de lames de cuivre ; les armes de l'abbaye de Saint-Ouen, également en cuivre, se voient sur un des côtés de la reliûre ; il contient près de deux cents vignettes de toutes grandeurs et un nombre infini de lettres d'or.

Voilà de ces chefs-d'œuvre de patience que l'on ne retrouve plus de notre tems ; et certes , avec les mœurs de dissipation et de mouvement qui nous ont été faites , il est bien impossible de rien entreprendre de pareil. La solitude du cloître pouvait seule montrer assez de jours devant soi pour que l'on *commençât* si long ouvrage avec la conscience d'en venir à bout. Aujourd'hui, un livre qui demande plus de quelques mois de travail effraie notre mobile futilité.

La bibliothèque conserve encore d'autres manuscrits d'un grand prix , parmi lesquels on remarque le livre des fontaines.

Anciennement , ce manuscrit s'appelait le *livre enchaîné*, de la chaîne et du cadenas qui le tenaient à la place où il était déposé. Son format, grand in-4°., est de trente-quatre centimètres (un pied) sur vingt-quatre centimètres (neuf pouces) , et orné , dans ses marges , de charmantes arabesques peintes en miniature sur un fond d'azur.

Il est accompagné de différens plans et vues de la ville , et ces *pourtraictures* de la vieille cité se voient , avec toute leur originale naïveté , sur de longues bandes de vélin qui ont jusqu'à quinze et vingt-cinq pieds de longueur.

Le donateur, noble homme Jacques LeLieur,

seigneur de Bresnetot et du Bosc-Besnard ; conseiller ancien de la ville de Rouen, s'est fait représenter, dans un de ces tableaux, debout, offrant son livre aux magistrats assemblés et assis dans une grande salle de l'Hôtel-de-Ville.

La devise de ce *magnifique municipal* était : DU BIEN, LE BIEN. Il a fait à sa ville natale un don si précieux, qu'aujourd'hui il est question d'en faire faire une copie exacte, pour ménager l'original.

Ce Jacques Le Lieur a encore donné des manuscrits de prières à la Vierge, là encore on revoit son image. Offrant son livre des fontaines à ses collègues de l'Hôtel-de-Ville, il s'est fait peindre *debout ;* mais alors que c'est à la sainte vierge qu'il apporte comme offrande son livre d'office, il est humblement *à genoux.*

Les noms des personnages qui figurent dans cette singulière peinture sont Jehan Leroux, sieur de Lespermer ; Guillaume Auber, sieur de la Haye ; Jehan Duhamel, sieur du Busc ; Jehan de Holtot, garde-des-sceaux et obligations de la vicomté de Rouen ; Michel De Battancourt et Nicolas Osmont, conseillers modernes de la cité.

La reliûre de ce beau manuscrit était en *velours noir, à garniture fort enrichie de laton doré de fin or.......* 33

Notre livre *sur Rouen* est déjà trop gros pour
que nous puissions dénombrer les autres richesses de la bibliothèque, composée, comme
je l'ai dit ailleurs, des spoliations faites pendant
la première révolution, et dans les couvens, et
dans les châteaux.... Si quelque chose pouvait
excuser ces vols (il faut appeler les 'choses par
leur nom), ce serait l'emploi que l'on fait aujourd'hui de tous ces objets, enlevés à des communautés que l'on n'avait pas le droit de spo-
lier, et à des familles dont c'était la propriété
héréditaire.

Le bibliothécaire actuel est M. André Pottier,
homme qui aurait droit par son savoir d'être
fier, et qui, par bon goût et pente naturelle de
son caractère, est plein de modestie et de bon
accueil. Son prédécesseur était M. Licquet, auteur du *Précis de l'histoire de Rouen*, qui m'a
été si utile pour composer le livre que je publie
à mon tour.

Une jeunesse studieuse vient plusieurs fois
là semaine passer, dans les tranquilles salles de
la bibliothèque, ses heures de loisir. Cette jeunesse, malgré sa différence de mœurs, est cependant contemporaine de cette autre jeunesse que
vous voyez gaspiller ses belles années en une

longue oisiveté, vêtue *à la mode* et vernie de
bon ton.

A l'une, il restera des souvenirs.

A l'autre, des regrets.

L'une aura donné des noms à la cité.

L'autre ne laissera rien après elle ; elle aura
passé comme la fumée de ses cigares !

Le Muséum.

A côté des sciences, les beaux-arts ont leurs
galeries à l'Hôtel-de-Ville.

Ces deux établissemens de la bibliothèque et
du muséum sont jumeaux : les deux ont été
ouverts au public le 4 juillet 1809.

Les églises, les couvens, les châteaux ont
encore contribué à composer le premier fond
du musée. Le gouvernement est venu plus tard
l'enrichir en lui accordant plusieurs tableaux de
différentes écoles. Le conseil municipal vote aussi
des fonds pour des acquisitions d'objets d'art.

Près de quatre cents tableaux composent cette
collection. On y remarque, entre les plus précieux, une *Vierge* au milieu des anges, admirable copie, si ce n'est un original, du divin
Raphaël.

Un *saint François* d'Assise, par Annibal Carrache ; un *Ecce Homo*, beau comme un dieu et souffrant comme le plus torturé des hommes; et une *Sainte Famille*, par Mignard.

Une *Mort de saint François*, par Jouvenet; une *Descente de croix*, par Lahire ; la *Peste de Milan*, par Lemonnier, de Rouen....

Toutes ces *compositions* sont parties *d'esprits chrétiens*....., tableaux pour ainsi dire éclairés de rayons d'en haut, et que l'on ne fait plus aujourd'hui, parce que *la foi* n'inspire plus *le génie*.

Le Musée possède aussi plusieurs *marines* de J. Vernet.

Mais ce que l'on aura peine à croire, dans ces longues galeries dont les murailles sont si noblement tapissées, pas une scène de l'histoire de Rouen !

Pas un Rollon, avec ses hommes du nord, à Luna !

Pas un Guillaume-le-Conquérant, avec ses chevaliers normands, à Hastings !

Pas un Allain Blanchard devant Henri V d'Angleterre !

Pas un Philippe-Auguste !

Pas un Richard-Cœur-de-Lion au Château-Gaillard !

Pas une Jeanne-d'Arc mourant sur une place de Rouen !

Pas un Henri IV s'appuyant sur sa bonne épée en parlant aux états de Normandie !

Pas un trait, pas une pensée, pas un souvenir de l'histoire du pays !!... ; et aujourd'hui où nous parlons si haut de patriotisme, quand on vient à décerner des prix et des médailles aux peintres rouennais de notre époque, on est obligé de donner le prix d'*histoire* à des portraits.

Il est vrai *que ces portraits sont de Court*, enfant de la cité normande, et peintre que son talent a bien placé parmi les notabilités de l'école française ; mais enfin le musée n'a pas de lui une scène du pays.

Dans les dernières expositions annuelles, nous n'avons vu, en fait de tableaux d'*histoire locale*, que Charles VII et Agnès Sorel à Jumiéges, par Gustave Morin.

Semblable absence de *souvenirs historiques* ne vous dit-elle rien ?

Oh ! pour moi, j'en suis profondément humilié pour mon tems, car elle révèle toute la sécheresse, toute la misère de l'époque.

Plus assez de foi pour faire concevoir un sujet religieux !.

Plus assez d'amour de la patrie pour donner
envie de retracer ses hauts faits !

Et quand cette désespérante stérilité vient-elle
à s'étendre sur la Normandie, comme une de
ces sécheresses qui ont épuisé ses mares et
brûlé ses vergers? c'est au moment où l'art a
fait, à Rouen, d'immenses progrès...... *progrès
matérialistes.* Jamais le pinceau n'y avait été
plus habile à reproduire la pierre, le bois, la
terre, l'eau, les arbres......, les vieilles maisons,
les baraques en ruines, et les rues étroites et
sombres...... ; mais auprès de toute cette matière,
de toute cette nature morte, pas une petite pensée
du pays....; pas un rayon de génie, pas un éclair
d'invention sur toutes ces *choses* habilement
copiées d'après nature.

Faut-il accuser les jeunes peintres normands
de cette coupable froideur?... Oui, bien un peu..;
mais c'est surtout sur l'administration actuelle
qu'il faut en faire retomber tout le blâme... Cette
administration, par sa nature, déteste la vieille
France, et ne peut se résoudre à commander
des tableaux rappelant des faits anciens...... ; car
il faudrait, aujourd'hui que l'on est exact pour
les costumes et les usages, il faudrait, si l'on
commandait, pour Rouen, ou Jeanne – d'Arc

prisonnière, ou Philippe-Auguste victorieux,
ou Charles VII, ou Henri IV faisant *leur entrée*
solennelle dans leur bonne ville normande, il
faudrait des fleurs-de-lys..., et les fleurs-de-lys,
que Louis-Philippe a effacées de son écu et
des armes de France, comment les reproduire
sans déplaire au fils de Joseph-Égalité?.... Et
l'oriflamme et le drapeau blanc, comment les
ramener sans se faire séditieux?

C'est cependant de si pauvres, de si misérables craintes qui empêchent l'administration
municipale actuelle de commander des sujets
nationaux.... On assure que cette année elle sera
plus hardie et plus française, et qu'elle engagera
nos jeunes artistes à s'inspirer des glorieuses
annales de France et de Normandie.

Dieu lui donne ce courage, et le musée de
Rouen n'aura plus l'aspect d'ingratitude qu'il a
aujourd'hui.

La direction du musée a été long-tems confiée à M. Descamps; son grand âge lui a fait
chercher la retraite.

Le nom de Descamps, père du précédent et
fondateur de l'école de dessin, a été donné à une
des salles du musée.

Aujourd'hui, un de nos premiers peintres de
marines, M. Garneray, est directeur; c'est à lui

que Rouen doit la pensée de la Société des amis
des arts, pensée déjà féconde en bons résultats ;
car, dès l'année dernière, elle a fait acquérir des
tableaux des peintres normands de notre époque
les plus avantageusement connus. Voici leurs
noms :

MM.

Balan.
Bellangé.
Bauhat.
Court.
Delaunáy.
Dommey.
Drouin (Alexis).
Duboc (Ferdinand).
Dumée.
Garneray.
Langlois (mademoi-
    selle Espérance).
Langlois (Polyclès).
Lefebvre.
Legal.
Legrip.

MM.

Le Nourichel.
Malécy.
Manson (Théodore).
Merlin.
Milon.
Moine (Antoine).
Morin (Gustave).
Pain (Eugène).
Parelle.
Perrier.
Rebourg (Mlle).
Savary.
Vasselin.
Vieillot (Mlle).
Vieillot.

On le voit, par les noms que nous venons de
transcrire, la Normandie aura un jour son école.
Certes, à cette école il ne manquera ni des

sujets inspirans dans l'histoire, ni de belles
ruines à peindre, ni un magnifique pays à explorer.

Espérons donc que le *génie* viendra au *talent.*

Dans la longue et haute maison des anciens
religieux de Saint-Ouen, vous le voyez, que de
choses dissemblables logées ensemble!

La mairie et la science ; le conseil de discipline de la garde nationale et les beaux-arts ;
la police et la société philharmonique!

Et puis, l'académie royale de Rouen, avec
son tableau du grand Condé et du grand Corneille, peint par Court!

Et puis, la société libre d'émulation, avec la
gloire d'avoir élevé une statue au père de la scène
française, à la plus grande illustration du pays!

Et puis, la société de charité maternelle, qui
y vient chaque année étaler ses merveilles !

Et puis, les concerts de bienfaisance!

Et puis, les cours de français, d'italien, de
lecture èt de langue musicale !

Tout cela se voit, se succède dans l'ancien
réfectoire des moines...

Ce serait à moi grande et noire ingratitude
de ne pas parler du jardin de Saint-Ouen, jardin aimé des enfans qui y jouent, des mères

qui les regardent, des malades qui viennent y
chercher des rayons vivifians, des exilés qui y
rêvent aux ombrages de leur pays, et des
hommes qui lisent et qui écrivent.

Là, point le bruit de la ville, là, quand vous
êtes assis parmi les arbustes en fleurs, en face
des massifs de roses, si vous entendez quelque
chose, ce sont les majestueux accords de l'orgue,
qui, sortant de l'église, viennent se mêler au
chant des petits oiseaux sautillant et chantant
au-dessus de votre tête.

Là, le soleil du matin est beau, là le soleil
du soir est bien plus inspirant encore, alors
qu'il vient *rosir* la reine des tours, la couronne
de pierre que Rouen élève vers l'éternel comme
un noble et magnifique hommage.

A cette heure du soleil couchant, chaque petit clocheton, chaque pinacle, chaque pointe
élevée est animée, surmontée par des *choucas,*
habitans des hauteurs du saint édifice.... Quand
la cloche vient subitement à sonner, tous ces
noirs oiseaux s'envolent en poussant un petit
cri, tourbillonnent pendant quelques instans,
puis reviennent se nicher dans le feuillage,
dans les dentelures de pierre où ils passeront
la nuit.

Ce jardin de Saint-Ouen est comme mon parc ;
ma femme et moi nous y passons bien des
heures , pensant, sous les arbres , à des campagnes que nous ne voyons plus.

Là, pendant que nous devisons de notre
société *bretonne,* nous voyons arriver, le vendredi soir, des académiciens qui se rendent à
leur séance......... Et, pensant que Rouen a
tant d'hommes graves qui s'occupent *des lettres
et des sciences,* nous nous étonnons que leurs
voix ne sortent pas davantage du lieu de leurs
doctes assemblées ; nous voudrions que , dans
les salons de bonne compagnie, qui certes ne
manquent pas ici, la littérature et les beaux-arts
eussent plus d'écho.

Comme les sons de l'orgue, sortant de dessous les voûtes de Saint-Ouen , font un déli-
cieux effet sous les ombrages du jardin , un retentissement littéraire ajouterait aux charmes des
salons de Rouen ; déjà tout ce qui fait aimer la
vie s'y trouve, franche et douce hospitalité envers les étrangers (moi et les miens en savons
quelque chose).... Mais la table du milieu, chargée *des livres nouveaux,* des ouvrages des notabilités à la mode , de dessins , d'albums, de
caricatures , manque encore dans bien de beaux

salons où cependant la grâce, l'esprit et l'élégance s'assiéraient bien à l'entour de toutes
ces choses si inspirantes et si propres à jeter
des fleurs dans les causeries du soir.

Si Rouen n'était qu'une ville de commerce,
si elle n'avait pour gloire que ses *calicots et ses
rouenneries*, je me serais moins étonné d'y
trouver la pensée littéraire si peu influente.
Mais la ville de Corneille, en l'année 1835, a
trois journaux politiques et quotidiens représentant trois opinions différentes:

LA GAZETTE DE NORMANDIE, journal légitimiste.

LE JOURNAL DE ROUEN, journal du *mouvement*.

L'ÉCHO DE ROUEN et de la Seine-Inférieure,
journal *ministériel* sous le fils de Philippe-
Égalité.

LA REVUE DE ROUEN, recueil mensuel de
littérature normande.

LE BULLETIN DE ROUEN, feuille commerciale.

L'INDICATEUR, feuille d'annonces.

LA CLOCHETTE, feuille hebdomadaire, journal du théâtre.

L'INDISCRET, journal du dimanche, dont la
vertu dominante n'est pas la charité.

A la suite de cette énumération des choses
qui devraient donner du mouvement à l'esprit,
il faudrait peut-être parler des deux théâtres de
Rouen.... Mais avec le dévergondage de la littérature dramatique actuelle, quels enseignemens
utiles peuvent découler de la scène, pour le
peuple, si ce n'est le poison qui en tombe,
non pas goutte à goutte, mais à grands flots.

Dans *Richard D'Arlington*, ce que l'auteur
enseigne, c'est la manière de vendre avantageusement sa conscience au pouvoir, et de se débarrasser de sa femme, en la jetant par la fenêtre, quand elle est sur le chemin de notre
ambition.

Dans *Angèle*, ce que l'on professe, c'est
l'adultère.

Dans *Le Roi s'amuse*, c'est de la boue que
l'on jette à François Ier., le plus chevaleresque
de nos princes.

Dans *La Tour de Nesle*, c'est tous les crimes
à-la-fois.

Dans *Marie Tudor*, dans *Catherine Howard*,
c'est l'histoire outrageusement faussée.

Dans *Chatterton*, c'est une leçon de suicide
donnée au siècle tout rouge de cette sanglante
manie!

Cette morale des planches a fait peur à la société
de Rouen. Sage et pieuse, elle se tient à l'écart
d'un pareil théâtre, et les loges et les banquettes
des deux salles de spectacle ne sont occupées
que par *une nation* toute différente de celle que
nous voyons dans nos salons légitimistes.

J'ai dit tout-à-l'heure que Rouen *calculait*
plus qu'il ne *lisait*, et cependant son public est
aussi difficile que s'il était très-érudit, drama-
tiquement parlant. Beaucoup de pièces applau-
dies à Paris sont sifflées au *pays de sapience*, et
peu de théâtres en France ont des débuts aussi
orageux que le *Théâtre des Arts de Rouen!* Là,
les artistes qui ont le plus de talent et de réputation, ne viennent se produire qu'en tremblant. Le voisinage de Paris, c'est comme du
demi-savoir, ça rend fier ; et, comme on disait
à Rome : *Et in Arcadia ego* (*et moi aussi j'ai été
en Arcadie*) ; à Rouen il n'y a guère de commis
qui ne puisse s'écrier : *Et moi aussi j'ai été au
Grand-Opéra et à la Porte-Saint-Martin !*

Le Collége.

Du tranquille jardin de Saint-Ouen, où me
sont venues toutes ces pensées et sur la société

de Rouen, et sur ses plaisirs, à la rue du Grand-
Maulévrier il n'y a pas loin ; et c'est dans cette
partie ascendante de la ville que se voient les
beaux et vastes bâtimens du collége royal.

Là, d'abord, le cardinal de Joyeuse fonda un
séminaire. Se mourant à Avignon, « [1] voulant
disposer des biens que Dieu lui avait donnéz,
il fit son testament, par lequel il légua la somme
de 96,000 livres, qui faisaient 4,800 livres de
rente, pour fonder une maison où trente séminaristes prétendans à l'ordre ecclésiastique
seroient logez et nourris sous l'administration
de pères jésuites. Et en un autre article dudit
testament, il a fondé, à Pontoise, une maison
de filles d'école, à laquelle il a assigné 1,200
livres qui doivent retourner au séminaire de
Rouen, au cas que cette école de Pontoise vînt
à manquer. »

La première pierre du séminaire fut posée
par madame la duchesse de Guise, en l'année
1626.

Les jésuites ont fait plus tard de vastes adjonctions au séminaire Joyeuse. Leurs constructions sont d'un bon style et dénotent bien leur

---

[1] Farin.

époque. La cour carrée, la façade du côté des jardins ont du grandiose ; sur le versant du coteau élevé, l'air pur parvient à la jeune population, qui y croît en force et en science.

La chapelle a son entrée dans la rue Bourg-l'Abbé. Cette façade est ornée des statues de saint Louis, de Charlemagne, de saint Ignace et de saint François-Xavier. C'est la reine Marie de Médicis'qui en a établi la première pierre.

L'administration municipale, en ces tems-là reconnaissante et éclairée, a fait élever, dans une des chapelles latérales de cette église, un très-beau mausolée à la mémoire du cardinal de Joyeuse.

Avant la révolution de juillet, une grande croix se voyait au-dessus de la coupole qui surmonte la porte d'entrée du collége donnant dans la rue du Grand-Maulévrier. Cette croix a été rompue et abattue....... Nous nous persuadons que tant qu'elle ne sera pas rétablie, il manquera quelque chose au collége royal de Rouen. Quoi qu'en disent certaines gens, la croix était une garantie pour beaucoup de familles ; la voyant dominer sur la maison d'éducation, elles étaient fondées à croire que les enseignemens y étaient chrétiens.... Maintenant, qui rassurera les parens ? Certes, la moralité des maîtres est connue, mais la croix ne ferait que la confirmer.

Église de Saint-Ouen.

Me voici à la *merveille* de Rouen, à une des *merveilles* du monde catholique.

Poussé de droite et de gauche en France, hors de France, j'ai salué de mon respect et de mon admiration bien des églises, et, en vérité, je n'en ai pas vu de plus harmonieusement inspirante que celle de Saint-Ouen. Ici, la pensée religieuse me semble d'un seul jet; ici, point de *contradiction*, point de tiraillement, point de tergiversation entre ceux qui ont exécuté la pensée première ; on dirait que Saint-Ouen a été conçu, commencé et achevé par un seul homme; et cependant il n'en est pas ainsi. Nous allons, en racontant rapidement l'histoire de cette basilique, prouver que bien rarement la vie d'un homme suffit à la réalisation d'un grand projet!.... Dans un monument *achevé*, c'est étonnant ce qui s'est consommé d'existences et combien il y a de cendres de morts mêlées à leurs murailles !

34

En commençant ce livre informe sur Rouen, livre que je suis forcé de finir quoiqu'encore bien incomplet, j'ai dit comme quoi des savans prétendent faire remonter l'origine de Saint-Ouen à l'année 399, époque à laquelle saint Victrice, l'un des plus zélés propagateurs de la foi, fonda à Rouen un grand nombre d'établissemens religieux.

Émeric Bigot dit avoir vu, dans les archives du monastère de Saint-Ouen, une lettre manuscrite de saint Grégoire-le-Grand, adressée *aux chanoines de Saint-Pierre de Rouen*. D'après ce titre, on est fondé à croire que l'église de Saint-Pierre aurait été originairement desservie par des chanoines avant de l'être par des moines.

Dans la vie de sainte Clotilde, on voit que cette patrone de la France a fait des largesses pour relever de ses ruines un monastère d'une étendue considérable, situé dans un faubourg de Rouen : c'était celui *de Saint-Pierre ou des Saints-Apôtres*.

« C'est vers l'année 692 [1] que saint Ausbert,

_____

[1] *Description historique de l'abbaye de Saint-Ouen*, par Gilbert.

archevêque de Rouen, exhuma le corps de saint
Ouen, pour l'exposer à la vénération. Alors, le
nom de ce saint fut associé à celui de saint
Pierre ; pendant plusieurs générations, l'abbaye
continua à porter les noms réunis de Saint-
Pierre et de Saint-Ouen, jusqu'à ce qu'enfin
elle n'ait plus conservé que celui du prélat auquel elle dut une grande partie de sa splendeur
et de son illustration.

» Par reconnaissance pour les nombreux bienfaits que saint Ouen ou Dadon, archevêque de
Rouen, avait répandus sur ce monastère, et par
respect pour ses dépouilles mortelles que l'on y
avait inhumées en 689, dans un tombeau que
lui-même s'était fait préparer quelques années
avant sa mort. »

Les saints, fatigués de la vie, comme un voyageur d'une longue et pénible route, aspirent
après le repos, et ne craignent pas de faire eux-
mêmes leur lit pour y dormir le long sommeil.

J'ai dit ailleurs l'espèce d'acharnement que le
malheur avait déployé contre l'abbaye de Saint-
Ouen, abbaye aimée des saints et des saintes,
des rois et des reines, des ducs et des duchesses
de Normandie, et que le feu se plaisait à dévorer à mesure que la piété des grands se plaisait

à l'embellir d'ornemens et à la doter de richesses.

Une de ces choses curieuses des annales de cette basilique, c'est un inventaire des pertes qu'elle a éprouvées lorsque les calvinistes pillèrent son église.....

« Alors, s'écrie avec amertume l'auteur de la *Normandie chrestienne*, alors les hérétiques, après avoir pillé la cathédrale de Rouen, vinrent dans l'abbaye de Saint-Ouen, où estant entrez en furie, ils rompirent les chaires du chœur, l'autel, les chapelles, les orgues et l'horloge.

» Puis ils firent cinq feux, trois dans l'église et deux au dehors, et y brûlèrent les siéges et les clostures tant du chœur que des chapelles...... Lesdits calvinistes firent porter en la Monnoye, par dérision, le chef de saint Romain sur une civière, avec des torches de paille ardente, et le brûlèrent dans la cour de ladite Monnoye.

» Le jubé, qui estoit d'une riche sculpture, fut pareillement rompu, et toutes les images brisées ; puis ils se jetèrent avec fureur sur les ornemens sacrés, sur les reliques, et généralement sur toutes les richesses de la sacristie. »

Ici le chroniqueur énumère les différens objets du trésor avec de scrupuleux détails.

Ce n'est d'abord, en tête de cet inventaire de

perles et de ruines, que des châsses, entr'autres celle de saint Ouen, *couverte de fin or,* avec des verges d'or, des clochetons d'or, des statues d'or, et tout cela rehaussé de rubis, d'émeraudes, de topazes et d'escarboucles.

Ici le chef de sainte Agnès dans une coupe d'argent.

Le bras de saint André enchâssé d'argent avec des pierres de grande valeur.

Le bras de saint Julien, martyr, couvert de lames d'argent doré, avec soixante pierres fines.

Le bras de saint Nicaise enchâssé d'or, avec trente perles d'un grand prix.

La main de sainte Agathe, enrichie de trente-six diamans.

Un petit ange de vermeil, où sont plusieurs reliques de la vierge Marie.

Un repositaire du *Corpus Domini,* de fin or, avec saphirs.

Là, des croix d'or, d'argent, de vermeil ; des bannières de velours, de brocard, de drap d'or ; des encensoirs, des calices, des ciboires, des missels reliés de pourpre, rehaussés, bosselés de nœuds de diamans et de pierreries ; *des mitres et leurs pendans, enrichis de perles, avec*

des clochettes estans aux pendans desdites mitres;
un poële ou dais du *Corpus Domini*, en drap
d'or, où sont attachées vingt-une grosses perles,
avec deux étoiles de perles, et au milieu desdites
étoiles de perles est une pierre attachée avec
six gros saphirs, avec une petite croix et deux
émaux, et un *Agnus Dei* d'argent doré, etc., etc.

En vérité c'est à éblouir, rien que de copier
cet inventaire; car, en le transcrivant, je crois
voir toutes les choses décrites! Oh! Saint-Ouen,
comme tu es déchu de ta splendeur, comme tu
es devenu pauvre aujourd'hui; mais, comme un
roi dépouillé, tu es encore majestueux de ta
propre majesté!

Les cérémonies sont encore nobles et belles
dans cette immense église; mais combien plus
imposantes encore elles devaient être quand
l'abbaye était habitée par de nombreux religieux! Que ces fils du silence et de la solitude
devaient produire un bel effet dans les saintes
processions s'alongeant sous les voûtes, apparaissant et disparaissant dans cette forêt de
piliers et de colonnes! A mesure qu'ils avan-
çaient, la clarté de leurs cierges éclairait
davantage les voûtes élevées, et leurs voix chantant Dieu devenaient plus puissantes; et puis

eux, étant plus riches que le clergé d'aujour-
d'hui, n'épargnaient ni l'encens, ni les fleurs,
ni les accords de l'orgue ; alors des nuages de
parfums, des litières de roses effeuillées sous
les pas du Saint-Sacrement ; alors des concerts
qui semblaient venir du ciel. Et puis dans ce
tems là les murs, les faisceaux de colonnes
n'étaient pas noirs, enfumés comme ils sont
aujourd'hui ; dans les nervures des voûtes, dans
les sculptures des corniches et des chapiteaux ;
point de ces toiles d'araignées qui me désolent
toutes les fois que je lève la tête pour admirer la
hardiesse de la nef ; alors, au lieu d'un air de
pauvreté, de la magnificence ; alors, au lieu de
la fumée des forges que la terreur de 93 avait
établies dans Saint-Ouen, sur les murailles, à
l'entour des piliers, étaient déployées et appen-
dues de riches tapisseries.

Je me figure souvent cette église, encore si
belle quoique si dénuée, dans les jours de
sa splendeur et de sa gloire. Oh! alors, ce devait
être à se croire au ciel!...

« Jean Roussel [1] Marc-d'Argent, né à Quin-

---

[1] *Histoire de l'abbaye de Saint-Ouen.*

campoix, village situé à trois lieues de Rouen ,
fit d'assez bonnes études, et entra fort jeune
dans l'abbaye de Saint-Ouen , pour s'y consacrer
à la retraite ; il y remplit avec distinction plusieurs emplois, et mérita, par ses rares qualités ,
d'en être nommé abbé en 1303 ; il y rétablit
une discipline sévère, augmenta les domaines
et les revenus, fit un grand nombre de travaux
utiles et s'immortalisa par la construction de la
nouvelle église.... Les dépenses extraordinaires
qu'il fit portèrent le peuple à supposer qu'il
avait trouvé la pierre philosophale et avait
connu le secret de faire de l'or. On prétendit
même pendant long-tems que l'on conservait
soigneusement dans l'abbaye le creuset et les
alambics dont il s'était servi. Il mourut en 1339,
au manoir de Bihorel.

» Cette maison de Bihorel était située sur le
haut d'une petite colline près de Rouen , et non
loin d'une rue qui en porte le nom, près du
boulevard de Beauvoisine.

» Roussel Marc-d'Argent fut inhumé dans la
chapelle de la vierge de Saint-Ouen. On lui
éleva un magnifique tombeau, qui a été détruit
par les calvinistes, alors qu'ils pillèrent l'église,
en 1562.

Sur son cercueil en plomb était placée l'inscription suivante :

» *Hic jacet frater Johannes Marc-d'Argent ,*
alias Roussel, quondam abbas illius monaste-
rii, qui incepit istam ecclesiam ædificare de novo,
et fecit chorum, et capillas, et pilaria turris ,
et magnam partem crucis monasterii antedicti. »

Marc-d'Argent avait été grandement aidé dans
sa pieuse et belle entreprise par les libéralités
de Charles , comte de Valois, surnommé *le*
Défenseur de l'Église.

La première pierre de l'église que nous
voyons aujourd'hui fut posée le 25 mai 1318.
Pour concourir à l'achèvement de ce magnifique
temple, des rois de France abandonnèrent à
Marc-d'Argent le produit de coupes extraordinaires dans la *forêt verte.*

Ce que l'on doit également louer dans cette
œuvre, c'est le généreux dévoûment de plusieurs
entrepreneurs de maçonnerie, qui, pendant le
cours de leur vie , consacrèrent gratuitement
leurs talens, leur tems , leur travail, à la construction de ce beau monument.

Figurez-vous donc, aujourd'hui, des archi-

tectes et des maçons travaillant pour la gloire
de Dieu!.... Oh! le *siècle marcheur* est arrivé
bien loin de ces tems-là!... Il est arrivé à en
rire ! !

Tant pis pour lui.

D'après le relevé des sommes qui furent employées à la construction du chœur et des chapelles, il résulte que cet abbé dépensa, dans
l'espace de vingt ans, 63,936 livres 5 sous.

Cette somme , au taux où est aujourd'hui
l'argent , pourrait être évaluée à peu près à
2,600,000 francs.

Maintenant, aux prix actuels, évaluez, si vous
le pouvez, ce que coûterait de nos jours une
église pareille à Saint-Ouen , dont les travaux
seraient dirigés par nos architectes et faits par
nos maçons.

La pensée d'un homme de génie est comme le
soleil, elle vivifie. Quand Marc-d'Argent fut couché avec sa mitre et sa crosse dans sa tombe de
marbre, quand son esprit actif ne fut plus là
pour hâter les travaux , les travaux languirent;
ils cessèrent même sous Regnault-du-Quesnay,
successeur de Marc-d'Argent. Ils ne furent
repris que sous l'abbé Arnaut-du-Breuil, auquel
le pauvre roi Charles VI , dans un de ses bons

momens, donna 3,000 livres, à la prière de son oncle le duc de Bourgogne.

Puis, l'occupation d'une grande partie de la France par les Anglais ôtant aux Français d'alors le courage de travailler, Saint-Ouen resta encore sans avancer.

En 1459, Charles VI sollicita du pape Pie III des indulgences pour obtenir de nouvelles offrandes, et l'argent vint en abondance. Avec une partie des sommes qui affluaient au trésor de Saint-Ouen, le cardinal d'Estouteville fit élever un admirable jubé, chef-d'œuvre de construction, qui, après avoir été mutilé par les calvinistes, est tombé, à la honte de nos contemporains, en 1791, lorsqu'on érigea l'église des religieux de Saint-Ouen en paroisse.

Beaucoup de prêtres ne regrettent pas les jubés, et pensent que cette séparation entre les fidèles et le sanctuaire, n'est pas désirable. Je crois qu'ils se trompent. Ces jubés avaient des jours, des ouvertures, des dentelles ou de pierre ou de boiserie, qui permettaient à l'œil d'entrevoir les choses saintes ; et quand les grilles ou les portes sculptées du chœur venaient à s'ouvrir, la majesté de l'autel frappait d'autant plus, qu'elle était vue moins souvent.

Les jubés ajoutaient au mystère : et où le mystère est-il bien, si ce n'est à l'église ?

Malgré tout son zèle, le cardinal d'Estouteville n'eut pas la gloire de terminer la basilique commencée par Roussel Marc-d'Argent. Cet honneur appartient au trente-deuxième abbé de Saint-Ouen, à Antoine Bohier, surnommé, le *Grand Bâtisseur*.

Aussi ses armes, qui sont d'or au lion d'azur, au chef de gueules, ont été placées aux clés des voûtes de la partie de l'église qu'il a terminée.

La reprise des travaux par le *Grand Bâtisseur* se fait apercevoir dans le mur, en face de l'avant-dernière arcade, ainsi que dans la structure des piliers : les ouvrages d'Antoine Bohier commencèrent aux faisceaux des colonnes qui ont de si jolis dais gothiques attendant des statues de saints.

Je ne me perdrai pas dans d'autres détails de description ; je dirai : Allez, allez voir Saint-Ouen, et dites si, à bon droit, nous pouvons prendre en pitié nos devanciers, qui savaient construire de telles maisons de prières....... Oh! comme ils étaient imprégnés de l'esprit du catholicisme, ceux qui bâtissaient des églises comme Saint-Ouen, Notre-Dame, Saint-Maclou et Saint-Vincent, et tant d'autres églises de Rouen, que l'impiété, la stupidité et la cupidité ont détruites ou rendues méconnaissables en les profanant.

La façade inachevée, avec les deux bases des tours projetées, est de la conception du cardinal Cibo, neveu du pape Léon X et abbé de Saint-Ouen ; ce qui a été bâti de cette façade a été payé de ses propres deniers. Quel dommage que cet ouvrage si bien commencé soit resté incomplet ! Qu'aurait-on pu mettre au-dessus de Saint-Ouen, si deux tours, dignes sœurs de celles qui s'élèvent du milieu de la croix de l'église, avaient, de droite et de gauche, flanqué le grand portail ! Alors, je le demande, qu'aurait-il manqué au monument de Roussel Marc-d'Argent ?

Cependant, ce chef-d'œuvre a été sur le point d'être en quelque sorte abandonné aux ravages du tems ; des architectes de nos jours, consultés sur les moyens d'en opérer la restauration, furent les premiers à enfanter des obstacles et à créer des difficultés ; mais la persévérance du dernier, curé, M. l'abbé Deschamps, surmonta cette froideur, et le conseil-général du départe-

ment et le goût éclairé du marquis de Martainville lui vinrent en aide.

Aujourd'hui, un ou deux ouvriers taillent
de tems en tems quelques pierres; depuis quatre
ans, j'ai vu réparer *deux clochetons* presqu'en
entier *au porche des marmousets*.

C'est tout ce que l'on peut attendre du gouvernement actuel. Peut-on exiger de ceux qui
ont laissé piller et démolir l'archevêché de
Paris, de restaurer une église ? Eh ! non ; ne
demandons à chacun que ce qu'il est dans
l'usage de faire, que ce qu'il peut donner.

C'est du jardin de Saint-Ouen que la basilique de Marc-d'Argent apparaît dans toute sa
magnificence. Du milieu des arbres qui croissent
à sa base, et qui paraissent tout nains, comparés
à sa hauteur, la vaste église étend son corps
grisâtre tout hérissé de pinacles et de pointes
aiguës, de petites pyramides surmontées de
statues de moines ; et puis ses trente-quatre
arcs-boutans, qui, semblables à autant de bras,
se détachent du corps principal de l'édifice
pour mieux s'appuyer sur la térre ; et la grande
pensée du monument, qui s'élance droite,
ornée, majestueuse ; tour belle entre toutes

les tours, élevant en hommage vers Dieu une couronne taillée par le génie des hommes.

Des galeries bordées de balustrades à jour, qui se dessinent en gris sur le bleu des ardoises, comme de longues bandes de dentelles brodées; et ces hautes fenêtres en ogive, si nombreuses, si rapprochées, que c'est comme un mur de verre depuis la base jusqu'au toit, mur sur lequel la main des fées se serait amusée à appliquer des ornemens de pierre ; et ces frontons qui portent à plus de cent pieds du sol leurs images de la Vierge et de saint Ouen : toutes ces choses, tous ces détails saisissent l'ame, et forcent les plus orgueilleux d'entre nous à confesser que parmi nos architectes d'aujourd'hui, nous n'en avons pas un digne de dénouer le cordon des sandales du moine Roussel Marc-d'Argent.

Si Saint-Ouen est si beau à regarder du dehors, à étudier dans son merveilleux portail de la Vierge, qui donne sur le jardin, il est aussi bien beau dans son intérieur; sous différens aspects et à différentes heures.

Bien beau ! quand la foule forme comme une mosaïque sous ses voûtes, emplit son immensité, entoure ses piliers et s'étend de dessous l'orgue jusqu'à la chapelle de la Sainte-Vierge.

Bien beau! quand le soleil, dardant ses rayons sur les vitraux de couleur, teint des nuances les plus vives et les plus chaudes le pavé et les colonnes du temple.

Bien beau !... quand le silence et la solitude sont là comme deux génies inspirans, comme deux anges conducteurs, pour se saisir de la pensée de l'homme qui y entre et la porter à Dieu.

Bien beau ! quand vient le soir, et qu'à travers le haut mur de verre vous apercevez la couleur nacre de perle du ciel, et que vous n'avez avec vous dans l'église que la lampe du sanctuaire, qui brille plus vive dans les ombres, et quelques fidèles qui prient mieux quand le recueillement du soir leur est venu !

Bien beau toujours ! car c'est toujours une vraie, une digne pensée d'hommage de l'homme envers Dieu.

L'église de Saint-Ouen a quatre cent seize pieds huit pouces de longueur et cent pieds d'élévation sous voûte; la nef, y compris les bas-côtés, a soixante-dix-huit pieds de largeur, et la croisée entre les deux portes latérales du midi et du septentrion, cent trente pieds de lon-

gueur sur trente-quatre de large ; chaque bas-
côté a vingt-deux pieds de largeur.

Tous ces détails de proportion seraient trop
longs à transcrire. Que celui qui veut exactement
connaître le *matériel*, le *positif* du superbe édifice, consulte la description historique de Saint-
Ouen, par Gilbert.

Tout en fuyant les descriptions de détails,
il faut bien que je parle des *trois grandes roses*
si admirées des connaisseurs. Celle placée dans
la partie supérieure de la façade principale est
décorée d'entrelacs en verre bleu, rouge et vert,
semés de fleurs-de-lys d'or sans nombre.

Dans les compartimens de la rose méridionale sont représentés plusieurs rois de l'ancien
testament, assis sur des trônes d'or placés sur
autant de tiges de lys qui partent du même
centre où est représenté Dieu le père, roi des
rois ; sur la tête de chacun de ces rois, s'élève
l'image du Saint-Esprit, dont les lumières doivent éclairer et guider la conduite de potentats [1].

La rose méridionale présente, dans ses divers compartimens, des anges, des archanges,

_____

[1] *Description historique de Saint-Ouen.*

des chérubins peints sur fond bleu azur , parsé-
mé d'étoiles. Plusieurs anges sont revêtus d'ornemens d'église ; les uns portent de riches
chapes , les autres des dalmatiques.

Il reste peu de tombeaux à Saint-Ouen ; les
incendies , les calvinistes , les révolutions , ont
enlevé à cette église ces grandes moralités de
marbre , de bronze et de pierre.

Jean Roussel Marc-d'Argent n'a plus de
tombeau; mais que son ombre se console : pour
redire son nom aux races futures , il a un beau
monument, l'église qu'il a conçue et élevée!

Une pierre rappelle que les Anglais ont foulé
notre terre de France , c'est celle que l'on voit
dans la chapelle de la Vierge et qui porte ces
mots :

Cy gist noble homme Jean Tallebot, fils du
sieur de Tallebot, mareschal de France, qui
deceda ès-ans de puérilité, le IV *janvier* M. CCCC.
XXXVIII.

Le 30 septembre, Henri II , roi de France, fit
une promotion de chevaliers de l'ordre du Saint-
Esprit, dans le cœur de Saint-Ouen. Les crochets
de fer que l'on voit encore au pourtour du sanc-

tuaire, y furent placés pour y appendre de riches
tapisseries.

Le 18 octobre 1596, Henri IV y reçut l'ordre
de la Jarretière, qui lui fut envoyé par Elisa-
beth, reine d'Angleterre.

Dans la chapelle de Sainte-Cécile, se voit
une, tombe plate, c'est celle d'Alexandre De
Berneval, l'un des architectes de Saint-Ouen.

Sur la pierre sont représentés cet architecte et
son élève, traçant tous deux avec un compas,
l'un, le modèle de la rose du midi, et l'autre,
le plan de l'église. Ces deux personnages habillés de vêtemens doublés de fourrures et portant le chaperon rabattu, sont placés dans des
niches surmontées de jolis dais gothiques.

Une histoire tragique se lie à cette tombe, la
voici....

Il est beau à force de labeur et d'étude de
devenir ou un savant docteur, ou un peintre
au-dessus des autres peintres, ou un architecte
renommé... Alexandre De Berneval avait atteint
cette dernière gloire; et comme le soleil épand
sa lumière sur les étoiles, Berneval s'était plu
à verser de sa science sur un jeune religieux
de Saint-Ouen; et pour le célèbre architecte,

c'était encore de la gloire que les succès de son élève.

Le talent du jeune moine devint tel , que le grand directeur des travaux de l'église, Alexandre De Berneval, fit venir un jour son élève dans sa cellule, et lui dit :

— Veux-tu vivre dans la mémoire des hommes?

— Après le désir de vivre en paradis, je n'ai pas de plus vif désir?

— Eh bien ! pour te récompenser de tes travaux , je vais partager avec toi une gloire que je pouvais garder toute pour moi... ; je te confie le soin de concevoir, dessiner, faire et parfaire la grande rose du bout de la croix de l'église, le côté qui regarde le midi.

—Oh! généreux maître, je prendrai vos conseils.

— Non, non, je ne veux entendre ta pensée , ni voir ton dessin ; quand le petit oiseau est devenu grand il vole tout seul.... Il sera élevé entre les deux bouts de la croix une haute cloison ; tu ne verras ce que je ferai, je ne verrai ce que tu feras, avant le grand jour de la sainte Dédicace.

— Qu'il soit fait selon votre parole ! dit le

jeune religieux; et, le cœur battant d'émotion...; le voilà qui livre déjà sa pensée à des plans sans nombre, qui se succèdent sans cesse dans son esprit.

Dans ses nuits, il rêvait à son œuvre; pendant les offices, aux pieds des autels, une seule idée le dominait... L'aigle du génie l'avait pris sur ses ailes et l'emportait bien . . . . .

. . . .

Pendant bien des mois, la cloison demeura entre les deux extrémités de la croix, les cachant ainsi l'une à l'autre.

Pour le jour de la Dédicace du temple, les planches furent remplacées par un long rideau...

Dans la ville normande, c'était grande allégresse.... La foule pieuse s'étendait au loin autour du magnifique monument, les murs du dehors excitent déjà l'admiration... mais l'intérieur, ce sera le ciel pour la multitude chrétienne....

Voilà les portes qui roulent sur leurs gonds. Voyez-vous les flots d'hommes, de femmes, d'enfans, de prêtres, de guerriers, de nobles, de manans, de pauvres, de riches, qui, semblables à un fleuve qui ne bruit pas dans son cours, pénètrent dans l'église.

Les religieux, fiers de la beauté de la maison

qu'ils viennent d'élever à Dieu, sont à leurs stalles ; les évêques à l'entour de l'autel : l'archevêque, plus élevé que tous, sur son siége de pourpre.

Alexandre De Berneval dans une tribune d'en haut ; son élève dans une autre galerie du côté du midi.

Le voile est tombé, et déjà le cœur de Berneval est changé ; ce n'est plus de l'amitié qu'il a pour son élève...., c'est de la haine, de la haine amenée en son ame par la jalousie ; car les prêtres, les évêques, le peuple, tous ont plus regardé la *rose* du midi, que celle du septentrion...

Berneval gardera-t-il longtems au dedans de lui la rancune qu'il porte au jeune religieux ? Non, car si la vertu va vîte dans la retraite du cloître, le mal aussi, quand il vient à y naître, pousse rapidement.

Quelques jours après le triomphe de l'élève de Berneval, un religieux fut trouvé assassiné dans le jardin de l'abbaye ; la victime, c'était celui que la foule avait proclamé *vainqueur,* et l'assassin, c'était le *vaincu.* . . . . . .

. . . .

La tradition raconte qu'Alexandre De Berneval fut condamné à être pendu; mais les moines,

touchés de compassion pour ce malheureux, en
considération de ses talens et de ses services,
réclamèrent son corps de la justice, et lui accor-
dèrent une sépulture dans leur église.

Je ne sais si cette tradition est véritable, mais
la tombe se voit dans la chapelle, et le maître et
l'élève y sont représentés côte à côte....; il est
vrai que le sépulcre éteint bien des haines, et
que là les ennemis dorment ensemble comme
des frères!

Église métropolitaine de Notre-Dame de Rouen.

Je viens d'épuiser tous les mots de la langue
architecturale : fondations, soubassemens, piliers, colonnes, chapiteaux, corniches, voûtes,
nervures, croisées, ogives, pleins cintres, arcs-
boutans, contreforts, balustres, clochetons,
pinacles, pyramides, statues, statuettes, cariatides, gargouilles, sont tour-à-tour tombés de
ma plume sur le papier ; et cependant me voilà
de nouveau en face de toutes ces choses, à la
cathédrale. Ce que j'ai admiré à Saint-Ouen, il
me faudrait le louer ici...., le louer avec les
mêmes paroles......; en vérité je ne puis m'y ré-

soudre, ce serait ennui pour moi et pour ceux
qui liront mon livre ; je passerai donc par dessus des descriptions minutieuses pour arriver
tout de suite à l'ensemble, à l'ensemble si imposant, si majestueux de la vieille et sainte basilique. Mais pour y parvenir, en sortant de Saint-
Ouen, pour aller d'une merveille à une autre
merveille, j'ai passé devant une royale abbaye,
une grandeur déchue, dégradée, transformée
en misérables réduits, en pauvres échoppes : la
fameuse abbaye de Saint-Amand !

Noble couvent, dont les abbesses étaient presque toutes ou princesses, ou filles de duchesses,
ou grandes dames dégoûtées du monde.

J'ai parlé de ce pieux grand seigneur Gosselin
qui avait fondé sur le mont Sainte-Catherine
l'abbaye de la Sainte-Trinité ; sa femme Emme-
line et sa fille ont été des premières à se consacrer à Dieu sous les voûtes de Saint-Amand.....

Dans les cérémonies, les titulaires de cette
abbaye royale marchaient immédiatement après
l'illustre abbaye de Saint-Ouen, et figuraient aux
funérailles des archevêques, dont elles gardaient
l'anneau pastoral pour le remettre au nouvel
archevêque, le jour de son intronisation. Sans
nous laisser aller au charme de raconter les an-

tiques et poétiques coutumes de cette communauté si renommée, non seulement en Normandie, mais dans toute la France , disons vîte , en
passant, au voyageur d'aller y voir un chef-dœuvre
de maison de bois. Depuis que je me mêle de regarder et d'aimer les vieilles sculptures, je n'ai
rien vu de plus curieux que cette façade toute de
boiserie, travaillée avec autant de délicatesse, de
coquetterie que si elle avait été faite pour l'intérieur d'un petit salon ; c'était, je crois, la demeure
de la noble abbesse.... Il y a aussi, tout près, une
ravissante tourelle *moyen-âge*... Sauvons-nous de
notre manie de décrire et hâtons-nous d'arriver
au terme de nos explorations..... Heureux si ,
dans toutes ces courses sans ordre , je n'ai pas
fatigué ceux qui ont bien voulu me suivre. . .

. . . .

Oh! comme l'oratoire bâti par saint Mellon
a grandi! comme l'humble chapelle est devenue magnifique ! c'est vraiment là une maison
de Dieu! Je ne sais si , dans ces milliers de
pierres qui composent aujourd'hui la vaste
cathédrale , et que le ciseau a si admirable-
ment sculptées , s'il en reste une seule du temple bâti par le premier apôtre de Rouen ;
mais pour m'émouvoir , pour élever mon ame,

je n'ai besoin, comme je l'ai dit ailleurs, que de savoir que c'est là que la première croix a été plantée, que c'est là que les premières larmes ont été essuyées au nom du Christ; que c'est là que les premières semences de liberté chrétienne ont été répandues par la main d'un prêtre.

Dans tout Rouen, il n'y a pas un coin de terre aussi historique que celui-ci : apôtres, conquérans, rois, ducs, chevaliers, impératrices, reines, princesses, cardinaux, archevêques, évêques, suffragans, puissans abbés mitrés, saintes abbesses voilées, moines du Sinaï, religieuses de Sion, pélerins venant de Jérusalem, croisés partant pour la Terre-Sainte, nobles et peuple heureux de ce monde, hommes dans le malheur, ont foulé ce sol, l'ont broyé de leurs pieds, l'ont usé de leurs genoux, car là, tous se sont prosternés pour y implorer le Dieu que nous y prions aujourd'hui.

Ce fut là, dans un champ appartenant alors à Precordius, que saint Mellon, voyant, pendant qu'il enseignait la loi du Christ aux habitans de *Rothomagus,* un jeune homme tomber du faîte d'un toit voisin, sur la place, courut à lui, et le trouva mort, le crâne fracassé et la cervelle répandue sur le sol ensanglanté.

A cet acpect, le saint recula de quelques pas
en détournant la tête; mais le père du jeune
mort était là, et arrêtant le prêtre chrétien, il
lui dit, avec l'accent de la douleur : « Tu as annoncé que ton Dieu ressuscitait les morts ;
ressuscite mon fils, et je croirai en ton Christ.»

L'humilité de Mellon l'empêchait de penser
que Dieu lui donnerait tant de puissance, il
hésitait donc; mais on n'hésite pas longtems
devant le désespoir d'un père, et, comme raconte
la vieille chronique, si l'humilité lui disait :
reste, la charité lui criait : avance. Enfin vaincu
par les larmes de Précordius, et entrant en
une profonde méditation de son propre néant
à lui, mais de la toute-puissance de Jésus-Christ
qui a vaincu la mort, il fit le signe de la croix
sur le corps étendu sans vie à ses pieds, et
lui commanda, au nom du père, du fils et du
saint-esprit, de revenir au monde, d'où son
ame était déjà partie.

Et la vie fut soudainement rendue au jeune
homme ; et il se mit à parler, à marcher devant
tout le peuple; et Mellon, l'ayant pris par le
bras, le mit entre les mains de ses parens, en
présence d'une infinité de personnes qui furent

baptisées le même jour....; et pour marquer
ce miracle, et surtout pour redire la toute-
puissante bonté de Dieu, Précordius donna
son champ à l'apôtre chrétien, qui y éleva
une chapelle....... Cette chapelle, nous voyons
ce qu'elle est devenue.... quel imposant aspect !
quel large déploiement de façade! D'ordinaire
les édifices, gothiques ont plutôt l'air d'avoir
percé la terre que de s'y appuyer, mais la
cathédrale de Rouen y est, elle, puissamment
assise. On dirait que pour elle ce n'a point
été assez de pousser des tours et des flèches
jusque dans les nues, mais qu'elle a voulu
être à son aise ici-bas. Aussi voyez l'espace
qu'elle occupe depuis l'angle de la tour de
beurre, jusqu'à l'angle de la tour Saint-
Romain... Regardez, et dites si vous connaissez
des monumens de cet âge-là qui étalent des façades pareilles..., nous avouons, nous, que nous
n'en connaissons pas.... Et certes ses architectes
ont bien fait de lui donner tant de déploiement,
puisqu'ils comptaient l'enrichir de tant de
ciselures, de tant de reliefs, et de tout ce
peuple de saints placés haut dans leurs niches.

La tour de Saint-Ouen a presque une rivale
dans la *tour de beurre*. Elle aussi porte une

couronne ducale, et regarde fièrement le ciel.
Henri Potin, ancien carme déchaussé, devenu
évêque de Philadelphie, l'a consacrée.

La tour de Saint-Romain, bien moins belle,
bien moins ornée, date de bien plus loin ;
sa base surtout est de la plus haute antiquité.
S'il restait quelque petit pan de muraille, quelque pierre de l'église primitive bâtie par saint
Mellon, ce serait là.

En parlant du saint, vainqueur de la gargouille, en racontant l'origine du beau privilége
de la fierte, j'ai omis de dire que j'ai lu dans
une histoire de Rouen, que saint Romain
était d'une famille du Vexin Français, qui a
nom Guiry, nom encore noblement porté en
Normandie, et aujourd'hui allié à celui de
D'Osmoy. . . . .

Cette belle et riche église de Notre-Dame
n'a pas plus d'ornemens, de dais, de frontons
d'ogives, de statues, et à sa grande façade, et
à son magnifique portail de la Calende, et à son
Portail des libraires, et à la chapelle de la vierge,
et à ses merveilleuses tours, qu'elle n'a de vieux
et nobles souvenirs adhérens à ses murailles
consacrées et par la religion et par l'histoire.

C'est sur cet emplacement que l'archevêque

Francon a baptisé Rollon ; c'est là que l'homme du nord a ôté son casque de fer pour recevoir l'eau sainte.

C'est là que le premier duc chrétien dort sous les mêmes voûtes que son fils Guillaume-Longue-Epée.

Ce sont ces murs que Richard Ier.. petit-fils de Rollon, fit agrandir et élever vers l'an 950. L'ancienne chronique de Normandie s'exprime ainsi : *Le duc Richard fist croistre à hauteur de la moitié et de plus, le moustier de Notre-Dame de Rouen.*

Puis Robert-le-Magnifique, fils de Richard, et archevêque de Rouen, apporta de la *magnificence* au saint lieu.

Plus tard, Robert *fist achever l'église de Notre-Dame, et tout le chœur du costé de l'orient.*

Il ne faut pas croire que le chœur dont il est ici question, soit celui qui existe aujourd'hui : car l'étendue de cette église ne consistait alors que dans la longueur et la largeur de la nef actuelle, sans y comprendre même les bas-côtés, lesquels ne furent ajoutés que vers l'an 1050.

Enfin, lorsque la construction fut totalement

achevée, Maurille, archevêque, dédia la basilique
à la Vierge Marie, le 1ᵉʳ. octobre 1063, en
présence de Guillaume de Normandie et de
tous les évêques et abbés de la province.... Mais
cette solennelle dédicace ne la sauva pas des
malheurs qui tombent, dans le cours des siècles, sur toutes choses humaines. D'après Gilbert [1], *il ne reste aujourd'hui aucun vestige de
cette ancienne église construite par les soins et
le zèle des premiers ducs de Normandie et des
archevêques de Rouen.*

Je suis fâché de répéter ces choses, mais
pour être véridique il faut dire que la cathédrale que nous voyons de nos jours, n'a été
commencée qu'en 1100.... Alors, les hommes
voyant qu'ils s'étaient trompés en croyant que le
monde ne durerait que mille ans, et se convain-
quant qu'après sa millième année il allait encore,
se mirent à bâtir des églises avec une sorte de
passion. C'était pour les chrétiens d'alors, comme
si Dieu avait renouvelé un bail avec la terre, et
pour l'en remercier, et pour reconnaître qu'il
était bien seigneur suzerain du fief, partout on

---

[1] *Description historique de Notre-Dame de Rouen.*

lui rendait foi et hommage en lui élevant des autels.

C'est de cette époque de ferveur que date l'église actuelle ; belle époque et qui ne manque ni d'années , ni de noblesse. Enguerrand ou Ingelrame en fut l'architecte , ainsi que de l'abbaye du Bec.

Cette façade si imposante , si noble ; ce portail si magnifique , sont dus à l'homme qui a le plus fait pour Rouen, au cardinal Georges d'Amboise , ministre intègre , fidèle et dévoué , saint et pieux archevêque. C'est lui qui a fait arriver à Rouen les rivières de Robec et d'Aubette , sources de richesses pour la ville.

Le portail dû à la munificence de Georges d'Amboise ressemble, dit Gilbert , et il le dit avec raison , *à ces ouvrages d'orfévreries, découpés à jour, appelés filigranes.*

Sur le faîte du grand édifice , il y a eu toute une succession de tours, de flèches, de pyramides et d'aiguilles.

L'archevêque Maurille avait fait élever une pyramide ornée de galeries et flanquée de quatre tourelles. La foudre la renversa. En 1117, on la reconstruisit en charpente ; en 1200, elle fut fortement endommagée par un incendie.

La piété des fidèles la rétablit. Un autre incendie, arrivé par la faute des plombiers employés à faire des soudures, la réduisit en cendres le 4 octobre 1514. Ce fut une grande douleur à Rouen, un deuil général. Le cardinal d'Amboise, deuxième du nom, fit alors d'immenses sacrifices pour trouver de l'argent ; il hypothéqua tous ses biens de famille, ses terres et seigneuries de Vauvray, Bussi, la Chappe, Chippes, Cernon et Cuperles.

Voici les termes de l'acte passé à cet effet.

« Georges D'Amboise, par la permission divine, archevêque de Rouen, à tous ceux qui ces présentes lettres liront, salut et dilection. Comme nous voyons l'imperfection de notredite esglise, pour raison de la ruine du feu advenu dès l'an 1514, en la tour et esguille étant sur la croisée d'icelle esglise, et que ladite tour ne se pouvoit réédifier des facultéz et revenus de notredite église, et qu'elle eût pu être long-tems sans être rétablie, nous, meus de dévotion et ayant zèle à la décoration de la maison de Dieu et perfection d'icelle esglise, notre espouse, proposons, etc., etc. »

Nous avons transcrit ce passage pour les hommes qui accusent sans cesse le clergé d'é-

36

goïsme et d'amour. des richesses Qui a couvert notre France de tant de merveilles, si ce n'est l'église?

Georges d'Amboise ne se contenta pas des sacrifices qu'il faisait lui-même, il s'adressa de plus à Louis XII. Ce prince, de la branche d'Orléans, était généreux *quand même*; il envoya la somme de douze mille livres,.... se souvenant sans doute que la cathédrale de Rouen renfermait les cendres de son premier ministre et de son meilleur ami.

Dans la branche d'Orléans, on peut trouver des avares et des ingrats, mais c'est depuis Louis XII.

A l'exemple de leur généreux archevêque, les chanoines, les officiers de la cathédrale, les chantres, les bedeaux, et jusqu'aux enfans de chœur, voulurent contribuer *à la perfection d'icelle esglise*. Arthus Fillon, chanoine de Notre-Dame, se distingua par un grand zèle. Des quêtes générales furent faites, et Léon X accorda des indulgences à tous ceux qui contribueraient à cette œuvre. Le nombre en fut grand, et dès que les sommes nécessaires furent réalisées, en 1543, Robert Becquet, natif de Darnétal près Rouen, commença le chef-d'œuvre qui a si noblement couronné, pendant trois cents ans, la basilique normande.....

Les autres aiguilles, tours ou flèches qui l'avaient précédée, avaient duré leur tems......, puis avaient disparu ou sous la main des siècles, ou dans les ravages de l'incendie.

La pyramide de Robert Becquet a eu le sort de ses devancières, le sort de toute chose humaine : elle a passé! Long-tems la foudre a grondé au-dessus de son coq doré, long-tems les tempêtes, les ouragans ont mugi et sifflé autour d'elle, long-tems elle a résisté ; puis, quand est venue son heure, il n'est resté d'elle que le souvenir dans la mémoire des hommes, et quelques dessins dans des portefeuilles.

Oh! vanité!

Je vivrais un siècle, que je n'oublierais jamais le récit que me fit, il y a six ans, un des sacristains de la cathédrale d'York, me racontant, parmi les ruines du saint lieu, la manière dont *Jonathas Martyns* [1], frère du fameux peintre anglais *Martyns,* avait, par fanatisme protestant, mis le feu à cette antique merveille des trois royaumes!

---

[1] Voyez mes *Lettres sur l'Angleterre*, in-8°.

Chaque fois que l'on me parle de la fameuse
flèche de Robert Becquet, tombant dévorée par
les flammes, je me figure cette douleur de tous
habitans d'une ville qui voient disparaître ce
qu'ils ont vu et aimé depuis leur enfance.

—*It was more than a home, c'était plus qu'une
maison à soi que nous voyions brûler,* me disait
le sacristain d'York, *c'était la maison de tous!*
Le même sentiment emplissait le cœur des
Rouennais, le 15 septembre 1822, alors qu'ils
regardaient leur magnifique cathédrale, tout
éclairée, toute rouge de la pyramide brûlant
comme une immense torche funéraire au-dessus des toits en croix de Notre-Dame. . . . .

Un homme, qui ne veut pas que je dise son
nom, et qui, il y a quelques années, s'occupait de faire des vers, avait eu la pensée d'un
poëme sur ce mémorable incendie ; déjà il avait
pris des notes......; puis le tems a marché, l'âge
lui est venu, la verve s'est en allée...... Voici
quelques fragmens de sa prose :. . . . . .

» L'homme rit au printems et rêve en automne.

» Les fleurs !... c'est la gaîté de la nature....;
elles vous disent : Amusement et plaisir.

» Les feuilles jaunies de septembre....., c'est

de la morale...... ; elles vous crient : 'Tout
vieillit , tout se dessèche , tout meurt.

» Avec ces idées-là , le samedi 14 septembre
1822, j'étais sorti de chez moi et m'étais allé
asseoir sur le planitre stérile du mont Sainte-
Catherine... Là je rêvais, car les teintes chaudes ,
jaunes et rougeâtres de l'automne bariolaient
déjà les arbres et du cours la Reine et du cours
Dauphin , que j'avais au-dessous de moi.

» L'air était lourd...., accablant.... ; ma tête
s'en ressentait, et c'était en vain que je cherchais
à finir quelques vers ébauchés!

» La prière du soir sonna à la cathédrale..... ;
alors mes yeux se portèrent vers sa sublime
flèche , qui , semblable à un doigt , montrait le
ciel (*Fingerlike shewing heaven* [1]).

» A l'instant où je fixais mes yeux sur le chef-
d'œuvre de Robert Becquet , un éclair blafard le
teignit de sa lueur...... ; puis bientôt un autre ,
et puis un autre encore..... Cependant l'air était
devenu moins lourd et une brise assez forte
venait de s'élever..... Je ne redescendis de la
montagne que lorsque l'obscurité eut commencé
à s'épaissir autour de moi.....

---

[1] Expression de je ne sais plus quel poëte anglais.

» De ma promenade du soir je n'avais rap-
porté chez moi qu'un sentiment vague de tristesse..... Si l'on m'avait demandé pourquoi je ne
souriais plus, pourquoi je ne chantais plus, je
n'aurais pu le dire... ; mais j'avais quelque chose,
je ne savais quoi, entre mon ame et le repos
d'esprit.... J'étais dans un de ces momens où
l'on se dit : *Quare es tristes anima mea?*

» Je me couchai et ne pus m'endormir; aussi,
pendant le silence de la nuit, j'entendis plusieurs
fois le tonnerre. Oh! j'aime le tonnerre pendant
la nuit! Alors la terre écoute si bien cette grande
et solennelle voix d'en haut!.... Je m'étais levé
de bonne heure. Les bruits sublimes m'avaient
inspiré.....; je voulais travailler..... En passant
devant ma fenêtre, je fus subitement arrêté,......
ébloui......; une lueur extraordinaire, une dé-
tonation épouvantable se suivirent d'une seconde...... : la foudre venait de frapper la pointe
de la pyramide, et le serpent de feu, après avoir
rapidement coulé, tourné, tourbillonné à l'entour de la flèche, disparut dans la colonnade
inférieure......

»Le coup de tonnerre avait été si terrible, l'éclat
si craquant et si sec, le trait de feu si éblouissant et
si vif, que je restai ému, palpitant, regardant le

haut et beau clocher qui me sembla n'avoir reçu
aucun mal..... Je demeurai quelque tems à ma
fenêtre pour m'en bien assurer, et, quand je
fus tranquillisé, je me mis à l'ouvrage. Je me
souviens que, dans mes vers, je pensais au
clocher de mon village, à ce clocher que dans
mon enfance j'aimais à regarder par-dessus les
arbres, du parc. Dans mon amour pour l'église
où j'avais été baptisé, je lui souhaitais un peu
de la majesté, de la solidité de cette flèche altière.

— *Au feu! au feu!* cria-t-on sous ma fenêtre.

— » Où? demandai-je.

— » A l'aiguille de la cathédrale.

— » Oh! mon Dieu!.... Et l'effroi me prit au
cœur, et la sueur me coula du visage, et mes
jambes tremblèrent et faiblirent sous moi........
L'homme qui avait crié : *Au feu!* était déjà loin,
et je n'entendais plus sa voix ; je regardais de
nouveau la flèche et ne voyais rien, si ce n'est
des tourbillons de corneilles qui volaient à l'entour du clocher, en faisant retentir l'air de leurs
cris..... Cependant aucun feu n'apparaissant
encore, on pouvait douter..... Mais voilà le
tocsin! le terrible tocsin! plus de doute, plus de
doute possible. En peu d'instans je fus sur la
place Notre-Dame ; bien d'autres y étaient déjà...;

tous, levant la tête, nous regardions dans une silencieuse anxiété ; enfin le feu parut à la base de la pyramide, produisant à l'extérieur l'effet d'une petite lanterne.

» En ce moment le vent soufflait frais du nord-est, il paraissait avoir une certaine éléva-tion, un cours fort rapide, les nuages filaient vite sur le ciel.

» Déjà le monde arrivait de toutes parts ; voici des premiers MM. De Vanssay et De Martain-ville, l'un préfet, l'autre maire.

» C'est bien : quand un danger menace la fa-mille, le père doit être le premier debout. »

[1] » Puis voici MM. Thieffray de Rougemont, Lambert, Thézard et Baudry, adjoints, le gé-néral baron de la Pointe, commandant le dé-partement, le vicomte de Champigny, colonel du sixième régiment de la garde royale, le baron Christophe, colonel de la gendarmerie, et puis d'autres chefs civils et militaires, des soldats, des gardes nationaux, et sapeurs, et pompiers, et peuple toujours grossissant.

» Pour les habitations ordinaires, les pompes à

[1] *Notice sur l'Incendie de la Cathédrale*, par E.-H. Langlois.

incendie sont puissantes, elles lancent leurs jets assez haut....., mais ici, le feu est comme dans le ciel, et pas un jet partant de la terre ne peut atteindre jusque là....., aussi les progrès du mal vont vîte..... Depuis trois cents ans les corneilles, les corbeaux, les hiboux, les chouettes, les orfraies avaient bâti leurs nids dans l'intérieur du clocher, la charpente en était tapissée; chaque petit brin de paille et de foin, de bois et de coton qu'avaient apporté là tous ces oiseaux, leurs ossemens même que le tems y avait entassés, devenaient autant d'alimens pour l'incendie, et l'on s'en aperçut bientôt.... Déjà des langues de flammes s'échappent des ouvertures, s'alongent, lèchent les parois de la pyramide et montent, montent toujours....

» L'anxiété est au comble, elle s'accroît de l'incertitude des moyens à prendre.....; et cette multitude qui voudrait agir pour sauver le clocher de son église..... est forcée de rester inactive!....

» Et en effet, comment agir avant que cette immense torche qui brûle sur la tour carrée de pierre ne soit consumée; pour qu'on puisse monter sur le faîte de l'église, il faut que le gigantesque chef-d'œuvre de Robert Becquet soit

écroulé.... Et quelle chute, que celle de cette pyramide embrâsée!...... Elle est debout encore,
poussant jusqu'au plus haut du ciel sa gerbe de
flammes rouges, vertes, blanches, violâtres et
livides....., et le feu ne fait pas que monter avec
les tourbillons de fumée vers les nuages, il
retombe liquide sur la ville : les gargouilles de
la tour de pierre vomissent maintenant le plomb
fondu! C'est horrible et magnifique, effrayant
et sublime à regarder....

» De l'édifice flamboyant, voici que la cloche
de l'horloge se fait entendre, elle sonne sept
heures !

» C'était l'heure marquée, et comme le dernier
soupir, la dernière parole du sublime monument. Le dernier coup de sept heures vibrait
encore quand la flèche, avec toute sa chevelure
de flammes, se renversa vers le sud; penchée,
inclinée, elle eut l'air d'hésiter un instant....,
puis avec un craquement, un fracas épouvantable, elle tomba sur l'une des tours de la
Calende, rebondit sur une maison voisine et
s'abîma....... Ce fut la fin du chef-d'œuvre de
l'ouvrier de Darnétal, de Robert Becquet. Mais
ce n'était pas encore la fin de l'incendie....;
maintenant, le feu, s'il n'a plus l'air de vouloir

percer le ciel, s'étend sur les toits alongés de
la cathédrale....., les galeries avec leurs découpures, les clochetons, les colonnes, les statues,
les gargouilles se montrent sur un fond de feu;
les arcades, les arceaux se brisent et éclatent;
les pinacles de pierre, les barres de fer, des
restes de charpente tombent, bondissent et re-
tombent sur la longue toiture qui en bruït au
loin; on dirait le canon d'alarme d'un vaisseau
qui périt. . . . .

. . . .

A l'honneur des habitans de Rouen, à l'honneur de son archevêque, de son maire, de son
préfet, de ses magistrats, et de toutes les
classes de la cité, il faut se hâter de le dire : si
l'empressement à porter du secours fut grand,
il y eut encore quelque chose de grand et de
louable, dans un tems comme le nôtre; ce fut
le désir de voir bientôt un tel désastre réparé.
Tout Rouen sentit qu'une de ses gloires venait de
périr, et que sa vieille et belle cathédrale ne pouvait pas rester veuve d'une de ses merveilles. Les
cendres de l'obélisque de Robert Becquet étaient
encore chaudes, que déjà on s'était assuré des
moyens de relever sur la tour carrée une autre
flèche. Déjà le Roi, les ministres, partageant

le désir des Rouennais, de réparer au plus
vîte le désastre qui venait de détruire un des plus
beaux monumens de France, avaient nommé
M. Alavoine, comme le plus digne et le plus
capable de consoler Rouen. . . . . . .

Robert Becquet a joui d'un grand bonheur,
il a vu achevée, il a vu admirée l'œuvre qu'il
avait conçue et terminée..... A l'habile architecte
de nos jours, à Pierre Alavoine, semblable bonheur n'a pas été accordé....., sa flèche de fonte
en fer n'est élevée qu'au quart de sa hauteur, et
lui est couché dans sa tombe !.... et il ne dor-
mira pas sous sa pyramide quand elle sera pa-
rachevée, car aujourd'hui on n'enterre plus les
grands bâtisseurs, les grands ouvriers dans *leur
œuvre*, comme on avait fait de Roussel Marc-
d'Argent dans l'église de Saint-Ouen. . . . .

. . . .

Maintenant, la flèche en fonte de fer rempla-
cera-t-elle bien la pyramide de Robert Becquet?
Qui pourrait dire, dès à présent, l'effet de la
pensée Alavoine, quand elle sera assise sur le
magnifique piédestal que l'incendie du 15 septembre 1822 lui a laissé?

De plus habiles que moi évitent de se prononcer...., et quand je leur témoigne la crainte que

cette flèche, tout à jour, ne ressemble encore, alors qu'elle sera terminée, à quelque chose *qui attend*, à un *échafaudage* plutôt qu'à un *monument complet....*, je dois le dire, les habiles ne me tranquillisent pas.

Mais laissons l'avenir porter son arrêt et pénétrons dans l'intérieur de la cathédrale....; là aussi on se sent bien chez Dieu; là aussi la pensée catholique règne belle et inspirante... Et qui la troublerait là, cette pensée rêveuse et méditative? La lumière ne vous y vient qu'à travers de saintes images, comme pour vous mieux séparer du monde; les murailles du vieux temple sont si épaisses, que le bruit du dehors, que la voix de la grande cité marchande parviennent à peine sous les voûtes sacrées....; si vous entendez une faible rumeur, elle ressemble au bruit lointain des flots....; en effet, ce sont des flots d'hommes qui s'agitent et bruissent au dehors, flots sans cesse montans et descendans, flots remués par tant de tempêtes; et là où vous êtes, c'est le port.

A la cathédrale, MM. les fabriciens n'ont point encore eu la malheureuse idée de raccourcir la belle perspective de leur église, en plaçant, comme on a fait à Saint-Ouen, un rideau de planches barbouillées de rouge et d'or derrière le maître-autel du chœur, pour arrêter le regard et lui dire : Tu n'iras pas plus loin.

Non , à Notre-Dame rien de pareil ; aussi l'explorateur qui y entre , dès qu'il est sous l'orgue, embrasse d'un seul coup-d'œil toute la majestueuse profondeur du temple.... ; dès le point obscur où il s'est arrêté , il voit rayonner à une grande distance devant lui l'autel d'or de la vierge......, et comme dans la longueur de la nef et des bas côtés, la lumière pousse de droite et de gauche de chaudes gerbes et sur les dalles , et sur les pierres mortuaires qui pavent la basilique des ducs et des archevêques.

Cette perspective a d'admirables effets d'ombre et de clairs. Les rayons du soleil perçant à travers la pourpre des vitraux, tombent sur la sépulture des quatre gentilshommes normands que le roi Jean avait fait pendre et décapiter, et qui plus tard furent réhabilités par Charles de Navarre.

A côté de ces illustres réhabilités, il y en a deux plus humbles, aussi victimes *d'une erreur* de la justice humaine.

Plus loin , du même côté, dans cette chapelle appelée *le petit Saint-Romain*, sous cette arcade, dans cette tombe bien modeste , est couché avec sa longue tunique, et son manteau de pourpre, et sa couronne ducale en tête, Rollon, premier duc de Normandie....... J'ai dit quelque part qu'en toute la province de Normandie on n'avait pas de lui le plus petit souvenir.....; je me trompais, il y a un tombeau....... C'est bien heureux!

En face de cette chapelle, de l'autre côté de l'église, le fils de Rollon, Guillaume-Longue-Épée, dort également son sommeil.

Ce prince, victime d'une odieuse trahison, assassiné dans l'entrevue qu'il eut à Pecquigny, le 18 décembre 944, avec Arnoult, comte de Flandre, a été inhumé dans le chœur de la cathédrale, à côté de son père..... Ce fut en 1200, lorsqu'on bâtit le sanctuaire actuel, que les dépouilles mortelles de Rollon et de son fils ont été transportées où nous voyons aujourd'hui leurs tombes si peu ornées..... Oh! je voudrais bien que les curés, marguilliers et architectes, quand ils *arrangent* les églises, ne dérangeassent pas les morts; certes je veux de l'espace à l'entour des autels, mais je veux, avant tout, du respect pour les tombes.

La statue couchée sur la tombe de Guillaume tient un sceptre brisé.... Je connais bien des

princes qui n'ont pas attendu, pour laisser briser
le leur, que la mort les eût couchés dans leur
cercueil ; ceux-là je les plains cent fois davantage que leurs frères en royauté, déjà descendus
au sépulcre.

Dans ce sanctuaire de la cathédrale, aujour-
d'hui sans doute bien spacieux, bien beau, bien
commode pour MM. les chantres qui s'y promènent avec leurs chappes bien raidement déployées, il y avait toute une foule *de grands*
vassaux de la mort, de majestés du tombeau.

Là, près de l'autel, du côté de l'épître, s'é-
levait un sarcophage de marbre noir, surmonté
d'une statue de marbre blanc, représentant le
roi Charles V, mort en 1380 ; il tenait un cœur
entre ses mains, pour indiquer que le sien re-
posait là. Ce prince avait porté le titre de duc
de Normandie pendant la vie de son père, il
s'était toujours senti un grand attrait pour cette
province. C'est pourquoi il la choisit pour y
déposer son cœur. Voyez comme il l'avait bien
placé !

Sur un autre tombeau, le terrible Richard,
surnommé Cœur-de-Lion, roi d'Angleterre et
duc de Normandie, gisait vaincu par la mort ;
son cœur était là, sous le marbre. cette sépulture

était si renommée, qu'on l'avait entourée d'une grilles ou clôture en argent....

En l'année 1250, cette riche balustrade fut enlevée...., fondue..... Oh ! ne criez pas au sacrilége ! cette fois c'était comme un pieux vol fait à l'illustre mort, c'était pour contribuer à la rançon de saint Louis!

Et puis étaient encore tout près Henri-le-Jeune, fils de Henri II, roi d'Angleterre ; et le frère de Richard-Cœur-de-Lion; et Guillaume, fils de Geoffroi, surnommé Plantagenest; et l'impératrice Mathilde, sa femme ; et Jean, duc de Bedfort, prétendu régent de France pendant l'invasion des Anglais en 1420.

· Ce fut en 1736 que le chapitre de Notre-Dame fit tout ce bouleversement de sépultures. Oh! si nous avions eu *voix au chapitre*, certes, elle se serait élevée contre ce vandalisme de la civilisation.

Quelques petites plaques en losanges, posées à plat sur le pavé du sanctuaire, portent les noms de ceux dont on a détruit les royales tombes.... Belle compensation!... Si encore ces pierres se voyaient, mais non, elles sont cachées !....... Le cœur de Richard, le cœur du Lion, est sous la marche en planche qui porte le fauteuil du

37

chanoine officiant. Oh! quand je vois de ces
choses... une sainte colère me transporte. Est-ce
à ceux qui bénissent les morts à leur manquer
d'égards ?

En voici un qui n'a point été troublé dans sa
longue nuit , il est couché derrière ces trois
petites arcades près de la chapelle de la Vierge...
On ne sait pas le nom du prélat qui repose en
cette tombe d'une haute antiquité....; quelques
historiens disent que c'est Maurice , ou peut-être
Guillaume de Durfort , tous deux archevêques
de Rouen; le premier mort en 1237, le second
en 1331. Nous croyons cette sépulture d'une
date bien plus ancienne....

Voici trois autres beaux sépulchres que les
arrangemens modernes ont respectés... Est-ce le
beau nom d'Amboise qui a arrêté la main des
novateurs... Mais les autres noms que nous ci-
tions tout-à-l'heure , ces noms de rois , de guerriers , d'impératrice et de puissans , n'ont pu
sauver les marbres où ils étaient gravés. Il faut
donc qu'il y ait eu autre chose que l'éclat du nom,
pour maintenir en son état primitif le tombeau des cardinaux d'Amboise.... N'en doutons
pas , ce sera le souvenir de tout ce qu'ils ont
fait pour la gloire et la prospérité du pays ; ces

eaux de Robec et d'Aubette, si utiles à l'industrie, c'est à l'un d'eux que la ville les doit.
Cette magnifique et somptueuse façade qui
s'étend, comme un large rideau de dentelle bro-
dée, de la tour de droite à la tour de gauche,
cette majestueuse chapelle de la Vierge, sont
dues au second. Tout cela méritait bien que l'on
ne changeât rien à leur mausolée [1].

Aussi, il vient d'être restauré avec art, sans
doute, mais avec la lésinerie de l'époque; ces
ornemens que l'on replace aujourd'hui sur le
marbre et l'albâtre sont en plâtre. C'est une
mesure pour juger le siècle.

Certes, ce ne sera pas moi qui entreprendrai
de décrire ce merveilleux tombeau, si souvent
décrit par tout voyageur qui a redit ce qu'il a
vu à Rouen, et par tout Normand qui aime à
mettre en lumière les antiquités et les beautés de
son pays. Je renvoie pour ce mausolée, ainsi
que pour ceux des deux Brézé, à l'ouvrage de
M. Deville sur les tombeaux de la Cathédrale,
à la description historique de Notre-Dame de
Rouen, par Gilbert, à plusieurs notices de

---

[1] Je me trompais en écrivant ceci. Les cercueils de plomb des
ducs d'Amboise ont été fondus en 1793 !

E.-Hyacinthe Langlois, et à quelques autres archéologues annotateurs et historiens de Normandie.

Eux vous donneront des dates, des mesures, des descriptions exactes ; eux savent à fond la langue de l'art, moi je n'en saurais balbutier que quelques mots ; eux écrivent avec l'autorité du savoir et *la sapience du pays*, moi, si j'ai quelque chose, ce n'est rien de tout cela.

Vous donc qui aurez ouvert mon livre, regardez-le comme une préface, comme un avis pour vous en faire lire d'autres.

Qui pourrait mieux que M. Langlois vous faire connaître dans tous leurs détails les vitraux si riches, si curieux, si *intéressans* de Notre-Dame... Lisez, dans son *Essai sur la peinture sur verre*, sa description de ces *verrières* si vives, si bariolées de couleurs tranchantes, qui se voient au fond de l'église, à côté de la chapelle de la vierge.... Bien de futiles observateurs qui passent devant ces fenêtres lancéolées, n'aperçoivent là qu'une mosaïque ressemblant à un tapis turc ; eh bien ! pour qui sait regarder, il y a là tout un poëme attendrissant, la vie de saint Julien !....

Avant que je sorte de Notre-Dame, il faut redire une perte dont elle ne se console pas...; les suisses, les bedeaux qui vous en font voir les beautés, ne vous parlent pas de tous ces tombeaux de rois qui ont disparu du sanctuaire ; ils ne vous disent rien du fameux jubé qui existait avant celui qui y est aujourd'hui et que je voudrais conserver... partout ailleurs que là où il est.....; mais et bedeaux et suisses vous raconteront en soupirant que la fameuse *Georges-d'Amboise*, la reine des cloches, non seulement de la Normandie, mais de toute la France..., était une des grandes gloires de la Cathédrale, et que cette gloire est perdue sans retour. Et puis, ils vous déclameront une inscription gravée sur cette cloche et que je ne transcrirai pas, parce qu'elle est transcrite partout:

Je suis nommée Georges-d'Amboise,
  Qui bien trente-six mille poise,
      Etc., etc.

Ces messieurs ajouteront, ce que je passe encore sous silence, l'épitaphe de ce fondeur qui est mort de joie en entendant les premiers

sons de sa cloche, tant il les trouva harmonieux
et solennels :

> *Ci-dessous gist Jehan le Machon,*
> *De Chartres, homme de fachon,*　　·
> Etc.

Je ne répéterai rien de tout cela, mais je m'ar-
rêterai à une chose qui rentre dans mes idées de
pressentimens et d'avis qui nous viennent d'en
haut.

Cette *Georges-d'Amboise*, qui depuis des
siècles sonnait si grave et si majestueuse dans les
fêtes, et dont la voix allait si loin dans le pays ;
cette *Georges-d'Amboise,* qui ne sonnait que pour
Dieu, les saints, les rois et les archevêques, fut
mise en branle pour annoncer aux habitans de
Rouen que le meilleur des hommes, que le
plus doux des rois, que Louis XVI faisait son
entrée dans leurs murs ; ils savaient que leur
cloche favorite allait sonner, ils écoutaient et disaient avec orgueil aux étrangers : *Vous allez
l'entendre !*

Effectivement, l'énorme cloche se mit à bourdonner comme une voix de géant...., c'était
bien comme cela qu'elle commençait toujours....

Voilà le roi qui reçoit les clefs de sa bonne ville....

Tout-à-coup la cloche change de son : elle vient de se fêler et de prendre subitement un timbre lugubre et discord !....... et cependant c'était pour une fête qu'elle sonnait...., pour une belle fête, l'arrivée d'un père parmi ses enfans.

A cet instant, un ange du ciel, un de ces esprits qui veillent sur les cités et les empires, aura vu dans l'avenir, l'ingratitude de la France, et il aura brisé la cloche pour qu'elle ne sonnât plus de joie !

Oh! si c'est un esprit céleste qui a fêlé la cloche, il a bien fait; son regard d'ange a bien vu, car quelle longue série de malheurs commence à Louis XVI ! !....

Passons...., passons par-dessus tout le sang.

Passons par-dessus les crimes et les débris ; et que les hommes qui se sont faits nos ennemis, que les partisans de Louis-Philippe nous disent....., nous disent franchement : quand, il y a quelques années, ils ont vu, dans cette même cathédrale de Rouen, la sainte fille de Louis XVI et de Marie-Antoinette s'agenouiller et prier, ne trouvaient-ils pas qu'elle avait assez souffert, et alors ne lui répétaient-ils pas :

*A force d'amour et de respect nous vous ferons
oublier vos malheurs.*

Oui, oui, ils lui ont dit.... ; mais savez-vous
ce qu'ils faisaient alors, les misérables !

Ils jouaient la comédie ! !

Ils l'ont jouée quinze ans ! et avec eux,
au milieu d'eux, ils avaient un grand acteur, un
homme *passé maître ès-mensonge et traîtrise ;* et
ils ont si bien fait que le vieillard et les femmes
les ont crus.... ; et les femmes, et l'enfant, et le
vieillard sont aujourd'hui exilés !

Voilà la foi, la probité de ces gens-là !

La cloche de Georges-d'Amboise a bien fait
de se briser, elle a marqué juste la date des
malheurs et des hontes . . . .

. . . .

Avant de sortir de Notre-Dame, prions, pour
les exilés, devant le tableau de Philippe De
Champagne. Il y a dans cette nativité un enfant
qui a sauvé le monde ; prions pour l'enfant que
le nonce du pape avait, à sa naissance, appelé
l'enfant du miracle. . . . .

Pour toutes les beautés de la basilique des
ducs et des primats de Normandie, j'ai renvoyé
aux ouvrages publiés depuis plusieurs années ;
je ne puis cependant ne pas recommander aux

voyageurs les vitraux, le portail des Libraires
et celui de la Calende, et le ravissant escalier
de la bibliothèque.... qui ne mène plus à rien !
et les magnifiques tombeaux des deux Brézé,
tombeaux que j'aime mieux que celui des
D'Amboise.

C'est dans cette chapelle de la vierge que se
trouve la juste mesure qu'il y a entre les deux
années 1522 et 1818.

L'année 1522 a pour la représenter le mausolée des D'Amboise.

L'année 1818 a pour représentant la pierre
plate du cardinal Cambacérès. ...

Le palais où vivaient et mouraient tous les
princes de l'église est attenant à la cathédrale.
Du côté de la rue des Bonnetiers on l'a modernisée, mais sur les autres faces, dans les rues
Saint-Romain et des Barbiers, cette vaste habitation a gardé un aspect sévère ; on dirait presque
une forteresse....... Les noms de D'Estouteville
et D'Amboise se lient à la construction et à
l'achèvement de ce palais où Louis XII a logé
pendant son séjour à Rouen.

La galerie des États est ce que son intérieur
a de plus remarquable : elle est ornée de quatre
grands tableaux peints par Robert, et qui repré-

sentent des vues du Havre, de Dieppe, de Rouen et de Gaillon.

La ville de François Ier., la ville de MADAME, duchesse de Berry, la ville de Rollon, et le château de Gaillon, bâti par le cardinal d'Amboise Ier., ont tous bien changé de face! Les villes se sont agrandies, enrichies; le château a été déshonoré; bâti pour loger les saints, il est aujourd'hui l'habitation du crime, du trop-plein des prisons.

Notre siècle n'en fait pas d'autres : partout où il y avait de la gloire, il met de la honte. Chacun a son cachet. . . . .

. . . .

Le palais archiépiscopal de Rouen est aujourd'hui chrétiennement habité par S. A. S. le prince de Croÿ, cardinal-archevêque.... Lorsque le terrible fléau du choléra vint, il y a trois ans, s'é-battre sur le diocèse confié à sa charité, le noble et vertueux prélat mit sa vaste demeure à la disposition de la commission sanitaire pour en faire une sucursale des deux grands hôpitaux....

Oh! la France devrait être sauvée, car il y a encore des justes qui l'habitent!

Et la ville de Rouen ne devrait pas périr, car elle a été, en tout tems, très-chrétienne.....

Plus je l'ai étudiée, et plus je me suis convaincu de son antique piété; ses belles abbayes, ses nombreux couvens, ses trente paroisses, ses merveilleuses églises parlent pour elle; et cet ensemble religieux n'est-il pas comme un grand hymne de foi sculpté dans la pierre!

FIN.

ERRATA.

Page   7, ligne 19 ⎫
            8,   10 ⎬ Bérose ; *lisez :* le faux Bérose.
                   ⎭

    9,   16   371 ; *lisez :* 871.

   15, note ; *lisez :* ses *Grands capitaines*.

  20, ligne 20, *lisez :* l'on sait pourquoi. Le jeune Mérovée, etc.

  34, ligne 11, conjurer ; *lisez :* conquérir.

  45, la 13e. ligne doit être placée entre Louis XI et Charles VIII.

    » ligne 14 ; *lisez :* Pour Louis d'Orléans, depuis Louis XII, gouverneur de Normandie.

  91, ligne 11, si l'on avait ; *lisez :* si l'on n'avait.

  93,   »   4, ne peut venir d'en haut ; *lisez :* ne peut venir que d'en haut.

 127, ligne 17, voies ; *lisez :* voix.

 165, note, *Neustrie chrestienne ;* lisez : *Normandie chrestienne.*

TABLE.

FIN DE LA TABLE.

* 9 7 8 2 0 1 3 0 2 0 1 0 7 *